王度庐作品大系 言情卷

海上虹霞

王度庐·著／王芹·点校

山西出版传媒集团

北岳文艺出版社·大原

王度庐著

图书在版编目（CIP）数据

海上虹霞 / 王度庐著 . 一太原：北岳文艺出版社，2018.1
（王度庐作品大系 / 王度庐主编）
ISBN 978-7-5378-5442-9

Ⅰ . ①海… Ⅱ . ①王… Ⅲ . ①长篇小说－中国－当代 Ⅳ . ① I247.5

中国版本图书馆 CIP 数据核字（2017）第 275913 号

书名：海上虹霞	策　划：续小强	书籍设计：张永文
著者：王度庐	刘文飞	印装监制：巩　璠
点校：王　芹	责任编辑：张　丽	

出版发行：山西出版传媒集团·北岳文艺出版社
地址：山西省太原市并州南路 57 号
邮编：030012
电话：0351-5628696（发行部）　0351-5628688（总编办）
传真：0351-5628680
网址：http://www.bywy.com　E-mail：bywycbs@163.com
经销商：新华书店　印刷装订：山西人民印刷有限责任公司

开本：890mm×1240mm　1/32　字数：284 千字
印张：9.25　版次：2018 年 1 月第 1 版　印次：2018 年 1 月山西第 1 次印刷
书号：ISBN　978-7-5378-5442-9
定价：39.00 元

出版前言

　　王度庐（1909—1977），原名葆祥（后改葆翔），字霄羽，出生于北京下层旗人家庭。"度庐"是1938年启用的笔名。他是中国现代文学史上著名的武侠言情小说家，独创"悲剧侠情"一派，成为民国北方武侠巨擘之一，与还珠楼主、白羽（宫竹心）、郑证因、朱贞木并称为"北派五大家"。

　　20世纪20年代，王度庐开始在北京小报上发表连载小说，包括侦探、实事、惨情、社会、武侠等各种类型，并发表杂文多篇。20世纪30年代后期，因在青岛报纸上连载长篇武侠小说《宝剑金钗》《剑气珠光》《鹤惊昆仑》《卧虎藏龙》《铁骑银瓶》（合称"鹤-铁五部"）而蜚声全国；至1948年，他还创作了《风雨双龙剑》《洛阳豪客》《绣带银镖》《雍正与年羹尧》等十几部中篇武侠小说和《落絮飘香》《古城新月》《虞美人》等社会言情小说。

　　王度庐熟悉新文学和西方现代文化思潮，他的侠情小说多以性格、心理为重心，并在叙述时投入主观情绪，着重于"情""义""理"的演绎。"鹤-铁五部"既互有联系又相对独立，达到了通俗武侠文学抒写悲情的现代水平和相当的人性深度，具有"社会悲剧、命运悲剧、性格心理悲剧的综合美感"。他的社会言情小说的艺术感染力也很强，注重营造诗意的氛围，写婚姻恋爱问题，将金钱、地位与爱情构成冲突模式，表现普通人对个性解放、爱情自由和婚姻平等的追求与呼唤。这些作品注重写人，写人性，与"五四"以来"人的文学"思潮是互相呼应的。因此，王度庐也成为通俗文学史乃至整个中国现代文学史研究中绕不过去的作家，被写入不同类型的文学史。许多学者和专家将他及其作品列为重点研究对象。

王度庐所创造的"悲剧侠情"美学风格影响了港台"新派"武侠小说的创作，台湾著名学者叶洪生批校出版的《近代中国武侠小说名著大系》即收录了王度庐的七部作品，并称"他打破了既往'江湖传奇'（如不肖生）、'奇幻仙侠'（如还珠楼主）乃至'武打综艺'（如白羽）各派武侠外在茧衣，而潜入英雄儿女的灵魂深处活动；以近乎白描的'新文艺'笔法来描写侠骨、柔肠、英雄泪，乃自成'悲剧侠情'一大家数。爱恨交织，扣人心弦！"台湾著名武侠小说作家古龙曾说，"到了我生命中某一个阶段中，我忽然发现我最喜爱的武侠小说作家竟然是王度庐"。大陆学者张赣生、徐斯年对王度庐的作品进行了大量的整理、发掘和研究工作，并给予了很高的评价。徐斯年称其为"言情圣手，武侠大家"，张赣生则在《王度庐武侠言情小说集》的序言中说："从中国文学史的全局来看，他的武侠言情小说大大超过了前人所达到的水平"，"他创造了武侠言情小说的完善形态，在这方面，他是开山立派的一代宗师。"

此次出版的《王度庐作品大系》收录了王度庐在不同时期的代表作和有影响力的作品，还收录了至今尚未出版过的新发掘出的作品，包括他早期创作的杂文和小说。此外，为了满足不同领域的读者的需求，此版还附有张赣生先生的序言、已知王度庐小说目录和王度庐年表，以供研究者参考。这次出版得到了王度庐子女的大力支持和密切配合，王度庐之女王芹女士亲自对作品进行了点校。可以说，他们的支持使得《王度庐作品大系》成为王度庐作品最完善、最全面的一次呈现。在此，我们表达最诚挚的谢意。

在编辑过程中，我们依据上海励力出版社，参考报纸连载文本及其他出版社的原始版本，对作品中出现的语病和标点进行了订正；遵循《第一批异形词整理表》（GF1001-2001），对文中的字、词进行了统一校对；并参照《现代汉语大词典》《汉语方言大词典》《北京方言词典》《北京土语辞典》等工具书小心求证，力求保持作品语言的原汁原味。由于编辑水平和时间有限，难免有疏漏之处，敬请广大读者批评指正！

北岳文艺出版社

二〇一五年六月三十日

总　序

　　王度庐是位曾被遗忘的作家。许多人重新想起他或刚知道他的名字，都可归因于影片《卧虎藏龙》荣获奥斯卡奖的影响。但是，观赏影片替代不了阅读原著，不读小说《卧虎藏龙》(而且必须先看《宝剑金钗》)，你就不会知道王度庐与李安的差别。而你若想了解王度庐的"全人"，那又必须尽可能多地阅读他的其他著作。北岳文艺出版社继《宫白羽武侠小说全集》《还珠楼主小说全集》之后推出这套《王度庐作品大系》(以下简称《大系》)，对于通俗文学史的研究，可谓功德无量！

　　王度庐，原名王葆祥，字霄羽，1909年生于北京一个下层旗人家庭。幼年丧父，旧制高小毕业即步入社会，一边谋生，一边自学。十七岁始向《小小日报》投寄侦探小说，随即扩及社会小说、武侠小说。1930年在该报开辟个人专栏《谈天》，日发散文一篇；次年就任该报编辑。八年间，已知发表小说近三十部(篇)。1934年往西安与李丹荃结婚，曾任陕西省教育厅编审室办事员和西安《民意报》编辑。1936年返回北平，继续以卖稿为生，次年赴青岛。青岛沦陷后始用笔名"度庐"，在《青岛新民报》及南京《京报》发表武侠言情小说(同时继续撰写社会小说，署名则用"霄羽")。十余年间，发表的武侠小说、社会小说达三十余部。1949年赴大连，任大连师范专科学校教员。1953年调到沈阳，任东北实验中学语文教员。"文革"时期，以退休人员身份随夫人"下放"昌图县农村。1977年卒于辽宁铁岭。

早在青年时代，王度庐就接受并阐释过"平民文学"的主张。他的文学思想虽与周作人不尽相同，但在"为人生"这一要点上，二者的观念是基本一致的。

从撰写《红绫枕》（1926年）开始，王度庐的社会小说（当时或又标为"惨情小说""社会言情小说"）就把笔力集中于揭示社会的不公、人生的惨淡，以及受侮辱、受损害者命运的悲苦。

恋爱和婚姻是"五四"新文学的一大主题。那时新小说里追求婚恋自由的男女主人公面对的阻力主要来自封建家庭和封建礼教，作品多反映"父与子"的冲突——包括对男权的反抗，所以，易卜生笔下的娜拉尤被觉醒的女青年们视为楷模。到了王度庐的笔下，上述冲突转化成了"金钱与爱情"的矛盾。

正如鲁迅所说：娜拉冲出家庭之后，倘若不能自立，摆在面前的出路只有两条——或者堕落，或者"回家"。王度庐则在《虞美人》中写道："人生""青春"和"金钱"，"三者之间是相互联系着的"，而在当时的中国社会里，金钱又对一切起着主导性的作用。他所撰写的社会言情小说，深刻淋漓地描绘了"金钱"如何成为社会流行的最高价值观念和唯一价值标准，如何与传统的父权、男权结合而使它们更加无耻，如何导致社会的险恶和人性的异化。

王度庐特别关注女性的命运。他笔下的女主人公多曾追求自立，但是这条道路充满凶险。范菊英（《落絮飘香》）和田二玉（《晚香玉》）付出了生命的代价；虞婉兰（《虞美人》）终于发疯，生不如死。唯有白月梅（《古城新月》）初步实现了自立，但她的前途仍难预料；至于最具"娜拉性格"，而且也更加具备自立条件的祁丽雪，最终选择的出路却是"回家"。

这些故事，可用王度庐自己的两句话加以概括："财色相欺，优柔自误"（《〈宝剑金钗〉序》）。金钱腐蚀、摧毁了爱情，也使人性发生扭曲。人是"社会关系的总和"，他的社会小说正是通过写人，而使社会的弊端暴露无遗。

在社会小说里，王度庐经常写及具有侠义精神的人物，他们扶弱抗强，甚至不惜舍生以取义。这些人物有的写得很好，如《风尘四杰》里的天桥四杰和《粉墨婵娟》里的方梦渔；有些粗豪角色则写得并不成功，流于概念化，如《红绫枕》里的熊屠户和《虞美人》里的秃头小三。

上述侠义角色与爱情故事里的男女主人公一样，也是现代社会中的弱者。作者不止一次地提示读者，这些侠义人物"应该"生活于古代。这种提示背后隐含着一个问题：现代爱情悲剧里的那些痴男怨女，如果变成身负绝顶武功的侠士和侠女，生活在快意恩仇的古代江湖，他们的故事和命运将会怎样？这个问题化为创作动机，便催生了王度庐的侠情小说，这里也昭示着它们与作者所撰社会小说的内在联系。

《宝剑金钗》标志着王度庐开始自觉地把撰写社会言情小说的经验融入侠情小说的写作之中，也标志着他自觉创造"现代武侠悲情小说"这一全新样式的开端。此书属于厚积薄发的精品，所以一鸣惊人，奠定了作者成为中国现代武侠悲情小说开山宗师的地位。继而推出的《剑气珠光》《鹤惊昆仑》《卧虎藏龙》《铁骑银瓶》①（与《宝剑金钗》合称"鹤－铁五部"）以及《风雨双龙剑》《彩凤银蛇传》《洛阳豪客》《燕市侠伶》等，都可视为王氏现代武侠悲情小说的代表作或佳作。

作为这些爱情故事主人公的侠士、侠女，他们虽然武艺超群，却都是"人"，而不是"超人"。作者没有赋予他们保国救民那样的大任，只让他们为捍卫"爱的权利"而战；但是，"爱的责任"又令他们惶恐、纠结。他们驰骋江湖，所向无敌，必要时也敢以武犯禁，但是面对"庙堂"法制，他们又不得不有所顾忌；他们最终发现，最难战胜的"敌人"竟是"自己"。如果说王度庐的社会小说属于弱者的社会悲剧，那么他的武侠悲情小说则是强者的心灵悲剧。

王度庐是位悲剧意识极为强烈的作家。他说："美与缺陷原是一个东西。""向来'大团圆'的玩意儿总没有'缺陷美'令人留恋，而且人生本来是一杯苦酒，哪里来的那么些'完美'的事情？"（《关于鲁海娥之

---

①这里叙述的是发表次序。按故事时序，则《鹤惊昆仑》为第一部，以下依次为《宝剑金钗》《剑气珠光》《卧虎藏龙》《铁骑银瓶》。

死》)《鹤惊昆仑》和《彩凤银蛇传》里的"缺陷"是女主人公的死亡和男主人公的悲凉;《宝剑金钗》《卧虎藏龙》《铁骑银瓶》里的"缺陷"都不是男女主角的死亡,而是他们内心深处永难平复的创伤;《风雨双龙剑》和《洛阳豪客》则用一抹喜剧性的亮色,来反衬这种悲怆和内心伤痕。

王度庐把侠情小说提升到心理悲剧的境界,为中国武侠小说史做出了一大贡献。正如弗洛伊德所说:"这里,造成痛苦的斗争是在主角的心灵中进行着,这是一个不同冲动之间的斗争,这个斗争的结束绝不是主角的消逝,而是他的一个冲动的消逝。"[1]这个"冲动"虽因主角的"自我克制"而消逝了,但他(她)内心深处的波涛却在继续涌动,以致成为终身遗恨。

李慕白,是王度庐写得最为成功的一个男人。

有人说,李慕白是位集儒、释、道三家人格于一身的大侠;这是该评论者观赏电影《卧虎藏龙》的个人感受。至于小说《宝剑金钗》里的李慕白,他的头上绝无如此"高大上"的绚丽光环——古龙说得好:王度庐笔下的李慕白,无非是个"失意的男人"。

在《宝剑金钗》里,李慕白始终纠结于"情"和"义"的矛盾冲突之中,他最终选择了舍情取义,但所选的"义"中却又渗透着难以言说的"情"。手刃巨奸如囊中取物,李慕白做得非常轻易;但是他却主动伏法,付出的代价极其沉重。他做这些都是自愿的,又都是不自愿的。出发除奸之前,作者让他在安定门城墙下的草地上做了一番内心自剖,这段自剖深刻地展示着他的"失意",这种心态可以概括为三个字——"不甘心"。

在本《大系》所收"早期小说与杂文"卷中,读者可以见到王度庐用笔名"柳今"所写的一篇杂文《憔悴》,其中有段文字,所写心态与上述李慕白的自剖如出一辙。读者还可见到,《红绫枕》里男主角戚雪桥为爱

---

[1] 弗洛伊德:《戏剧中的精神变态人物》,张唤民译,载《二十世纪西方美学名著选》(上),复旦大学出版社,1987,第410页。

人营墓、祭扫时的一段内心独白，其心态又与柳今极其相似。于是，我们看到了王度庐、柳今、戚雪桥（还有一些其他角色，因相关作品残缺而未收入《大系》）与李慕白之间的联系——李慕白的故事，是戚雪桥们的白日梦；戚雪桥、李慕白们的故事，则是柳今、王度庐的白日梦。

不把李慕白这个大侠写成一位"高大上"的"完人"，而把他写成一个"失意的男人"，这是王度庐颠覆传统"侠义叙事"，为中国武侠小说史做出的又一贡献。

玉娇龙，是王度庐写得最为成功的一个女人。

玉娇龙的性格与《古城新月》里的祁丽雪有相似之处，但是她的叛逆精神更加决绝、更加彻底。为了自由的爱情，她舍弃了骨肉的亲情。同时，她也舍弃了贵胄生活，选择了荆棘江湖；舍弃了城市文明，选择了草莽蛮荒。

对玉娇龙来说，最难割舍的是亲情；最难获得的，是理想的婚姻。她发现自己选择罗小虎未免有点莽撞，所以又离开了他。她获得了自由的爱情，却在事实上拒绝了自由的婚姻。这与其说反映着"礼教观念残余""贵族阶级局限"，不如说是对文化差异的正视。尽管如此，这位"古代娜拉"并未"回家"，而是毅然决然地踏上一条不归路。这条路是悲凉的，同时又是壮美的。

玉娇龙和李慕白都是"跨卷人物"。《剑气珠光》里的李慕白写得不好，因为背离了《宝剑金钗》中业已形成的性格逻辑。《铁骑银瓶》里的玉娇龙则写得很好，她青年时代的浪漫爱情，此时已经升华为伟大的、无私的母爱。她青年时代的梦想，终于在爱子和养女的身上得以成真，但是他们携手归隐时的心态，也与母亲一样充满遗憾。

王度庐的上述成就，都是源于对传统武侠叙事的扬弃，这也使他的武侠悲情小说拥有了现代精神。

王度庐又是一位京旗作家。

清朝定都北京之后，即将内城所居汉人一律迁出，由八旗分驻内城八区。王度庐家住地安门内的"后门里"，属于镶黄旗驻区，其父供职于内务府的上驷院。内务府是一个由满洲上三旗（镶黄、正黄、正白旗）内"从龙包衣"①组成的机构，专门管理皇家事务。由此可知，王氏当属编入满洲镶黄旗的"汉姓人"，这一族群不同于"汉人""汉军"，满人把他们视为同族②。

满人崛起于白山黑水之间，性格刚毅尚武，自立自强，粗犷豪放。入关定鼎之后，宴安日久，八旗制度的内在弊端开始呈现，"八旗生计"问题日益突出，以致最终导致严重的存亡危机。王度庐出生时，恰逢取消"铁杆庄稼"（即旗人原本享受的"俸禄"），父亲又早逝，全家陷于接近赤贫的境地。他的早期杂文经常写到"经济的压迫"，"身世的漂泊，学业的荒芜"，疾病的"缠身"，始终无法摆脱"整天奔窝头"的境况。他的许多社会小说及其主人公的经历、心境，也都寄托着同样的身世之感和颓丧情绪。这种刻骨铭心的痛楚，蕴含着当时旗人不可避免的噩运，汉族读者是难以体会这种特殊的苦痛的。

同时，王度庐又十分景仰旗族优秀的民族精神。他的作品，明确书写旗人生活的有十多部；他所塑造的许多旗籍人物身上，都寄托着他对民族精神的追忆和期许。

从这个角度考察玉娇龙，首先令人想到满族的"尊女"传统。满族文史专家关纪新认为，这一传统的形成，至少有四点原因：一、对母系氏族社会的清晰记忆；二、以采集、渔猎为主的传统经济，决定了男女社会分工趋于平等；三、入关之前未经历很多封建化过程；四、旗族少女在理论上都有"选秀入宫"机会，所以家族内部皆以"小姑为大"。③玉娇龙那昂扬的生命力，正是满族少女普遍性格的文学升华。《宝刀飞》可能是第一部把入宫前的慈禧，作为一位纯真、浪漫而又不无"野心"的旗族姑娘加以描绘的小说。作者以"正笔"书写入宫前的她，用"侧笔"续写成为"西宫娘娘"之后的她，沉重的历史

---

① "包衣"，满语，意为"家里人"，在一定语境下也指"世仆""仆役"；"从龙"，指从其祖先开始就归皇帝亲领。王度庐在一份手写的简历里说：父亲在清宫一个"管理车马的机构"任小职员，这个机构当即内务府所属之上驷院。

② 按："满人"专指满族；"旗人"这一概念则涵括满洲、蒙古、汉军三个八旗的所有成员，其内涵大于"满人"。

③ 参阅关纪新：《多元背景下的一种阅读——满族文学与文化论稿》，辽宁民族出版社，2013，第219页。

感里蕴含几分惋惜，情感上极具"旗族特色"。

在《宝剑金钗》和《卧虎藏龙》里，德啸峰虽非主人公，却可视为旗籍"贵胄之侠"的典型。他沉稳、老练，善于谋划，善于掌控全局，比李慕白更加"拿得起、放得下"。他的身上比较完整地体现着金启孮所说京城旗人游侠的三个特征：一、凌强而不欺下，一般人对他们没有什么恶感。二、多在八旗人居住的内城活动，没什么民族矛盾的辫子可抓。三、偶或触犯权势，但不具备"大逆不道"的证据，故多默默无闻。[1]铁贝勒、邱广超和《彩凤银蛇传》里的谢慰臣都属此类人物。

进入民国之后，由于政治、经济原因，京中旗人的精神状态呈现更趋萎靡甚至堕落之势（《晚香玉》里的田迁子即为典型），但是王度庐从闾巷之中找到了民族精神的正面传承。《风尘四杰》实际写了五个"闾巷之侠"——那位"有学有品而穷光蛋"[2]的"我"，也算一个"不武之侠"。作者清楚地认识到：虽然早非"侠的时代"，但是天桥"四杰"[3]身上那种捍卫正义，向善疾恶，刚健、豁达、坚韧、仗义、乐观的民族精神，却是值得弘扬光大的。这已不仅仅是对旗族的期许，更是对重振中华民族传统美德的期许。

凡是旗人，都无法回避对于清王朝的评价。王度庐在杂文里认为，"大清国歇业，溥掌柜回老家"[4]乃是历史的必然，人民期盼的是真正实现"五族共和"。他更在两部算不上杰作的小说中，以传奇笔法描绘了两位清朝"盛世圣君"的形象。《雍正与年羹尧》里的胤祯既胸怀雄才大略，又善施阴谋诡计。他利用"江南八侠"的"复明"活动实现自己夺嫡、登基的计划，又在目的达到之后断然剪除"八侠"势力。但是，他对汉族的"复明"意志及其能量日夜心怀惕惧，以至"留下密旨，劝他的儿子登基以后，要相机行事，而使全国

---

[1]参阅关纪新：《老舍与满族文化》，辽宁民族出版社，2008，第80页。
[2]语见王度庐早期杂文《中等人》，原载于北平《小小日报》1930年4月5日"谈天"栏，署名"柳今"。
[3]民国初年，"天坛附近的天桥大多数的女艺人、说书人、算命打卦者都是满人"。转引自关纪新：《老舍与满族文化》，辽宁民族出版社，2008，第122页。
[4]语见王度庐早期杂文《小算盘》，原载于《小小日报》1930年5月20日"谈天"栏，署名"柳今"。

恢复汉家的衣冠"。书中还有一位不起眼的小角色——跟着胤祯闯荡江湖的"小常随"，他与八侠相交甚密，又很忠于胤祯。"两边都要报恩"的尖锐矛盾，导致他最终撞墙而殉。作者展示的绝不限于"义气"，这里更加突出表现的是对汉族的负疚感和对民族杀伐史的深沉痛楚。王度庐对历史的反思已经出离于本民族的"兴亡得失"，上升为一种"超民族"的普世人文关怀。《金刚玉宝剑》中的乾隆，则被写成一个孤独落寞的衰朽老人，这一形象同样透露着作者的上述历史观。

满族入关后吸收汉族文化，"尚武"精神转向"重文"，涌现出了纳兰性德、曹雪芹、文康等杰出满族作家，其中对王度庐影响最大的是纳兰性德。"摇落后，清吹那堪听。淅沥暗飘金井叶，乍闻风定又钟声。"①纳兰词的凄美色调，融入北京城的扑面柳絮和戈壁滩的漫天风沙，形成了王度庐小说特有的悲怆风格。

旗人的生活文化是"雅""俗"相融的，王度庐继承着旗族的两大爱好：鼓词（又称"子弟书""落子"）和京剧。他十七岁时写的小说《红绫枕》，叙述的就是鼓姬命运，其中还插有自创的几首凄美鼓词。至于京剧，据不完全统计，仅在《落絮飘香》《古城新月》《晚香玉》《虞美人》《粉墨婵娟》《风尘四杰》《寒梅曲》七部小说中，写及的剧目已达九十六折②之多！作为小说叙事的有机内涵，王度庐写及昆曲、秦腔、梆子与京剧的关系，"京朝派"（即京派）与"外江派"（即海派）的异同，"京、海之争"和"京、海互补"，票社活动及其排场，非科班出身的伶人、票友如何学戏，戏班师傅和剧评家如何为新演员策划"打炮戏"，各色人等观剧时的移情心理和审美思维……他笔下的伶人、票友对京剧的热爱是超功利的，而她（他）们的社会角色和物质生活则是极功利的——唯美的精神追求与惨淡的现实生活构成鲜明反差，映射着

①纳兰性德：《忆江南》——当年王度庐与李丹荃相爱，曾赠以《纳兰词》一册，李丹荃女士七十余岁时犹能背诵这首词。
②由于现存《虞美人》和《寒梅曲》文本均不完整，所以这一数字是不完整的。而未列入统计对象的《宝剑金钗》《燕市侠伶》等作品中，也常含有京剧演出、观赏等情节，涉及剧目亦复不少。

人性的本真、复杂和异化。他又善于利用剧情渲染故事情节和人物情感，例如《粉墨婵娟》中，凭借《薛礼叹月》和《太真外传》两段唱词，抒发女主人公不同情境下的不同心绪，展示着"戏如人生、人生如戏"的微妙契合，极大地增强了小说的诗意。

入关以后，旗人皆认"京师"为故乡，京旗文学自以"京味儿"为特色。王度庐的小说描绘北京地理风貌极其准确，所述地名——包括城门、街衢、胡同、集市、苑囿、交通路线等等，几乎均可在相应时期的地图上得到印证。《宝剑金钗》《卧虎藏龙》主人公的活动空间广阔，书中展示清代中期北京的地理风貌相当宏观，又非常精细。玉娇龙之父为九门提督，府邸位置有据可查，作者由此设计出铁贝勒、德啸峰、邱广超府第位置，决定了以内城正黄旗、镶黄旗（兼及正红旗、正白旗）驻区为"贵胄之侠"的主要活动区域。李慕白等为江湖人，则决定了以"外城"即南城为其主要活动区域。两类侠者的行动则把上述区域连接起来，并且扩及全城和郊县。《落絮飘香》《古城新月》《晚香玉》《虞美人》等社会小说中，主人公的活动空间相对狭小，所以每部作品侧重展示的是民国时期北平城的某一局部区域：或以海淀—东单—宣内为主，或以西城丰盛地区—东单王府井地区为主，等等。拼合起来，也是一幅接近完整的"北平地图"。上述小说之间所写地域又常出现重合，而以鼓楼大街、地安门一带的重合率为最高。作者故居所在地"后门里"恰在这一区域，在不同的作品里，它被分别设置为丐头、暗娼等的住地。这里反映着作者内心深处存在一个"后门里情结"，他把此地写成天子脚下、富贵乡边的一个小小"贫困点"，既体现着平民主义的观念，又是一种带有幽默意味的自嘲。

王度庐小说里的"北京文化地图"，是"地景"与"时景"的融合，所以是立体的、动态的。这里的"时景"，指一定地域中人们的生活形态，包括节俗、风习。无论是妙峰山的香市、白云观的庙会、旗族的婚礼仪仗、富贵人家的大出丧、"残灯末庙"时的祭祖和年夜饭、北海中元节的"烧法船"，乃至京旗人家的衣食住行，王度庐都描写得有声有色，细致生动。这些"时景"与故事情节融为一体，成为展示人物性格、心理的重要手段；同时也颇具独立的民俗学价值。王度庐在小说里常将富贵繁华区的灯红酒绿与平民集市里的杂乱喧闹加以对比，而对后者的描绘和评论尤具特色。例如，《风尘四杰》里是这样介绍天桥的："天桥,的确景物很多,让你百看不厌。人乱而事杂,技艺丛集,藏龙卧虎,新旧并列。是时代的渣滓与生计的艰辛交织成了这个地方,在无情的大风里,秽土的弥漫中,令你啼笑皆非。"他笔下的天桥图景,喷发着故都世俗社会沸沸扬扬的活力和生机,嘈杂喧嚣而又暗藏同一的内在律动;它与内城里的"皇气""官气"保持着疏离,却又沾染着前者的几分闲散和慵懒。这又是一种十分浓厚、相当典型的"京味儿"!

"京味儿"当然离不开"京腔"。王度庐的语言大致是由两部分组成的:叙事以及文化程度较高角色的口语,用的是"标准变体",即经过"标准化处理"的北京话,近似如今的"普通话";底层人物的语言,则多用地道的北京土语,词汇、语法都有浓厚的地域特色,比一般的"京片儿"还要"土"。故在"拙""朴"方面,他比一些京派作家显得更加突出。

由于众所周知的原因,王度庐的作品散佚严重,这部《大系》编入了至今保存完整或相对完整的小说二十余种,另有一卷专收早期小说和杂文。

笔者认为,1949年前促使王度庐奋力写作的动力当有三种:一曰"舒愤懑";二曰"为人生";三曰"奔窝头"。三者结合得好,或前二者起主要作用时,写出来的作品质量都高或较高;而当"第三动力"起主要作用时,写出来的作品往往难免粗糙、随意。当然,写熟悉的题材时,质量一般也高或较高,否则,虽欲"舒愤懑""为人生",也难以得到理想的效果。是否如此,还请读者评判、指正。

徐斯年
二〇一四年十一月于姑苏香滨水岸

凡　例

1.《落絮飘香》

1939 年 4 月至 1940 年 2 月连载于《青岛新民报》,署名"霄羽"。1948 年 9 月由上海励力出版社印行单行本,分为 4 册:《落絮飘香》《琼楼春情》《朝露相思》《翠陌归人》。本版恢复为一册,据单行本排印。

2.《古城新月》

1940 年 2 月至 1941 年 4 月连载于《青岛新民报》,署名"霄羽"。1948 年至 1950 年由上海励力出版社印行单行本, 分为四册:《朱门绮梦》《小巷娇梅》《碧海狂涛》《古城新月》。本版恢复为一册,据单行本排印。

3.《海上虹霞》

1941 年 4 月至 8 月连载于《青岛新民报》,署名"霄羽"。1949 年由上海励力出版社印行单行本,分为两册:《海上虹霞》《灵魂之锁》。本版恢复为一册,据单行本排印。

4.《晚香玉》

1947 年 5 月至 1948 年 1 月连载于《青岛时报》,署名"绿芜"。1948 年由上海励力出版社印行单行本,分为两册:《绮市芳菲》《寒波玉蕊》。本版恢复原名,据单行本排印。

5.《粉墨婵娟》

1948年2月至7月连载于《青岛时报》,署名"绿芜"。1948年由上海元昌印书馆印行单行本,分为两册:《粉墨婵娟》《霞梦离魂》。本版恢复为一册,据单行本排印。

6.《风尘四杰·香山侠女》

《风尘四杰》,1948年2月起,连载于《岛声旬刊》,署名"佩侠"。1949年由上海励力出版社出版单行本。本版据单行本排印。

《香山侠女》,1949年由上海励力出版社出版单行本,未见连载。本版据单行本排印。

目录

第一回　三十年前的悲剧

　　青岛，由一个荒僻的渔村变为繁华的都市，不过是近几十年的事。三十年前，这地方的楼房没有如今这么多，树木也比现在少。海水却跟现在一样绿，早晨太阳也一样的红，人情虽然尚保存着简朴的古风，可是所谓"桃色的悲剧"也是不见得没有：男人为金钱而疯狂，女人为爱情而流泪，跟现在是一样的。

　　那时候的青岛不能整个都叫青岛，在现今的德县路以南，那时是官厅、洋行及西洋人幽雅住宅的聚集之地，那里才叫作"青岛"。至于北首，是一些中国人的低小的楼房和简陋的商店，叫作"鲍岛"。所以胶州、即墨几县的乡民，要来到这新开辟的码头发财，都是说："二哥到哪里去？""到鲍岛去。"嘴里说青岛这名称的人很少。鲍岛却有大小之分，小鲍岛即今黄台路一带，那时那地方还是一片山林，没有许多住宅，当然，如今所要说的这幕"悲剧"，是发生于大鲍岛上。

　　大鲍岛直隶街（即今之河北路），那时有一家客栈，牌匾上仿佛是写着"同公栈"。这一天，客栈一进门的柜台里，王掌柜正打着电话，他先打到电话局，请电话局的司机生接了线，然后才能跟对方通话。他是要向码头问问"太平轮"的开船日期，因为他这客栈里现在住着许多由各地来的苦工，都是急着要往南非洲去开金矿。

　　这时是下午五点来钟，柜台前的那只电灯还没有亮，忽然有个男子同着个妇人进来,问说:"还有房间没有?"王掌柜向旁边的宋伙计动了动下巴,宋伙计就赶忙转过柜台,接过来客人的行李,不过是一只大号的柳条箱。客人腾出手来赶紧扶住了旁边的妇人,向宋伙计说:"外边车上还有一份铺盖!"

宋伙计叫另外一个伙计到车上去拿,他提着柳条箱带着客人往楼上走去,走上了五六级楼梯,他就回过头来问说:"你老是才下火车的吗?"

这时他看见了这客人还用手搀扶着那妇人,妇人年纪不过十五六岁,梳着时兴的圆头,前边留着燕尾一般的两绺长头发。穿的是银灰库缎瘦身瘦袖的小夹袄,下边是石榴红色的瘦筒儿的裤子,也是库缎的,再下边是一双粉红线袜,绿缎子的鞋,鞋头上还钉着个红绒球儿。妇人的模样是相当的俊美,瘦长脸儿,嵌着两只特别大的眼睛,可惜是叫脸上那层苍黄的病容带累坏了,所以也显着呆板无神。她的肚子也是鼓鼓的,至少有五个月的身孕。脚小、体病、肚子大,有这三项原因,所以她不得不仗着她那个"丈夫"搀扶,才能慢慢地一走一哼地上了这又狭又陡的楼梯。

她的丈夫年纪至多也不过二十一二,身材是不矮,姜黄的脸儿,五官也可以说是端正,不过眉毛很直又紧皱着。身上的灰绸夹袍、酱紫坎肩,虽然还新,可是有几处都已磨破,青缎的瓜皮小帽上也粘着不少尘土。看这样子,这位携带家眷的"大爷",虽然不是楼下"大屋子"里那些要去开金矿的一流人,可也不见得是来到青岛就有什么"阔事"的。

宋伙计把这对男女带到一间不大敞亮的屋里,男子就搀扶着妇人到那靠墙的木板床上一躺,妇人就说:"哎哟!你瞧你把我带来的这个地方?在火车上是越走越冷,在济南府你还不叫我赎出那件棉袄?哎哟!我跟着你可是受够了罪啦……"妇人哭着。

宋伙计把柳条箱放在楼板上,扭头又看了看,心里真有点纳闷。这时另外那个伙计又把一个既小且轻的铺盖卷儿拿进来。男人抬头看了看壁上粘着的"房间价目表",随就转过头来说:"先沏一壶茶来!"于是宋伙计跟那个伙计就都出去了。

妇人还仰卧在床上抽抽噎噎地哭，男人皱着眉走近了床，用怨恨的口气，悄声说："你哭什么？这是外国地方，巡警查得严，你这样儿，倒叫人家疑惑我是拐带！"妇人立刻停止了抽泣，可还流着眼泪，又悲凄凄地说："我冷！"男人说："你冷，叫我给你盖上被褥不就得啦！"说着便气愤愤地抽开捆铺盖的绳子，把一个油泥不少的枕头先置在床上，又把一床粗蓝布的被褥通通压在妇人的身上。

忽然妇人的面色一阵惨变，她自己用力扶着床沿欠起来半身，指着下面的痰桶，闭着嘴急急地说："唔！唔！"男人赶紧把一个黄铜的痰桶挪到妇人的眼前。妇人痛苦难禁，脸上显出一阵怕人的苍白，把口一张，哇的一声就吐出了一口鲜血，然后她哎哟一声，身子随之歪在床上。男子在旁站着，低着头，两道重眉毛堆在一块儿。

宋伙计正进屋，他直着眼睛发了半天呆，才把茶壶茶碗放在桌上。另一只手把纸笔交给这男人，说："你老把姓名写上吧！从哪儿来，还打算往哪儿去？"男人一手接过笔来，一手拿着那张白纸，低着头看了半天，就又交还给宋伙计，用他那不很纯粹的北京话说："叫柜上替我写上吧！我叫柳贵，济南人，在北京多年，家里是个北京城的女人。现在由济南府来，到青岛找个表亲谋事。咱们都是老乡，准没有错儿！"宋伙计点了点头，心里记住了"柳贵"，又溜了那病美人儿一眼，他就出屋去了。

这时，柳贵紧皱的眉头稍微松开了一点，但他走近了床前，低眼一看痰桶里的那口黑血，眉头又立刻皱上了。他轻轻地抱着他的妻子翻过身来，依然叫女人仰着脸躺着，并拿被角擦了擦女人嘴角上沾着的一点血。他又走到桌前，倒了一碗热茶，用嘴吹了半天，才端过来，一手扶起了女人，一手拿着茶碗，叫说："小卿，把口漱漱吧！"

这名叫小卿的女人张开口，顺着碗边喝了一口茶，因为水太热，她漱了一下就吐到痰桶里，然后由着她丈夫把她的身子放下，头下并垫好了枕头。她睁开了那双特别大的眼睛，身上的痛苦似是减轻了一些，可是眉端仍表示着忧虑，她说："来到这儿又怎么办呢？准能找得着罗佩三吗？他准能给你找事儿吗？"

柳贵说:"你别着急,一定有办法!罗佩三在土产行当伙计,我可忘了那土产行的字号,听人说是在大马路。明天早晨,我就出去打听,只要能找着他,他就决不能不管咱们。找不着他,我也会另想法子,青岛港上饿不死人,只要豁得出去,跑到码头上卖力气搬货,一天也能混两个饱,也能养活一个老婆。你别发愁!身子要紧,你跟着我出来不容易,我决不能让你跟着我挨饿。你好好歇着吧!"小卿就把头藏在了被里。

柳贵把茶碗拿到桌上,自己又倒了一碗茶喝了,把瓜皮小帽摘下来,用手拍了拍土。恰巧宋伙计送进来洗脸水,他就向宋伙计问明白了,往大马路去出门是应当往哪边走。当时他仿佛也很疲倦了,就洗洗脸,拍拍衣裳。宋伙计拨开电门,屋中的电灯亮了,宋伙计问:"你老晚饭吃了没有?是在外头叫,还是叫柜上开?"柳贵却坐在椅子上,没精打采地向宋伙计摆了摆手,说:"我们在车上吃过了!"宋伙计又向床上溜了一眼,出了房间。

一夜,这房间里的男子跟那个病妇人也不知怎么睡的觉。到了第二天,宋伙计又送进来洗脸水,他见妇人是脸向里躺着,那位客人柳贵正在穿他的坎肩。一见了宋伙计,柳贵又把往大马路去的路径问了一遍,然后他就拧手巾擦脸,扣上了瓜皮帽,又低头瞧了瞧他的青缎鞋。等到宋伙计出屋之后,柳贵就蹲下身,打开了在楼板上放着的那只柳条箱。他伸手去摸,在几件旧衣服中间摸出来一个红布包儿,打开,里面还裹着一层纸,纸的里边才露出来六块现洋跟一副约有四两重的银镯子。他拿出来两块钱装在衣裳口袋里,把这包儿又层层地包好,箱子也盖严,勒紧,然后才慢慢地站起身来,看了看脸向里蒙在被里的女人,说:"小卿!我走啦,找着罗佩三,他也许能同我来,有什么事你就叫栈房的伙计吧!"嘱咐完了,小卿却没言语,只见棉被微微地动了动,枕头上露出了乌黑的圆头、镀金的簪子。柳贵皱着眉,微微地有点叹气,就转身出了房间,顺着楼梯一级一级地往下走去。

这是三月初旬的天气,大马路两边种的洋槐树已发出了嫩小的绿叶,风从海面吹来,触到人脸上还是很硬很冷。天还早,不过上午九点来钟,空中凝结着一块一块的愁云,阳光都看不见。往来的人不很多,左右的铺户也都像不大兴旺。柳贵脚踏着石子路,眼睛往铺户的匾额上去看,一家挨着一家,他走了两个来回,也没看见有一家土产行。他的心渐渐地沉重了,眉又皱聚在一起,脚步也渐渐迟缓。他站住身子,在马路旁边发怔,轧石子路的车碾子由他的眼前往北去了,咕噜咕噜的响声,震着他的心。

站立了半天,他才拦住一个行人问说:"借光!哪儿还有土产行?"行路的人往西北一指,说:"后海沿有几家,你打听的是什么字号?"柳贵却说不出来。本来他那个表兄已有四五年没跟他通信了,表兄罗佩三在青岛做土产行,不过是听在济南的一个亲戚传说,他实在也不准知道。

他在后海沿找了半天,没有找着。走到济南街,倒是看见有两家土产行,及至进去一打听,也没人知道有那么一个罗佩三。他是完全绝望了,在街上低着头走,四周围都是冷的、生疏的。虽然沿路所过的菜馆里,刀铲还在叮当乱响,划拳欢乐之声也十分热闹,但里边的热气却扑不到他的身上。

回到客栈,掌柜的和伙计们正围着桌子吃饭,楼下大屋子里也有人高兴地谈笑,楼上还有人拉胡琴。他却像爬着似的,费力地走上楼梯。一进屋里,他的女人小卿盘腿坐在床上正吃馒头,手里拿着筷子,身旁还放着一碗熬白菜和一碟咸鱼。见他回来了,小卿翻了翻眼睛,问说:"找着了没有呀?"柳贵没有言语,把瓜皮帽儿摘下来往桌上一掷。

女人又说:"找不着他就算了!先吃饭,过两天再找。我刚才问这儿的伙计,伙计说在青岛找人很容易,因为地方小,人少,今儿找不着,明儿就许在街上碰见。你先吃饭吧!青岛这鱼腌得真好,你尝尝!刚才我又吐了一口血,现在身上倒舒服啦,就是……肚子仿佛有点儿疼似的!"她掠起了眼波笑了笑,说:"吃吧!烦什么呢?反正老天爷饿不死没家雀儿!"

柳贵的愁眉也松了松,他脱下了坎肩,就由桌上木盘子里拿了一个馒头、一双筷子,过去坐在床边,他夹了块咸鱼,一边吃着一边说:"刚才我出去找了半天,也没找着罗佩三,就是因为这几年我没给他写信,他住的地方,铺子的字号,我全都不知道。吃完了饭我再出去找,大概准能找得着,你别发愁!"

小卿又拿眼波掠了她丈夫一下,说:"除了我犯病的时候,我倒是不发愁,本来,愁会子又顶得了什么用?已经是出来啦!我跟了你,就是'嫁鸡随鸡,嫁狗随狗',将来你就是要了饭,我也得跟着,你跳海,我也揪着你的衣裳襟儿,跟你跳下去。好在青岛离着北京远,咱们俩在这儿就是穷,就是死,也没人认得咱们!"说着她把脸儿一转,圆头对着她的丈夫,簌簌地落在被上几颗泪珠。

柳贵笑着说:"让你说的!哪就穷啦?哪就死啦?我还想发财呢!发了财回北京见见老头子!别听他说:我一个臭赶车的,配不上你一个户部主事的小姐,可是我真要是发了财回去见他,他还能不叫我一声姑爷?你出门的时候,刨出随身的衣裳,他连一个大钱也没给你,还说:滚!滚!丢人现眼的丫头,滚出门去再别回来!你要真是穿的戴的,满头的金首饰,一身的绫罗绸缎,坐着马车回去,他们还能不迎接姑奶奶吗?"他越说越气愤,又说:"反正有钱就行!臭赶车的?有了钱也能称老爷!"

小卿立时转过脸来,眼里浸着泪水,脸儿放下来,问说:"你这是冲我说啦,还是冲谁说啦?你瞧!我又没嫌你是个臭赶车的……"

柳贵又笑着说:"我也没说你嫌我,你要嫌我,你还不能嫁我呢!"

小卿说:"这不完啦!"脸儿仍然沉着,眼睛一掠她丈夫,泪水又滚落下来,说:"你嫌穷,嫌你的身份低,你想法子发财去呀!有能发财的道儿我还拦着你?真是……"

下午,柳贵睡了一个觉,约莫有三点多钟,又出去找寻他的表兄。盲目地走了许多条马路,每一家铺户、每一个往来的人,他都注意过了,结果还是失望。他倒觉得青岛的马车真不少,心里想:弄一辆马车赶赶,拿它维持生计吧?但又想:买一匹马,置一辆车,那得要多少钱呢?他仿佛连叹息都没有力气了。现在是举目无亲,济南府没有立足之地,北京城也不能再回去了,拖着个病女人,病女人的肚子里还有个未出世的孩子,飘零在这清凄的岛上;再过几天,钱花完了,镯子当了,客栈要钱,厨房不管送饭,那不是个死? ……他深深地后悔,怨自己年轻无知,做错了事,自寻死路。看见对面来了个坐马车的娇艳女人,他就恨恨地瞪着,心说:这些东西! 男人本来很好,都是叫你们给害了!

柳贵丧魄失魂地慢慢走回去,这时客栈柜里的电灯都已亮了。在他前面先进去了五六个头戴毡帽、身穿粗蓝布的厚棉袄棉裤、小辫搭在肩上、背着钱褡子的土头土脑的人,他们一进来就问:"掌柜的! 大屋子还挤得下吗?"柜里的人说:"你们是要干什么去的?"土头土脑的人说:"走南非洲去的。"柜里一位写账的先生就笑着说:"什么南非洲?南洋! 连你们要上哪儿去都不知道!"

掌柜的过来问说:"你们是从哪儿来的?"有个土头土脑的人就答说:"张店来的。"掌柜的说:"趁早回去! 人家招工是要二十三四岁的,你们这年岁哪儿成? 快回家种田去吧! 开金矿发财也不是件容易事!"

柳贵怔了一怔,站住,看伙计把那几个至死也要去开金矿的人带到大屋子里了,他就靠近了柜台,向掌柜的笑了笑,问说:"怎么回事儿呀? 这都是要去开金矿的吗?"

管账先生在旁边笑着代答,说:"也不一定是开金矿,到了那儿也许是去割橡皮、摘香蕉,不然就是下海去摸珍珠。招去的人可不少啦,就是挑选得太厉害,非得二十来岁,没有病才成。"柳贵问:"许带家眷吗?"掌柜的溜了他一眼,笑着说:"带家眷哪儿成? 去的都是些光身汉,到了那儿,也许就热死累死啦! 也许弄得好了,十年八年以后,弄上个几万回来。"柳贵不自然地笑了笑,转身上楼,就听身后有人悄声骂说:"财迷!"

柳贵直着眼,不知怎么着就走上了楼,一开门,见屋里灯下坐着个穿青绸夹袄的三十来岁的妇人,那妇人蓦地站起身来,问他说:"你是找谁的?"

柳贵知道是走错了屋子,慌忙着退出,脸上觉得直发热。他赶紧走开,认准了自己那个房间,这才拉门进去。屋里很黑,他摸着了电门,开了灯,黄色的灯光照到床上病女人的那张黄脸上,他暗暗地叹了一口气,把瓜皮帽儿摘下来往桌上一搁。

小卿呻吟着,有气无力地说:"我又觉着不好受,刚才又吐了一口,晚饭也没吃。街上没有药卖吗? 你没去问问吗? ……"柳贵没有言语,只站着发怔。小卿微睁开两只畏光的眼睛,看看她的丈夫,又呻吟着,声音细小如蚊子哼哼一般,说:"还是没找着吗? 别瞎费那事了! 过两天,把我那副镯子当了,咱们做个小买卖就得啦!"

柳贵瞪着眼睛说:"你说的倒是容易! 那副镯子连十几块钱也当不了,能做什么买卖? 在街上受一天穷风,赚个一吊两吊的,够了吃饭的又不够房钱。你们女人说话都容易,你去做做?"

小卿绷着脸儿说:"你别跟我生气呀! 你找不着亲戚找不着事,我好意来劝你,你倒跟我……我知道,你是变了心啦!"说着又哭起来了。

柳贵愤愤地说:"哭吧! 哭死吧! 别打算叫我跟你赔不是!"

小卿挣扎着坐起来,满面是泪,浑身颤抖着,愤愤地说:"我知道你变了心! 在北京时你也不是这样! 临走的时候你是怎么跟我说来的?"

柳贵脸冲着墙,皱着眉,紧紧咬着牙说:"我忘啦!"小卿说:"你不是哄我? 你说在外头有朋友、有亲戚,外头的钱好挣,我才跟你出来的!"柳贵说:"现在你再回去呀!"自己又低声叨念说:"反正我自己有地方去。"

小卿哭着说:"你把我带出来这么远,又叫我回去? 你真狠心……柳贵! 人别没良心! 老天爷有眼! ……"哽咽了一阵,又说,"白天说得很好,我病了,带着重身子,我都不催着叫你给我请大夫买药,我知道咱们没有什么钱,我还劝你别着急,怕你愁坏了! 你可……"说着便倒下身子趴在床上,又痉挛地痛哭着。

柳贵却咬着牙叨念着说:"你就别关念着我啦! 咱们俩是一个人就活,两人就死,路逼到这儿啦,趁着还没挨饿,得赶紧各打主意!"

他喘了喘气,转脸看见了趴在床上的女人脑后的那个"圆头"。这"圆头"是前两个月到了济南府才改梳的,以前是一条又黑又亮的辫子。心想:她才是个十六岁的小姐,我一个臭赶车的,跟一个小姐勾搭上,本来就是自找罪受!

柳贵皱着眉站了半天,见床上的女人又一翻身,蒙在被里哭去了。

他就坐在个凳儿上,胳臂肘儿放在桌上支着他的头。忽然想起自己今天还没吃晚饭,他就要喊伙计,又想:本来这两天就很露出形迹,病女人,穷男人,行李又不多,客栈的人一定不放心,不如先给他们两块钱。于是手探到怀里一摸,他不由就吓得一发怔:怎么口袋里是空的呢?明明上午装在口袋里两块钱,在马路上走了一天,一个钱也没花,钱怎么会没了呢?别是上楼下楼的时候掉在地下了吧?

他赶紧站起身,低着头满处找,又走出屋去,借着院中一盏光度很低的电灯,蹲伏着身,把自己所走过的地方全都找遍了。刚才错走进去的那房间里的女人,现在正跟一个男子说笑,说:"你也跑一回南洋好不好?发了财回来多神气!那时候我准嫁你……"男人笑着,并有鸦片烟味发散出来。

柳贵顺着楼梯,弯着腰一级一级全都找到。他的头上流着汗,口中喘着气,一直起身来,就觉着腰很疼。他两只眼睛发着怔,皱着眉,就到柜上说:"掌柜的,借我洋火用一用!"掌柜的把一盒红头火柴掷给他,柳贵就又弯着腰,一根接着一根地划火柴,眼睛钻进了每一个砖缝。

掌柜的和伙计都扒着柜台往外看,有人就问说:"你找什么?丢了什么东西啦?"柳贵弯着腰说:"我丢了两块钱!"柜里的人又问说:"是钱票还是现洋?"柳贵拿手擦擦头上的汗,说:"是现洋,我把它带在身上啦!"旁边便有人扑哧一笑。

柳贵抬起头来一看,见是一个身材很高的人,三十来岁,穿着青洋绉小棉袄,下面是黑线呢裤子和一双黄皮子的洋式马靴。他眼睛朝下看着,紫红的胖脸上带着恶意的讥讽。柳贵就直起腰来,点点头说:"劳驾!你没看见地下的两块钱吗?"

这人立时翻了脸,抖手就打了柳贵一个嘴巴,说:"他妈的你不问别人,怎么单问我?瞧我像捡你钱的是怎么着?你他妈的滚蛋!哪个码头赶来的你这么个穷瞎眼!"柳贵捂着发烧的脸,说:"你怎么打人呀?"这人瞪着眼说:"打?打你还是好的呢!"说着咚的一马靴,踹得柳贵一屁股摔在了地下。

柳贵赶紧往起爬,气得直喘,骂着说:"小子你别欺负人!青岛港上也有王法……"

掌柜的和伙计们都跑出柜台来给劝解，大屋子里的人也都跑出来看打架，立时就揪着、扯着、骂着，客栈里像冲进了海潮似的，一阵子乱了起来。

结果，柳贵被宋伙计劝回楼上的房间，钱没找着，倒惹了一场气，脸发热发涨，屁股也很疼，而且才来到青岛就丢人，柳贵坐在凳儿上摇头暗叹着："时运不济……"

床上的小卿又翻过身来，细声呻吟着，问说："是怎么啦？"柳贵一跺脚，像发狂似的说："你还打听什么？"吓得小卿把头一缩。她翻翻眼睛，偷着瞧了她的丈夫一眼，就又怯怯地问说："是你跟人打架了吗？"

柳贵暴跳起来，嚷着说："你就不用问啦！你们娘儿们家……他妈的你不好好地养病，可胡来打听事！要死就快死！要活就快活！这样儿用木头刀子锯人，谁也受不了！咳……"

小卿含着眼泪说："我锯你？咱们俩不定是谁锯谁啦？刚一受穷，你就不忍着！以后可……"

柳贵瞪着眼说："你可别在我的耳边瞎啰唆！"

小卿拿被角擦擦眼泪，又娇声说："我要……你把柳条箱里那个尿盆给我拿出来！"

柳贵狠狠地一跺楼板，说："我净伺候你还能行？你又没死，你也得学着下地呀！妈的！外边是欺负里边是磨，真得叫我死呀！"一跺脚又出屋去了。

走过柜台时，他挺着胸撇着嘴，眼睛直直地不往两旁去看，也不知刚才那穿马靴的人是走了没有。出了门首，他还低头往地下瞧了瞧，心想：可怜！那宝贵的两块钱，连个响儿也没听见，就算飞了！脸被凉风一吹，生疼，一走路屁股也酸得慌，肚子又饿，身边却没有钱，马路是这么生疏而凄清，路灯是那么黯淡，柳贵就想：这地方真怪！三月的天气还是这么寒，真是天涯海角，死生穷途呀！女人又病得像一只瘦猴儿，不如早先那鲜花一般，小蝴蝶儿一般的值得留恋了……

他在马路上鬼魂似的游了一阵，就又回到客栈里。一进客栈，圆圆脸儿的掌柜的就站起来招呼他，说："柳爷！请柜里喝碗茶来！"柳贵点点头，含笑走进了柜，掌柜的拉了一把椅子请他坐下，说："你老刚才惹了一场闲气真不值得！那是个什么人？你老是什么人？"

柳贵喘了口气，问说："刚才那个小子是谁？他有什么势力？掌柜的，明天他再来时，请你告诉他，说我姓柳的要斗一斗他！"

掌柜的扬起了下巴，摇摇头说："算了吧！你老斗他干什么？那是青岛港上有名的流氓！现在又当了招洋工的头儿！"

柳贵一怔，问说："他是招洋工的头儿？招什么工的呀？"

掌柜的说："就是替西洋人招工，到南洋去开金矿，去剥橡皮。他是有名的皮靴邓，在青岛港上什么事都干。你先生别惹他，明天他要再来，我把你老请下楼，跟他说合说合，就算了！你老既想在青岛做事么，就千万别得罪他那种人，咱们都是本分人，都斗不了他！"

柳贵点头说："可以！"心里却揣着点儿惧意。他又笑了笑，低声问说："到底那开金矿的事怎么样？真能够发财吗？"

掌柜的说："财是能发的，你老想，出金子的地方，金子还不跟土是一样？听说在南洋混个十年八年，一小口袋金子总可以赚得回来。可是也在乎人，年轻没把握的人也不行。那儿是什么洋戏都有，轮盘赌、窑子，什么都有，有的去了几年，回来还是光屁股，就赚来一身杨梅疮。"

柳贵笑了笑。

掌柜的又说："柳爷要有富余钱，请先支下几块来，柜上借着用一用。"

柳贵点头说："好，好，待一会儿我就送下来。"又问："掌柜的贵姓？"掌柜的说："姓王，柳爷多照应！"柳贵说："好说！王掌柜，那么回头我就把钱送下来吧！"出了柜房，他的脑子都仿佛昏了，看见院子里有只大水缸，被灯光照得发亮，他觉着那就是一座金矿。

上了楼，他怕再走错了屋子，就谨谨慎慎地找着了房间。才一进屋，却见小卿已下了床，在凳儿上坐着，鬓发蓬乱，灯光照着她的泪眼。一见丈夫进屋，她似乎是又欢喜，又悲伤，娇声说："我还以为你把我抛下，自己走了呢！我又怕你……跳了海……"说着又拿手帕擦眼泪。

柳贵不自然地笑了笑,说:"让你咒得我,我非倒霉不可!男子汉大丈夫干那事?跳海?连个尸首都不能看见。"他长叹了一口气,仰着脸又想了半天,就说:"你快睡觉去吧!别胡疑惑啦!"

小卿扶着墙,慢慢挪回到床铺,又慢慢上了床,盖上了被。她还侧着头翻着眼睛瞧她的丈夫,就见她的丈夫对着电灯发了半天呆,她又关心地问说:"你还不睡觉吗?你刚才出去是吃饭去了吗?"柳贵微点了点头,一声也不语。他站起来闭上门,脱了夹袍就上床去睡,小卿又说:"关上灯呀!我的眼睛怕灯光。"

柳贵说:"等会再关灯,我有几句话要跟你商量!"

小卿诧异着,翻了翻眼睛,问说:"什么事?"

柳贵说:"很好的一个机会!我想是我的运气来了!"他不自觉地笑了笑,又说:"现在有好些人都到青岛等着上船,到南洋去开金矿。那地方的金子跟咱们这儿的土一般,随便叫人捡,只要去了,发个百十万两银子的财是很容易的事。"

小卿听了,嘴角也迸出笑意,说:"真的吗?可是我这个病身子……"

柳贵摇头说:"你不能跟着去,人家不准带家眷,我到了那儿……"

他的话才说到这里,小卿就把他的胳臂紧紧拉住,哭泣着说:"你别去!我离不开你!咱们两人享福是在一块儿享福,受罪也在一块儿受罪,别离开……"

柳贵瞪着眼睛说:"别离开,吃什么呀?"

小卿哭着说:"吃……我还有一副镯子!"

柳贵拿胳臂猛力一推,小卿就哎哟惨叫了一声。柳贵愤愤地一翻身坐了起来,喘息着说:"他妈的!你还有什么家当?就是那一副镯子,卖了还不够两天的房钱!捆住了我,坠住了我,叫我永远陪着你,一辈子也不能够翻身?真要是他妈的我有房子有地还行,现在眼看着就到了死路啦!你还不叫我去奔前程?咳……"他几乎要哭了起来,见女人的脸向里,身子缩成一团,也不作声,只是急急地抽搐着,柳贵又叹息着,心说:死了吧!你这痨病也没有好的指望了!肚子里的孩子养下来还不定能活不能活！快快放手我吧！饶了我的命吧……

这一夜，柳贵净做梦，梦见他在遍地是珍珠玛瑙的南洋开矿，忽然一块金子落下来，打伤了他的脸，脸直发烧，屁股底下也怪痒痒，原来是橡皮……橡皮原来就是由象的身上剥下来的皮，那长鼻子的象是很可爱的，虽然象牙把自己的屁股扎得很疼，然而象牙又多值钱呀！找个匠人刻一对绣球，给媳妇揉着玩，她得有多么乐……

柳贵醒来时，见小卿的脸还向着墙，纹丝儿不动。他吓了一跳，伸手摸了摸，小卿却哭着说："你别理我！你发财去！你去吧！"

柳贵笑着说："财哪那么容易发！起来，挣扎着点起来！别装蒜！说正经的，我还得出去找罗佩三，你躺在床上可没有人伺候！"他连拉带拖，把小卿揪得坐了起来。

小卿那张焦黄的脸上全是眼泪，抽抽咽咽的，刚要勉强下床，忽然她双手一按肚子，皱眉咧嘴，脸色突然变为青白色，吸着气叫了一声："哎哟！"身子便向后倒去。柳贵还以为她是撒娇装死，就一放手，直起腰来，却见鲜红的血已从女人的裤腿流出，柳贵也吓得直了眼。

这时宋伙计正要进屋来换洗脸水，柳贵赶紧出去，张着双臂把他拦住，急急地说："别进屋！我女人大概是要小产，附近有收生婆没有？"

宋伙计发着怔还没答话，那隔壁就是昨晚柳贵错走进的那房间里的女人，披头散发的，一面伸着袖子穿衣服，一面走出来，惊慌慌地问说："怎么回事？谁要找收生婆？"

柳贵问了问宋伙计，知道这是那屋里住的张太太，他遂就连连作揖，说："张太太！我的家里，她是要小产，没有堂客帮助不成，请张太太……"

张太太说："别着急！我进屋看看！"她就跟柳贵进屋去了。

宋伙计站在屋门外好奇地偷听着，就听屋中那小媳妇连续不断地悲惨呻吟。待了一会儿，张太太从屋里伸出一只手来，手里拿着个洗脸用的铜盆，喊叫着说："宋伙计！忘八货！快打盆水来……可别进屋！"

五个多月的孩子没等成熟就落了地，张太太拿了二百钱，让宋伙计到门外找来个叫花子，就把一个很脏的蒲包儿拿出去掷到了"小泥注"。

小卿面如金纸,躺在床上,她真的不能够再动弹了。柳贵可像是丢了一块心病,他向张太太连连作揖,说:"多亏你!"张太太拍了拍才洗干净的手,笑着说:"这算什么的? 全是出门在外的人。好啦,让她好好歇会儿! 等她醒来,你叫厨房给她冲两个鸡蛋,我还没梳头呢……你别客气!"说着就像风摆杨柳一般地走出屋去了。柳贵又走到床边去看了看小卿,他很后悔,心想:昨晚上推她的那一下,一定是太用力了!

小卿不过是不能起床,病势倒似乎还不至于十分危险,柳贵就又渐渐放下了心。他打开柳条箱,把剩下的四块钱全都拿出来,又把那副银镯塞在箱子的尽里面。他把两块钱拿在手里,另外两块好好地带在身边,下楼梯时两眼还往地下找了找。

柳贵走到柜房,把手里的两块钱交给王掌柜,笑着说:"先收下这两块,一半天我的钱就来了!"

他一抬头,忽然看见账桌上放着一本厚厚的"黄历",就信手拿起来,一翻篇,见是一些伟人的肖像,一个个威武堂堂,满面富贵。再翻了几篇,见是"六十四金钱课",他心里就不觉得一动,在柜上借了六个本地通用的白色小铜元(系铜镍合制,彼时在青通用),连"黄历"一并拿到楼上。

柳贵把铜元放在茶碗里摇了几下,倒在桌上排成了一条直线,就按着钱的字面和背面,从黄历上找出卦文,却是:

俊鸟幸得出笼中,脱离灾难显威风,
一朝得志凌云去,东西南北任意行。
合伙如意,迁移称心,买卖兴旺,求财十分。

柳贵不禁笑了,想要再算上一卦,却又怕再遇见倒霉的卦文。他就赶紧把铜元和黄历送回到柜上,又昂着头,带笑问说:"王掌柜! 今天还有上南洋去的吗?"

王掌柜说:"今天没有,明天船才能开,这回上船的听说有六七十人呢！"

"那么些个人？"柳贵带着点妒意地说，心里却咚咚乱跳，仿佛精神上十分不安似的。他笑了笑，就走出了柜房，边走边自言自语地说："想到南洋发财的人，可真不少！"

一上楼梯，楼上正有个人往下走，穿着大马靴，正是那"皮靴邓"。皮靴邓原本是笑着，像是刚才在楼上开了一阵心，可是往下一瞧见了柳贵，却又绷起来那张紫红色的胖脸。柳贵赶紧退下两步站在楼梯旁边，恭恭敬敬地，容皮靴邓咚咚的像位大老爷似的走下楼梯，柳贵就说："邓爷！昨天的事怪我，那时我不知道是你！"

皮靴邓稍微一转脸儿，问说："你是干什么的？"

柳贵像害怕似的赔笑说："我也是在这儿住的客人，我叫柳贵，来到青岛投亲没投着，以后得求邓爷多多栽培！"

皮靴邓拿着大手使力地一拍他的肩膀，爽快地说："好啦！咱们一句话就完，昨天的事算是没有！以后你有什么绊住了脚爬不起来的时候，只管找我！"柳贵低着头连说："是！是！以后求邓爷格外关照！"皮靴邓就皮鞋咚咚地往外走去了。

这里柳贵高高兴兴地上了楼，一进屋，看见床上卧病的妇人，听见那微弱的呻吟声，他的眉头就又拢在了一起。小卿的气力比一个垂死的蜜蜂还微弱，她哼哼着说："你又上哪儿去啦？又是半天不管我！……"

柳贵气愤愤地说："管你，我老陪着你？我也别去挣钱，也不用吃饭！你呀，你就是困住我的一个笼！"

他伺候着女人，脑子里却想着金矿，并且忘不了刚才算的那个卦，那卦一定是灵，"东西南北任意行"，说得有多么巧？皮靴邓又是个热心肠……

此时小卿却呻吟着，哭着，悲痛地说："那孩子多可怜呀！白投了这一胎，也不知道是个男的还是女的……"

柳贵气得一跺楼板，指着她说："你这个人……咳！"他皱着眉在屋中转磨，又灰心失意地想：算了吧！我这辈子算是完啦！别说我这"俊鸟"，就是神鸟，也飞不出这座囚笼！咳！……

忽然宋伙计在外把门一拉,向屋里说:"柳爷!皮靴邓请你!"柳贵赶紧出屋,问说:"在哪儿啦?"宋伙计说:"在柜房儿啦。"

柳贵赶紧咚咚地跑下楼去,就见皮靴邓正在柜里坐着,手里拿着一大沓子洋钱。柳贵眉头大展,笑得两个嘴角都向上,还没说话,皮靴邓就立起身来,带着点笑说:"老兄弟!刚才你跟我说的那话,闹得我倒很不是滋味儿,本来昨天是我打了你,踹了你,哪有倒叫你赔不是的呢?"

旁边王掌柜跟管账的先生也一齐笑着说:"柳爷也是老实人,你们二位是不打不成相识。"

皮靴邓把头扬了扬,眼睛特别做出神气来,笑着说:"老兄弟,你不是还没吃饭吗?"柳贵赔着笑,点头弯腰地说:"还没吃。"皮靴邓说:"走!咱们出去找个小馆儿!"于是柳贵恭敬地随着皮靴邓的大皮靴出了客栈。

走在大马路上,皮靴邓就昂着头说:"刚才我听客栈里的张太太说,你很糟心呀!来到青岛港上没钱可不成,你得想法子呀!"

柳贵走在他的身后,低着头应着声:"是!"

皮靴邓带他到了沂州街(即今易州路),找了一个小饭铺,一进去,不独跑堂的笑着赶过来招待,许多吃饭的人也齐都起身。找了一张白木头八仙桌,皮靴邓先把他手里的那叠洋钱往桌上一放,然后坐下,又另外拉过一个凳儿来,脱了一只靴子,放上他那只没穿袜子的脚,就让柳贵坐在他的对面。他向跑堂的说:"来壶酒!大虾是本口的吗?来上几个,肉给咱们切点儿,小豆腐来两碗,馒头先拿几个来吧!"跑堂的连声答应,待了一会儿,就全都摆上了。

皮靴邓喝了一口酒,拿筷子夹了一个大虾,剥了嚼着,又拿筷子指着说:"随便吃!"柳贵笑着点点头,拿起来一个馒头,又夹了一块咸肉。

皮靴邓一边嚼着东西一边说:"你不想办法可不行!青岛东西贵,钱难挣,顶好你是上南洋。"

柳贵点头说:"是!"他咽下了一口馒头,又愁眉苦脸地说:"我要求邓爷维持维持,我是想上南洋,可是……我在这儿又个女人!"

皮靴邓把头一扭，说："女人还算一回事？把她送回娘家去！"

柳贵皱着眉说："她娘家又没有人！我的老家也……没有什么亲故。她又是痨病，一天要吐几口血，早晨，她五个月的身孕，又小产了，多亏客栈里住的那位张太太帮忙……"

皮靴邓说："那你就把她抛在这儿，别管她！上南洋非得二十来岁的小伙子，身上有点病儿都不行，你带着个女人，又是个痨病鬼，那还想上船？听我的，把她硬抛下！反正她饿不死，客栈也不能赶她出去。女人总有女人的办法，你看客栈那个张太太，孤身一人，从打我来到青岛那天，她就在那儿住，也没瞧见过她有一天缺吃少喝。"

他又喝了口酒，拿筷子比方着说："南洋那地方可跟咱这儿不一样，金矿、锡矿、橡皮树、煤油井那就不用提啦，就是在地下埋一块木头，它都能够发芽长叶儿。树上结面包，你听说过吗？在那儿可遍地都是，随便摘着吃。那地方一年到头全是夏天，除非你为体面，用不着穿衣裳。女人你不用去找，自会把你围住，只要你手里有金镑就行！金镑在咱们这儿比元宝还值钱，到那儿，简直跟海边的沙子一样，就怕你懒得去捡。那是宝地！光着屁股去的现在都成了大财主。我有个磕头弟兄，前年在青岛，还指着我给他一吊两吊的去吃饭，现在好，趁几百万啦！"

柳贵听得发了呆，馒头也咽不下去，眼前头，皮靴邓的那一叠洋钱仿佛就冒着金光。

皮靴邓又吃了几口小豆腐，问说："怎么样？你拿定了主意没有？愿意去，就算上你，明天早晨七点开船，至晚也得六点去，要不然可挤不上，人太多。这回大概是末次船啦，人家的工招够啦！去不去？快点说！"

柳贵笑着说："当然我是愿意去啦！"

皮靴邓说："好啦！那就把你算上，再说不去可就不成啦！明天，六点钟，咱们在码头见面！"

柳贵点点头，心里很欢喜，可是又有些犹豫，筷子上夹着小豆腐，送在唇边却没张嘴。

皮靴邓又要了半斤锅饼吃着，他说："回到栈房你先别声张，提防王掌柜当天就叫你搬出去。你走后,我还天天上客栈,有人要问我你是上哪儿去啦,我要说真话我就不是人!"他哈哈笑了一阵,又拿筷子指着说:"老兄弟!我要不是看你不错,我能这么给你帮忙?客栈里堆着多少想去发财的?单缺少你这一个?"

饭后,跟皮靴邓分了手,柳贵在马路上却走得很慢。他心里很高兴,并且已暗暗下了狠心,可是,他总不能放心女人被抛弃之后的命运。咳!真愿意她今天就死!

走回了客栈,王掌柜向他笑着问说:"在哪儿吃的?"柳贵不自然地笑着说:"一个小馆,皮靴邓心肠很好,他还要拿出钱来叫我做买卖呢。"王掌柜跟管账先生都眼睛望着眼睛地笑着,柳贵连看也不敢看,赶紧就上了楼。

将走近房间,他的脚步却有点发怯。忽听屋里有女人的声音说:"你别发愁!死不了,我十八岁时就吐血,也活到三十多了!"柳贵听出来是那张太太,便拉开门进了屋。在床边坐着的张太太就笑着说:"好啦!你们当家的回来啦。"她站起身来,指着床上的病人说:"刚才我给她冲了两个鸡蛋,能吃就不要紧,将养上一两天,也就好了。"

柳贵点点头,笑着说:"多亏遇见了张太太!"

张太太抿着嘴笑,说:"别客气,出门在外的人,谁求不着谁?我这个人就是爱做好事!"

柳贵连连点头,看了张太太一眼,同时又与他的妻子对照了一下,他觉得小卿虽然病容憔悴,可是那眉儿眼儿的,还比张太太都俊俏得多,眉头不由得又往一块聚了聚。

张太太又说:"我还得回屋里瞧瞧,裁缝说是今天还要给我送裙子来呢!柳大妹子,等你病好了,我带你到大庙去还愿。"她笑着,便摇摆着出屋去了。

柳贵心想:张太太跟皮靴邓倒全是好人!

他走到床前,眼珠儿乱转着看了小卿一下。小卿却微微地倩笑着,说:"刚才张太太说,她也吐过血,她说吐血不至于就死!"

柳贵说:"本来,哪能就死呢?你别发愁,昨天我算了一个卦,卦上说,咱们快要时来运转了!"

小卿又笑了笑,黄蜡一般的脸上忽然泛起了一点红晕,说:"哼!咱们的卦还没算够吗?"

这句话使柳贵的心头撩起了一段旧事。

一年之前,他是北京孙主事家的赶车的,年轻漂亮,赶的是一辆菊花青骡子拉着的大鞍车,小卿就是孙主事的独生女,因为主事夫人得了重病,小姐事母至孝,所以就天天坐车出来,到前门外观音庙烧香,并时常到西河沿一家命馆去算卦,为的是给母亲求寿,并卜问母病的凶吉,而赶车的就是柳贵。

二人天天见面,在车上一个是在车里,一个是跨车辕,相距不过二尺,连头油的味儿彼此都闻得见。跟着小姐的一个仆妇,又是柳贵的干妈,所以日久,三个人又捏合成了一件秘事。后来菩萨无灵,算的卦也不应,医药又无效,老夫人病故了,小姐的腹部也越来越高,这才被主事老爷发觉。

主事是两榜出身,诗礼治家,对于小姐私于仆役的事,当然不能相容。他愤怒极了,就配了一点药,逼着叫小姐自杀。小姐流着泪吃下了药,并没死,腹中的孩子也没打下来,只是吐了几口血。小姐在她父亲的座前跪了三天,哭着求命,并说自己愿意嫁这"臭赶车的",主事这才拂拂手说:"滚出去吧!再也不许到北京来!"于是,二人才辗转地漂流到了青岛。

想起这些事,柳贵心里就有点难受,心想:她真不错!她够苦的了!抛下了她,她准死,我怎能够忍心呢!

这时床上的小卿忽然又说:"难受!"一翻身,用手抠着枕头,忍痛了半天,结果又是一口鲜血吐在了痰桶里。柳贵就坐在床边,拉着小卿冰凉的手,皱着眉,低着头。

小卿呻吟着说:"你别着急!我一瞧见你皱眉,我就心疼!我真觉着你可怜!只要你找着个事做,我死,也就放心了!"柳贵突然觉着眼睛发酸。小卿渐渐地似乎睡着了,她闭着眼,合着小嘴,那眼睛是多么娇秀可爱,嘴唇又是多么凄惨可怜呀!腮下还挂着没滚下来的泪珠。

　　柳贵在屋中来回地走,他倒背着手儿,低着头,心里有两个念头在打仗:不去了吧! 拼出去再挨皮靴邓几皮靴,要穷要死,就跟小卿在一块儿! 另一个是辉煌的金矿,许多的洋钱,跟那"俊鸟出笼""东西南北任意行"几句卦文。结果还是后一个得了胜,他就一狠心:决定走!

　　晚间,小卿又吐了一口血,柳贵这时不但不怜悯,反倒感觉厌恶,心想:活人叫死人拉住了还行?

　　九十点钟的时候,外面有人用手指头敲门,他出去一看,灯光照着那雄伟高大的皮靴邓。他的肩膀被人敲了两下,耳边听人悄声说:"记住了! 明早六点,越早越好,不用带行李!"他点头答应着,皮靴邓就往张太太的屋里去了。

　　柳贵回到屋里,心里就盘算:行李可以不带,可是钱总得带一点呀! 万一到了南洋一看,完全不是那么一回事,自己也得想法子回来呀! 可是现在只有两块钱。他看了看床上,见小卿的脸向里,身体也纹丝不动,他就慢慢蹲下身,轻轻打开了放在墙角的那只柳条箱。手探到里面,头一下就在旧衣裳中摸着了一个硬东西,他就想起来了,这是一张小卿十三岁时照的相片。那时自己还没到她家里去赶车,后来,在两人热恋的时候,小卿就把这赠给了自己,另外还附着她的一片新剪下来的染着红凤仙花的长指甲。柳贵暗暗地叹气,心想:带走这个表记吧! 我为事所迫,不能不抛下她,她不能跟着我,还不叫她的相片跟着我吗?

　　他随手抽出来这张相片,也不细看,就装在夹袄口袋里,然后又伸手向箱里去摸。床上的小卿就呻吟着说:"你干什么啦? 不睡觉,也不关灯……"柳贵便声音含糊地说:"我取点东西,这就睡!"床上的小卿仍呻吟着。

　　又待了半天,柳贵才直起腰来。他又站着发了半天怔,然后关了灯,连鞋也不脱,就上床躺在小卿的身边,他就悄声说:"我是把咱们那对银镯子取出来,明天把它当了,我打算先做个小买卖,混住口,慢慢再找别的事儿。今天我认识了一个姓邓的朋友,他答应给我找事,他说在青岛找个事还不难。"

小卿哼哼地应了两声,说:"不用当,卖了还能多得几个钱!一副白镯子,我也不想要了。新交的那个朋友,你也得请请人家,人家见你有人心,才能够给你找事……"柳贵答应着。

柳贵心里有点辛酸,有些留恋,窗上的玻璃却发亮,因为院中有电灯。待了一会儿,小卿似乎又睡去了。柳贵也想睡,可是他睡不着。心里想着:身旁的女人,再有几个钟头就要与自己分离了!她就要进了棺材,埋在土里了!我就要去开金矿,永远永远地,谁也见不着谁了!

大概他是迷糊了一会儿,所以睁眼一看,窗上已然发白。他吓了一跳,赶紧下了床,穿上坎肩,戴上瓜皮帽,开门往外就走。一到了屋外,仰脸一看,天上还有很繁密的星星,院中的电灯也还没灭。他悄悄地下了楼,一看大门还没开,柜台里有呼噜呼噜响雷一般的鼾声,别处都是静悄悄的。风很冷,柳贵怕被人瞧见,就又悄悄地扶着栏杆上了楼梯,才走了两三级,听身后有时钟铛铛地敲了四下,心想:还早呢!

他贼似的溜回屋里,往床上看是黑乎乎的一堆棉被,仿佛那里没人。伸手摸摸口袋,银镯、相片和两块现洋全都安然无恙,又想:这两块钱我别也带走呀!就掏出来悄悄地压在了小卿的枕下。小卿又哽咽似的呻吟了两声,这娇弱可怜的声音又引起了柳贵心中的酸楚,他不由得滚下几滴眼泪,心说:别怨我!我是没法子!命,这是命!不是我狠心!

女人费力地把身子挪了一挪,仿佛是要找他似的,他就赶紧又躺下,瓜皮帽也没摘。他瞪着两眼,直直地看那糊着纸的玻璃窗,往远处去幻想:码头上泊着一只大火轮,这时说不定已然有许多人正在往上挤……

窗色越来越发白,已隐隐地听见了鸡叫。柳贵赶紧翻身坐了起来,一扭头正看见小卿那张死人似的可怜的小脸,他不敢细看,就摘下帽子在手里拿着,压着脚步又悄悄地出了屋。就听见有个沙哑的嗓子在楼下嚷着:"哥们儿!快起来吧!别等赶不上船!"柳贵赶紧咚咚地跑下楼梯,到了楼下,又摸了摸衣裳口袋,并回首向楼上看了看。

此时客栈里的门已开了半扇,有三四个背着钱袋子的土头土脑的人正急急地往外走。柳贵心里也很急,可是他还是先戴上瓜皮帽儿,故意做出从容的样子才往外走去。走到柜台前时,那衣纽还未扣好,睡眼蒙眬的王掌柜正要上茅房,迎面问说:"柳爷早呀？干什么去呀？"柳贵身上打着战,口上笑着说:"到街上！吃些点心。"出了客栈,就仰面看见了东方灿烂的朝霞,那仿佛就是金矿。

马路上已有不少人都往那边走去了，他也就冒着晨风紧跑了几步,赶上,回首还望了望这边蒙在一层愁雾里的客栈楼房,但他没有住脚,就径直地走去。

第二回　女人的命运

　　从一清早柳贵走出客栈，就没有回来。客栈楼上，被抛下的小卿又吐了一口血。她非常口渴，桌上有茶壶，她却无力去取，叫了两声"伙计"，可是也不见有人进屋来，因为她的声音太微弱了。

　　她呻吟着，想着她的丈夫，起先是恨，心里骂着：你真是变了心！把我一个人抛在这儿，一早你就出去闯丧！可是后来，又隐隐记得昨晚丈夫曾翻箱子取那对银镯子，说是要去当卖，要做个小买卖，心中就不禁一阵酸苦，又想：我也别恨他，他也够难的了！来到青岛投亲不着，只是他一个人那还好办，现在又有我这病身子累着他，咳！他也够难的了！不怪他这两天尽跟我闹气！于是她就忍耐着，哼哼地呻吟着，用这呻吟来缓解自己身体上的种种难受。她盼望着丈夫快些回来，想着：回来就劝他别再烦恼，命里要应当死，就在一块儿去死！

　　上午的光阴已难挨极了，好容易才盼得宋伙计送来午饭，小卿就扶枕问说："伙计！你不知道我的当家的上哪儿去了吗？"宋伙计摇头说："不知道，我们谁也没瞧见他。"小卿呻吟了两三声，又说："劳驾！把桌上的茶壶给我吧！"宋伙计仿佛怕闻床边那种病人的臭气似的，把饭盘子跟茶壶一齐放在女人的枕旁，他就赶紧转身走了。小卿勉强伸着发僵的手，颤颤巍巍地拿起了那把很沉的茶壶，就着嘴儿，咕嘟咕嘟地咽下了几口，长长地喘了口气。她的手还没放下壶把，就将头仰放在枕上,闭着眼睛,微微地喘气,微微地呻吟。

这样待了多半天,听见楼板上有脚步的声音,小卿赶紧把眼睁开,希望是她丈夫开门进屋,可是脚步声却由门前走过去了。她一阵失望,斜眼看了看脸旁放着的木盘子,里面是一碗熬白菜、一盘大馒头、两双筷子。她放下壶,把馒头拿了一块,咬了一口。她觉得头一阵晕,就又闭上眼,馒头在嘴里也无力去嚼。她的眼泪顺着脸颊流下,沾湿了头发,沾湿了她耳边的镀金的坠子。她心中感到一阵恐惧,心想:我也许是要死了!又想起不久之前,在一个时候,她曾低声向柳贵说过:"我愿意嫁你!咱们俩永远不分离!"但是现在,她微微地预感到分离怕是不可免了!

下午她是在昏晕之中挨过的,但是她的身体虽然昏晕,就像是在骡车上被颠簸了一天似的那么昏晕,可是她的耳朵还时时听着楼板上的脚步声,眼睛还时时微微睁起,心头永远盼着:回来吧!快回来吧!你在街上奔波了一天,大概还没吃饭吧!你的身体是比我更要紧呀!

直到屋中黑暗了,窗上映出院中的惨黄灯光,柳贵还是没见回来。因此她的心中又生出种种忧郁,并且疑惑起来了,想她丈夫也许是在街上被车撞伤了?也许是一时穷急偷了别人的东西,被巡警捉了去?不然就是投了海,叫海水给卷去了?她越想越觉得悲惨、可虑,就哭泣着,使尽了所有的气力叫着:"伙计!伙计!"

叫了半天,没有人应声,她又乞命似的叫着:"张太太!张太太!"隔壁腾起来男女欢笑之声,却没有人垂怜她这悲切的呼叫。她像是一只受了伤的孤雁,卧在荒冷的沙滩上,凭她怎样哀鸣,也呼不来援救。

屋中越来越黑,窗上的灯光也越来越暗,旅馆中渐渐宁静,她的呼声也渐微,直到楼下柜台里那个大时钟铛铛地敲了两下,夜已深了,小卿已声竭泪尽,如同死了一般摊卧在这屋里,这屋里除了她之外,只有枕边的泪和痰桶里的血,柳贵仍是踪影皆无。

女人的命运已危在旦夕,她似睡非睡,似死非死,泪没有了,声音也断绝了,可是两只眼睛却半睁着,仿佛合不上了,她的两只眼珠凝滞着,就如鱼市上摆着的那死鱼的眼珠一般。

次日,阳光扑到楼上,那神秘的光线穿过了窗上的玻璃和纸,抚摸着小卿的脸,她的脸更是显得焦黄。忽然屋门一开,张太太走进来了。张太太梳妆得很好,脸上白粉盖上红胭脂,鼻梁上两道柳叶眉中间还微微点着个小红点儿,两边鬓角下粘着两帖很小的头痛膏药。她穿的是紫红色的短袄、青坎肩,坎肩上的一排纽扣都是黄铜的,上面还都铸着花儿。她手里拿着一条红绸手帕,捂着鼻子,说:"怎么啦?柳大妹子,你男人到现在还没回来吗?"她腕子上的金镯被阳光照得闪闪发亮。

小卿哭着,全身抽搐着,微弱无力地说:"他……昨天一早儿走的,直到现在,还没……"

张太太的眉头蹙了蹙,说:"真是怪事情!哪有那么大的人会走丢了的呢?别是……咳!柳大妹子你可别发愁,你这病身子真擎不住。我想,柳先生也许是遇见什么朋友了,谈上心就忘了回来啦!你别发愁,我回头托人出去给你打听打听,你吃了点什么没有?"

她摸了摸枕旁的茶壶,又发恨地说:"这宋伙计,真该死,哪有十一点多了,连壶茶也不给沏的?"遂大声喊着说:"宋伙计!宋伙计!忘八货,兔崽子!"

宋伙计随着声音进到屋里,笑着问说:"什么事?什么事?"

张太太瞪着眼睛说:"什么事?你妈的屎!我问你是管干什么的?快十二点啦,连一壶热茶也不给人家沏!人家住店就花店钱不花水钱吗?"

宋伙计笑着说:"我这就沏来!柳爷没在屋,不叫我们,我们不敢进来。"

张太太捶了宋伙计一下,说:"少放屁,快沏茶来!"宋伙计就笑吟吟地接过茶壶走出屋去了。

这里张太太转过身来,拿右手背拍打着左手的手心,表示着急地说:"这可怎么办?你那男人真是个荒唐鬼,一去就不回来了,把你扔在这儿他倒也放心?你看你这脸色,再有一天没人管你,你还能不断气?咳!这可怎么好呀?其实客栈也不是我开的,可是,我能眼瞧着让你死,不管你吗?"她又叹息着,自言自语地说:"我在这儿住了七八年啦!也没遇见过像你们这样的糟心事！"小卿只是无声地悲泣。

宋伙计送来了热茶，张太太倒了一碗给小卿喝，随后又叫宋伙计到厨房去给煮荷包蛋。她一面张罗着，一面嘴里唠叨着，但她嘴里说的都是同情小卿的话，她又不断地骂着："男人简直没有一个是好心眼儿的，你怎么单挑了这么一个呢？"

又待了不大的工夫，宋伙计就端来了荷包蛋，是一只碗里摊着三个很嫩的鸡子儿，上面还倒了点儿酱油。张太太叫小卿把头偏一偏，她就拿调羹盛起来鸡蛋往小卿的嘴里喂。小卿心中感激着张太太的盛情，惦念着丈夫的下落，泪水就流在了调羹上。才吃了一个鸡子儿，忽然觉得心头一阵晕迷，喉头一阵发紧，她赶紧向床下去探身，一口鲜血就落在了楼板上。

张太太哎哟"一声，脸上显出来一种失望，又看了看小卿的被褥和地下的柳条箱，似乎是生气了，说："你吐血吐得这么厉害，你是别想活啦！我还费心费力地给你做鸡蛋干吗？我可是为你，服侍你，想救你这条命，你可是认准了死扣儿，一心想念着你那小男人！别说你那小男人一会儿就许回来，说句咒他的话吧，他死了，难道你就不往下活？我守寡到现在十一年啦，到现在我还是吃吃喝喝，穿穿戴戴。告诉你！你那男人呀，他早就把你忘啦！他远走高飞去啦！我要是个男人，我也不愿拖着个痨病鬼。你自己趁早打主意，先把他忘了，把病养好，年轻轻的，还许能风光几年！"

正在说着，屋外传来沉重的皮靴声，猛然一个人推门进来了，张太太就说："好啦！邓大爷来了，你不是认得柳贵吗？把媳妇扔下他跑了，他媳妇一想起来就吐血，我也救不了，你快点到前海沿、后海沿、东西镇、汇泉，找一找你那个朋友去吧！"

皮靴邓却说："我来就为这件事！今天早晨栈桥西边蹿出一具死尸来，我跑去一看，死尸已叫衙门抬走啦。听说是穿着绸棉袄，二十来岁，我想多半是柳贵！"

床上闭着眼睛忍受着痛苦的小卿，一听了这话，她立时就滚涌着热泪，放声哭叫起来："我的天呀！你跳了海……不管我了……啊……"

小卿又哭了一天,幸亏张太太热心,直到屋中开亮了惨黄色的电灯,人家还在床旁伺候着,并时时地劝说:"你伤会子心也没用,你那男人不死也顾不了你!前天我一见他,就瞧他是一脸的倒霉气,大概那时他就想要跳海。你就忘了他吧!好好养你的病,病好了,咱们俩拜干姊妹,你要愿意回娘家,我给你凑盘缠。你要愿意在青岛住着,我给你找事。你要愿意再嫁人,我也能给你找得出合适的人。你那个男人你就别想他了!倒真应当恨他!"

小卿抽搐着不语,心里也很恨,就想:他把我带到这儿,他可一死躲了清静,不管我了……

是夜,张太太就搬来被褥,在她的身旁睡,为伺候她,人家一夜起来了三四次。小卿十分地感激,因此便依着张太太的劝说,把哭啼略减些。

又过了一天,张太太的主意,说是她不能出两份的房钱,趁着皮靴邓又来了,她就叫皮靴邓跟宋伙计帮着,把小卿连被盖都抬到她那屋里。张太太摸了摸小卿的枕头,发现下面还有两块银元,便顺手揣在自己身上了。

张太太又慷慨地对小卿说:"大妹子你可听明白啦!你在那屋死了,是客栈的人倒霉,在这屋里可死活都是我的事了。什么事都得听天由命,你真要死,我也没办法,算是我哪一辈子欠过你的钱,这辈子你应当叫我发葬。可是人也得有个人心,无论是谁,住一辈子客栈也交不了像我这样的朋友。你要是有人心,你就把心眼放宽了点儿,只要不整天地哭哭啼啼,别糟践你自己的身子,十天半月,我准保你能下床,那时你抖手一走,你这姊姊准保跟你没有一句话!"

小卿却哭哭啼啼地说:"张太太!我怎能够不听你的话呢?你待我这么好,我就是个石头人儿也得谢谢你呀!柳贵,我也不想他了,等我病好了,我就想法子回娘家,叫我娘家的人再谢谢你!"

张太太又问说:"大妹子,你的娘家在哪儿住呀?家里还有什么人呀?"小卿便忍着伤心,流着泪,把自己娘家的情形,以及与柳贵结合的经过,大略地述说了几句。张太太就说:"哟!这么一说,大妹子你还是个千金小姐呢!"说时脸上带着惊讶的神色,回头瞧了瞧皮靴邓。

皮靴邓那张紫红的脸却又笑着,说:"好吧! 柳太太你放心养病,等你病好一点时,我托人写信,叫你娘家的人来接你。你娘家爸爸既是位主事大老爷,等他来了,还得叫他谢谢我们呢!"

从此小卿就安心养病,张太太每天要给她煮几个鸡蛋,熬几碗稀饭。皮靴邓又给她买来些丸药,还把一个中医请来,给她开了个药方。这两个异乡朋友如此关心、爱护自己,小卿的心里真是感激,虽然有时想起柳贵,还要流下来眼泪,却不敢痛哭了。

张太太在旁边又总跟她谈些乐观的话,什么样的衣裳时兴,什么样的首饰最好看,以及哪家的女人漂亮,哪家女人跟哪个男人有了什么事……渐渐地把小卿一颗枯树腐草般哀痛的心,也给说得萌发了许多人生的盼望,放了新芽,开了青春的花。她盼着自己的病快些好,快穿戴齐整了,好再觅人生的幸福。

她的病不过产后虚弱,休养了四五天,也就渐渐地能够在床上坐起来了,吐血的病也渐渐好了,谈话嬉笑也跟平常人一样,不过有时候仍难免坐着发一会儿呆,或是无缘无故地落下几点眼泪。

这屋中,小卿是整天在床上,床前那一张桌子两把椅子之间,就每天有些怪事要映入她的眼帘。张太太一共认识两个男人,一个是皮靴邓,另一个叫黄老板,这黄老板是个四十来岁的商人,这两个人无论是谁,只要一到这屋里来,虽然当着小卿的面,他们也跟张太太什么话都说。

小卿起初是看不惯,并觉着张太太不守妇道,后来张太太就跟她说明白了,她说:"妹子! 我也不瞒你,你瞧我寡妇失业的,又要自己吃穿,又要帮助朋友,我哪儿来的钱? 就仗着我那两个痴儿子孝顺着我啦! 妹子你也得学着点儿做人,无论男女,走在什么地方都饿不死,就是得随机应变,心眼儿活动。我要是你,哼! 这时我也早就饿成了一把干骨头啦!"小卿心里很原谅张太太,并且日子久了,她跟皮靴邓也渐渐厮熟,也渐渐说起了玩笑的话。

十天之后,小卿能够下床了。张太太非常高兴,对她更加亲热,把她柳条箱里的一件半新的红绸单褂、葱心绿的单裤叫她换上。张太太变着样子给她梳了个最时兴的"圆头"，脸上叫她擦上粉，点上红嘴唇，并取出了一副金鼠偷葡萄的金耳坠给她带上，拍拍她的肩膀，说："你对着镜子瞧瞧！凭你这样的美人儿，嫁那臭赶车的柳贵？"

小卿的目光投到镜面上，她自己都很惊讶，不知对面是哪来的一位标致的新娘。艳装已掩去了病容，发髻挽得更加俏丽，尤其是那双特别大而俊美的眼睛，自己是多日没从镜里看见了，她不禁嫣然一笑，但同时又悲伤起来了。

趁着张太太走过去为她自己修饰之际，小卿就在楼板上铺了一块手巾，跪在地下收拾自己那柳条箱。她发觉那对银镯子没有了，这不足为奇，一定是丈夫带着那副镯子跳的海，只是自己的一张相片却丢得十分奇怪，她想：那有什么用处呢？是谁把它拿走了呢？莫非柳贵跳海的时候，他手里还拿着我的相片？……她的眼泪如抛豆一般地滚下。

那边，对着镜匣子擦粉的张太太说："吃完早饭咱们到大庙烧香去！要不是我替你在娘娘跟前许了愿，你这场病也好不了！"小卿正背身悲哽着，连应声也不敢。张太太把脸上的胭脂粉拍完了，赶忙又跑出屋去上厕所，小卿盖上箱子，慢慢地立起身来。她转身又到镜匣前，见泪迹已冲毁了脸上的胭脂，便赶紧又调了些脂粉往脸上擦。

这时忽听楼梯上传来一阵沉重的声音，皮靴邓那高大的身子进到屋里。小卿吓了一跳，转脸笑着问了声："邓大爷，吃饭了？"皮靴邓两眼向旁一转，不作声，却露出牙来笑了一笑，一步就走了过来。他不知说了几句什么话，并由靴筒里掏出个小纸包儿交给小卿，小卿就不由自主地接了过来。

忽然张太太回到屋来，小卿赶紧又对着镜子擦粉，心里的恐惧、惭愧，压住了她的悲伤。

皮靴邓却靠桌站着微笑，他就离着小卿的背后不远，就听他搭讪着说："张太太，你刚才上哪儿去啦？"

张太太很冷淡地说："我呀？我猜出是你要来啦，就故意躲出去啦！"

皮靴邓却笑着说："别放屁！"

张太太瞪起眼睛来，说："什么？放屁？你这小子可别得了便宜还骂人！我十几天没睡好觉，辛辛苦苦地把一个病鬼救成了个美人儿，刚下床，刚给她修饰打扮好了，一不留神，先叫你这小子得了手。我佩服你皮靴邓有本事就完了，还说什么？"

皮靴邓依然笑着，小卿却对镜低着头，张太太却过来揪了她一把，说："喂！主事的小姐！柳太太！你还害什么羞呀？还是那句话，全是出门在外的人，我为吃穿姅男人，也拦不住你。现在咱们是三曹对面，把话说开了，可是你既住在我的屋里，他既早就跟我认识，那咱们是旧买卖立新账，就得先说出点儿章程来！"小卿窘得无地自容，用双手捂着脸，哭着，走几步又躺在了床上。

张太太向皮靴邓说："好啦！她再死再活再吐血，我可不管啦！"说着一抖手又走出屋去了。

约莫下午三点钟，皮靴邓才走。张太太进到屋里一回，又修饰打扮了一番，就出去了，听她在院中嚷嚷说："宋伙计！不跟我看戏去吗？"

小卿在屋中哭泣了半天，又咯了两口血，她的心倒转为宽松。她想着：皮靴邓虽然没有柳贵年轻，可是心肠却比柳贵好。我做的事是对不起柳贵，但又有什么法子呢？在他跳海的时候，他要是拉着我一同去寻死，那我也绝没有怨言，现在，谁叫我又活了呢？我是没法子！……

她把皮靴邓给她的那个小纸包打开，见是一对金耳坠，下面各自挂着三颗溜圆明亮的小珠子，大概还是珍珠。她拿在手里摆弄了一会儿，就觉着这付坠子比张太太借给自己戴的那对松鼠偷葡萄还好。她就躺在床上往将来去想，觉得倒也没有什么可愁的。

晚间，宋伙计给她送进来饭食，她也起来吃了，青岛的咸鱼，她还吃着很有滋味。

晚间八九点钟，张太太同着个四十来岁的穿绸大褂戴金丝眼镜的人回来了。张太太跟客人谈笑了半天，客人才走。张太太送出屋去又进来，借着灯光溜了小卿一眼。小卿是脸向外躺着，不由得满面通红，张太太却说："柳大妹子你别难过！咱们两人的交情，皮靴邓也拆不开，我绝不能跟你吃醋，不过得想个办法，在一个屋里混，不像话。刚才我也见着皮靴邓啦，他应得替你想个办法。"

小卿听了，脸上又一阵地发热，眼泪簌簌地滚下来几颗。张太太却仍似有点不高兴，她在灯旁翻着眼睛坐了半天，才熄了灯去睡，睡梦之中，她还不住地叹气。小卿心中占卜着自己将来的命运，又回忆起过去与柳贵的温情，也是忽而一阵喜悦，忽而又一阵伤感。

第二天小卿还没起床，张太太就打扮得很漂亮地走了，临走时只向小卿冷冷地说了一句："把那对坠子摘下来，放在我那抽斗里好啦！"小卿只好答应了一声。

她起来叫宋伙计舀来了洗脸水，洗过了脸，在手心上调上脂粉，往脸上拍匀。然后她就一手持着木梳，一手挽着乌丝一般的长发，梳了几下，对着镜子巧妙地挽发插簪。这时那大皮靴声就在楼板上咣咣地响了，这种声音令小卿心里害怕，却又有点儿欢喜。及至皮靴声到了屋门口，屋门开了，小卿双手挽着发没有转脸，但她已于镜中斜眼看见了皮靴邓的雄姿。

就见皮靴邓还是那般露牙笑着，他走近一步来说："你跟我走吧！为了你，我跟张太太拆了伙。告诉你实话，你别以为她是好人！她早就知道你那病死不了，她下点儿功夫把你治好了，就跟她拿钱买个人一样，要叫你给她生财。可是我瞧不过，我不忍叫你到她手里，一辈子也逃不出来，我们就闹翻啦。我应得带你走，我在西岭已租好了房子，你就跟着我走吧！到了那儿你愿意跟我过日子，那我就算立了一份家，省得我一个光身汉老攒不下钱，你要是觉着我配不上你，我就托人给你娘家写信，叫他们来接你，我跟柳贵交了一场朋友，好歹总得见你有个收场。"

小卿便低着头说："你干吗这么转着弯子说话呀？我这场病说是张太太救的，还不是你给救的吗？我还回什么娘家呀？你到哪儿我跟到哪儿就得啦，只盼你永远有人心！"

皮靴邓指着鼻子发誓道："我要是跟你亏一点儿心，叫我也掉在海里变鱼！"

小卿却摇手说:"得啦!你就别发誓了!我还求你,以后别再提柳贵……"说着又低头拭了拭眼泪。

皮靴邓露着牙笑着,说:"好啦!我再也不提那死鬼,你快打扮吧!我找车去。"说着,皮靴邓就出屋去了。

这里小卿心里揣着希望,眼里却浸着泪水。半天,她把头梳毕,耳坠子换上,衣服也换好。皮靴邓就回来了,替她捆柳条箱,收拾铺盖,然后把箱子扛在肩上,铺盖提在手里往屋外就走,他向小卿说:"走吧!车雇来啦!"

小卿随着他走出屋,那宋伙计迎面走来,说:"邓爷,把东西叫我给您老拿着吧!"皮靴邓却说:"不用不用!"他拿着东西,大皮靴沉重地响着,走下了楼梯。小卿手扶着栏杆,慢慢儿地往下走去。走到柜台前,那王掌柜跟写账先生齐都扒着柜台,向外笑着说:"邓爷!一半天给您老贺喜去!"皮靴邓高兴地笑着说:"好啦!好啦!我请你们几位喝酒!"小卿在后边低着头,跟新娘子一般。

出了客栈,这门前就停着一辆马车,皮靴邓先把东西都放在车上,他就跟小卿并坐在座位上了。他昂着头喜欢得自己笑着,并时时转脸低着头瞧小卿,小卿的头低得很向下,芳颜几乎看不见,只是那又黑又亮的发髻和镀金簪子放着光,一闪一闪的。

这已差不多是四月的天气了,海风吹来很是温暖,道旁的洋槐已穿上了密密的绿袍子。小卿仿佛是才由一个低窄而阴暗的牢狱中解放出来,如今又看见了明朗的天日,但是坐在她前面的却是个衣服破烂的马车夫,身旁却是个神气傲然的皮靴邓,她的心中不禁一阵酸痛。

车子随着忽而高忽而低的地势走去,走了半天,才到了西岭。小卿一看,这里尽是些穷寒住户,没有一幢整齐的楼房,只是无数的矮屋。这些矮屋有的是用泥土筑成,有的就用木板支搭的,也谈不到什么叫院墙和门地。地下堆着一摊一摊的破布、烂纸、干橘子皮、柴草等等,并处处是泼的脏水,倒的葱蒜叶子和鱼鳞,夹杂着孩子们的大小便,一来到这里,温暖的风也变得又腥又臭。看那坐在地下喝茶抽烟的男子和抱着泥球儿似的孩子的女人,还多半穿着破棉袄,地下跑着羽毛零落的鸡和浑身是癞疮的狗,这里简直是没有春天,也不像是在风光秀丽的岛上。

有许多女人孩子都招着手喊着:"来看哪!看媳妇来!"

到了一个晒着许多咸鱼的院子前,皮靴邓就说:"赶车的!站住吧!还要往哪儿赶呀?"他扭头向在院里坐着补网的一个女人问说:"老三没在屋吗?"

女人站起身来,说:"老三上后海沿去了,快回来了,车上的是邓大嫂吗?"

皮靴邓高兴地笑着,说:"昨天我跟老三说好了,叫他给我在这儿找一间屋子,我安置女人。安置在这儿,有你们照应着我放心。"他遂就推了小卿一下,说:"下车去吧!"他自己就跟那赶马车的往下搬东西。

小卿一下车,就被几个妇人和年轻姑娘包围住了,争着看她头上戴的、身上穿的,手上和脚下。小卿被人看得羞答答的,自己没有做过新娘,这么被许多人围着看,还是第一次。

刚才在地下补网的那个四十来岁,穿着件露出棉絮的破棉袄的妇人,皮靴邓介绍说:"这是胡三嫂。"胡三嫂扭着大头鱼似的那两只脚在前面领路,笑着说:"屋子早腾出来了,邓大哥跟邓大嫂来看看吧!"她拉开一间木板屋子的木板门,里边黑洞洞的,走进门是个土灶,土灶又挨着土炕,土炕的后面就是木板墙了,墙上还贴着"麒麟送子"的年画,那画上人物的眉毛眼睛全被烟熏黑了,看不清楚了。

皮靴邓并没费力弯身进屋,他在门外看了看,点头说:"这就行了!过日子么,哪能天天住旅馆?"他把柳条箱、铺盖卷都搬到屋里炕上,就向小卿说:"别待着!收拾收拾!"说完,他就转身走开了。

这里还有许多穿得很破烂可是头上戴着花、脸上还擦着粉的姑娘们,向屋里来看,那胡三嫂却带着笑脸儿驱逐闲人,说:"大姐儿们!闪开点!看个什么?你们爱人家的脚呀,你们也再裹裹去吧!"有人就说:"长得怪好看的!"胡三嫂说:"什么话?皮靴邓弄来的媳妇还能不好看?一回要比一回好,就怕是……"

这时小卿脸上的烧热已经过去了,门前的闲人也都走了,她就打开被褥往土炕上去铺,心想:我以为皮靴邓很有钱,怎么他把我带到这儿来住呢?他把我送到这里,他可又往哪儿去了呢?想来想去,心中非常疑虑,而且后悔,可是既然走到了这一步,也没有法子再转身或往后退了。她心里痛苦着,并听见院中有男男女女在一起谈闲话,仿佛提到了皮靴邓,她赶紧侧耳去听,可是人家说话的声音全都很低而且快,所说的又全是本地话,她也听不太清楚。

收拾好了,她就关上门在炕上坐着,头觉着痛,胸口也觉着紧,仿佛是又要吐血,想起来柳贵,想起来了家庭,眼泪又不禁往下流。

待了一会儿,屋门一开,皮靴邓弯着腰进屋来了,把手里的几个烧饼和一包咸牛肉往炕上一扔,说:"吃吧!"他的脸是比平常更红更紫,嘴里喷着又臭又辣的酒气。

皮靴邓脱了皮靴,露出两只生着黑毛的臭脚,往炕上就一躺,说:"张太太那娘儿们,你八个也斗不了她!这回你嫁了我,你当是白嫁?我还得给她五十块钱呢!我跟她搭伙了两年多,她用了我多少钱?我招洋工的钱全都填给她啦!现在……她娘的……"

小卿就说:"那些话就别提啦!现在,既然是柳贵死了,我娘家也回不去,跟了你,咱们俩就得跟结发夫妻一样,想个日久的办法。你先得说一说,一个月你能挣多少钱,刨出你在外头零花,跟朋友吃饭,一个月准能交给我多少钱,我好算计着咱们应当怎样过日子。这样买着吃,也只能一顿二顿,过日子就得叫点儿面,存点儿煤,我就是身子不大舒服,也得挣扎着做两顿饭。这屋子咱们也得裱糊裱糊,家什也得置上一点儿,我的衣裳还有几身旧的,一时倒不发愁,可是你,我瞧你也没有什么富余衣裳,咱们也得拿出钱来添几件……"

皮靴邓却闭着两只醉眼,说:"别忙!别忙!过后再说!"

小卿微微皱眉,说:"可是,你到底一个月能够挣多少钱呀?"

皮靴邓咧嘴笑着说:"傻人儿的!哪有按月挣钱的?招洋工的时候,一天就挣二百多块,可有时一块也不挣。傻人儿的,挣钱还能有数儿?一五一十刚点好,娘儿们一哼哼,都拿去!白做啦!再不然抽个'青龙',他娘的叫你数?有多少也都叫宝官儿搂了去……放心,绝饿不着你,皮靴邓凭着名气也能在青岛港上混碗饭吃！"说着就呼噜呼噜地睡去了。

小卿对于前途不胜忧心，她想这皮靴邓还不如柳贵。本来自己在做小姐的时候，向往着夫婿必定是个有功名的少年人才行，可是不久就废了科举，自己又神差鬼使地与柳贵发生了恋情，那只好就抛去了功名不想，专图他一个"少年"了，同时还想着：管他是干什么的，只要他的心肠好，对妻子知冷知热也就很好了。柳贵他确实不错，他投海死了，也是因为他没有法子，或是他觉得对不起我，才死的。但如今这皮靴邓呢？不但年纪不轻了，听他刚才说的这话，他的心肠也像是靠不住的……因此深悔自己又走错了一步。

皮靴邓的觉还没醒，门外就有人叫着："邓大哥在屋吗？"小卿问了声："谁呀？"把门一推，见是个三十来岁的人，酒糟鼻子，像个渔人似的，他身后还有个年轻小伙子，也是光着脚穿着草鞋。这酒糟鼻子向屋里看了看，笑着说："怎么睡啦？我们爷儿俩还要喝喝他的喜酒呢！"

这时，那胡三嫂抱着个细脖子大脑袋的孩子走过来，向这酒糟鼻子说："你见了邓大嫂怎么不道喜？"小卿才知道这人是胡三，胡三就拱着酒糟鼻子道喜。

胡三嫂又指着那小伙子说："这是你的侄子小七子。"小卿就向胡三拜了拜，又向小七子拜了拜。

小七子却没还礼，他只把一双龙睛鱼似的眼睛向小卿一扫，顽皮地说："我当是邓大叔娶来个多大的媳妇呢？原来比我还小！"小卿的脸上顿然红了。

胡三嫂把他的侄子推走，又笑着说："邓大嫂别理他！越理他越得意，这孩子专爱跟婶子姨娘涎脸！"小卿就笑着说："没什么！"胡三夫妇走开了，她把门闭好，皮靴邓连打膈带放屁的，睡得更熟了。

直到天快黑的时候，皮靴邓才醒，小卿皱着眉说："你倒是起来呀！咱们晚饭吃什么呀？屋子也没有一盏灯。"

皮靴邓笑着说："这还用发愁？有钱立时就能够办来。"说着伸着他的两只大脚，叫小卿替他把皮靴穿上，他就高高兴兴地出屋去了。

小卿在屋中黑摸咕咚地坐了半天，忽然门缝外灯光一闪，皮靴邓叫她开门。她赶紧去把门开了,就见皮靴邓一只手拿着酒壶酱菜,胳臂下夹着个大饼,另一只手拿着一盏已经点好了的小号煤油灯。小卿不禁笑了,赶紧先把灯接了过来,皮靴邓却说:"慢着!灯别倒了!这木板房子可禁不住着火,烧一间全都连上!"

小卿吓了一跳,又笑着说:"你头一天在这儿住,就先说这丧气话!"皮靴邓露着牙笑了笑。

身后一个穿着油裙的小孩子端进两碗馄饨来,皮靴邓就说:"放在炕上就出去吧!待一会儿再来取碗!"他又向小卿一露牙,说:"快吃!你也喝盅喜酒,这就是咱们的洞房。"

小卿脸一红,忽然脑中柳贵的影子又一闪,她的眼泪不禁汪然。

第二天,皮靴邓一早就走了,临走时留下五块现洋,叫小卿买柴买米。小卿站在屋门口四下张望,不知往哪儿走才是大街,才有杂货铺。她就找了正在补网的胡三嫂,给了她四块钱,托她给置办些东西。

没到晌午,那胡小七子就背来了一小口袋米,买了一捆树皮,并给挑来了一桶水。小卿又托他买了一些油盐等,然后笑着说:"七兄弟歇着吧!多累你了!"

小七子擦着汗摇头说:"不累!婶子你以后有什么事儿,只管叫我给办,冲你就行,要冲皮靴邓?他娘的!管不着!"小卿不由得一怔,小七子已气愤愤地转身出屋去了。

这里小卿就开始烧灶、下水、淘米、煮饭。听见屋门外有叫卖声:"黄瓜来豌豆,葱来萝卜来!"她又出去买了一些青菜,心里想着要按照北京的做法,炒出两样菜来,给皮靴邓尝尝。可是,直等到天黑,这一带破烂房子里的灯光全都熄了,皮靴邓才脸上带着酒气,手里拿着一沓子洋钱回来。

因为皮靴邓给小卿的钱还够花用,所以小卿在这里住着也很觉安适,咯血的病已有半个多月未发,有时对镜看自己的容颜也仿佛比早先胖了。每天她只是烧两次饭,洗洗衣裳,做做鞋帮鞋底,或是跟邻居的妇人大姐们谈谈闲话,倒还很开心的。只是有一两件事,使她略略有些不安:一是皮靴邓时常三五天不见面,而且他手中的洋钱仿佛一天比一天少,脾气也变得比早先更急。再有就是柳贵的模样总不能在自己的脑里消失,尤其是一看见邻居那年轻的渔人小七子的背影,就不由得会忆起亡夫。

在这一带住的人行当很多,只就小卿一推开屋门所能看见的这十几间屋子,就住着十几家。他们的职业由他们门前所摆的东西,就可以看出,多半是收破烂的,只有胡三家是渔户,两家是卖青菜的,其余没有本钱以人为业的,就是码头上的苦力。这里有一个好处,就是无论男女老幼都不吃闲饭。一听见火车叫唤了,许多贫婆子就带着儿子和小嫚,拿着扫帚、口袋跑到火车道上去捡煤,并且有的还跑到码头上追货车,不过这可时常要叫人打肿了脸回来,因为他们的举动跟偷窃一样。

这时天气一天比一天炎热了,海边的物产也增多了,于是这地方的婆子、小嫚们也就格外地忙碌。她们每天要想着一件事,就是等到退潮的时候,她们好到海边去刮海蛎子、扒蛤蜊。小卿见她们每天带着小刀子,拿着洋铁筒出去,起先并没十分注意。后来同院住的苏福嫚把几个煮好了的蛤蜊送给她,她调了一点儿酱油吃了,觉得滋味很鲜美,仿佛比咸鱼还好吃。福嫚还说:"退了潮,海边有的是!邓大婶,明天你也跟我们去扒好不好?她们都到前海去,那边的沙子多,可是扒的人也多,明天我带着你到后海扒去!"小卿就点了点头,笑着说:"好吧!"

天气真热,小木板屋又正当夕照,院中是臭烘烘,皮靴邓也不回来,所以小卿很想找个地方开开心。

次日下午四点来钟,福嫚悄悄地来找小卿。这福嫚虽比小卿小上三四岁,可是竟像个小孩,手里除了拿着扒蛤蜊的铁片刀和洋铁筒之外,还有一根鱼竿,一块纸里包着几条蚯蚓,她低声说:"邓大婶咱们快走吧,别叫她们知道了!要不然一定都得跟了咱们去,咱们钓的鱼、扒的蛤蜊,也都得叫她们的孩子偷去了。咱们快走吧!大婶!"

小卿笑着说:"别忙!等我一会儿!"她慢慢地拢了拢头发,又换了一件新做的衣裳,这才锁上屋门,背着人,悄悄地互相笑着跑了。

小卿穿的是琵琶襟的浅月白色的小褂子,上面是时兴的元宝领儿,下边是粉红色的绸裤,脚下是红摹本缎的弓鞋。没走几步,她就累了,她一手扶着福嫚的肩膀,一手掏出红绸的手帕擦着额上的微微汗珠,发怯地问说:"很远吧?"

福嫚却回答说:"不远,一会儿就到。"

说是一会儿就到,她们顺着火车道往东也走了有一个钟点,这才看见了海,看见了无数的船只和风帆。这一片雄伟的景象使得小卿的心弦又有些发颤,她紧紧揪住了福嫚,说:"哎哟!这就是海边儿呀?"福嫚常到这里来玩,对于路径非常熟,她就带领着小卿走。忽而高,忽而低,忽而脚下蹬着些乱石头,忽而又陷在一堆堆的干蚌壳里,有两三回小卿都跪在地下了,她哎哟哎哟地叫着笑着,福嫚却笑哈哈地拍着手。

小卿累得都快要死了,方才到了一个清静的海边。这里的海水特别宽广,深蓝中显着点儿红。远处有白色的大火轮停着,冒着滚滚的黑烟,怪可怕的,近处的水面上漂荡着一些风船和各色各形的航行标识。更近处就是潮水了,凸着肚子从远远的地方往近来爬,爬到了临近,一伸腰登腿就向人一扑,呼啦一声。

其实小卿的两只脚还没踏到沙子上,她就吓得朝后一退,几乎坐在地下。她摆着手说:"我可不往前去了!"福嫚笑着说:"怕什么?不要紧!"小卿却摇头说:"不!"她先是微笑着,脸颊被阳光海水映得发红,后来,就像是那轮船的黑烟、风船的帆影都扑落在她的脸上,她骤然感到了一种愁黯,她的双目也像大海那样汪然,两只纤小的脚更是软弱无力了。

这时福嫚跑到海边,一脚踏着了海浪就又跑了回来,拉住小卿的手说:"邓大婶!你真胆儿小,海哪能就淹死了人?人家外国女人还敢洗海澡儿呢!你再走几步,浪头也不至于打湿你的鞋!我邓大叔要在这儿瞧见了你,他也得笑死!"她说着话抬脸瞧了瞧小卿,忽然惊讶地说:"哟!邓大婶你怎么哭啦?"

小卿却拍了她的肩膀一下,低声说:"我没哭,回家去可别跟你邓大叔说!"

福嫚发着怔蹲在地下,拿小刀扒那潮湿的细沙土,在沙里就发现有大小不齐的青色的和花斑点的蛤蜊,还有活着的。小卿先拿手帕擦眼泪,遂又把手帕铺在细沙上,坐了下来。福嫂就把小刀交给她,自己在鱼钩上安上了半截细足乱动的海蚯蚓,又跑到浪头的近前,投下钩子钓鱼去了。

这里,小卿低着头,拿着那把带锈的刀子翻搅眼前的细沙,她的刀子不禁在沙上画出了"柳贵"两个字,她那蚌珠一般的眼泪又掉下来,落在她那纤小的红缎鞋尖上,摔碎了,流进细沙里。

忽然那边的福嫂一抢鱼竿,就见活蹦蹦的一条不大的鱼,连着钩子在细沙上做刹那间的挣扎。福嫂高兴着跑过去,一看,生气地说:"是个'气虎子'!这东西有毒,人吃了就毒死!"她卸下钩儿来,把那肚子已气得又白又鼓的鱼放在一块沙石上,另拿一块石头狠狠地向鱼肚子上一砸,就听吧的一声,像放了个爆竹,鱼的残体就凄惨地贴在沙石上了。小卿一皱眉,说:"你们真狠!"福嫂没听见,又迎着浪头钓鱼去了。

小卿小心地在沙中寻着了几个蛤蜊,这时,就听随着海涛声,有男子唱着本地的戏曲:

> 小生打躬地平川,门里嫂嫂听我言,
> 我的家门离不远,家就住在一东关……

福嫂高兴地叫着说:"小七子!快来!快来!叫我们上你的舢船!"

小卿抬起头来一看,就见胡家的小七子穿着青布褂,敞着怀,青布裤子露着腿,头上戴顶草帽,站在一只没篷帆的小船上,手摇着桨,悠悠地拢了过来。他那黑亮的脸上放着光,龙睛鱼的眼睛发着火。小卿有点儿害怕,一看四下没有什么人,她就站起身来,拿手帕抽着裤腿上的沙子,先向远处船上的小七子笑着点点头,然后就紧紧地叫着说:"福嫂!福嫂!咱们回去吧!天不早啦!"

福嫂却站在海水中,举着手跳着脚儿,嚷嚷着说:"快叫我们上舢板!"

小七子却已抛下舢板跳到滩上来,他笑嘻嘻地走到小卿的近前,说:"大婶儿,在这儿扒蛤蜊没什么意思,福嫂我也保她钓不着一条鱼!

上我的舢板吧,我舢板上有抛线,在水深的地方能钓海鲋儿,大婶你去不去?"

小卿却脸红着,摇头微笑说:"不!天不早啦!回去晚了,你邓大叔一定要说我!"

小七子撇着嘴说:"你干吗这么怕他?早先还有人怕皮靴邓,现在,他皮靴邓在青岛可吃不开啦!你惦记他,他可不想着你呀!像你这样的家,他在青岛有三处,你信不信?人家现在全都快跟他拆伙啦,单有你还怕他!"小卿听了,不由颜色变了。

这时福嫂走过来,拾起来地下的铁筒、小刀和蛤蜊,就用力揪住小卿的胳膊,急急地说:"邓大婶!咱们上小七子的舢板,到水深的地方钓几条大鱼,拿回去做汤有多好?不要紧!不能掉在海里头,若回去晚了,由我跟邓大叔去说!"小七子也用他那大力气帮助拉扯。小卿先是笑着,哎哟哎哟地叫着,说:"我没坐过船!"后来见小七子也嬉皮笑脸的,她就绷起了脸儿向小七子说:"你可别没规矩!回去我告诉你邓大叔!"但小七子竟像没听见似的,连拉带抱把小卿架到了舢板上,福嫂也拿着鱼竿跟着跳了上去。

小七子又摇动了桨,小船就向着嫣红的夕阳走去,他又得意地唱起了柳腔:

> 小生打躬地挨池,门里嫂嫂你听知,
> 闻听嫂嫂容颜俊,今日晚上会会你……

小卿坐在船板上,低着头生气流泪。

船走得很快,少时就停住了桨,福嫂倚着船舷钓鱼。那波浪一层一层地起落着,小卿就觉着有些昏晕。小七子却在小卿的对面蹲下身来,指着她的脸说:"你别那么痴心女子负心汉了!皮靴邓跟我们同村子住,这么许多年,我就没听说他干过一件人事!在鲍岛他害过了多少娘儿们,他就能单单跟你好?再说现在洋人不要他啦,招工的工头也用不着他啦!他现在比我还穷,还能顾得了你?你年轻轻的,趁早儿打主意！"

小卿抬起头来，瞪着眼睛说："我打不打主意，你管不着！"

小七子冷笑说："其实我是管不着，我就是瞧着不服气！你比我还小，又是外来的人，就由着皮靴邓这么糟践？我瞧着生气！"

小卿低头哭泣，心里有万言千语说不出来。又想柳贵是惨死了，皮靴邓现在也失了业，他别处还有几份家，自己将来真不容易往下活……她想：真不如船翻了，叫我也掉在水里淹死了吧！

这时，忽然福嫂高兴地叫道："钓上一条鳝鱼！"

小卿低着头还没看见鳝鱼是什么模样，小七子却把这条鳝鱼摘下钩子来，往小卿的身上一掷。小卿就见一条二尺多长，蛇似的活东西在她的衣裳上乱蹦，吓得她哎哟一声惊叫，身子要站没站起，就摔倒在船板上了。小七子笑着捡起鳝鱼来交给了福嫂，福嫂也笑着说："邓大婶你真胆小！"

见小卿满面泪痕冲毁了胭脂，头发已蓬乱，面上如同鱼的肚子那般白，小七子也不敢造次了，就瞪着眼向福嫂说："别笑啦！把她扶起来！"福嫂就拿小卿手中的那块红绸帕，把还在动着的鳝鱼包起来，然后把小卿扶了起来。

小卿流着泪向小七子说："劳你驾！把我送到岸上去吧！"

小七子冷笑着说："你这个人真爱多心！我们请你上船来玩，难道还是要害你？刚才我跟你说的那也都是好话，你还是趁早儿打主意，皮靴邓眼看就要完蛋啦！"

小卿拿月白衣袖擦着眼泪，点头说："我知道，我跟了他也是因为我没法子。"小七子发了发怔，慢慢地用桨划动了浪涛往回走去。

这时，忽然迎面又来了一只舢板，舢板上的两个渔人都笑着招呼说："小七子！你真走运！一个人弄来俩！"小七子没理他们，舢板就悠悠地又靠拢了沙滩。

福嫂搀着小卿下船，一个大浪又从小卿那粉红绸裤上打过去，没走几步，湿了的弓鞋和粉红袜子又沾上了许多沙子。小七子笑着说："邓大婶你放心回去，皮靴邓他今天绝不能回来！他要是知道了，你就跟他实说,我等着跟他拼命呢,我们旱里不见水里见,光脚的还怕穿皮鞋的!"小卿擦着眼泪没言语,小七子又跳上了舢板,划着桨,唱着柳腔走了。

这时满天的绮霞都坠在海里,被海浪给搅得零乱。大火轮冒的黑烟接连上暮色,远处的风帆都往近处来移动,四五只白鸥倦懒地低飞着。小卿艰难地又随着福嫂走着,她的眼泪倒是不流了,心里也不怦怦地跳了,只是很忧虑。她扶着福嫂的肩膀,悄声嘱咐说:"回到家里,要是你邓大叔没在家,以后可别跟他提! 也千万别跟旁人提!"

福嫂点了点头,并没说什么,仿佛她对于刚才的事一点不觉得有什么奇怪。皮靴邓是常被人骂的,背地里也常有人说:"小媳妇跟着皮靴邓冤,应当自己早打主意……"所以她对于小卿的嘱咐倒是不大注意,她注意的也发愁的倒是这尾难得的鳝鱼,她希望回去叫她娘煮成鳝鱼汤,就着地瓜干吃,但又怕被她爸爸给拿出去换了酒。

她们依然是顺着火车道直直地走,及至回到西岭,天色已然昏黑了。这里看不见一盏明亮的电灯,虽然破窗里有寥寥的灯光,但还没有天空上最小的星亮。晚风又像秋风似的凄冷地吹来,打透了小卿身上的湿衣裤。小卿身上打着寒战,心里也哆嗦着,怕皮靴邓此刻正在家。可是当她注意地看了看自己住的那间屋子时,她的心又有点儿松缓,因为那间屋子虽然没有窗棂,可是也有板缝,如今却是一点儿灯光也没有露出来。福嫂回头来悄声说:"邓大叔没回来!"小卿点了点头,她连大气也不敢出,先摸着锁头开了门。

进到屋里,她赶紧又把屋门关好,摸出衣裤鞋袜换了,然后才点上灯,先对镜往脸上擦脂粉。这时门外就有皮靴声沉重地响,她的心就突突地紧跳。忽然屋门一开,皮靴邓低着头进屋来了,她不敢看皮靴邓的脸色,只是战战兢兢地斜着脸笑了笑,说:"哎哟你回来啦! 你怎么好几天没回来呀? 刚才我挺闷的,睡了一个觉才醒,饭还没做呢!"

皮靴邓却哼哼地冷笑着,说:"你还做饭干吗? 天天有个小子给你打鱼不就行啦?"

小卿吓得整个的身子就像落在了海水里,她抬眼一看,见皮靴邓的脸比天上的霞光还紫,比海边的岩石还沉得可怕,神态比潮水要扑来的时候还凶。

她就先流下了眼泪,抖颤着解释说:"你可别胡疑心,今儿我是跟福嫂到后海沿钓鱼,遇见了小七子,我跟他可也没说几句话……"

皮靴邓把拳头向小卿脸上一打,骂来说:"他娘的! 谁问你哩? 你就不打自招! 等着我抓住小七子那忘八蛋,再跟你这臭娘儿们算账!"说完了,就转身低头出屋。

这里小卿的鼻子和脸都是又酸又痛,她眼泪不住簌簌地向下落,心中是既紧、急、羞愧,又害怕和冤屈,但不敢放声大哭。就听户外那皮靴咣咣地响,带着愤怒的脚步声,听皮靴邓暴躁地问说:"小七子回来没有?"小卿吓得头一阵昏晕,躺倒在炕上。

这时外面就扰起了吵闹之声,有皮靴邓和小七子在互相嚷嚷、诟骂,并有男人女人在其中劝架,又有小孩子的哭喊声,脚步咕咚咚地乱响着,像是整个的大院都在翻腾了,又听说:"找福嫂问问! 找福嫂问问!"接着又是福嫂尖锐的怪叫声……

小卿如同一个身上中了枪弹的人,她趴伏着,抽搐着,痛苦在她的身上都失了知觉。过了一会儿,就觉得自己被一只大手提起,又摔在了地下,并有坚硬的皮靴在她的腰部、胸部乱踢乱踹,头发连根提起,脸整个被巨掌击着,每一下都疼彻了肺腑,她拼命地挣扎、哭喊,叫着:"你要打死我呀? 咱们讲讲理……叫小七子来,问他……"但皮靴邓就像是一只发怒的雄狮一般,抓住了她这个弱小的肉体,尽力地摧残蹂躏,并且吼叫着说:"臭娘儿们! 你背着我……好啊,臭婊子……我打死你……"

打了一阵,也没有人敢进来解劝,皮靴邓喘吁吁的,骂声也渐微了。他又狠狠地踹了两脚,就吧的一声撑开了门,站在院中还大声骂着:"小七子!忘八蛋! 早晚咱们有个死活!"小七子在屋里含糊地骂着,旁边有人不大出力地给劝解着,皮靴邓的骂声就越来越远,终至于消没了。

这间屋里的小卿趴在地上痛哭,她的身上无一处不痛,而且蒙受了多大的冤屈和羞辱呀！她哭了半天，就进来了两个邻居妇人，把她搀了起来，说："得啦，邓大嫂，你也别哭了！媳妇挨汉子一顿打不算什么的！你那汉子他就是这个脾气。你也有不是，扒蛤蜊为什么单要上后海沿去呀……福嫂那浪小……也快成精啦！小七子不是东西，少理他，躲着他点儿。咳！邓大嫂！你千里地来到青岛，找个汉子依靠着也不容易，以后留些心吧！别招你汉子再生气了！他是个干什么的！你别拿他当作省油灯……"

小卿仍然抽搐着，并发出凄惨的声音，断断续续地为自己辩解说："什么事儿也没有，就是……小七子叫我上他的船，福嫂为钓鱼，也帮着他抱我，船也没走了多远，我们就回到岸上……再说那时海里也不就是我们，还有别的船呢，都可以去问问……"

邻居的妇人有一个就笑了，说："旁边要没有别的船，你汉子还不能知道呢！哪儿全都有他的熟人，你干什么事也别想瞒他。"另一个就说："你当初就错啦，为什么你单单嫁他？到了他手里的娘儿们还想逃出去吗？"两个妇人把小卿劝了半天，她们就走了。

小卿躺在炕上，哭声倒渐渐停止了，可是她仍然不住地一抽一噎，腰上脸上都很疼，并且发烧。她回想着今天海边的事情，又觉得皮靴邓生气也是应该的，只怪小七子跟福嫂，也怪自己不会跟他们翻脸，当时要骂他们一顿，他们就不敢抱着自己上船了。她又想起自己过去在家中的娇贵跟柳贵的温柔，更觉得眼前是陷在深泥中、地狱里、老虎和狼的群里，并且不知几时才能逃出。因此她的心里像是比肉体更痛，她就又紧紧地抽噎，放起声来哭啼，哭得她的泪尽了，灯里的油也快烧干，屋中昏暗，只记得在母亲死后之时，深夜灵前有过如此的情景。

忽然，仿佛由外边进来了一个人，她十分地惊讶，真疑惑是母亲或柳贵的魂灵。还没容她把泪眼睁大，进屋来的这个人已很有力气地揪住了她的胳臂，把嘴放在她蓬松的发旁，急急地说："跟我走！我预备了一个风船，天一亮咱们就走！到石岛去，那儿有我朋友，咱们绝闲不住……"

小卿听出是小七子的声音，泪眼前黑乎乎地站的正是那个年轻的渔人,她就恨恨地夺开了胳臂,说:"我凭什么要跟你走?"

小七子说:"那你为什么要跟皮靴邓在这儿混呢?"

小卿说:"因为我嫁了他!你趁早儿别做梦,你快走,要不然我可就喊叫啦!"

小七子退后了一步,冷笑着说:"他娘的!我没瞧见过你这样的贱娘儿们!好意救你,你倒不跟我走?"

小卿睁大了泪眼,说:"你是个什么东西?快走!你邓大叔快回来了!"

小七子紧紧握着拳头,骂着说:"谁他娘的认识他?他是谁的大叔?青岛港上多少万人,提起他来谁不骂?单单你这娘儿们瞧上他啦!他臭打了你一顿,你还说他好。好啦!我尽到了心啦,你这娘儿们将来可别后悔!"说完,他就气愤地撞出门去走了。

小卿深深地低着头,拿衣襟擦着眼泪。因为屋门开了,深夜的海风吹进来,很冷,她就慢慢地下了炕,打算把门关上,但一阵腰痛,她忙用双手扶住了炕。她觉得皮靴邓真可恨,跟他这样过下去,早晚要被他打死,可是,小七子也不见得是个靠得住的人呀!她忍着腰痛,慢慢地把屋门关上。此时的煤油灯连刚才的那点余烬都没有了,她又抽噎了几声,便躺在床上,盖上了那床还是跟柳贵在济南时做的棉被,昏沉沉地睡去了。

第二天,小卿的身上还处处疼,她懒得动,也无颜见邻居,一天没有出屋子。屋里还有半桶水、一点柴和一些米面,她就自己在屋中做了饭吃,并留一些来,预备皮靴邓回来好吃。可是直到晚间,皮靴邓也没回来,她又很是不放心。

第三天,福嫚她娘苏大嫂子进屋来劝她,笑着说:"我怎么没瞧见你出屋子呀?屋里多热呀!还是出去凉爽凉爽吧!不要紧!叫汉子打了一顿也值得害羞吗?你看鲁二的媳妇,她汉子拿扁担打她,比你这重不重呀?人家哭完了照旧说笑。你到底还是年小,脸皮太薄,再说小七子也跑啦,跑到不知什么地方去了,你还怕谁呀?"这位苏大嫂子连说带劝地把小卿拉出屋去,福嫚跟几个小孩正蹲在院里猜手里的石子玩,扬头瞧见了小卿,她露出黄牙来笑,就好像没有前天那么一场事儿似的。

皮靴邓大概真是气走了,从那晚就再没有回来。小卿恳求人去打听,自己还想着:叫我给他怎么赔不是都行!可是别人都说:"哪地方找皮靴邓去呀?因为外国人把他辞散了,早先他吃饭的地方,赌钱的地方,他常去瞎混的几个暗娼的地方,现在全都看不见了他,还有许多债主也正在抓他,可是也抓不着。"

小卿跟皮靴邓同居了这些日子,并不是没有一点感情,感情上的忧思还在其次,最要紧的就是日子过不下去了。五天以后,小屋中所存的那一点柴米就全都用尽了,手边只剩下一吊多钱,她就每日只吃一顿饭。又过了几天,把这一吊多钱也用光了,没法子,她只好把她的和柳贵遗下的几件衣服,托同院住的人去当。陆续当了几次,也就全都当尽了。她摘下耳朵上的那副垂着小珠子的金耳坠,托人去卖,但是没有人买,原来是镀金的,珠子也是假的。

她这时,除了这一对假耳坠,就只剩了身上的衣裤和自己的破被褥、柳条箱,还有几件碗箸,一只没有油的灯。她宛转周折地向苏大嫂子央求,才借了几百钱,买了一点儿地瓜干,拾了几根柴,借了一碗水,煮了个半生不熟,吃了。但这是上午的饭,现在又快到晚上,而且还有明日、后日,还有许多日许多年呢!她想尽了方法,也流着眼泪求过人,但是只得到一点度命的食物。这一天又挨过去了。

第二天她懒得起来,而且头晕、全身无力,也真不能够爬起来了。她只剩下哭了,可是哭也无泪。她只有死路可走,可是偏偏不但没饿死,反倒连吐血的病根也好像好了。在这光明的天日,听着别人愉快的笑声,自己虽然憔悴,却还有青春的年貌,她也不愿去投海或是悬梁。

她躺在炕上,只盼望皮靴邓忽然前来,或是谁可怜她,给她送来一碗剩饭,可是直饿到下午三点多钟的时候,没有一个人进屋来问问她。她怕人把她遗忘了,就尽力地呻吟,并呜呜地哭泣,可是除了有一两个孩子拉开门探着头向里面望了望,没有一个平日相好的邻人来看她。她只觉这地方的人真心冷,她想要骂,但是,有什么理由骂人家呢?而且骂完了之后结局又当怎样？不是没有人理，就是连这间屋子都不能够再住，因为房子本是人家胡三嫂盖的，前几天就应当交人家房钱了。

她软弱无力地坐起来，叫着："福嫂！福嫂！"连叫了几声，没人答应。这时屋门外可又有女人说话，问着："就是这间屋子吗？她在家没有？"屋门开了，进来个穿着一身青洋绉镶着白花边儿的小褂长裤的油头粉面的女人，新镶的金牙，正是那客栈里的张太太。

小卿像害了病似的，脸上不禁发烧，她无力地叫了声："张大姊！"张太太带着惊讶的神气，说："怎么啦？你有病啦吗？"小卿一边慢慢地下炕，一边摇头说："我没病！张大姊，你这些日子没看见邓……"

张太太把脸儿一沉，说："我要瞧见你那汉子，我还能把他藏起来吗？你真是又可气又可怜，早先你弄的那是什么事儿？一个破皮靴邓，我正不高兴理他啦，那时你可把他瞧上啦，跟我死争活争！你看，自从你们搬到这儿来，我来过一趟没有？一来我嫌你这破烂地方，怕脏了我的鞋。二来，我就等着你们有这一天呢！昨儿我听说皮靴邓把你抛了，我真是又称心，又高兴，可是又可怜你。我这个人就是，无论别人对我怎么没良心，我总是要想着别人。我本想着不管你，可是不由得我又不放心。现在，没法子！谁叫咱们俩在一个客栈里住过呢？谁叫你那姓柳的倒霉的死男人，叫过我几声大姊呢？我既有力量，就还得帮帮你，快跟我走吧！到我那儿换上一件衣裳，把头梳一梳。你也嫁过两个汉子啦，我犯不上跟你转弯子说闲话，到我那儿打起点精神，我给你介绍两个大掌柜子，以后就学着点娘儿们混饭吃的本领，打扮打扮，风光风光。你要是觉着我今儿来是为拉皮条，那我也就不能难为你，干脆我就听你一句话。我现在帮人忙，得叫人家倾心愿意，你不干我立刻就走，也不是现在有什么人拿出洋钱来，非花给你不可！"

因为张太太说的话太直截了当，小卿难以回答，她脸上发着烧，低头了一会儿，张太太立刻就不耐烦了，推了她一把，说："你又不是十六七岁的大小姐，听人给你说婆婆家就脸红，这是为吃饭！你还害什么羞呢？"

小卿流下眼泪，点头说："我现在是什么也说不得了！大姊，这几天我是天天挨饿！可是，万一他再回来呢？"

张太太瞪着眼睛问说："他是谁呀？你说的是皮靴邓吗？哼！他还敢回来！不要紧，你放心，他回来都有我啦，他抛了老婆不管，还能拦住老婆去……"小卿忍不住又哽咽起来。

张太太生气地说："你要哭，我可就走！我来是痛痛快快地跟你说，你也得痛痛快快地去混。无论是谁，花钱都为取乐，没有烧纸给丧门鬼的，穿上鞋！快跟我走！"

一路上，张太太还是一张生气的脸。可是到了客栈，上楼进了房间，张太太就叫宋伙计到外边叫来了二十个包子。小卿一边吃，张太太一边给她打扮，把她的圆头拆开，上了许多油，改了一条大松辫子，叫她擦上粉、胭脂，并抹了红嘴唇。

这时，张太太才露出了整个的黄澄澄的金牙，笑了，拍拍小卿的肩膀，说："你往镜子里看，这不是顶漂亮的一个大姑娘吗！幸亏你命还好，皮靴邓很快就倒了霉，再叫他把你关在那小板房里熬煎上两三年，你也就完啦！来，大妹子，你帮我抬抬箱子。这儿有我几件穿不着的衣裳，你拿出来，不合适自己改一改，先将就着穿，等将来你发了财再另做！"

于是小卿帮着张太太搬开箱子，找出来三四件颜色漂亮但式样已不太时兴的绸罗衣裳。小卿试了试，本可以将就着穿，可是张太太给了她剪子和针线，说出来式样，一定叫她赶着拆改。小卿是盘腿坐在炕上，她那不很干净的一条竹布裤子上，搭着一件银红绸子的衣裳，她要把袖口改瘦，下摆放长。她拿着针线的手一起一落，哧哧地发出轻微的响声，她的头总是低着的时候居多，但偶一抬头，就看见那挂着两张相片的墙壁，便会想到隔壁的房间就是她与柳贵住过的，宋伙计也是厮熟的面孔，她不禁惭愧、难受。

张太太嫌她做得太慢，就也拿了针线，帮着她去缝，嘴里一半说笑，一半传授了许多秘术：见了生客人是怎样的笑，见了熟客人是怎样的招呼，怎样站着坐着才显得俏，什么样的话客人才爱听，以及种种卖笑赚钱的方法。事情其实也没有什么太难的，可是小卿的脸烧得很红，心说:我要照她说的这话去做,我成了个什么人啦?

天渐渐地晚了,这件银红衫子也改做好了。小卿穿上试了试,倒还很合适,张太太也点头说:"不离!"小卿走近镜前,向镜中去看,由这件漂亮的衣裳和乌黑的辫子不禁想起了自己在家当小姐的时期,心中又泛起一阵苦涩。她想要哭,想要脱去衣服,抖散了辫子,然而她又不敢这样去做。

张太太又掀起帘子向外叫宋伙计,一阵楼梯响声,宋伙计就跑进来了。他薄片儿嘴露出笑意,两只溜溜转的眼睛不住向小卿身上瞧。张太太半笑半怒地:"你瞧什么?你不认识吗?"宋伙计笑着说:"我真不认识啦!我也不敢认啦!"

张太太打了宋伙计的脖子一下,骂着说:"不开眼!大概连你姑妈都不认识啦!快跑一趟,叫梁掌柜去请孟掌柜,请他们晚上来,就说有人在这儿等着他啦!"

小卿担心着,不知孟掌柜是个怎样的人,脸上一阵阵发烧,心里突突地乱跳。宋伙计笑着出屋去了,张太太又转过身来,低声向小卿说:"孟掌柜是个大买卖人,也肯花钱。他大概早就在西岭那一带看见过你,早就托我把你叫来见见,可是那时皮靴邓还在青岛……回头他来了,你按照我刚才教给你的那些话,跟他要点手腕,别露出来咱们是瞧上他啦!得显出既跟他亲近,可是又不大巴结他,那才行。还告诉你,待会儿他来了,跟他找个房间说会儿话,你还是回西岭睡觉去,以后……你明白吧?什么事都得叫我给你作主意!"

小卿点点头,她心里说不出是一种什么滋味,既惧且愧,又伤心,她倒愿意皮靴邓这时忽然闯进来,将她打一顿带她走,她又愿意柳贵来,但柳贵是不能复活来帮助她了。总之,她不愿这样去做,可是又由不得自己做主。

少时,宋伙计回来了,他告诉了张太太几句话,大概是说那位掌柜的待会儿就来。张太太就叫开饭,饭还是馒头,菜是熬鱼、拌凉粉,还有一碗从外面买来的小豆腐。小卿很饿,吃了也似乎不少,可是也没觉得是饱了没有。张太太漱过口,就随手扳亮了电灯,电灯的光很刺眼,小卿低头看着自己的红衣裳，背后拖着一条处女时的长辫，惊心地听着外面的楼板响。她记起以前卧病在那隔壁房里的床上时，自己侧听着楼板的脚步声，盼着柳贵回来，但这时的心情跟那时不一样。

时间送来了不可避免的事实，果然那位梁掌柜同着那位孟掌柜来到了。这两位的模样好像差不多，都是草帽、纺绸大褂，很胖，不过一个略高，一个略矮。

张太太跟梁掌柜很厮熟，她手脚做着媚态，仿佛是特意给小卿做出个榜样来。小卿也打算这样做，可是又做不出来，她只是像张太太那么合着嘴，似笑不笑地给二位掌柜送过茶来。

梁掌柜就问说："柳姑娘，你是北京人吧？十几啦……"酒气扑到小卿的脸上，仿佛比闻惯的皮靴邓的酒气还臭，她没奈何，答应了一声："十六！"

孟掌柜惊讶地又放肆地笑着，说："喝！才十六？"小卿听他说到自己的年岁，就感到一种被谑戏的伤心。

张太太叫伙计给找了另一个房间，于是叫小卿请孟掌柜到那边去坐。那边虽然不是小卿跟柳贵住过的那房，可是床、桌子所摆设的位置并没有什么两样，电灯也是那么淡黄，窗上的玻璃也是用纸糊着。小卿听张太太的话，她是跟孟掌柜若即若离，可是孟掌柜自己去找张太太一趟，张太太又过来，扒在小卿的耳朵上又劝说了一番。于是，这间房子就按照整天开了租价。当夜小卿就没有回去，她不习惯地做了妓女。

第二天上午，小卿拿着她伤心忍辱所得的度夜资，低着头走下楼去。张太太在上面还嘱咐她："今儿晚上来，换一双新一点儿的鞋！"

她低着头走出栈房，热风吹动她的绸衫，蝉声在她耳边聒噪，她的心却是凄凉的、沉闷而痛苦的。将走到西岭时，她把一块钱换了，买了十几个蒸饺，走回家去。

她突然改换了的这装束很叫邻居们注意，她赶紧低着头跑回屋里，先打开辫子草草地挽上了头，又脱下了刺目的银红衫子。福嫚随着她走进屋来，惊疑地从头到脚地看着她，问说："邓大婶你上哪儿去啦？"她勉强笑了笑，没有回答。

胡三嫂又跑过来要房钱，苏大嫂也来索旧账，她那可疑的银红衫子摊在炕上，人家都不大看。昨天她是干什么去了，除了福嫂，别人也都不细问，并且福嫂也叫她母亲给随手拉走了。小卿呆呆地坐了一会儿，就趴在炕上抽噎着哭。

　　这天晚上，终于小卿又到客栈去了，因为她不敢得罪张太太，张太太现在是唯一能救她脱离危困的人，她并且换了一双较新的缎子鞋。这做妓女的第二天，虽然仍有些不习惯，可是已不像昨天那么害羞了。

　　这种生活她渐渐就习惯了，觉得也没有什么痛苦。她是每天晚饭后，必要梳妆齐整到这里来，若是熟客人，她就在张太太的屋里招待，生人就要另借一个房间，但这种"借"房间是一种临时性质，借一次要分给客栈两毛钱，要想过夜，还须缴整日的房价，并且还得给伙计小赏。没有客人可陪时，她还是要回到西岭板房里去睡的。她每天挣的钱，十分之六须给张太太，十分之二交客栈，到她手里没超过两块钱，有时将够她自己的温饱。衣服是孟掌柜给她做了两件，张太太又把几件不愿穿的衣服也廉价卖给了她，鞋袜就要她自己节省下吃饭的钱去买了。

　　她很知足地这样过活着，不过就是每天到客栈，最怕上楼梯时看见早先住过的那房间，仿佛她脑里永远存着个阴影似的。并且她接过了许多嫖客，有粗俗的，有温和的，有年岁不小的，有年轻的，可是她觉着哪个都不如柳贵好，柳贵真真地占据了她的心，而皮靴邓她倒是忘记了。

　　有一次为了什么事，她也很伤感，觉得这种卑贱的生活是不可以长此下去的。她到邮政局前找了个代书人，给在北京的她那老父亲写了一封信，大意写的是：

　　　　父亲大人膝下，跪禀者，女儿小卿当初做了错事，后悔无及。现在柳贵已死，女儿孤身一人在青岛，无依无靠，衣食艰难，病体日重。求父亲大人看在我亡母的面上，开恩饶恕，叫儿再回北京，侍奉大人天年。女儿以后决定洗心改过，不敢再做错事了……

　　她亲自贴了邮票投进信筒,抱着悲痛的心理期望着,可是一连月余,并无回音。她绝望了,只好更安心无望地牺牲自己的肉体,来换取每日的衣食。

　　不幸她的身体又发生了变化。头一个看出来的是张太太,她问说:"你是有了吗?这还行!拖着个大肚皮还怎么挣钱呀?我给你想个法子吧!"小卿自己是一点主意也没有,只好听张太太给她想法子。张太太给她配了一剂药,吃下去,她折腾了一天,肚子痛得好像肠子都断了,可是第二天又好了,腹部还是日见膨胀。张太太又要带她找个野大夫去扎针,她听人说那野大夫扎死过人,她不敢去。一天一天地迁延下去,她的腹部已非肥大的衣裳所能遮掩得住了。

　　张太太天天瞪着眼睛说她,成心叫她搬箱子抬桌子,并打她的肚子,说:"这时我倒愿意有个汉子再踢你一脚!至多了我再服侍你几天,也不至于老连累着我呀!凭你还要养孩子?养出孩子来叫他姓什么呀?"

　　孟掌柜和几个别的客人,这时就因为她的大肚皮而远避了。只有一个上了年纪的高掌柜,因为喜欢她的温柔,可怜她的身世,才常来借张太太的屋子跟她谈会儿闲话,叫她伺候着喝碗茶,吃口烟,临走时总要给她两三块钱。有了这么一位慈善心肠的人,她才不至于重陷于饥饿。

　　秋热过去了,枯黄的树叶已落尽了,海风渐寒,小卿的身子也一天比一天重。这天是傍晚时,她在西岭的小木板屋里,点着一盏灯,对镜挽她的头发。本来前几个月她是改梳辫子的,因为张太太说梳辫子容易叫人爱,可是现在,前面一张大肚皮,后面一条处女的辫子,谁看了谁都要笑。尤其是邻居们,连小孩子对她都是一张讥笑的鄙视的脸,跟在她身后唱着:"大嫂养孩子,咚咚咚!"她不得不改回来梳圆头。

　　她用的这面镜子很小,只能照着她的半个脸。她的脸是更瘦了,可是越显得两只眼睛大,脂粉擦上也一点不显老,可是下面的肚皮……

她觉得肚里微微有点儿动，她很喜欢这种动的感觉，想象着肚里是有一只白嫩的小手儿轻轻地摸着她的心。可是她又一阵心酸，想着：他多可怜呀！谁是他的父亲呢？我又怎配做他的母亲呢？她低着头落泪，肚子里的小东西却更动得厉害，仿佛在劝他母亲不要伤心。

她因见时候不早了，就赶紧梳好了头，穿上了一件粉红色假缎子的棉袄。刚要吹灭了灯往外去走，忽然门开了，低着头进来个高大的男子，她惊讶着说："哎哟！是你……"

进屋来的是皮靴邓，现在他脚下可没有了那双皮靴，他穿的是黑布棉袄，还不算太破旧，头上戴着一顶宽边儿的黑呢帽，脸不太瘦，可是胡子很长，两只眼睛睁得很大。小卿流下眼泪，拉住皮靴邓的大手说："你走了半年多啦！我想你是不要我了，这几个月，我的日子过得难极啦……"皮靴邓赶紧摆手，悄声嘱咐说："小声儿！"

小卿吓了一跳，惊疑地翻着眼睛。皮靴邓把灯吹灭，严厉地嘱咐说："别叫人知道我回来！我不怕谁，可是我也不愿叫人知道。"小卿用极低微的声音，颤抖着问说："为什么呢？"皮靴邓躺在炕上，摇摇手，用沙哑的嗓子，低声说："没什么，你也别乱疑惑！我是因为欠了点账，我怕他们来找我要钱……"

他突然又问道："小七子在家没有？"

小卿说："自从你们打了架，小七子就跑了，说是到石岛去啦！前几天可又听福嫚说他又回来了，他可没回家来，听说是在小港拉大车哩！我这几个月也没看见他，你真别疑惑我跟他是有什么事！不过自从你走后，我就苦极了，身子又……"

皮靴邓说："你干了什么我都不问你，你也别跟我说，我就在这儿住一两天，明后天我就上船走。"

小卿问说："你想上哪儿去呀？我跟着你去，我也不愿在青岛住啦！"

皮靴邓说："别忙，等明天我就拿定主意。船票要能买上，你就跟我一块儿走。你走不了，我也给你留下过日子的钱，你先出去给我打点儿酒去！"说着，把一块现洋放在小卿的手中，并嘱咐说："找个生铺子打酒去！别惊惊慌慌的,出屋把门锁上！"

　　小卿悄声答应着,拿着钱的手有些发颤。她提着个破瓶子依言把门锁上,带着沉重的身子,迈着颤抖的脚步,去寻酒铺。这时天已黑了,风很冷,地上高低不平,还有许多几乎把她滑倒的冰,往来的人都晃摇着黑影,没有什么灯光,处处都使她发生恐怖。

　　她打了酒,买了几个烧饼和一小包酱菜,皮靴邓就躺着吃喝,但不大跟她说话,她也不敢问。灯是自从吹灭了,就再没点,倒好,可以不至显出她隆然的肚腹。

　　可是,她担惊受怕地在皮靴邓的鼾声酒臭里迷迷糊糊地睡了一觉,天就明了,皮靴邓仔细地看着她凸起来的肚子,倒像是不大吃醋,只问说:"是谁的？"

　　小卿脸通红,低着眼皮说:"是你的,你还不信吗？"

　　皮靴邓不自然地笑了笑,说:"你别骂我！是谁的我也不管,这几个月你还能活着,还能穿绸裹缎,就算你有本事。我来到你这儿也不过暂住,明早我一定上船,带不了你,反正我也忘不了你就得啦！早晚我阔了,一定把你接去。现在你有什么事还是干事去吧,把屋门给我倒锁上就得啦。"

　　小卿低着头说:"我对不起你！可是你走的时候没给我留下一个钱,我挨了几天饿,后来没法子啦,才……"

　　皮靴邓摇手说:"别说啦！我明白,柳贵走了你嫁我,我走了就不许你再搭伙别人吗？"

　　小卿吃了一惊,说:"柳贵……走啦？"

　　皮靴邓说:"柳贵真是个老实人,想不到他那样死。咳！别提他啦,你快点走,锁上门,你在屋里就许有别人来！"

　　小卿惊疑着,赶紧挽好了头,皱着眉又问说:"那么你吃什么饭呀？"

　　皮靴邓瞪着两只凶狠狠的眼睛,生着气说:"你别管啦！你就快走吧！锁上门！"小卿惊疑着赶紧退步出屋,就锁上了门。

　　同院的几个孩子都挎着破篮子要出去捡煤核,有的就悄声说:"大肚皮！"有的还凸着肚皮学她走。

小卿骂着："讨厌！等着，我告诉你妈！"孩子们一点也不怕，还讥笑她。她生着气走，走不远又站住了，心想：我上哪儿去呀？他为什么一定叫我出来？

忽见有几个巡警往这边跑来，由她的身旁跑过去了。她惊讶地回过身去看，就见那几个巡警跑到她住的那小屋前，打开门闯了进去。她吓得要喊叫，浑身哆哆嗦嗦地乱抖，又见那几个巡警把皮靴邓揪出来，又打嘴巴又踢腰，然后就拧胳臂，捆上了绳子。小卿吓得赶紧跑，跑到一个墙角，她站住身，肚子疼，腿软，气喘，眼见着巡警们把皮靴邓捆着押走了，她不禁又涌出冰凉的眼泪。

见那院里已然聚集了不少的人，都在纷纷谈论，战战兢兢地走过去，想要打听打听。胡三却迎面走来，摇着胳臂说："快走吧！找个地方先躲两天！"小卿流着泪问说："他犯了什么罪呀？"胡三说："是强盗案子，皮靴邓在济南做了一件抢劫案。他跑回青岛来，人家衙门的人早坐着火车追下他来啦，知道他窝藏在家里，这才来捉。他一定逃不了啦，非死不可，你快躲避躲避吧！"小卿吓得腿一发软，几乎跪在地下。但是她赶紧转过身去，惊惊慌慌地走了。路不平，天气很冷，她的脚又小，身子又沉，气喘，心里悲痛，她如同一只断足折翅的小鸟，在风雨里躲避鹰隼的扑击。

到了张太太房里，她就哭着，低声把皮靴邓昨晚回来，刚才又被巡警捉走了的事向张太太说了。张太太用鼻孔哼了一声，说："你还哭他呢？他的案犯了，捉去了，真叫神差鬼使，活该！你知道你汉子柳贵是怎么死的？"

小卿摇了摇头，发着怔。张太太似乎要说又不愿意说的样子，沉默了一会儿，才说："一个人也不是那么容易地投了海，柳贵怎么死的，只有皮靴邓他明白，可是我听他的话总有点含含糊糊，那时我也不愿细问，因为问出来就是一件人命案！"小卿突然明白了，眼泪簌簌地落下，躺在床上哽咽。

张太太走过来，劝她说："你还伤什么心呀？这总算善有善报，恶有恶报！皮靴邓害死了柳贵,现在他也快挨枪毙啦,你还想他们干什么?你难道还真缺少多情多义、知冷知热的男人吗?哈哈妹子!这些事儿都不要紧,倒是你肚子里的那个东西,真是块魔,快想法子吧!扎一针准能下来。"

小卿在客栈里住了两天,才敢回到西岭。一打听,倒是没有巡警来传过她,不过看见小七子回来了,穿的比早先整齐,摇晃着膀子唱柳腔,对她只笑了笑,没说什么,她倒很愧得慌的。

自从受了这场刺激,尤其相信了张太太的话,小卿就又犯了吐血的旧病。有一天晚上梦见了柳贵,柳贵是赤身露体,血迹淋漓,告诉她说:"皮靴邓是为夺你,才害死我的,我死得真惨!现在阴间我连衣服也没有,你赶快给我弄些钱来花吧……"她哭啼着由梦中惊醒。

第二天下午,阴天,似乎是要落雪。小卿买了两挂锡箔、一叠烧纸,她到海边,听说柳贵死的地点是在栈桥西边,在这里堆积着没胫的沙砾,趴着猛兽似的岩石,滚荡着凶恶的海涛,又正是涨潮的时候,水力特别的猛,浑浊的大海上没有一只帆船,莽莽的沙滩上没有一个钓鱼人或眺望者,只有这穿着颜色很妖艳的衣服、脚小腹大、满面是泪、悲声呜咽的少妇。

小卿用她冻得僵硬的手,划开了惨黄色的烧纸,用石块压在沙上。她双腿跪着,泪水顺着腮向沙子上滴。风挟着海潮冲着她扑打,越扑越近,并发出暴烈的苛责声,像是在驱逐她走。她低着头一边哭着,一边划火柴,但划了多半盒的火柴都被风吹灭了,烧纸、锡箔也都眼看就要被浪花溅湿。但终于叫她把纸燃烧着了,熊熊地起了一片火光,霎时就变成了片片的飞灰,被狂风卷走了。她哭着呼喊:"柳贵……"微弱的哭声被猛烈的涛声淹没了。那浪涛蓦然扑到她的脚上,又渐渐向后退,以第二个更凶猛的姿势再向她扑来。她颓然倒卧在沙上,又挣命似的往起来爬……

小卿并不是就从此死去了,随着她的命运,她还要痛苦、艰难、卑贱地活下去。不过人终究是渺小的,何况她又是个女人。女人不容易活,可也不容易就死,正如同岩石上的小虫子,潮水向着它冲扑、卷荡,可是它也未必即刻就毁灭死亡,它会在那卑湿的地方勉强活着的。

　　这时,青岛港上的人正在忙碌着,盖洋房、修马路、劈山、填海、造林,谁还有时间来注意这渺小的她呢? 岁月推进得极快,转眼之间就过去了二十多年。

第三回　海上吹来的南风

　　二十几年之后的青岛，这时"鲍岛"的名称已没有多少人再提说，整个全叫作"青岛特别市"了。苍翠的树木生满了丘陵，各种奇特样式的楼房顺着山坡海涯密密地建起。马路像棋盘上的纵横线，交叉着、连接着、展开、修好，而且完全改成了光洁如镜的柏油路，早先那经过一场雨洗便坎坷不平的石子路早已看不见了。商业随着这地方的繁荣发展互为因果地增多，并因为科学的进步，这里也添了许多二十多年以前的人梦想不到的新玩意，例如：电话改成了自动式，不必再很麻烦地去摇；电影不仅能够活动，而且会说话会唱歌了；霓虹灯能做出各种鲜艳的颜色，每晚在高楼顶上变戏法。即使是早先也有的汽车，在这二十多年来也变换了许多的式样。

　　所没有改变的就是海水，还是那么荡漾着，不见得多，也不见得少。太阳朝起夕落，仍旧规律地循环着。再有的就是人心，虽然随着物质的提高生出了许多奸狡欺骗，可是仍然脱不了财色两件事。男人脱下长袍坎肩穿上西服革履，还是为着金钱而疯狂；女人剪了头发放了脚，穿上高跟鞋，仍然是为爱情而流泪。

　　这一天夜晚，十一点钟以后，繁华的青岛除了冠县路、四方路的几家舞场、乐户还像梦呓般地在活动，其余都已进入了半睡眠的状态。尤其是沿着海的一带，简直冷清无人。右边的海是一片黑雾，星斗和指引航路的灯塔混在一起,在空中闪烁着。涛声却在下面哗哗地唱着低音深沉的歌。左边是高山,山上树木阴森得比夜空还要黑,但那高低不同的稀稀的亮着灯光的楼窗,却比星光更要妩媚。风是从正南方向吹来,依然坚硬而寒冷,这时是阳历三月的天气。沿着海的马路,路旁的电灯把光线投到地下,使路面光亮得如镜子一般,可是那与电灯交错排立的梧桐、洋槐,又用萧疏的黑影蔽住了灯光,在路面上微动着,有如映演电影。但除了这浮动的影子和在丁字街口站着的呆板岗警之外,再也没有什么活动的东西了。

忽然有一辆流线型的汽车从西边开来往东走去,很快,除了遇到有岔路口时把灯灭一灭又亮一亮,是用不着按喇叭的,因为除了对面偶然也驰来一辆汽车,再也没有旁的障碍物。这辆车前玻璃里的那个发光的箭头永远是直指着,所以过了太平路、莱阳路,直到跑马场才往右转了一转,于是这辆汽车绕过了海涯往南又行了一会儿,就到了一座楼房的门前。车里就有个带着北京味儿的女子声音,说:"到啦! 到啦! 停住啊!"

车是从汽车行雇来的,由福禄寿电影院把客人送到汇泉。开车的人把车止住,他向玻璃外一看这座楼房,他却有点儿诧异。他是认得这座楼房的,白色的墙、红瓦,上下两层,不算是小房子。临街的短短的木栏尤其美丽,庭院宽敞,每年春季,庭院里开放着各种好看的花。记得这是个什么阔人的别墅,那阔人多年没到青岛来,虽然有个看房子的人,可是在楼外的一间小房里住。总之,这开车的人时常到汇泉来,从没见过这座楼里有过主人。他记得一个星期之前,这楼里还没有人的,现在,楼上楼下明净的玻璃窗,不仅浮着柠檬色的灯光,而且还安设了小巧美丽的窗帷。他心里想着:这家子这么早就避暑来啦?要不然就是租出去了? 他嘟嘟地把喇叭按了几下。

楼前的两扇铁栅栏还没有开,车里的两位乘客先推开车门跳了下去。两位乘客全是摩登女子,一个高身量的穿着毛绒大衣,下边露出一截花缎旗袍,那另一个娇小玲珑的是穿着反毛儿的、白色的,不知是什么皮的大衣,下边露着腿也许是穿着丝袜子,不过大衣里边一定是女洋服了。这两人一下车来就笑颠颠地跑,高跟鞋在地上叮叮地乱响了几下,她们就跑到了铁栅栏前。那小的跟在大的背后,两边门柱上的四方形的电灯照着她卷曲的头发,真跟洋姑娘一样,她把脸挨在那正在伸手按电铃的女子耳后,说:"今儿这片子有多好呀?"——这句话当然开汽车的没有听见。

待了一会儿,里面有个男仆拉开了铁栅栏,两个小姐又跑着进楼里去了。少时有个老妈子出来给车钱,开汽车的人就好奇地问说:"这房主儿是才回来的吧?"老妈子操着本地口音,说:"不知道,我是才雇来三天。这儿的老爷还没来,就是一位小姐,那穿皮大衣的,那是亲戚家的姑娘。"汽车转过去又开走了,铁栅栏也关上了。楼上的灯光更亮,"踢踢达""踢踢达"的练习跳舞之声和女子的娇笑声,因为夜静而传到了窗外楼下。

楼上的那位小姐已换了衣服,因为屋中安设着电炉,很暖,她穿的只是一件西洋绸子的、白底浅红方格、短身蓬袖儿的翻领女洋服。她裸着胳臂裸着腿,脚下换了一双白漆皮的舞鞋,狂欢着在光滑的地板上跳舞,一边跳还一边咯咯地笑,长发飘舞,手脚乱动,一点儿也没有倦意。

旁边有一张最新式的雪白的弹簧床,那高身量的女子穿着淡紫色闪着点金光的缎旗袍,弯着腿儿躺在床上,头发铺在白缎子的绣花枕上。她一只手捏着烟卷,徐徐地喷着,那袅袅的烟云在她那微长的画着眉毛、点着口红的脸上缭绕。她瞧了那正在跳舞的女子一眼,就叫着说:"香蓉!哪儿来的这么大的高兴劲?要疯呀?看明天姑父来了,你还高兴不高兴?"这句话把那香蓉小姐的高兴劲儿打断了,她就像是个机器人儿断了弦,立时就停止住了舞蹈的手脚。

香蓉那鹅蛋圆的小脸儿上立刻消逝了欢容,清秀而微浓的眉毛,不大不小的两只单眼皮的眼睛,也失去了笑意。她跑过去也躺在床上,双手搂住她的表姊,拿她那很俏皮的小鼻头哼哼,说:"瑾姊!怎么办呢?我真怕我爸爸他来!他来了,又不许我出门,不许我看电影,不许我……什么都不许我!青岛多好玩呀!下星期又是好片子,我,我真要哭了！"

瑾小姐也很不高兴,挪开手,往床旁的玻璃面的小桌上弹了弹烟灰,说:"我有什么办法?谁叫你有了个怪癖的父亲?我姑母没死时他还不敢这么怪,现在怪成什么样子啦?永远不坐马车,不许女的跟男的说话,因为电影上有男女接吻,他提起电影来就骂。你看陈先生人家,跟咱们一块来青岛租房子,布置了一切,人家可一个人住在饭店,不敢跟咱们住在一起。其实人家都四十多岁啦!可是因为你父亲的怪脾气,人家就不敢跟咱们接近!没有一点办法,他来了我连烟都不能抽,我是在南洋生长的,北京我也住过两年,无论国内外,我也没瞧见过他那样的怪人!"

这时愁眉不展的香蓉,跟刚才那个欢乐的女子完全像是两个人了,她噘着小嘴儿说:"可不是?就是这回来青岛,起先他也是至死不愿意来呀!"

瑾小姐说:"我知道!从去年春间贝医生就劝他,说他那肺病只有到青岛来才能有希望养好。可是多少人劝他,他是至死也不肯到青岛来,仿佛他早先在青岛做过什么丢人的事情似的!"

香蓉摇头说:"我爸爸说他虽然原籍是山东,可是在国内时并没到过青岛。"

瑾小姐说:"那谁知道!总之,这次若不是他又得了脑病,若不是他拿着那本破历书摇钱算了个好卦,他还是至死也不来呢!"说到这里,她也很气恼,又说:"所以我很发愁!他因为病,不得不到他所不欢喜的地方来,我恐怕他的病也是好不了!"

说得香蓉愁意更深,眼边被灯光照得都发亮,她咬了半天嘴唇,才说:"我谁都不如!早晚我一个人走开,走到非洲没有人的地方,叫他们谁也找不着我!"她坐起身来,低着头把舞鞋换了拖鞋,站起来,开了壁橱,取了一件睡衣,然后往床上一躺,盖上被就睡。

瑾小姐吸完了一支烟,按电铃叫来仆妇,命她煮一杯咖啡来。随后,瑾小姐慢慢换了睡衣和拖鞋,仆妇也端进来镀银的盘子和白瓷的咖啡杯,瑾小姐就说:"放在写字台上吧!把台灯开了!"于是一杯冒着热气的咖啡就放在了那边白漆的写字台上,台上的一只淡黄色纱罩子的灯也亮了。

瑾小姐这才慢慢走过去,坐在台前的椅子上,先吃了几匙咖啡,然后拉开抽斗,取出信纸信笺和今天警察送来的一张"户籍调查表"。她先拿着钢笔蘸着蓝墨水,费了半小时的工夫给她的一个在香港的男友和一个在马尼拉的男友,每人写了一封信,然后她才填写那张"户籍表",随着她的笔锋在纸上出现的字是:

> 户主,柳贵甫,四十七岁,山东人,南洋三宝垄贵亨公司
> 总经理。
> 户主之女,柳香蓉,十六岁,南洋生人。
> 戚属之女,吴瑾,二十一岁,福建人。
> 女仆朱妈,男仆管得寿、张永荫,均在本地雇用。

填写完毕,她封好了那两封信,都放在这张台子上,然后将屋中的三只电灯先后熄灭,随后上床,躺在她表妹香蓉的身旁,掩衾睡去了。

次日上午十点多钟,大港二号码头上吹着清凉的南风,海水在防波堤下荡漾着。十几只银色的海鸥不慌不忙地往来飞翔,忽而飞到近处,忽而又掠到很远。远处有灰色的风帆在水平线上浮着,仿佛一点也不动。太阳高悬在澄净的天空中,投下万道金丝,把远山染翠,把海水分成青、蓝、白等远近不同的各种颜色。戴红帽子的脚夫来来往往,把货车咕噜噜地往那待发的船舶上去推。陆续着又来了许多服装整齐的男女,都在这儿徘徊着,他们的目光时时顺着水面往远处去投,都像有什么急切的期待似的。这都是些来接人的,因为过一会儿,就要有一只从上海来的轮船进口。

这人丛中有个最使人注意的人,鹅蛋圆的脸儿,很清楚的眉毛,两眼溜溜乱转,头发很是蜷曲地披在肩上,穿着银狐的反毛大衣,很短,下边穿着肉色的丝袜,远看跟没穿着一样,银色的漆皮鞋,后跟又高又细。她不是来回走,就是跳跳蹦蹦,也许她不但是等船等得心急,还有

点儿腿冷吧。跟着她的还有一位穿毛绒大衣的女士，这当然是吴瑾了。

吴瑾悠闲地抽着纸烟，眼望着辽远的海波。那蹦蹦跳跳的柳香蓉，却噘着小嘴儿说："怎么还不来呀？干脆别来吧！"就听后面一声笑，香蓉扭转披着银狐大衣的身子，仰脸瞧了瞧，问说："陈先生你笑什么？"陈先生还是笑着，没有还言。旁边站着的吴瑾便说："陈先生笑你呢！笑你既然到码头来接你父亲，可是又盼望你父亲别来！"香蓉没有回答，忽然她戴着花皮手套的手指，高高地指向天空，她仰着脸企着脚说："看那海鸟儿！飞得多高！它们多快乐呀！"吴瑾没随着她看那海鸟，只是吸烟。

在旁边的陈先生是个四十多岁的人，穿着西服，他是三宝垄公司的一个不大重要的职员。现在他可是一个重要角色，因为他在没出国时，曾在青岛做过多年的事，在这里有许多的熟人。所以，这次总经理柳贵甫先生，这个三宝垄有名的华侨富翁，要来此养病，便先派了他来布置一切，租房子、置家具、雇佣人等等，又怕布置出来小姐看着不满意，所以允许小姐随他先来。可是，柳贵甫对他这独生女又不大放心，就又请了前妻的侄女吴瑾同女儿做伴。陈先生还带来了老张和小管两个男仆，这两人都穿着黑棉袄站在一边。

陈先生时而由背心口袋里掏出表来看，时而望望辽远的海水。忽然他笑着向海面上指着，说："就是那只船！"

柳香蓉正仰着脸东转西转，看空中悠闲的海鸟，一听了这句话，她的视线也投到远处。就见一只白色的轮船，上面拖着很长的黑烟，在海面上出现了，但是像待在那里没有动。香蓉心里有点不痛快，这只船就像是给她带来了个锁头，今后将把她锁在家里不许动了。她并且悲哀了，羡慕那天空海面上优游的海鸟，她希望这只船真是没有动。可是那只船渐渐变大了，来近了，并听见嗡嗡的汽笛声，甚至看见了甲板上站着的人。

此时旁边的人都欢跃起来，陈先生和两个男仆也都现出紧张的神色，香蓉却颓然的，一点也不喜欢，她还希望这只船上没有她的父亲柳贵甫。吴瑾走过来，低着头悄声跟她说："你父亲来了，要问咱们这几天净干些什么,你就说天天在家里不出门,只是弹钢琴、看书。"香蓉噘着嘴,点了点头。

待了一会儿,那只庞大的轮船已将拢岸。这码头上的人都纷纷往近走去,有的向甲板上招手,有的笑。甲板上有几十个人,有男有女,有中国人有外国人,都向岸上寻觅来接他们的人,寻着了就露出笑来。可是香蓉没看见她的父亲,她心里有点儿痛快了,但是又有点儿不放心,她企着脚儿,拉拉吴瑾的手,说:"没来吧? 是在上海又改变了主意吧? 是还不愿到这里来吧? "吴瑾摇了摇头。

船只泊近了,像在码头旁凭空建起了一座大楼。浮桥也搭上了。客人们往下走,接客的人向上迎,海关的人员在检查,红帽子来搬货,而起重机就像一只大手似的由船上抓了东西往岸上放。嗡嗡的汽笛余音还在海风里飘荡,码头上已扰起了杂乱的声音。

陈先生是带着两个仆人到船上去了,待了不多的时间,他们就请出来了那位富翁柳贵甫。柳贵甫是个四十六七岁的人,他身材不矮、很瘦,脸上青白,眉毛很重,嘴上有短短的黑胡子,穿着西服,外罩黑呢的水獭皮领大衣。前面是陈先生带着小管、老张提着行李开路,身后还跟着一个矮小的、黧黑的也穿着西服的仆人。

等到这位富翁到了陆地,码头上的人已走了很多。柳香蓉跳着迎上去,她笑着叫着:"爸爸! "拉住她父亲的手,吴瑾也过来相见,问说:"姑父怎么没到甲板上来呢? 我们还以为今天接不着您呢! "柳贵甫面上浮着不得不有的微笑,把这码头的四周看了看,脸上立时现出来一阵阴沉,要叹气可是又没叹出来。他一手提着白象牙头儿的手杖,一手被他的女儿挽着,就慢慢地往码头外走去。

香蓉挽着他父亲,一边走一边跳,还一边笑,说:"爸爸您瞧! 青岛的风景有多好呀! 这儿真好玩,天气也凉爽,比南洋好得多。爸爸! 咱们的房子很漂亮,东西也都预备齐全啦。我们来到这儿,先住在大饭店,后来就搬去了,天天布置房子。我跟瑾姊不出门,就等着您来了,好带着我们去玩。爸爸,您开心吗? "

她爸爸点了点头,虽然又笑了笑,可是不见得太开心的样子。他看看海水,看看隔着一个码头的远处房屋,竟叹息了一声。他低头向女儿问说:"陈先生给找的房子是在什么路?"香蓉说:"在汇泉。"柳贵甫翻着眼睛想着,又问:"汇泉?是在鲍岛还是在青岛?"香蓉不明白他说的是什么话。

码头外停着两辆他们坐来的汽车,陈先生并雇了一辆敞篷马车,叫小管、老张把行李搬了上去,吩咐说:"你们坐上马车先回去吧!"并叫随从柳先生来的那个一半马来种的男仆也坐上,马车就先走了。

柳贵甫的神色更愁黯,陈先生让着他说:"总经理跟二位小姐坐在一起吧?"柳贵甫摇摇头,说:"叫她们两个女孩子坐一辆,咱们坐这辆。"柳香蓉惊疑地又看了看她父亲的愁颜,没敢说什么话,就随着吴瑾上了第一辆车,陈先生搀了柳经理一把,也上了车,两辆车就飞驰着离开了海岸,往市内开去。

柳贵甫双手按在手杖上,脊背靠着车垫。陈先生在旁殷勤地问着他的病况和南洋商业上的几件事情,他只是微微点头,并不回答。他的心似乎是关注在一件别人所不知道的事情上。他永远侧着脸,看着玻璃外的大街、高楼、稠密的行人和车辆,眉头紧堆在一起,并叹息着。陈先生很纳闷,不晓得经理今天来到这个新地方,为什么一点也提不起精神来呢?于是他就随便谈话,说:"民国九年的时候我在这里做事,那时青岛哪有现在这么繁华?这地方进步得可真快!"柳贵甫点了点头,也说:"进步得真快!"说完了,他又深深地叹息。

两辆汽车到了汇泉,在那座白色的楼房前停住。前边的柳香蓉已先跳下了汽车,跑到铁栅栏前去按电铃,又跑过来挽着她父亲下车。此时栅栏开了,出来了个三十来岁的仆妇,缠着两只很小的脚,这种脚在南洋看不见,不想如今又触到柳贵甫的眼帘,但他并没有多看。他把这座房子的正面打量了一番,就随他的女儿和内侄女往里走去。仆妇招呼了一声:"老爷来啦?"柳贵甫只点了点头。

进了楼房,吴瑾使眼色叫朱妈把老爷的手杖接过去,香蓉拉着她父亲,说:"爸爸,我知道您不愿上下楼梯,我们给您在楼下布置出来两间房子,您来看看吧!"

她顺着走廊把她父亲带到了靠左边的两间屋里,这里的墙壁全是新刷的,地下铺着一幅地毯。一间屋是会客室,陈设得全是高贵的西式器具,另一间是卧室,布置得倒还简单,只是一张白色的弹簧床和一张可以推动的玻璃面子的小桌。柳贵甫就说:"何必布置得这样讲究呢?我来信不是叫你们要俭省一点吗?"

香蓉不大高兴地说:"这样我还怕东西不够用呢!"柳贵甫说:"我们又不打算在这里长住,置的家具多了,将来怎么带走?"香蓉转过脸去,翻眼瞧瞧吴瑾,又低下眼皮去。

吴瑾便说:"大夫说是叫姑父在青岛至少也要调养一年,那么一年也不算是很少的日子了,一切要是布置得不好,您怎么能安适地养病呢?"

柳贵甫坐在沙发上摇了摇头,说:"我对这地方的印象还是不大好!住几天看看,要是不好,我还是要回南洋。"吴瑾也没有话可说了。

朱妈送进茶来,柳贵甫就站起来叫仆妇服侍他脱去了大衣,然后依旧坐下。他咳嗽了几声,向痰盂里吐了一口痰,又向吴瑾问说:"你们住的是哪间屋子?"

此时香蓉也脱了皮外衣,露出里面的花呢西服,她就说:"我们是住在楼上,爸爸你上楼看看去好不好?"

柳贵甫说:"待会儿。"又看了朱妈一眼,问说,"只雇了这一个女仆吗?"

吴瑾在旁答道:"还有两个男仆,全是陈先生给雇的。"

香蓉又走近她父亲身旁,撒娇着央求说:"爸爸!咱们买一部汽车吧!我看人家全都自己有一部汽车,现在一九四九年式的都出来啦!咱们这儿离着大街太远,出入没有汽车哪行?另打电话叫车那有多不经济呀!买一部吧,我会挑,准保您看了也喜欢。咱们这儿又有车房,叫陈先生再给我们找个开车的人就得啦,您没事时可以坐着车,带着我跟我瑾姐到郊外去玩……"

柳贵甫摇摇头说:"慢慢再说!"

这时外边弹了弹门,陈先生进屋来了,说:"那辆马车也来了,行李都拉回来了。"

柳贵甫却站起身来，说："你把那两个男用人都叫到过道，我要看看他们。"遂就走出屋子。陈先生就把小管和老张都叫进来，站在走廊叫老爷看。老张是个四十岁上下、样子很蠢傻的人，小管却只有二十来岁，青棉袄棉裤，还很干净。

柳贵甫回到屋里，又在沙发坐下，就向陈先生说："给那年轻的仆人几块钱，叫他走，年老的暂且留下。我现在用不着这许多人，而且家里有两位小姐，用年轻男子太不相宜，叫他赶紧走！"陈先生发着怔，只好点头答应着。

柳贵甫在南洋时就跟人说过："国内许多大家庭门风的败坏，都是由于家中用着年轻的男仆之故，男仆，除非是老的或有残疾，是万用不得的。"他并说："三十多年前我在国内亲眼见过一件事，有个虽不算是富室可也是官宦人家的小姐，被个男仆给拐走了，拐走后又把她抛了……那真是一件惨事……"如今，他来到这儿不到两个钟头，他就开革了陈先生的一个远亲——小管，并且给了他带来的那个不大会说中国话的仆人一些路费，叫他过两天就随着陈先生回南洋。

他派老张看门房，派朱妈做饭，又向陈先生说："现在我这儿还需要一个会做北京菜饭的女厨子和一个能伺候我的十几岁的小姑娘。"他虽然身体很衰弱，可是把什么事都详细地查看过，思考过了。

楼上，女儿屋中的奢华设置和一千多元买的一架钢琴，他并没表示反对，只是那部电话，就离着女儿的床旁不远，他是坚决主张拆除。倒是吴瑾说："这地方离着市内远，买什么东西都不方便，再说倘若谁有什么病呢，若没个电话怎么请医生呀？我们为什么不把电话装置在楼下呢？就是想姑父静养时一定需要清静。"

柳贵甫又考虑了半天，才说："那么明天叫人来，把电话挪到门房去吧！以后我是要请位老师来家里教你们念书的，屋里有个电话，时常会有人拨错，净乱响，你们还能安心吗？"说毕，满屋又看了一番，他就下了楼。

这几天的午饭，香蓉跟吴瑾都是到附近外国人开的饭店里去吃，今天却是用电话叫来的。饭后，柳贵甫又叫吴瑾打电话，把本地的一位名医请来谈话、接洽。

从此，香蓉和吴瑾就像是被监视在楼上了，谁也不能出门。她们每天拿着一张报纸，从电影广告看到她们不大了解的国内新闻，甚至连社址在什么地方，报费订价是多少多少，全都看过了，可是也消磨不了多少时间。阳光天天照着窗帷，汽车的喇叭声时时由楼外掠过，而这楼里的生活，真叫人沉闷得要死！

香蓉在南洋时，虽然她的父亲也不准她时常出外，可是在家里她有许多的玩意儿：后庭养着的小鹿、长鼻猴，笼里的虎皮鹦鹉，缸里的热带鱼，并有她亲手栽植的小棕树，还有一条善解人意的爱尔兰种的狗……在这里她却什么都没有。吴瑾早先本不跟香蓉住在一起的，她是华侨中很会交际的一位姑娘，如今，不想也陪着她表妹被关在笼里；两人只好互相撒气，互相抱怨，互相皱眉噘嘴。

过了两天，找来个会做北京菜的女厨子，又添了个足足有六十岁的姓汪的男仆。柳贵甫是整天不出门，大夫带着护士每天来诊察一次。陈先生带着那不会中国话的仆人也上船回南洋去了。铁栅栏一天也不开几次，楼房里十分沉寂，连钢琴声都很少有，晚间，很早的就灭了灯。

天气是一天一天地暖了，春，轻盈地来到了海滨，墙上的藤萝都绿了，大地一切的生物都呈现出春天的愉快。吴瑾真不能再忍耐了，她说："今天我一定要出去玩，晚上我一定到明星去看电影！姑父他没有权力来干涉我，我不是囚犯，不是他买来的黑奴，我来到青岛就为的是玩，净叫我闷在家里我受不了！"

香蓉皱着眉，仿佛要哭的样子，哼哼着说："其实瑾姊你要出去玩，我爸爸也不能拦你，不过他总是心里不能高兴。你要是带着我出去，他立时能叫你脸上难看。他的脾气我真怕！其实，你真冤，你为什么要来这儿陪着我坐这牢狱呢？你应当出去玩玩，可是你一出去我就更寂寞了，还不如叫我死呢！"她低着头要哭。

吴瑾叹了一声，拉开小桌的抽斗，取出一支烟来，点上狂吸，烟灰直落在她的鞋尖上。她靠着花缎的沙发沉思着，待了半天，她就看了看手表，说："才一点多，不要紧！回头我要想个法子，咱们俩偷偷地出去，看完了电影再回来，他也不能知道。"

香蓉立时扫开了脸上的愁雾，高兴起来。本来她是在床上懒懒地躺着，这时忽然跳下床来，笑着问说："你想出什么主意了？"她坐在吴瑾的旁边，问说："是不是等到大夫来的时候，我父亲一定要跟大夫谈一会儿话，咱们就趁那工夫偷偷地走？"吴瑾说："可是，要是不等咱们回来，他就到这屋来看咱们呢？一看咱们失了踪，他不要更加生气吗？"香蓉怔了，皱着眉说："那可怎么办呢？"

吴瑾说："我有个主意，咱们先去试一试。你下楼去见他，你就说这两次打电话让送来的水果都不好，老张那回给买来的也太坏，买水果非得要自己去挑选不可。还有，咱们屋里连一盆花也没有，咱们两人也得到卖花的房子去看看，挑几种，叫他们送来。咱们说明是只去一会儿就回来，可是只要一出去，时间就由了咱们啦！只要别等到天黑再回来，他也就无话可说！"

香蓉跳起来，高兴地直说："好！好！"她又拉着吴瑾的手，说："可是，瑾姊，还是你自己跟我爸爸说去，我可不敢！"

吴瑾掐了烟站起身来，说："可是我说的时候，你在旁边也得表示这件事很急切。你可以这么说：我们吃水果就为的是吃它的养分，尤其是你有肺病的人，坏东西买来，还不如不吃呢！那么一来，他一定感谢你的好意，就能叫你出门了。"

香蓉点点头，急忙忙地拉着吴瑾出屋，往楼下走去。吴瑾在前，她在后，她还扒着吴瑾的肩膀悄悄地说着话。

下了楼，到了柳贵甫的住房前，推开门进去，可是这两间屋里全都没有人。香蓉就诧异着，说："我爸爸怎么走啦？"她就推开门叫道："老张！老张！"吴瑾拦住香蓉说："你不用问啦！你看帽子跟大衣都没在这儿，可见他是出去了，咱们也快走吧！"香蓉喜欢得跳起来。

忽然，她看见那玻璃面子的小桌上，在几个什么鱼肝油、维生素制剂的药瓶中间放着一张相片。香蓉赶紧跳过去拿起来看，她就点手叫着吴瑾，悄声说："瑾姊！瑾姊！你快来看！"吴瑾走过去一看，原来是一张很旧的女人相片,上面有许多脏污的痕迹,又像是被水洗过似的。

这相片上的女人是个梳辫子的,有十三四岁,长得很美,尤其那两只眼睛,是特别的大,特别的美。她穿的是缎子衣裳,看那衣裳的式样可是太旧了,至晚也是清末民初时期流行的,那么,这个十三四岁的姑娘,此时若是还活着,至少她也有四十岁了,应当是个半老的徐娘啦。吴瑾就问说:"这相片上的人是谁?你认得吗?"

香蓉摇头说:"我不认识,可是自我五六岁的时候,我就见过这张相片。我父亲把它藏在箱底,有时我母亲不在家,他就偷偷地去看,我也时常偷着看。他还花了许多钱,叫一个外国人给放大,画了一张,现在也许没带来。我也问过他,他说是他妹妹,是我的姑母,在二十多年前就死了,可是我不相信,他一定是故意瞒我。"

吴瑾笑了笑,说:"这一定是他旧日情人,没问题啦!可是他至今不忘,也未免太多情了!"又说:"快放在原处吧!这张相片至少保存了有二十多年,他一定很珍惜的,快放下吧!咱们别揭穿了他的秘密!"

香蓉却拿着这张相片还不肯释手,她倚在吴瑾的身旁,说:"瑾姊!你看这相片上的人,长得有多么美丽呀!这双眼睛我真羡慕!我小的时候就爱看这张相片,就羡慕这个人的眼睛。这些年来我很留意,男的女的,中国人,外国人,我都观察过,我真没见过谁有这么大这么美丽的眼睛!"

吴瑾笑着说:"你要疯吧?因为你自己是小眼睛单眼皮,你就羡慕别人的大眼睛,好啦!以后你要跟人恋爱,你最好要找一个大眼睛的男子!"

香蓉的脸上泛起了一点红云,她看着这张相片仿佛入了迷,舍不得放下。吴瑾从她的手里夺过来掷在桌上,拉着她说:"快走吧!待会儿姑父可就回来啦!我就不信这一张破旧的相片居然就把你迷得会忘了走?这要是个青年男子的,或者你还可以……"

香蓉举起拳头来,佯怒地笑着,说:"你敢说……"说时已双颊绯红,与她身上穿的紫红色的洋服相映着。

两人咚咚地跑到楼上,穿上外衣,拿上手皮包,又咚咚地跑下楼来。香蓉就跑到门房问老张,说:"老爷是出去了吗?"老张说:"大夫走后,老爷也就走了!自己拿着手杖,也没叫我给雇车。"香蓉望着吴瑾,说:"也许是上第一公园去了吧?"吴瑾说:"咱们也去!找他去。"遂拉着香蓉,往北走去。

两人的高跟鞋急急敲着柏油路,香蓉就说:"咱们真是上第一公园找我父亲去吗?"

吴瑾说:"谁上那儿去呀?公园里现在不过有几株桃花,冷冷清清的,有什么意思?咱们出来就为看电影,今天明星的片子还不坏,快点走!"

两人雇了洋车到安徽路明星电影院,片子还不错。香蓉看过的电影本来太少了,好几年前在南洋只看过两三次,后来她渐渐长大了,看电影这个娱乐便被她父亲禁止。最近跟着吴瑾到青岛来,她才天天看电影,才知道了几个影星的名字,不过那微妙的剧情还是不能够全部领略。她只是对于银幕上几乎每片都有的接吻的镜头,她觉着是很怪样的,看了就不禁脸上发烧。她也知道,她爸爸所以不准她看电影,也是因为有这种镜头。直到电灯亮了,观众都离了座,往外走时,她觉着双颊还是热热的,就好像尝了一点烈性酒似的。

她们出了影院,日色已平西,海上吹来的风,带着些晚凉。吴瑾扶着她的肩膀,说:"咱们快买果子去吧,买了拿回去,咱们好有话说。"香蓉笑着点点头,于是两人就又雇了车,到大马路去找果子店。

她们的两辆车是顺着大马路往北走着,还没走到曲阜路口迤北的那家水果点心铺,就见西边的人行道上迎面来了一个人,穿着洋服,挟着个纸包,拿着手杖,有黑胡子,正是柳贵甫。她俩全都看见了,彼此在车上惊恐地说:"看……"柳贵甫独自很无聊地走着,直着眼,虽是相离得不算远,可是似乎并没看见她们。

到了水果铺前,她们赶紧叫两辆车停下,香蓉就先跑进去了,吴瑾匆匆给了车钱也往里走,并回头看了看,见她姑夫柳贵甫已往大陆银行那边走去。他的对面正走来了两个中年妇人,全都穿着黑大衣,其中有一个是一双改造脚,柳贵甫不住地抬头、低头、转头地看人家。吴瑾心里倒觉好笑,进了店铺,她叫香蓉去挑选果品,她却借电话向车行叫了辆汽车。少时车就开来了,等香蓉买好了一些香蕉、杨梅和菠萝蜜,她们就急匆匆地上车就走,闪电般地回到了汇泉。

及至到了家中,一问老张,老张说:"老爷还没回来。"两人就嘱咐说:"老爷回来你可别说我们出去了!"她俩一个提着两只女皮包,一个提着两篮子水果,咯咯地欢笑着,咚咚地踏着楼梯,回她们的屋里去了。到了屋内,都脱去了外衣,两人还相对面弯着腰笑。

把水果交给了朱妈,吴瑾就坐在沙发上点烟,香蓉便把身子往床上一摔,笑了半天,才由衣服口袋里取出那张电影说明书来看。她头发铺散在床上,两只穿着高跟鞋的脚就搭在床边上。

那边吴瑾喷了两口烟,就问:"今天这片子你说好不好?"香蓉没有回答。

吴瑾又说:"片子是不错,演员也搭配得很适当,就是接吻的特写镜头太多了。"香蓉躺在那边笑了一声,翻来覆去地看那张说明书。

吴瑾默默地吸了半支烟,她就又有点儿忧愁起来,说:"青岛的气候、风景都很好,咱们这儿也正在风景区,就是家庭的空气太沉闷了!你父亲那脾气太顽固,太古怪!"香蓉忽然把电影说明书扔在了一边。

吴瑾也把半截烟扔在痰盂里,喘了口气,又说:"本来我的计划是,夏天叫萧芷生来这儿避暑,我们在一起玩上两个月,洗海水浴、爬山、骑马、打网球,我想一定是很快乐的。虽然我也想到了,你父亲对我们那些举动一定大不赞成,可是我想他既来养病,就一定在家中安心静养,不至于再时时刻刻防范着你我的行动了。可是这两天我一看,他清闲了,反倒变本加厉,而且他能够一个人去逛马路!可见他的精神很好,我们休想自由啦。萧芷生就是来青岛,你父亲也必定不许我们跟他接近,所以我想走。香蓉你要知道,我是需要有人爱我的,我的生命就像是花木,连你也一样,我们若没有爱情灌溉着是很痛苦的,一定觉着一切都是寂寞寡欢。"

香蓉静静地仰卧着,待了一会儿,就低声说:"我倒不大觉得!"

吴瑾站起身来,往床近处走去,她的声音也低了些,说:"我不相信你此时不需要异性的慰藉！譬如萧芷生、胡嘉煜，他们俩你是见过的，他们年轻活泼、身体好、服装整洁、长于交际，我就不相信你不喜爱他们！他们无论是谁，假若帮助你做一件事，或向你表示一点……"说到这里，她不禁笑了，因为她所夸赞的这两个青年，全是远在南洋的她的爱人，她将来必要从中选取一个作为她的丈夫，她如今这话自觉得也不是很恰当的举例，但因为除了这两个人之外，她也再想不出"标准的美男子"了。

不料香蓉却哼的一声冷笑，鄙视地说："再别提他们啦！萧芷生那小眼睛，胡嘉煜那副近视镜……哼！我才不欢喜他们呢！见了他们我只有从心里厌烦！"

吴瑾怔了一下，绷着脸说："你要知道，他们不但是青年人，而且都有高深的学问、高尚的事业，有多少小女子都追求他们……"

香蓉说："我知道！你也是其中的一个，可是我，哼……"

这时忽听楼下隐隐地有电铃响声，香蓉赶紧坐起来，把那张电影说明书藏在枕下。吴瑾转身到窗前，掀起一角窗帷，隔着玻璃向下去望，就见是她的姑父柳贵甫回来了，手里还拿着个不大的长方形的扁扁的纸包。吴瑾赶紧过去敲打钢琴，叮叮的，她的脸色却因刚才香蓉的那些话而表示出不悦。香蓉跑过来，扒在她耳边悄声问说："是我爸爸回来了吗？"吴瑾垂着脸点点头，手仍按琴不止。

香蓉就转身跑出了屋，在飘飘的琴声里，她手扶着栏杆很快地就跑下了楼梯。到她父亲的屋里，她扑过去叫着："爸爸……"柳贵甫才把手里的东西放在桌上，才摘下来帽子，那年老的仆人正替他脱下了大衣，香蓉转身吩咐说："叫朱妈快给老爷热牛奶！刚才送来的那果子……"仆人答应一声，出屋去了。香蓉抱住她父亲的胳臂，企着脚儿问说："爸爸！您上哪儿去啦？去了这半天。我下楼来找了您三四趟，您都不在屋里，我真不放心！"

柳贵甫说："我是出去闲走走，因为大夫告诉我，我的肺病不算多重，不必永远躺在床上休养，而且我的身体很弱，也需要些轻微的运动。我想走路还是个运动的法子，所以我刚才在第一公园转了转，现在精神倒觉得很好了！"说着，他从西服口袋里掏出来一个小纸包，放在桌子上。

香蓉也不知是什么东西，刚要过去打开看，朱妈就进来了，端着个赛银的盘子，里面有一杯牛奶、几块砂糖。柳贵甫却说："放在这儿吧，先找个钉锤来！"朱妈答应一声，又出屋去了。

香蓉呆呆地看着她父亲，就见她父亲把那小纸包打开，原来里面是几根很小的洋钉儿，又把那长方形的纸包打开，却是一个黑色的木头镜框，纸包里另外还有一条线，线上用钢笔画了两道儿蓝，大概这就是那相片的尺寸，镜框就是按照这线上的尺寸才配好的。

柳贵甫皱着眉，慢慢地走进里屋，香蓉惊疑地看着她的父亲，柳贵甫就取来了那张相片，又慢慢地走回来。他眼睛发出阴惨的神色，注视着这相片上的旧式装束的大眼睛女人，就走过来，把相片放在了镜框里。香蓉见她父亲的双手都有些发颤了，便赶紧过去帮助。此时那老仆人已拿来了钉锤，朱妈又送来一盘杨梅和一盘切好了的香蕉。柳贵甫这时却顾不得去吃东西，他就双手颤颤地去钉镜框，连他女儿的帮助都不许。他的脸色惨白，发着青色的眼珠浸满了泪水，他仿佛在做着一件极吃力极痛心的工作，像是在亲手埋葬他爱人的尸骸似的。

半天，他才把这镜框钉好，香蓉就拿起来看，想用她的一笑来解开她父亲的愁颜，就说："我这姑母长得有多么美呀！真的，现在还许看不见这样美的人啦！"柳贵甫坐在沙发上，拿起来牛奶杯子用小匙吃着，眼泪不禁滚落下几颗来。

那老仆人跟朱妈全都出去了，楼上的钢琴声也已停止。香蓉偷眼看了她父亲一下，她就坐在沙发边上，双手拿着这带框的相片，问说："爸爸！是不是我这……姑母她早已死啦？她死了，所以您很伤心？"柳贵甫点了点头，无声地叹了口气。

柳贵甫叫香蓉把这张相片拿到里屋，香蓉却连钉锤和线全都拿了去，她就给钉在墙上了。钉完了她还站着，仰着脸去看。她的父亲从她的身后走进来，眉头仍是不很舒展，他看看香蓉，又指着这张相片说："这人真是可怜！她就是被自由恋爱给害了！所以一个年轻女子千万不可以讲自由恋爱！"

香蓉的脸上一红，似这类的教训她父亲跟她说了已不知有几十次，只要是有个题目，她的父亲必要痛击时下青年男女的恋爱行为，并且说这些话的时候，眼睛总要盯着她。在四年前，她才十二三岁，那时她母亲尚在世，这种话就在她的耳朵里不知灌有多少了，那时天真的她，虽然还不知什么是男女关系，可是就已记住"自由恋爱"这个词了，反正是件不好的事！

如今，因为跟她瑾姊接近了这些日子，她已知道"自由恋爱"这件事，究竟好不好还是个问题呢！即使真的不好，可是它那神秘的味儿也仿佛是值得探求似的。所以现在听了她父亲这话，她就一笑，说："老年的人，也懂得……自由恋爱吗？"末后的几个字她说得极为模糊，说完她就斜着脸咬着嘴唇看她父亲。

柳贵甫却说："一样的，你这姑母要不是醉心恋爱，跟一个坏人私逃了……咳！其实她跟的那个人也不算是多么坏，就是那时那个人太穷了，他把她带了出去，可又无力养活她，所以……大概是就把她抛弃了！"

香蓉说："抛了她，她自己不会去生活吗？"

柳贵甫问说："她怎能生活呢？"

香蓉说："找职业呀！"

柳贵甫惨然地笑了笑，说："那时女子的职业哪能像如今这么发达？"

香蓉说："她可以去做老妈子呀！"

柳贵甫说："她是个小姐出身，哪会受苦呀？"

香蓉又问："那么，您那时候是在哪儿呀？您不会赶紧去救她吗？"

柳贵甫说："那时候我就已到了南洋，我也告诉过你，我初来南洋时是很苦呀！我哪里有力量去救她呀？"

香蓉纳闷地想了一会儿，就又微蹙着双眉，问说："爸爸！我不明白，那时候我姑母在北京当小姐，您怎么不也在北京当少爷，可到南洋做苦工呀？"

柳贵甫被问住了,半天才说:"你哪里知道,那时……那时你祖父祖母都死了,我就得出外自去谋生。这个……你这姑母虽是位小姐,可是已没有什么钱了。"香蓉问说:"她跟的是个什么人呀?"柳贵甫说:"是个做仆役的!"香蓉又问:"那么她一定很爱他了,那男的一定是长得很好!"柳贵甫说:"自然,可是那个人现在也快有我这么大的年岁了!"

香蓉很感兴趣又问:"长的是什么样了,眼睛大不大?"

柳贵甫看了女儿一眼,就不耐烦回答,说:"我也没瞧见过那个人!总之,一个年轻女子千万不要醉心自由,妄谈恋爱,不然真容易上当,上了当再后悔可就晚了!早先的一般男子究竟还讲些旧道德,现在的青年男子,个个都靠不住!"这句话使香蓉微微感觉有点难受,真的,现在的男子都靠不住,连一个长着一双美俊眼睛的都没有!

柳贵甫脱了外套,躺在床上静养,他的脸上还是没去掉那种愁黯。香蓉替她爸爸盖上了绸被,说:"爸爸,我要到楼上去了。"柳贵甫说:"好吧!没事时把国文念一念!"香蓉答应了一声,她又向那墙上的相片投了一眼,到外间拿牙签插了两个杨梅和一块香蕉吃着,就跑出屋去,跑上楼去了。

吴瑾这时正伏在写字台上写情书,香蓉赶紧跑到近前,说:"瑾姊!瑾姊!你猜错了,那张相片确实是我的姑母,我爸爸刚才买来个镜框,装好了挂在墙上了!"

吴瑾说:"我就不相信一个男子能对他胞妹的相片这样地珍爱!"她一边冷笑着,一边簌簌地用钢笔往纸上去写:

> 亲爱的芷哥:我在清凉的青岛,想着温暖的南洋,想着在椰树林下听你弹吉他的声音。这里是什么也没有,每日我只是岩石般的沉默……

香蓉也不禁沉默了,她躲到一边,坐在沙发上,拿起一本书来看。这是一本童话,她翻阅了几篇,就觉得无味,仿佛她现在希望读的是一些描写恋爱的小说。

岛上的春风一天比一天温暖，海水也比前些日显着澄洁了，小青岛（是距青岛市不远的小岛）穿上了新做的绿袄。第一公园就像个新嫁娘，遍身都是绮罗、珠宝，而且薄醉似的，有一点儿懒洋洋、香郁郁的媚态，岛上的人都投到她的怀里来了。樱花正在盛开，只要一进公园的正门，就可以看到漫天遍地的、灼灼的浅红色的云。在这条"樱花路"上，来往着无数的游人，男的穿着清爽的西装，女的都穿着浅红、淡绿、水绿、天蓝等各色俏丽的春衣。他们都是一对一对的，脸上迎着春风，神情也显得很高兴，他们的一举一动都是快乐的，甜蜜的。

柳贵甫带着女儿也去游了一次，这次吴瑾可没去，她在背地里说："谁跟一个病老头子去呢？脾气又古怪，有那工夫，我还要去看电影呢！"

香蓉是没法子，不得不听她爸爸的话，可是去了这一次，回家来真是不痛快。因为她自觉得模样并不是不如人，穿的衣服不但比一般人时髦，而且阔，就是与她同行的那位爸爸，真真叫她伤心：他永远一个人提着手杖，前面走，叫女儿像条尾巴似的跟在后面，他走得又太慢，并且只要看见了个小脚儿的妇人，他就要扭头，注意地看，有时还呆呆地站住了不走。

香蓉时常跺脚说："我真想哭！谁都比我强！我不愿我父亲是个有钱的华侨，我愿他是个乞丐，只求他不这样来管束我！"

吴瑾也是整天没有一点儿高兴，有时她要拉着香蓉去逛公园，可是她姑父一定要把她们拦住，说："出去干什么？公园跟海边常常有许多流氓，专门欺负年轻的女子。你们不可以随便出门，还是在家里或是弹弹琴，或是念念书吧。我来青岛是为养病，不用你们伺候我，可是你们也别叫我不省心！"吴瑾没有法子，只好天天弹钢琴，写情书，不然就是昼寝。

香蓉除了读读书之外，就是在庭园中种花。她叫仆人老张给她搬来了几块石头，在墙根叠成二尺来高的假山，山下种了几丛紫罗兰、梅花、石竹、美女樱、吊钟海棠……红绿交错，粉白缤纷，她想象着这就是非洲的森林，并做了一个漏斗藏在石头后，灌上水，叫它曲折地向下流,就仿佛是个小瀑布。

陈先生回南洋路过上海时,又给她买了一份玩具,用邮政寄来了。是泥捏的一群小人,都有一寸多高,身上涂着颜色和油漆,共有四五十个,是全份的"富家娶媳妇"。有开道锣,有旗伞,有龙凤花轿,还有娶亲太太坐的带彩球的轿车。玩具做得十分精细,摆起来能占一张长桌子。这个玩意儿,她一天至少要摆两回,也能消磨上四五个钟头。

吴瑾一看到她摆这东西玩,就要生气,说:"你趁早收起来! 要不然我可要把你那小泥轿子捣毁了! 多没意思呀,你也不是小孩子了!"

香蓉却像护住宝贝似的,赶紧伏在桌上,用双臂圈住她这一大堆小人小马,小轿子一定要拿在手里,她娇声地央求着,说:"别! 别……我收起来就得啦!"又悲哀地说:"瑾姊! 你不叫我摆这个玩,我可做什么呀?"

吴瑾说:"咱俩谈闲话?"

香蓉却笑着,脸红着说:"我不爱跟你谈闲话! 你的话总是离不开恋爱!"

第四回　街头的情思

这样沉闷地过了些日,吴瑾就不愿在这里住着了,她就提议要回到南洋。柳贵甫听了,仿佛正是求之不得,于是就此给了吴瑾一些路费,有一天,一只往南去的轮船出口,就把吴瑾载走了。

这里,楼上只抛下香蓉一人,她就更是寂寞,每天莳花种树,扑蝴蝶,弄小鸟,摆弄那"娶媳妇"的泥人,也解不开她那抑郁的春愁。表姊吴瑾虽然是走了,可是她在这里说的那一些话,什么"我不相信你此时不需要异性的慰藉"等等,就像是印记似的,已清楚地、鲜红地留在了她的芳心上。

一只蜜蜂儿由花丛中飞到了铁纱窗上,翅子上还沾着芳香的花粉呢,它隔着纱孔嗡嗡地叫,仿佛是在叫她出去领略楼外的韶光。远处的海面上漂浮着秋叶似的风帆,她想用望远镜去看,看那船上是否有个健壮的少年渔人(最好是长着一对大眼睛,手里也有一只望远镜),两人相离着十余里,一在船上,一在楼里,彼此相望着,传递着笑意。但是这根本是一种幻想,实际上她的身旁是什么也没有,只有镜子照着她每天必换的新衣,只有笼里的白玉鸟每天唱着那絮絮的曲子,只有她的那群小泥人每天必娶几individuals,除此之外,就再没有了。她钢琴懒得弹,小楷也懒得写,国文也懒得念,连报纸、小说她都懒得读,空见蔷薇花爬上了短墙,美女樱放开了淡红色的愁闷的花朵。

柳贵甫在楼下每天也是很寂寞，除了每天接待大夫是他的工作，余外就无事可干了。咳嗽、吐痰、发热，种种肺病的病症现在仿佛全都没有了，只是头还有时发晕。隔窗，他女儿种的那些花草，引得蜂蝶乱闹，天暖得也叫人身上怪痒痒的。墙上的那张相片，虽然都已旧了，可是又使他回忆起自己少年时，一个少年男子初次与女性恋爱的心理和情境。

他在屋中闷得受不了，就出去走走。第一公园里正在芳菲夺目，春风像往人心里灌了一种芳香的酒，少年男女都毫无顾忌地在人前表演爱情。他不禁叹息：不到三十年，中国都欧化了！男女都已没有了廉耻！他时常这样的叹息，可是有时脑里一翻起来旧事，也就有些矜夸：我在年轻时也干过这事儿呀！恋爱，我比你们都会得早呢！可是一想起来他旧日的情人，就不禁心里一阵发紧，头也觉得发晕。

这一天，柳贵甫在家中十分无聊，因为是星期日，他那长期聘请的大夫照例是不来的。午饭之后，他闷闷地在床上躺着，把当日的一张报纸翻来覆去地看。忽然他看见了一段广告，是：

大相士赛希夷来青，能看你流年大运，能知你祸福吉凶，能猜你妻妾有无，能断你疾病愈否……

下面写着是寓什么路什么客栈。

柳贵甫不由心里一动，就起来，叫来仆人服侍他换了衣服，随后他就提着手杖往外走去。老张在门房里看见老爷要出去，他就赶紧出来开了那大铁栅栏，并问说："老爷你出去不叫辆车吗？"柳贵甫摇头说："不用！"

刚要迈步往外走，就听身后有人叫着说："爸爸您上哪儿去呀？"他回头往上一看，见是女儿站在凉台上，低着头笑着，说："爸爸，您出去玩去呀？我也跟您去吧？"

柳贵甫却摇了摇头，向上面说："我一会儿就回来。"

他出了门，慢慢地抡着手杖，沿着海边去走。走了不多远，就觉得有些气喘,眼睛看那光亮亮的平静无波的海水,似乎也有些缭乱。他知道自己的病实在是很严重,虽然不至于立时就死,可也一时不易痊愈。他很明白自己得这病的原因,对于医师他不完全信任,而这个"赛希夷"如果真是"神相",或者倒能把他十几年来埋藏在心里的隐疾治疗一下。

他雇了一辆洋车拉他到了那条马路。这一带就是早先的"大鲍岛",可是现在的一切都与早先不同了。早先哪有这高高的楼房?哪里有这光洁的柏油路和繁盛的商号呢?找到了那家客栈的门前,他下了车,给了车钱。往里一看,就看见了柜台、水牌和秃头的掌柜的、拨着算盘的写账先生,还有走来走去的伙计们,他可有点儿犹豫了,仿佛又不愿进去了似的。

但已然来到门口了,他也就只好提着手杖走进去,仰脸看了看水牌,就向柜里人问说:"那位相士在家了吗?"柜里的伙计说:"在家吧,你到楼上十二号看看去!"柳贵甫就找着了楼梯往上走去。客栈里的楼梯总仿佛都一样似的,是既窄又高,他真不高兴走上去。他拿着手杖,一边暗中叹气,一边噔噔地上了楼,同时还仔细提防着,恐怕他西服背心里的那只怀表掉落下来。

到了楼上,他不用看房间上写的号数,就见有一间屋门上挂着一面很亮的铜牌子,写着"相士赛希夷"。他走到门前弹了两下门,就进去了。那相士正在屋里坐着,拿着个牛角的篦子梳胡子,一见进来了人,他就赶紧起身让座。大概他是看见柳贵甫穿着一身很整齐的洋服,他就含笑问说:"今天是星期日,行里放假吧? 先生是要来找兄弟谈谈吗? "

柳贵甫一听,就觉得这位相士不甚高明,他竟以为自己是银行的老板了,可是又想:也差不离! 本来自己在南洋实业界也是个领袖人物嘛,遂也点了点头,摘下呢帽,坐下了。

就见这位相士年有四十来岁,可是黑胡子留得很长,穿着件青线春的夹袍,青礼服呢的马褂,头上戴着瓜皮帽,黑边的眼镜,手上的指甲很长,戴着个白玉的戒指。屋中虽然不大讲究,也还干净,壁上挂着许多当代名人的相片,都是他相过的,上面还有签名和题字。

这位相士亲手敬过碗茶来，又要敬烟，柳贵甫便摆手说："我不会吸烟！"相士又说："天气真热了，我看阁下的气色不大好，总还是要起居小心，烟酒不动是最为适宜，请教贵姓？"

柳贵甫说："姓柳，我在报上看见先生的告白，所以特来请教请教。"

相士把眼向柳贵甫的脸上一盯，说："阁下现已功成身显，名利无求了！"又指着柳贵甫的鼻头说："阁下准头如盛囊，主中年荣耀。相书上有话：鼻如盛囊兰廷小，两旁厨灶亦圆齐。始末资财俱大盛，功名必定挂朱衣。"

他把眼珠一转，又说："不过先生少年时之遭遇可不见佳，是六亲少靠，骨肉无情，并且因为心肠慷慨，金钱是随手来随手去，很少有积蓄，到了中年才渐形发达，无往不利。先生要想问问什么？老运是不必问了，阁下仙库丰满，食仓盛旺，今年贵庚？"柳贵甫说："四十七。"相士的目光注视着柳贵甫的颧骨，说："四十六七两颧宫，今年先生有小灾厄，可是不大要紧。"

柳贵甫就问说："到明年怎样？"相士说："明年四十八，运交准头，那是一定好的。现在即有小恙，到明年也一定痊愈，自然体康福来！"柳贵甫笑了一笑，又问："子女怎么样？"相士说："子女居于龙宫，眶宜平满，阁下至少有三男二女？"说完了话，看着柳贵甫的脸色，柳贵甫却笑了笑。相士知道猜得不对，赶紧又说："阁下虽然龙宫丰满，可惜鱼尾稍枯。"

相士请柳贵甫伸出左手来，拿着柳贵甫的手仔细地看了一看，就摇了摇头，说："阁下恕我直言，掌中有桃花纹主好色。书上有话：桃花纹现主情邪，柳陌花街即是家，正是中年临此恨，梦魂犹恋一枝花。"柳贵甫摇头说："我并不荒唐。"相士笑了笑，说："阁下现在虽已久绝花丛，可是二十多岁时一定有一件风流韵事，而且……于阴骘有伤……"柳贵甫的脸色突然变了。相士又说："大概总是先生那时自赏风流，在女人的身上做了些错过，所以一生妻妾不利，子息艰难！"柳贵甫的脸煞煞的白，神情惨黯，相士早已看出来是蒙对了，遂就赶紧拱手说："请恕兄弟直言！"然后又拿起牛角篦子来梳着胡子。

柳贵甫拄着手杖坐着发了半天呆，慢慢地掏出十块钱的礼金给了，便戴上呢帽，向相士点头谢教，站起身往外就走。相士替他开了门一鞠躬，柳贵甫却觉得头重身沉，连迈脚都很吃力。他好容易才找着了楼梯，一步一步地往下走去，皮鞋迟缓的响声，震得他自己的心直痛。

这时下面有个三十来岁的妇人正要上楼来，这妇人虽然是一双大脚，可是面黄肌瘦，仿佛有吐血的病，正跟他走一个对面，柳贵甫不住扭着脖子去看人家。下了楼，他叹了口气，这口气都觉得很短促，胸头堵得甚紧，脑里仿佛有一窝蜂在嗡嗡地乱响，脚下跟踏着棉花一般。才走到柜房前，尚未走出客栈，就听耳边有人正说闲话，说："那个女人算是完了……"这句话像是一个沉重的东西打中了他的头，他立时觉得眼前一黑，两脚站立不住，就咕咚一声摔倒在地下。

柳贵甫躺在地下，人事不知，手杖撒手了，怀表也掉落在地下。柜台里的掌柜的和众伙计们一齐惊慌慌地跑出来，把他扶起。有人说："快灌他点儿姜汤！"又有人嚷嚷说："有热茶就行！快拿来！快拿来！"此时有许多出来进去的客人也齐都站住脚看着，就有人说："这人有羊角风吧？"

掌柜的问说："这是哪屋里客人的朋友？谁认得他？"

这时外边又来了个闲串门的四十多岁的人，也过来帮忙，这人便说："啊！我瞧他怪眼熟的！"

掌柜的就向这人问说："老宋你认得他，可知道他在哪儿住吗？把他家的人叫来吧！不然他死在这儿，可怎么办？"姓宋的翻着眼睛想着，可是想不起来。

这时楼上的那位相士"赛希夷"也听见了下面的吵嚷声音，赶紧下楼来看热闹，他就说："哎呀！这人是刚才找我看相的！我看他的气色就不好，怎么？不是中风了吧？摸摸他的身上，看片子上有住处没有？"

那姓宋的帮忙的人，就由柳贵甫的身上掏出来一个皮夹，当众打开。见里边有百元的钞票二张，十元五元的钞票若干，还有几张名片，名片上一边印着洋文，一边却是中文："柳贵甫。爪哇贵亨公司总经理。"下面的寓所和电话号数，电报简码，也都是在爪哇三宝垄，而不在青岛。旁边就有人说:"这人是由南洋来的,多半是个有钱的商人。"那姓宋的却拿着一张名片发呆,说:"这个人,好像……嘿,我怎么想不起来呀?"

有人说:"你要认得南洋的人,你还早就阔了呢!"

这时柳贵甫被众人搀扶起来,坐在板凳上,垂着头,还是跟死人一样。灌下点热茶之后,他才渐渐把眼睛睁开,头抬起一点来,就说:"谢谢诸位!我是向来有脑病的!"

相士"赛希夷"在旁说:"先生以后你可要小心呀!刚才我没肯对你说,你的山根昏暗,主有疾厄临头,还是以少出门为是。若想与兄弟谈相,可以打个电话,兄弟就能前去拜访。"

客栈掌柜的说:"先生你在哪儿住?柜上叫部汽车来把你送回去吧?"

柳贵甫说:"不必啦!我已经好了,我这病是时常犯的,今天多亏诸位。"他把皮夹里的钞票点了点,拿出五块钱要赏给柜上的伙计们,那掌柜的却摆手说:"这钱我们可不能收!你先生在这儿犯点病,我们帮着救救你算不得什么,怎能收钱呢?"

旁边那姓宋的人把柳贵甫的脸看了半天,忽然把柳贵甫的胳臂一拉,探着头笑问说:"柳先生您不认识我了吧?我是宋伙计,二十年前您不是到青岛来过吗?"旁边的"赛希夷"和掌柜的齐都不禁发怔。柳贵甫却显出十分吃惊的样子,瞪大了眼睛瞧着宋伙计。宋伙计又笑着说:"那位吐血的柳太太、皮靴邓,您不记得了吗?早先在同公栈……"

柳贵甫却摇了摇头,说:"你认错了人啦!我这是头一回到青岛来,而且才来了两三天,你认错了人啦!"说着,慢慢站起身来,又向一些人点头称谢。他就把破了玻璃的怀表收起,扣上呢帽,摇晃着手杖走出了客栈,身后却听有人说话:"一定是他!可是他怎么又返魂啦?……早先他把媳妇抛啦!……"

"对!刚才我就相出他手上有桃花纹!……"

"你可别闹错了呀,一模一样的人可有的是……"

柳贵甫赶紧走开了,但他的心里这时是太痛苦了,头仍觉着发晕,眼睛看着街上的什么东西都仍然有些缭乱。他站住了身,回头看了看,见那宋伙计并没有追出来,他就又往回走了几步,可又把自己止住了。他怔了一会儿,就雇了一辆洋车走了。

在车上他掏出手帕来擦了擦脸,又把领带整了一整,他的双手哆哆嗦嗦地颤抖着,他的全身如同浸在了苦酒里,觉得所闻所嗅全都是辛辣的。大马路无数的高楼,纷纷的车辆、行人,都刺激着他的神经。走到沿海那条马路上,那深蓝的海水扰得他眼前发黑,嗡嗡的船上的汽笛声,也震得他耳鼓发痛。暮春的柔风抚着他的脸,仿佛有个可怜的女人贴着他,并且流着泪哭诉,但那眼泪却是他自己流下来的。

他挣扎着,使尽了自己全部的智力和体力,才指挥着前边拉车的人,迟缓地把他拉到了汇泉他的家门前,可是此时他连抬腿也不能了,就指了指那个铁栅栏,叫车夫放下了车,过去按那电铃。待了会儿,仆人老张才出来,柳贵甫喘着气说:"快过来! 搀我下车。"

柳贵甫被老张搀进了屋里,他就像死了一般往床上一躺。老张惊慌着赶紧去叫朱妈,朱妈又去告诉小姐,香蓉就咚咚地跑下楼来。见了这面容凄惨、精神异常的父亲,她赶紧奔过去,扒着头问说:"爸爸! 您是怎么啦? 是在街上遇着危险了吗?"她替她父亲脱了鞋,盖上棉被。

柳贵甫勉强地笑着,说:"不要紧! 我还是那脑病,刚才我到一个客栈里去看相,几乎死在那里!"

香蓉说:"爸爸,您以后别再一个人出门了,以后我总跟着您好了!或者,有什么事您叫我出去替您去办。"

柳贵甫:"也没有什么事……打电话请大夫来吧!"香蓉赶紧叫老张到门房去打电话请医生。

朱妈给老爷端来咖啡,柳贵甫吃了两匙就略略有了些精神,遂向他女儿说:"你拟个电报稿子,赶紧叫公司来个人! 陈先生这时大概还没有回去,叫李先生来好了,叫他来帮一帮。我还是回南洋,或是到别处去休养。青岛这地方我住着太不适宜!"香蓉答应了一声,就要去拟电报稿,柳贵甫又说:"给岳华齐也去一封电报,请他能来才好,他是我的老朋友了,万一等不到挪到别处,我就有了什么不幸,我身后的事也好托付给他。"

香蓉点点头，擦着眼泪说："您就别这么想了……"

香蓉到外间去拟电报稿，老张打完了电话，回来说："大夫马上就来。"香蓉的电报拟得了，叫她父亲过目，柳贵甫就说："很好！就这样吧，叫老张赶快发出去。"香蓉赶紧给了老张十块钱，叫老张即时去到电报局。

老张刚转身要走，却又被柳贵甫叫住，柳贵甫躺着沉思着，说："你从电报局回来，再去找一家客栈，那里有个宋伙计，叫他来，我要跟他打听一点事……"

老张点头说："好吧！是什么路？哪家客栈？"

柳贵甫忽然又摇头说："不必去了……以后除了南洋的人找我，其余要有别的人来打听，你就说我到上海去了，我是一概不见！"

老张又答应了一声，转身就走了，那年龄比老张还老的仆人跟着他去关门。

香蓉在他父亲的床旁发着呆，问说："宋伙计是谁呀？"

柳贵甫闭着眼睛，懒懒地答复说："是个客栈的伙计，跟我没有多大关系……"他长长地叹了口气，又说："青岛于我太不适宜，我早就知道，等公司里来了人，我们还是回去吧！"

香蓉说："回去？南洋的天气正热，您的身体能受得了吗？爸爸要觉得青岛不好，咱们可以上北京去，北京的风景气候也都好。大夫那天不是说过吗？北京有肺病疗养院，并且，据很多的名医观察，北京比青岛还适于有肺病的人居住呢！"

柳贵甫说："等公司里来了人之后再说吧！"

香蓉说："来了人，别管是李先生陈先生，您可别再催着人家回去了，索性叫他永远跟随着咱们吧！这里不能住，可以叫他去住饭店。还有，咱们这里也还需要人，等南洋来人至少也得两星期，咱们要是到别处去，也还得一个月，这一个月里，咱们用的这几个人能够用吗？我想再找两个人吧？"

柳贵甫说："我也打算再找一个，最好是找个十来岁的小姑娘，可以伺候我，也可以陪伴你。"

旁边站着的朱妈就说："老爷，我给您荐个人吧？是我的外甥女，今年十五岁，前天才跟她母亲到青岛来，娘儿俩就正想找事。"香蓉转头问说："她聪明吗？"朱妈说："还很聪明，她还上过几天学堂，也认识字。"香蓉说："待会儿你就把她找来吧！是大脚是小脚？"朱妈笑着说："十五岁的小姑娘么，哪还有裹脚的？可就是没剪发，梳着辫子。"

柳贵甫躺着说："叫她把辫子剪了再来！"

香蓉又说："爸爸，咱们买一辆汽车吧？您瞧没有汽车多么不方便呀？就是到北京去，也可以把汽车带走。您记得有一年我母亲还活着，您带着我们到澳洲去避暑，不是把汽车也装在轮船上带了去吗？……"柳贵甫还没答复这买汽车的问题，外面就有汽车喇叭叫唤，大概是大夫来了。

大夫来了，还带着个女护士，他把柳贵甫仔细地诊察了一番，就向香蓉说："不要紧，他的脑神经受了一点儿刺激。"开了少量的催眠药，就走了。

柳贵甫服下药之后，不多时就睡了。他的呼吸带出一点难闻的气味，脸色渐渐地转红，并不时发出颤抖的谵语，说："那时我是没法子……在南洋我也受够苦啦……小卿！我怎能忘了你呢？……"

香蓉在旁边听了，很为诧异，她没听说过"小卿"这人是谁，她很怀疑，便抬起头来望了望墙上的那张大眼睛女子的相片。

当日，朱妈出去了一趟，回来就说，她那外甥女听说这公馆要雇她，很是喜欢，今天得拆洗铺盖，买鞋买袜子剪发，不能来了，明天上午准来，她那外甥女姓张，名叫二宝，现住在东镇。

香蓉很希望来个伴侣，没事时可以谈谈闲话，也不必一个人再摆泥人儿玩了。她想：找个本地的旧式女子做伴也好，决不像吴瑾那样总是爱谈说恋爱。又想起她父亲的神经病，想起那张大眼睛女子的相片，想起那个"小卿"……她又不禁叹道：恋爱是多么神秘的事情呀！

第二天一早，那个二宝就来了。她比香蓉还矮一点儿，穿着翠蓝色士林布的裤褂，很新的白袜子，提梁儿的青帆布鞋，头发是新剪的，又短又齐,模样儿也还聪明。朱妈领着她先来见小姐,她就笑着给小姐鞠躬。

香蓉手里正摆着小轿子,就坐着问说:"你上过几年学?"二宝笑着说:"我是小学毕业!"眼睛却注意地看那堆小人儿。香蓉又问:"你在青岛地方熟吗? 叫你出去买点东西你会买来吗?"二宝点头说:"我都熟,早先就跟我妈住在东镇,大马路、四方路、小鲍岛、西岭我全认得,小青岛我也坐着船上去过。"香蓉点头说:"好啦!"又问:"你会种花吗?"二宝笑着说:"那有什么不会种的呀? 只要你给我花籽儿,我种出来的花比你院子里的还好,我在外国人家里看过小孩,外国人顶爱种花。"她的舅母朱妈用眼睛瞪了她一下。

香蓉又问说:"你见过老爷了吗?"朱妈说:"还没见呢!"香蓉说:"你带着她下楼去见见!"朱妈答应了一声,就带着二宝出屋去了。

香蓉这里摆下了小轿子,前面又摆上打开道锣的小人儿,待了一会儿,咚咚的一阵楼梯响,二宝就又跑上来了。香蓉嘱咐说:"慢点走路! 你见着老爷了吗? 老爷在屋里干什么啦?"二宝点头说:"见着啦! 老爷正在床上坐着喝牛奶,看了我,说我太小,不能服侍老爷,叫我来服侍小姐!"她眯眯地笑着,靠在桌上瞧香蓉摆那一群小泥人,并试探着用手摸了摸。

从此香蓉就又有了个伴侣,二宝是很活泼的,能说会道,所以香蓉跟她在一起比跟吴瑾还有趣。

天气一天一天地热了,从楼窗上已可以看见沙滩上往来着一些穿着漂亮游泳衣的人,香蓉真羡慕人家,而为自己悲伤。二宝也闷得没有精神,她就愿意老爷跟小姐叫她到外面办什么事,可是家中也没有什么事儿叫她办。老爷不但监禁着别人,连他自己也监禁起来了。

可是这一天,居然有个奇迹降落在香蓉的头上,朱妈拿着一张纸条跑上楼来,说:"老爷叫小姐买药去! 因为听说药房是外国人开的,不能打电话叫人送来,老爷怕别人说不清楚,请你去!"香蓉赶紧放下她正摆着的泥人,跳起身来,不由得就笑了。她把药方接过来一看,虽然拼得出音来,可是不知道是治什么病的药,就说:"好吧! 我这就换衣裳！"二宝赶紧追过去说："小姐！我跟你去吧？"香蓉喜欢着点点头。

朱妈把老爷给的二十块钱放在桌上，并说："老爷叫老张打电话给你叫汽车去啦！汽车这就来！"香蓉正换着衣裳，一听了这话，她却又不高兴了。二宝笑着向香蓉使眼色，并悄声说："叫车就叫车，反正咱们一出去，就得玩够了才能回来呢！老爷要问为什么耽误那么久，咱们就说，找了半天才找着那药房，老爷又不是得了什么当时就等着吃药的大病！"

香蓉换着衣裳，就听见楼外汽车响。她把钱装在珠子穿成的手提包里，就往楼下去跑，二宝紧跟着她也到了楼下。香蓉先进屋子见她父亲，二宝在走廊等着，一会儿香蓉就出来了，脸上不大高兴，走得也很慢，二宝就悄声说："又不叫咱们去了吧？"香蓉摇摇头，说："叫咱们快去快回来，说是药等着吃！"两人出门上了汽车，车开走了，二宝拉着香蓉的胳臂，看了看那长方形的手表，就说："现在才三点多，咱们五点再回来也不算晚。反正，今儿开了例，许咱们出去啦，以后就好办啦！"

由车窗吹进来一阵阵的热风，仿佛与在那沉闷的家里所感受的不同，这是温暖而舒服的，吹到脸上，使人的心里都畅快。两人都扭着头向左边望着，左边是碧绿的海，白色的浪涛，黄色的沙滩；沙滩上有穿着各色游泳衣的身影，还有五光十色的遮阳伞。

路上往来的坐着洋车的姑娘们，都穿着浅色的衣裳、白皮鞋，还有的戴着有花边的美丽的大草帽，可是香蓉却穿着咖啡底黄花儿的绸洋服，脚下虽然穿着凉鞋，可也是深色的。她并不是没有比别人更漂亮的衣服，只是因为在家中闷得太久了，料不到户外的天气竟已然这么热了。她想叫车开回去换衣裳，又想：干脆买完了药就赶紧回去吧！穿着这么老苍的衣裳，可怎么在街上走呢！

身旁坐的二宝，虽然仍穿着天蓝色的小裤褂，可是她很高兴，两只眼左边瞧瞧右边看看，并说："小姐！过两天咱们再出来，顶好是早一点儿，我请小姐去看电影！我顶喜欢看陈燕燕，小姐你长得就有点儿像陈燕燕。我们邻居有个大嫂，她天天看电影，她在电影院认得人，不用打票，人家还送她糖吃，那才好呢！"

车开到了大街,在那外国药房的门前停住,两人就下车进去了。这是一件很简单的事,按着药方买了一盒成药,再看药盒上的字确实与方子上所写的相符了,给了钱就算完了事。可是出了药房,她又想:是否这就回去呢?

天色可还很早,马路上斜铺着阳光,往来的行人车马正热闹,她们真觉得这里才是个使人流连忘返的地方,而家中不过是只囚笼。这时,那开车的斜着脸问说:"这就回去吗?是还到别处去呢?"香蓉眼睛瞧着别处,心里非常犹豫,旁边的二宝就拉着她说:"咱们到四方路去看看吧?我还要买一双袜子呢!"香蓉点点头说:"我也要买一点儿东西。"两人遂又上了汽车,叫车夫开到了四方路口。

车就在路中心停着,两人进了四方路,挽着手儿,虽然一个是穿洋服的小姐,一个是旧式打扮的女佣,可是两人的年岁身材都相差不多,倒像是一对很亲密的女伴。这四方路也算是青岛一条繁华的街道了,这里有大饭店,有绸缎庄,还有许多摆摊的小贩,往来的人很多,尤其有许多衣饰摩登而又显得有点怪样的浓妆艳抹的女人。

两人一直走着,就走到了一个倾斜形的十字路口。这里有个洗衣池,许多梳着头的贫家妇女,一大群蹲在浅浅的水沟旁洗衣裳,砰砰的砧杵声非常杂乱。

香蓉驻足看了一会儿,她觉得很奇怪,就问说:"你们这儿的人怎么在这儿洗衣裳呀?这能洗干净吗?"

二宝说:"这水也常换,怎么洗不干净?住里院的人,哪能像公馆那么使水方便,可不是只好跑到这儿洗来吗!"

香蓉笑着说:"国内的人生活真有趣!在南洋我万也想不到。"

她还要往前走去,二宝却拦住了她,说:"小姐,咱们别往那边去啦!那边不好!"

香蓉见那边更是热闹,她就问说:"怎么?那边为什么不好呀?"

二宝笑了笑,脸有点儿发红,说:"那边儿有平康里,是不好的地方,女的不应当往那边去!"

香蓉就问说:"平康里是做什么的地方?"

二宝笑着说:"我也不知道!小姐也别打听啦!早先我们有个邻居马大婶,她说小嫚不应当往那边儿去!"

香蓉笑着说:"你们青岛人说话,净是大嫚小嫚的,我看不如叫姑娘还受点听。"

忽然二宝拉着她,努努嘴,小声说:"看!这就是平康里里头的!"只见一个漂亮的身影,蜷曲而蓬散的长发,从她们的身旁走过去了。

二宝又小声说:"听说她们不好,男的只要有钱,她们就能……"

香蓉的脸也红了,她揪了二宝的手一下,说:"别说啦!"

二宝要去买袜子,香蓉却先走进了一家百货店,买了几件化妆品。这店里也有许多丝袜线袜,二宝却不肯买,她说:"铺子里卖的东西贵,还不准还价儿。"

她们又走过了一条街,二宝就找那些地摊。这些地摊也是百货俱全,虽然没有什么蔻丹、香水精,可是袜子、松紧带、汗衫、小孩帽子、鞋油……也都摆了一大片,就是在人行道上铺上个大包袱皮,堆着这些货品,旁边一个人坐着个小板凳儿等候他的主顾。

这一带,这种摊子很少,二宝买一双袜子又很难,挑了两三个摊子,她不是嫌袜子不好,就是嫌价钱太贵,招得她很生气。香蓉也很不耐烦,就说:"你倒是买不买呀?多花几个钱不要紧,你要是钱不够,我可以借给你!"

二宝说:"小姐你忙什么的呀?好容易老爷放咱们出来啦,干什么急急忙忙地就回去?"

香蓉说:"我嫌你买东西太麻烦!人家做小买卖的也很可怜,你总想叫人家赔了本钱卖给你,那哪儿成!"

忽然二宝指着说:"那边还有个摊儿!"说着她就跑了过去,弯腰挑选了一双浅灰色的短筒线袜,就大声问说:"多少钱?"

香蓉的高跟鞋叮叮地敲着洋灰的人行道,袅娜地走了过来,她的手里摇晃着那个带链子的手提包,两眼本来是瞧着往来的行人,可是忽然旁边吵起来了,二宝说:"人家那边才要两毛五,你怎么要三毛?"卖袜子的人说:"你爱要不要!别乱动!"二宝生气说:"动一动算什么?

谁还能偷去你一双?给你两毛钱,你卖不卖吧?"卖袜子的人说:"不卖,少一个铜子我都不卖!你不打算要,就快搁下,别给抓乱了!"二宝说:"偏抓!偏抓!你卖东西的这么丧气还行?你瞧我像买不起东西的吗?"

香蓉的目光不由地注意到这卖袜子的人的脸上了,突然,她吃了一惊,这人好像是很眼熟,尤其是这人的眼睛,这人生着两只多么大多么有神的眼睛呀……

那卖袜子的人仰起脸来看着香蓉,仿佛故意要拿两只眼睛来诱惑她似的,就又是笑又是气地说:"请这位小姐给评评理!你嫌贵不买就得啦!你给抓得这么乱,叫我们得整理半天!"他说的是北京话,那"整理"二字尤其悦耳。

他随说随立起身来,身材是相当的高,肩膀宽厚,端正而干净的脸上,配上那一对英俊的大眼。留着个背头,虽然没上着多少油,可是很黑,身上穿的不过是白裤白褂,脚下是青布的胶皮底鞋,他的年岁不过二十多岁,虽然是个小商贩,但是他的周身没有一处不现着青年男子的俊美,尤其是他那一对眼睛,正像是香蓉为它梦魂颠倒非一日非一年所寻找的两颗明珠,如今遇到了!

二宝把人家地下的袜子翻了个稀乱,这双她嫌长,那双她又嫌颜色旧,另一双又嫌有个小窟窿。她掏出一块多钱来,愤愤地说:"我有钱!你别以为我买不起!卖东西的人别眼睛净往上翻,净瞧人家穿绸缎的,人家穿绸缎的可又不照顾你这破摊子!"

卖袜子的人瞧着香蓉笑了笑,其实,他不过是在笑地上蹲着的二宝,可是香蓉却突然觉得脸上一阵发烧,并且愈烧愈甚,烧得她心里也怦怦乱跳。她也微微地笑着,用眼掠着对方,并拉了二宝一把,说:"快挑吧!三毛钱一双不算贵,别跟人家捣麻烦啦!"卖袜子的人又盯在香蓉的脸上,香蓉的目光正好与他的目光相遇,不觉得又带出点儿情笑。

这时二宝却站起身来,拿着两双袜子,瞪着这个人说:"我买你两双,给你四毛钱,你卖不卖?"卖袜子的人笑了笑,说:"得啦!拿去吧!"二宝还生着气,说:"包上!"卖袜子的人又笑着,蹲下身,用一张纸把袜子包上,递交给二宝。二宝接过来,摔上钱,悄声骂了一句:"死样儿!"

就拉着香蓉走开了。

走了几步,香蓉还回头去望,那卖袜子的人正低着头整理他那个摊子,她又想:这不像是真的,倒像是在演影戏!那男子不像个依此度日的小商,而像是装扮成的,其实他是一位风流小生……

旁边的二宝带着胜利的笑,说:"买东西非得这样儿才成。你瞧,两毛钱一双他也卖啦!"香蓉说:"他一定是赔了本钱!"二宝笑着说:"他是干什么的呀?他天天出来蹲在街上,净赔本儿卖,他拿什么吃饭呀?"

香蓉说:"不!有的人他本来很有钱,在外边做买卖不过为觉得好玩,省得在家中寂寞,赚钱赔钱他是不在意的。在南洋有个比我父亲还有钱的人,他的儿子是很好音乐的,就自己组织了一个音乐班,到各处去演奏,可是并不赚钱,净赔钱,他的目的就不是为赚钱的。"

二宝哼了一声,说:"南洋许有那种疯子,我们青岛可没有!刚才那卖袜子的,我本来认识他,我们住过邻居,要不我骂他死样儿,他都不敢还言!"香蓉惊讶着说;"你真认识他吗?他姓什么?"二宝说:"他姓……咳!小姐,你管他姓什么呀!"

走到四方路,两人又上了车。车开走了,二宝说:"其实再多玩一会儿,回去也不能晚。大窑沟、菜市场,那更好玩。小姐!等几时咱们再出来,到海边钓鱼去!菜市场就有卖鱼钩、卖鱼食的。"

看看她的小姐,小姐却发着怔没有回答,二宝又打开包儿,拿出那两双袜子细看。忽然香蓉又问说:"他为什么不开个铺子呢?"二宝问说:"谁呀?"香蓉说:"我说的是那卖袜子的,他的东西很多,他很可以开个小商店。"

二宝说:"他呀?他开了铺子也得倒霉!你看他,做买卖一点儿也不和气!"香蓉说:"人家怎么不和气?刚才是你的不对!"二宝哼哼地冷笑说:"也不是怎么啦?小姐你会喜欢上那个卖袜子的啦?"

香蓉脸上又一阵热,悄声说:"胡说!我是觉着那个人很好,他很年轻,而且我猜他一定不是向来就做那买卖,他一定……"

二宝说:"他怎么不是向来就做买卖?我早就认识他!他家里穷极啦,他的爸爸妈妈,连他哥哥都死啦!他还拉过大车呢!他还叫巡警抓过呢！"

香蓉赶紧问说："他姓什么？他在哪儿住？"

二宝说："他姓什么我可忘啦，我认识他，他可不认识我，也许是不敢认我。前年我跟我……爸爸妈妈住在后海沿，他就是我们的邻居，那时他比现在还穷呢！"

香蓉的眉毛微微皱起，心里对于那不幸的青年生出深深的怜爱。此时车已经到了栈桥前了，忽然香蓉从手提包里掏出五块钱来，说："你下车，再回去，找那卖袜子的再给我买几双，可别买别人的，因为我看他这袜子很好，我也能穿。他要多少钱就给他多少钱，别跟他打架，问问他姓什么……"

二宝不禁地发怔，问说："干吗呀？"

香蓉说："不干吗，我是怕他刚才赔了本钱！人家既是那么可怜……是我们刚才不对。你去吧！回去晚一点不要紧，有我替你向老爷去说。买他四五双袜子就行了，余下的钱你回来雇车，问他姓什么？可……"她脸烧烧的，又悄声儿说："回去别告诉老爷，我可还给了你钱！听见了没有？"她叫开车的把车停住了，二宝接了钱下车。香蓉娇红着脸儿，并摇着手叫二宝快些去，汽车就嘟嘟地顺着光洁平坦的太平路驶走了。

二宝站在人行道上，回头一看，深绿色的大海，紫黄色的暮云，有青年的男女挽着胳膊由她的身边走过，像是往栈桥乘凉去了。她明白她的小姐是要干什么事，可是她又解不开：一个卖袜子的，又没有穿西服、皮鞋，系那比女人衣服还漂亮的领带……

她在路旁小摊买了几块糖，一边儿吃一边儿走，回到了大街上，人家大商店玻璃柜里摆着的穿游泳衣的蜡人，她也要看上半天。不觉着，又走回了刚才买袜子的那条街，她心说：偏不买他的！就是别人的贵他的便宜，我也不能买他的，叫他高兴！可是她又想瞧瞧那个人，到底为什么小姐就会喜欢他了？刚才自己只顾了争价钱，并没留心他的模样。

她绷着脸儿，迈着骄傲的脚步，又来到了那个袜子摊前。那卖袜子的人坐在一个能够折起的小板凳上，把个笔记本放在腿上，正在用一支铅笔记账。当这人抬起头来看她时，二宝倒不禁脸红了。这个人没理二宝，二宝却站住身，就这么瞧着他。卖袜子的人也绷着脸儿，扭头去跟旁边一个卖纸烟的老头儿谈闲话。忽然二宝往地下一指，说："喂！卖袜子的！我再买你几双，两毛钱还能够少点儿不能？"

卖袜子的人又翻眼瞟了瞟二宝，似理不理地说："两毛钱就是赔账！刚才因为你买东西太麻烦了，才叫你拿了两双去。这条街上的袜子摊也很多，别处的也许便宜，你上别处去问问好不好？何必……"他扭头又去跟那卖纸烟的老头儿说话，他们仿佛是在谈报上的新闻。

二宝就把眼一瞪，说："你看你这个做买卖的，怎么这么不和气呀！这回我多买你几双，买十双，一毛五一双你卖不卖？"卖袜子的人摆手说："卖不着！"二宝低声骂着："死样儿！"又说："喂！你姓什么？"卖袜子的人笑了笑，仿佛觉得很奇怪，说："你问我的姓干什么呀？你买东西太麻烦，我不愿意卖就完啦！"

旁边那卖纸烟的老头儿也笑了，不住地瞧着二宝。二宝又骂着："死样儿！"她转身就走，身后的两个人都出声地笑着，二宝又回头瞪了他们一眼，心说：穷命鬼！给了你们便宜，你们都没福气去接……

二宝一生气，索性到旁边的一个摊子，两毛五一双她买了十双袜子。她故意不叫包上，就手里拿着，到那年轻的卖袜子的人眼前来显示。

她骄傲地走着，才走了过去，忽听身后有人叫着说："姑娘！姑娘！"

二宝回头一看，是刚才跟卖袜子的说话的那个卖纸烟的老头子。这人年纪有五十多了，胡子虽然不长，可是都已苍白，穿着一件很不干净而且有许多补丁的灰布大褂，脸上的皱皮堆得多高。他笑着，小声儿问说："姑娘，你刚才打听那卖袜子的姓什么，是有什么事呀？"

二宝说："不是我打听，是别人托我打听！"这老头儿说："姑娘你在哪儿住？"二宝说："我在汇泉住。"老头儿又问："头一回跟你在一块儿走的那个穿洋服的姑娘，是你的什么人？"二宝说："是……我们是邻居，就是她托我给打听，要是我，我才不理那丧气的卖袜子的呢！"

老头儿又问："那位穿洋服的姑娘姓什么？"二宝说："她姓柳。"老头儿又笑着问："是位很有钱的小姐吧？"二宝觉得这老头儿也很讨厌，就说："跟我们差不多！"老头儿眯着眼睛又笑着，回身指了指，那卖袜子的人正在接待别的主顾，老头儿就悄声说："他是我的侄子，叫高林，人很好！……"

二宝又远远地看了高林一眼，问说："他早先是干什么的？"

老头儿说："他本来是个学生，才学很好，家里就是他跟他的母亲，因为生计所迫，才做这小买卖。以后……那位小姐要是叫他干什么事，或是有什么信，就交给我，我再转给他。高林是个老实人，他不敢跟小姐们说话。"

二宝说："他怎么那么丧气呀？仿佛一脑子的官司似的。"

老头儿笑着说："他是个老实人，不大会说话，其实心顶好。我们是邻居，都住在西岭，我姓赖，我早先也是个做事的人，现在卖烟卷也是由于……"

二宝又远远地瞪了那高林一眼，就说："他那死样儿！我瞧他永远发不了财！"

天已不早了，马路上都闪烁起电灯来，霓虹灯盘成了字和图画，晚霞向前海沿那边落下去了，真是好看。二宝坐着公共汽车回去，她心里先算着账：小姐给了五块钱，十双袜子共合两块五，不！报她三块五，再加上五毛钱的车钱，找回她一块钱，自己赚一块。下星期告假，拿着它看电影，买手帕……又想：可恨！高林那丧气鬼，凭他，也是学生？还才学很好？要跟小姐这么一说，小姐更得喜欢他啦！他更高兴啦！更得绸缎眼啦！偏不能给他说好话！以后，偏不照顾他……

到了汇泉下车，她走回公馆，一按电铃，老张给她开了栅栏，问说："你怎么没跟小姐一块儿来？你上哪儿去啦？"二宝发急说："小姐叫我买东西，你管得着吗？"忽见老爷由花园那边转过来，二宝就赶紧上了楼，夹着袜子一直进到小姐的屋里。

屋里也开亮了灯，小姐正坐在沙发上，拿着小剪子修剪指甲，二宝就带着气说："小姐你说有多可气？我回去买了十双袜子，也比我那两双好不了多少，他就跟我要三毛五一双，说话还是一点儿也不和气。我因为你的话，就没跟他吵，他要多少钱，我就给了多少钱。我就问他姓什么，在哪儿住，不想他疑了心啦，跟我直瞪眼！后来倒是他旁边有个卖烟卷的老头儿，告诉了我，说他叫高林。小姐你听这个名字，就准知道不是个好人！"

香蓉抬起眼皮，微笑着，小声儿问说："是哪个'林'字？是森林的林吗？"

二宝说："谁知道？我就听说他叫高林，他也没有家，也不知他在哪儿住。小姐你就别打听他啦！一个臭卖袜子的，小姐，青岛有的是穿西服的……"

香蓉把脸一沉，说："你别胡说！我不过是觉得很好玩，看他不像是个做小买卖的，我才叫你给打听打听，并没有别的用意！"

二宝笑着说："小姐有没有用意我也管不着，我就是告诉你，那人不是好人，又穷又狠。给你！这是剩下的一块钱，这是十双袜子，我还没吃饭啦！小姐你吃了吗？"香蓉仿佛没听见二宝的话，她翻着那十双袜子细看。二宝又说："这么粗的袜子，小姐你也能穿？"她满脸表示着不赞成，就跑出屋吃饭去了。

二宝到了厨房，她的舅母朱妈跟女厨子黄妈正在吃饭，她也盛了一碗饭过来，就立着吃。她舅母问说："小姐叫你干什么去啦？你就去了这大半天？"二宝一边嚼着饭，一边说："小姐忘了买袜子，都快回来了，她又叫我下车去买。"她的舅母没有言语，照旧吃饭。二宝心里有事，几次咽下饭去，张开嘴，要把刚才小姐的那件事告诉她的舅母，可是到底没有说出来。待了会儿，那女厨子吃完了饭，又热咖啡，热好了，就去给楼下的老爷送去。二宝就悄声说："舅妈！咱小姐今天跟人吊膀子啦！"

这句话像是在朱妈的耳朵里扎了一针，她立时就说："哎哟！你说的这是什么话呀？哪儿学来的这么难听的话呀！"

二宝脸通红，说："小姐跟我去买袜子，一个卖袜子的人叫高林……"朱妈吓得脸色都白了，赶紧悄声说："怎么，你们连人家的名字都知道？"二宝大声说："小姐叫我打听的么！"朱妈着急地说："你嚷嚷！你嚷嚷！嚷嚷出事来，叫老爷把我散了工，回家我叫你妈打死你！"

二宝跺脚说:"有我什么事呀？我还恨那该死的卖袜子的呢!"她要哭,朱妈拉住她的胳臂问她详细的情形,二宝就噘着嘴,把刚才的事都说了。

朱妈吓得连连嘱咐说:"以后你千万别再管这事!你没看老爷把女儿看得有多严？真个闹出事来,你……"二宝赶紧拿双手堵住耳朵,不往下去听,只见她的舅母很是着急,嘴唇掀动了半天,忽然嘴唇又不动了,原来是那个女厨子拿着茶盘又进了屋。

二宝真气恼,吃完了饭,她跑下楼去,在那些花木之旁,有个石头凳子,二宝就坐在那里生气,她觉得今天的这些事,还有她的舅母跟她发急,都是高林那"臭卖袜子的"给招的。

天都黑啦,四围都是花,夜来香散发着幽香,忘返的蜜蜂还在花丛中嘤嘤地唱着歌曲。天空青得像海,星光眨着眼,月亮像小船儿一般在天空飘荡。身后的洋楼里,只楼上小姐的窗子上有灯光,下面却是黑乎乎的,大概这么早,老爷就已然睡着了。二宝心说:小姐要这时候出去,看完了电影回来,老爷也不能知道呀!想到了看电影,又觉着看了也没有什么意思,手里有了这一块钱,还是等工钱下来,凑在一块儿,做一身小裤褂,要花洋布的……

正在想着,身后有细微的脚步声,她转脸一看,见一条素白的影子姗姗地往近走来,她就说:"小姐!这儿来坐着吧!这儿凉快!"

香蓉压着脚步走近前,低下身,扒在她的耳边说:"小声说话!"又指指身后的窗户,更悄声些说:"别叫老爷听见!二宝,你今天没问高林,他是什么学校毕业的?"

二宝摇头说:"我没问!"

香蓉坐在挨着她很近的地方,两人几乎脸挨着脸,二宝就听她的小姐说:"刚才我写了一封信,明天你出去交给高林……"二宝将要说不管,又听香蓉说:"高林要问我们是什么关系,你就说咱们俩是姊妹。"二宝说:"我今天说过的,我说咱们俩是邻居!"香蓉推了她一下,说:"别大声!"就拉她起来,两人挨着身,慢慢走回到楼上,一边走一边还悄声说话。二宝本来想说:"我不敢再给你办这事啦!高林又太可恨,他跟我一点儿也不和气!"可是香蓉说是把她刚才买的那十双袜子全都送给她,她就又答应了。

夜间,楼外有微风,吹得窗帷飘动,有月光,穿过玻璃投射在墙上,也被窗帷撩着,忽隐忽现。临时支的一张帆布床上,二宝睡得很香,有时还咬牙,说梦话。可是离她不远的弹簧床上,香蓉却睡不着,她回忆着那个有着一双美丽眼睛的人,假使他穿上一身西服,一定是个更漂亮的少年。她想:这人一定还是个很有风趣的人!二宝说他没有家,那他此时一定是在海边,卧在沙滩之上,枕着他那包袱货物睡了;身畔响着涛声,头上飘着明月,他的心中一定也很需要一个女子去安慰他吧!……

第二天一早,香蓉就将一封粘得很严实的信交给了二宝,二宝却忽然又变了主意,摇头说:"我不管!老爷知道了一定不要我,再说这么早,袜子摊一定都还没摆上。你叫我把这信送给别的卖袜子的倒行,给高林我可不管!他跟我一点儿也不和气!"

香蓉央求着说:"好二宝!你给我送一次信,你还可以借此出去玩玩呢!你去看看,他许已经摆上啦!老爷要问,我就说你给我买纸笔去啦。这回,他不会跟你不和气了!你可以掷下信就走……我把十双袜子都给你!我那两块绸手绢也都给你!你别以为我是有什么用意,我是……"说着,她的脸又红了。二宝收起信来,说:"我可得吃完早饭才能去!这么早,街上一定都没摆摊。"香蓉点头说:"也行!"

跟往常早晨一样,二宝要下去浇花,香蓉就在凉台上指挥说:"把那紫罗兰多浇些水!""墙边再立一根竹竿吧!好叫那麝香豌豆爬上去!""哎哟你快看!咱们那西番莲都快开了!"

今天柳贵甫的精神也似乎有点好,他穿着深灰法兰绒的西服、皮鞋,在院中呼吸清新的空气。香蓉叫了声:"爸爸!"就由凉台回屋,跑下楼去。她到院中拉住了她爸爸的手,说:"海风凉,爸爸,您不穿上件大衣吗?"

柳贵甫说:"我不冷,这两天我精神很好,昨天你给我买来的那药,我吃了觉得睡眠很安。"香蓉说:"我今儿再去给您买一瓶儿去吧?"柳贵甫说："不用,等我吃完了这瓶再买。南洋不是前天又有电报来吗?说是已派两个人来接我,可是我又想暂时不回去了。"

香蓉说："对啦!您瞧我种的这些花都开啦,要走了,把花儿都掷下,有多可惜呀?"

柳贵甫点头说："我也是这么想,我也真怕南洋那样热的天气!再说,现在这位大夫又很好,他能研究出我这病来,比南洋的那几个医生全强。我知道,只要永远不出门,虽然住在这儿,我也永远不会受刺激的!"

香蓉听了很是纳闷,就仰着脸问说："爸爸!那天到底是为什么事儿,把您刺激的病了?"

柳贵甫摇摇头,说："也没有什么!"他抑郁地呆呆地仰面看着朝阳。忽然二宝笑着叫说："小姐!你瞧这凤仙花儿也快开了!你是预备拿它染指甲?"香蓉伸着两只手,说："我的指甲剪得这么短,就是染上它不会好看呀!"柳贵甫仰着脸微微笑了,他点点头,长出了一口气,不知他是在做深呼吸,还是又发什么感慨了。

早饭后,香蓉就时时催着二宝快去给她送那封信,二宝拿着架子,又像是真真作难。香蓉一会儿表示出来不高兴,一会儿又暗暗地央求,她的脸比新开放的花儿还红。十点钟左右,二宝换上了新袜子,悄悄地走了。出了铁栅栏,回身仰头去看,见香蓉还站在凉台上,还向她不好意思地笑,低着眼,闭着小嘴儿,并做出着急的样子,仿佛是说:"你快些送去吧!"二宝摆摆手儿,掀开衣角露出那封信来,做出撕扯的样子,香蓉便吓得在上边跺脚。二宝笑着跑了,有个西洋女人牵着一条大狼狗,在后面向她汪汪地叫。

二宝知道这时袜子摊绝不会摆出来,而且,把这么好的信封给高林那臭卖袜子的,她真不甘心,心想:信里还许有骂我的话呢!

她顺着海滨闲散地走着,走到儿童体育场打了半天秋千,又跑到第一公园去了。第一公园这时樱花全都落了,海棠还挂着嫣红的花朵,草坪像铺了一幅绿色的地毯,蜜蜂蝴蝶乱纷纷地闹着。二宝坐在草地上歇了一会儿,心里想着送信的这件事:送去了,不但便宜了高林,叫舅母跟老爷知道了还一定出大祸;不送去,小姐那两块绸手绢可是不能给自己……

想了半天,没有一定的主意。她看看白鹅,又看看金鱼,铁丝栏里有无数叫不上名儿的小鸟,还有孔雀,她最喜欢的是猴子,她买了五分钱的带皮儿的花生,都喂给猴子吃了。

末了,她走到一个无人的亭子里,掏出信来。她认识信封上的那个"林"字,那么"林"字的上面一定就是"高"字了! 她心说:臭卖袜子的! 那死样儿! 也值得给他写信? 还叫我给送去? 她哧的一声就撕开了,那里面是张印着红花儿,仿佛是带着布纹似的信纸,上面是蓝色的小字,还有洋文。她就认得其中的"你"字、"我"字和一个"好"字,详细的意思她可不明白。她呸的一声,一口唾沫吐在了信纸上,然后就又团又撕扔在了椅背儿后头。

她又跑到铁栅栏旁去看狗熊,又买了一毛钱的糖果吃了。这时报时间的汽笛就远远地响了,呜呜地扯着长声,她知道已到了正午,又玩了半天,才一路磨烦着走回去了。

第五回　海滨的朦胧月色

香蓉正不安地期待着她投去的一颗"芳心"有什么回音，见二宝回来了，她赶紧问说："给他了吗？他说什么？"

二宝说："我去的时候他的摊儿刚摆上，我给他信，他说他不认识字，就认得一个'林'字。我就说你爱看不看！我就掷下那信回来啦！"

香蓉又问："今天他对你和气吗？"

二宝哼了一声，说："还是那样儿，大掌柜子似的，仿佛咱们给他信是要巴结他！"

香蓉笑着说："当然！每一个人都有自己的人格，他哪能见了我们的信，就立时表示感谢？何况，我那封信上并没说什么，不过是安慰他的孤独、劳苦，又表示我很羡慕他那生活的悠闲、自由。你别听他说他不认识字，那一定是他故意谦恭，我相信他一定看得懂的。"

二宝说："也配？他能懂中国字，还配懂洋文？"她又忙解释说：他拆开信看，我看见信上还有洋文……"

香蓉说："那是很浅近的，在南洋每个人都懂，因为那句话的中文我不会说，所以才用英文代替。"

二宝问："是什么话？小姐你告诉我！"

香蓉微笑着，说："那是一句诗，大概的意思就是：当你感到孤零时，你应当记起我……咳！详细的意思我翻译不出来！"

香蓉投去的那封信,下面注着真实的通信处,只是名字写的是"张二宝"。她天天站在凉台上盼望那穿绿衣裳的邮差,可是只接到了吴瑾给她的一封信,信中劝她:别再愚昧地度着你那孩子一般的生活,少女的青春是有限的。鸟儿在笼子里还忘不掉唱歌,它的伴侣自会在檐下回答它,也许有一天会替它打破笼子,借它飞去……寄给张二宝的信,可是一封也没有收到。

　　她每天都要到她父亲的屋中去上几次,也看看壁上那镜框里的女人。女人那一对可羡慕的眼睛,虽然无光无神,可是竟像是会转动了,并使她不禁想起,有一双同样又大又有神的眼睛就在不远。

　　过了两天,她又把一封信交给二宝,叫她再给送去。二宝倒有点做难了!两块美丽的绸手绢和十双袜子,全都做了上次撕信、说假话的报酬,难道这次还把人家费了半天事才写的信给消灭了吗?她出门的时候还早,先跑到第一公园转了个弯儿。她摸着衣裳口袋里的信,想着小姐,觉着小姐也怪可怜的,又想着那卖袜子的大眼睛年轻人,仿佛也不像前两天那么可气了。

　　她走出了公园,就顺着海边走,走到栈桥往北,一边逛着马路,就走到了那条街。可是这时袜子摊还都没摆,只有那卖纸烟的老头儿迎面招呼她,说:"姑娘上街来啦?"看见二宝东瞧西看,仿佛有事似的,他就又说:"姑娘是想买东西吗?高林还没来啦!"他眯嬉地笑着,露着缺三少四的黑牙,胡子像是猫胡子。

　　二宝点点头,说:"我不买东西!"她走过了却又走回来,就摸出来信,说:"这是别人托我给高林的信,可不是我给他的。等他来了你交给他好了,劳你驾!"

　　老头儿接过信来,连说:"好啦!好啦!姑娘交给我吧!等他来了我就交给他,决不能有错!"他把信皮看了看,压在纸烟匣子底下,又笑着悄声说:"是那位柳小姐给高林的信吧?"

　　二宝说:"她不姓柳,她也姓张,我们是姊妹。"

　　老头就说:"哦!原来你们是姊妹呀?"

　　二宝说:"你瞧着不像吗?"

老头儿说:"像!像!长得模样差不多,真是两位好姑娘……"

二宝说:"高林他可瞧不起我!他看我穿得穷,我饶照顾他,他还一点也不跟我和气,我姊姊任什么也没买,那天他可直叫小姐,势利眼吗?他还以为我是我姊姊的丫头呢!"

老头儿连连说:"不能,不能,那是他不会说话,等回头我说他一顿,叫他给姑娘赔不是。姑娘……家里的老太爷,就是姑娘的父亲,现在做什么事?是在哪一界?"

二宝说:"做官!"老头儿一诧异,说:"做官?"又问:"在什么衙门?"二宝说:"早先做官,现在不做了,你也别细打听啦!"

老头儿连连点头,说:"是!是!姑娘以后可以到西岭玩去,我跟高林住同院,他叫我赖八叔,他的娘跟我的女儿是干姊妹。我的女儿比你们大不了多少,也不像我穿得这么破烂。你们姊妹有工夫可以找我女儿去玩,也能见着高林了。来!我给你写个详细的住处。"

于是赖八就跑到很远的一个果子摊上,借来了一支铅笔,拿一张包花生的旧报纸,在那空白上写了一行字。赖八写得很快,写完就交给了二宝,说:"以后,你姐姐要再写信,顶好还是你给送来,或者是贴邮票寄给我,我再转交高林。因为高林他母亲也认识字,把他管得顶严,她要知道有姑娘给她的儿子写信,她一定不愿意!其实,可也没什么的,不过就是……"说着又拿一把花生米给了二宝,说:"姑娘尝尝这花生米,这是新的,又香又脆!"二宝就接到手里,一个一个地往嘴里吃。

说了半天话,二宝就觉着赖八是个好人,那么,高林也许还不错。她又到栈桥海边去玩了一会,拣了几个小蚌壳、青石子,然后就慢慢走回去了。

见了香蓉,她就说:"小姐!这回我可把高林的事打听清楚了,原来他有家,他还有个妈妈……"她压着声,指手画脚地把刚才听赖八说的那些话又重述了一遍。香蓉是低着头摆弄着那些小泥人儿,她微笑着聆听着,手下也没有停止,可是泥人的位置却摆错了,开道锣的又摆在彩轿的后面了。

香蓉相信高林一定将有回信给她,她就更是时刻不安,约莫着送信人快来的时候，她就跑到凉台上焦急地期待着。到了第二天，午后两点来钟，她果然看见远远地有一个绿衣的邮差往这边走来。她心里突突地跳，赶紧跑下楼去，那个邮差就拿着一封信隔着铁栅栏交给了她。她一看，信封上写着"张二宝女士收启"，心里更是紧跳。

才一转身，就见她父亲隔着迎门的铁纱窗，在屋里问说："谁的信？"香蓉吓了一跳，说："是二宝的，我还以为是我瑾姊给我来的信呢！"她把信封向着那绿色的铁纱窗一扬。屋里的柳贵甫就哼了一声，说："二宝还有人给她来信？还写着什么女士收？你拆开看看！"

香蓉吓得脸色都变了，跺着脚笑说："哪有瞧人家私信的呢？给她吧！她在济南上过小学，这一定是她同学给她来的！"说着话，往楼梯上就跑。二宝在楼梯转弯之处扶着栏杆，向下悄声问说："是谁的信？"香蓉耸耸鼻子，一声不言语，就上楼跑进屋里，二宝也急急忙忙地随她进了屋。

香蓉就站住，撕开信封，匆匆地取出里面的信纸，展开去看：

> 二宝女士台鉴：信已收到，女士对我之好意，我甚感谢。不过君是小姐，我是穷人，而且我天天做买卖，又太忙，家庭又不幸，处处令我忧愁，我怎能与小姐交朋友呀？不过我很感谢，心中觉着又苦又甜，说不出来。我虽不敢与小姐交朋友，但我永远不忘小姐之芳容也，等我将来环境变好，再为交友，可也。谨此并颂
> 平安！
>
> 高林
> 鞠躬

后面并注着一行字，是：

> 不必再给我来信了，因为我家中既寄不得，交赖八亦不妥，我们彼此心照可也。

香蓉看完了，低着眼皮，仿佛心里很难过的样子，说："奇怪！"

二宝揪着香蓉的手，她歪着头也看这封信，可是她只认得"二宝女士……天天……朋友……平安……高林"等等的字，连贯起来的意思她不明白。她叫香蓉讲给她听了，就笑着说："我说的是不是？他不穷，他能做小买卖吗？他家里不定是多么穷哩！要不然他能说处处叫他发愁？小姐你再给他写封信，叫他以后做买卖要和气一点，买卖就能够好啦！"

香蓉皱着眉说："其实他说他穷，也未必是真话。当然，他不会有多少钱的，可也不至于……我看他这是借词，他也很愿意跟我们做朋友，只是他的家庭一定跟我一样，不许他自由！"

二宝说："那赖老头儿也跟我说过，他的娘也认识字，管着他，不叫他跟姑娘讲恋爱！"

香蓉红着脸瞪了二宝一眼，说："什么话！"

二宝笑着，又噘着嘴说："你用我的名字跟他讲恋爱，他真许分不清楚，以为是我跟他……"

香蓉说："不要紧！慢慢地我就跟他说实话了！我是怕他写信来，信面上就写柳香蓉，那就能叫我父亲给拆开了。二宝，你说现在咱们应当怎么办？咱们是不是应当告诉他，别叫他顾忌穷富的悬殊，再劝劝他别烦恼，应当跟恶劣的环境斗争！年轻的人前途是有希望的。应当劝他别再摆袜子摊，可以设法去求学，将来好在公司找事。"

二宝说："依我说，咱们就别理他啦！这有多么烦呀！"

香蓉微微摇头，说："那我们未免太狠心了！人家既然把人家的环境、忧愁都告诉了咱们，咱们怎能不安慰安慰人家呀？"说着，她就坐到沙发上闷闷地沉思，二宝却走过去，摆她小姐的那娶亲的小泥人儿玩。

天气很热，香蓉在屋中穿着浅绿色的绸子洋服，身上还一阵一阵地发热。她只是沉思着，不说话，有时脸上一阵红，是她想到某一种甜蜜的幻境；有时脸上又一阵白，眼泪几乎堕下，是她太为那与她的环境同样不自由，连女子给予他的爱情都不敢接受的人伤心、忧愁了！

笼中的白玉鸟唱着忧郁的曲子，盆中的红玫瑰带着惹人怜的颜

色,她就取了信纸写道:

> 高林!信我已收到。我原想你是比我自由的,谁知道你的
> 环境、你的家庭也跟我是一样呀!这更使我难以忘记你了!我
> 们是同病相怜,可以不必论什么贫富了,都是青年人,都怀着
> 一颗需要安慰的心。青春是有限的,行乐应当及时,鸟儿在笼
> 里还忘不掉唱歌,给它的伴侣听。我们二人,虽为环境所限,
> 不能彼此相伴,可也能做个互相安慰的人吧!希望你不要拒
> 绝我!我住的地方靠近海,希望你每天工作完毕之后,常来海
> 滨走走,散散忧愁,若有机会,我也可以出去与你会面,因为
> 我们写信投递都太不便了。我有个顽固的父亲,他干涉我恐
> 怕比你母亲干涉你尤甚呀!哎!我们为什么生在这古老的中
> 国?在人家社交公开的外国,可不是这样的啊!……你有什么
> 需要吗? 我这里有自己种的美丽的花,还有别人送给我的小
> 巧玩具,我都可以设法赠给你。我每天要在楼上看海,希望你
> 也时常看海,海水在你的眼中与在我的眼中无异,它能流动
> 着传达我们的心思,解开我们的愁闷……

香蓉写了半天,又加以涂改、另抄,最后才装在信封里粘好。她就
按电铃叫二宝,可是连按了几下,二宝也不来,香蓉就到厨房、佣妇的
屋里去找,也没找到。香蓉就扶着栏杆要下楼,才下了四五级,忽见二
宝手里拿着掐下的几朵花儿,匆忙地跑上楼来,说:"老爷出去啦!叫老
张雇的车,是去大舞台,大概是听戏去啦!老张说大舞台有北京新来的
名角儿。小姐,咱们趁这工夫也出去好不好? 咱们看电影去?"香蓉扶
着楼梯想了一想,就笑着,一跺脚说:"好!我换衣裳去!"转身上楼就跑
回屋,二宝也欢跳着,随着上去。

香蓉换了她新做的一件花绸旗袍,这是她第一件中国式的衣服,
赤着脚,穿着白皮高跟鞋。她先把那封信交给二宝藏起来,说:"你先给
我送去这封信,我才能带你看电影呢!"二宝点头说:"行!快着!快着!"

她就替香蓉拿着皮包,两人出了屋,匆匆往楼下走去。

二宝先到门房嘱咐老张说:"我跟小姐出去啦!老爷要回来早了,不问不许你说!"老张点头笑着,开了铁栅栏门,又说:"叫两辆车来吧?"二宝说:"用不着你劳神,我们会雇!"香蓉也笑着,拉着二宝紧紧地走,走出了很远,二人才雇上了车,就往市街里去了。

高林这时正坐在他那袜子摊旁,这个年轻的小商人,也不自觉地已与早先是不一样了。他的背头是新理的,很亮,上了许多生发油,脸上刮得一点胡子碴儿也没有,帆布鞋也刷得很白;白小褂白裤子浆洗得很干净,而且熨得也极平展,未曾坐下时都先要擦擦他那小板凳。赖八在旁边卖烟卷,有空闲时就过来,笑着跟他谈天。忽然,赖八用力地拍着他的肩膀,说:"来啦!来啦!那姊妹俩来啦!"

就见那穿花旗袍烫头发的是走到路口就站住了身,虽然步儿止住了,可是身子还扭动着,仿佛欲近前复又中止,她侧着身,偷眼往这边来瞧,又着急地双手推那穿蓝布裤褂的小姐!高林要笑,没笑出,赖八也支着胡子直着眼睛,旁边有人叫着说:"卖纸烟的!"这老头子都不顾得了。

那边的二宝,就咚咚地迈着大步走了过来。高林刚要站起身来,不想从南边过来了两个像是商店跑外似的人,来这儿挑选线背心。高林一边说着价钱,一边眼睛向这边瞧着,二宝却又走回去了。这两个人争了半天价钱,香蓉把手搭在二宝的肩上,从他的摊子之前姗姗地走了过去,香蓉是低着微赧的芳颜,二宝还故意地瞪了高林一下。

那赖八弯腰招呼说:"两位姑娘……"二宝就要从口袋里去拿信,香蓉却暗中掐了她一下。两人走了过去,又都站住,二宝就说:"把信交给那老头儿就得啦!"香蓉拿胳臂碰她,说:"别嚷嚷!等会儿,等那两个人买完了东西,你再去交给他本人!"二宝跺脚说:"多麻烦!电影都开演啦!那两个促死的,还不快买完快走!"

待了会儿,二宝才拿出信来,生着气,往回怔走。这时高林倒是应酬完了主顾,站起身来了。二宝扬着头,不看他也不看别人,迈着大步来到袜子摊前,把信一掷,回身就走。见了香蓉,她就说:"完了事啦!把信给他啦！咱们快看电影去吧！"香蓉摇头说："再等等！"她就拉着二宝过了马路。

高林的摊子是在南边的人行道上，她们是站在北边的人行道上。香蓉斜着眼一看，立时心里一阵不悦，原来高林就在这大街上把信拆开看了。那卖纸烟的老头子并且站在高林的身旁，歪着头也在看着。高林倒只是低着眼皮端正地坐着默读，那老头子伸着手指那信上的字，嘴唇跟胡子都动着。香蓉心说：你也太不尊重我给你的信了！生着气，拉着二宝急匆匆地往西就走。

因为生气，又害怕父亲这时已经回去了，香蓉就不愿再去看电影，她对二宝说："咱们雇车回去吧！电影过两天再看！"二宝撇着嘴说："刚才说好了，这时又不算啦，失信呀！我不管雇车！我有钱，我一个人会看电影去，人家也不能不卖给我票！"她抢着胳臂，气哼哼地顺着大马路东边的人行道向南去走，香蓉在后边紧追着她。

走到了电影院的门前，看见广告上正是《歌坛玫瑰》，香蓉又像失去了自主的能力似的，揪了二宝一下，说："你快走什么？我故意气你呢！"二宝回头笑着说；"你要再气我，我就再也不管给你送信，我还得把这件事告诉老爷！"香蓉掐着她的胳臂，说："你敢？"两人就说着笑着走进电影院去了。

银幕上的主角是倾倒了全世界多少女影迷的一个美男子，但在这出戏里，却充的是一个小偷儿的角色。女主角是个歌女，是那小偷儿的情人，虽然小偷极其粗俗，没出息，但女的仍然热烈地爱他。这片子感动了香蓉，驱除了她不愉快的心情，对于高林当着别人看她的信那不礼貌的举动，她也完全宽恕了，暗想着：我也别过分地苛求他，他是个不拘小节的人，哪能像虚伪的绅士那样懂得规矩和礼貌呀？

二宝对这说外国话的电影是一点儿不感兴趣，连说："不好，不好，演来演去到底是怎么回事呀？"香蓉也不敢多耽搁时间，所以没等看完，两人就出了电影院，雇了洋车回去。

天色渐晚了，海上挂满了金红色的晚霞，海边有许多青年情侣在携手散步。走到汇泉时，霞光已变成了深青色，海水也发黑。她们的那座白色洋楼，上下的窗棂都已铺上了浅柠檬色的灯光。两人悄悄地叫开门，连脚步都不敢重响一下，一前一后，偷偷地上了楼。

朱妈正在屋里，迎着面说："小姐上哪儿去啦？老爷早就回来了，问你在家没有，我说你没出去。老爷奇怪，问为什么楼上没灯，我这才上楼来开了灯！"说着，又偷眼瞪她的外甥女，表现出很生气的样子。

香蓉赶紧换了衣裳换了鞋，跑下楼去见她的父亲。柳贵甫已换了睡衣躺在床上，手中拿着一本《今古奇观》，一瞧见女儿进来，他就把书掷在床里。香蓉跳到床前笑着问说："爸爸你今天上哪儿去啦？"

柳贵甫微笑着说："我到大舞台看了一会儿戏，因为我有三十多年没听中国的旧戏了！"香蓉噘着小嘴儿说："你为什么偷偷地走了，不带我去呀？"柳贵甫说："过两天我再带你去看，顶好还是看夜戏，白天的戏没有什么意思。可是，晚上我又总是睡得早，不敢不听大夫的话！"

香蓉说："我也是一过九点钟就睡……爸爸！现在天一长了，我更觉得寂寞，你说可怎么办呀？"说话时，她紧皱着眉头。

柳贵甫默然了一会儿，才说："早晨第一公园里人少，我还可以带你去散散步，呼吸呼吸清新的空气。"

香蓉说："海水浴场那么些个人，我也没去过一次！"说时，她又噘着嘴，低着头。

柳贵甫却连连地摇头说："海水浴场那怎么能去？男的女的混杂在一起，虽说穿着游泳衣，那还不跟裸体是一样？外国人可以，新女子也可以，咱们虽然生长在南洋，可是究竟是中国人，究竟要遵守中国的旧礼教。我在三十年前没出国时，中国的男女不像现在这么无耻，如今一看，真是全都变了，所以国家也一天比一天衰弱！"

香蓉说："你说三十年前好，可是我那姑母……"她指了指壁上的相片。柳贵甫说："所以，她落得结果很坏！虽然是那男子把她抛了，可是她也有错处，总怪她误解了自由。"香蓉的眼泪几乎都要堕下来了，就说："我又太不自由啦！我还不如笼里的鸟儿，鸟儿都比我高兴！"

柳贵甫发了一会儿怔，把女儿的话细细地研究着，就说："等我把病养好，我就不再拦阻你交际了，现在，你先让我省省心！"

香蓉说:"我也不是想要出去交际,我是想,没事儿时,我跟二宝两人上公园玩玩。"

柳贵甫说:"那不要紧,偶尔去一次是可以的,连我都不能总在家里闷着,不然我为什么今天忽然又想起看戏来了?也是因为在家里无聊。我想买一个收音机,安在你的屋里,我有精神时,也可以到楼上去听听广播,还可以听听南洋的商情。天气慢慢热了,总还是在家里舒适。"

说来说去,柳贵甫还是不准他女儿出门,香蓉心里却想着反抗他父亲这种关闭政策的方法。她的心仿佛不似早先那么安静,那么甘心忍耐苦闷了。她现在有点急躁,像是蔓生的花儿,无论如何它也要往旁处去爬;又像是笼中的鸟儿,总要找个洞儿往外去飞。因为生命的火在她的内心燃烧着,青春在外界诱惑着,她忍耐不住。凉台上放了一把藤椅,她天天要坐在那里往下边去看,等待着穿绿衣裳的邮差。

第二天过去了,这是第三天的下午,楼窗里已放下深颜色的帷幕,为遮住夕照。远处的海面金色的,天空上抹着几笔很浓的金红颜色,晚风习习,成群的鸦鹊乱叫着飞往山林间去。马路上已有了穿着西服的人,携同着妻子,出来散步纳凉了,可是应当这时候来一次的邮差,还是不见踪影。香蓉在凉台上很焦急,心说:难道他就永远不给我写回信了?就这么完了?不做朋友吗?可恨!

她渐渐地有些怨恨,就想回屋再去写一封信,给他直接寄往家里去,严词地问问他有无诚心,或者索性叫他把两封信都退回。可是这时,香蓉就看见有个男子从北边来了。这人是穿着蓝衬衫、黄色的西装裤子,走到近了,楼外的这个人就在凉台上看得逼真,他不时地转着头,仿佛很注意地看那门牌,又扬着脸向楼上来望。

香蓉跳起来,要抬起手来向下招呼,可是又一阵害怕,往下边看了看,她父亲没在下边看花,她才略微放下些心。但是她又矜持着,虽然跟高林的目光对视了一下,可是并没有笑,只是淡淡地,仿佛彼此并不认识似的。高林已然来到了栅栏前,他仰着脸,他那眼睛今天更有神,衬衫的袖子挽着,露出两只健美的男子的胳臂。他忽然向凉台上笑了,香蓉也不由得红着脸一笑,她低下头,又揪了揪洋服的下摆,高林便过门不入,往南走去了。

香蓉的目光送远了他的背影,就赶紧跑回屋里去叫:"二宝!二宝!"找到了厨房,见二宝正在帮着女厨子剥黄豆,香蓉就拉着她说:"你快来!"二宝把一个黄豆里的虫子放在香蓉的胳臂上,吓得她惊叫着,用拳头又打二宝。

香蓉拉着二宝到了凉台上,指着下面叫她往远处去瞧,就见高林走到那边不远之处,又转回来了。二宝就向下面哧哧地发出驱逐声,香蓉趴在她的耳边说:"你下去!叫他别在门前转,小心我父亲注意上他!叫他……快走吧!他要有信你就接过来!……"二宝说:"老爷在家呢!"香蓉说:"在家也不要紧,你可以偷偷出去,跟他说两句话就进来。"二宝说:"我不愿意理他!"香蓉央求说:"劳你驾!你去吧!别叫他在这里转,要不然……"她又带着点警告的神气,说:"要叫老爷知道了,你可也得挨说!"二宝向着凉台下又哧了一声,就生着气,进屋转下楼去了。

二宝自己开了铁栅栏,就迎着高林向那边走去,张着手说:"去!去!你在我们这门口儿转什么?我们这儿可有大狗,放出来就能咬你!你不去卖袜子,穿上身破洋服,跑到这儿来干什么呀?"

高林走近来,脸也红了,微笑着说:"你姊姊在家吗?请她下楼来,我要跟她说两句话!"

二宝说:"我姊姊凭什么跟你说话呀?你是什么……"

高林忽然皱起眉来,说:"我没找她,是她先给我写的信!我又不大会写信,我想跟她当面谈几句话。"

二宝说:"那你到海滨公园等着她去,我叫她找你去,这儿不行,她爸爸正在家呢!"

高林点头说:"好吧!那么我就到海滨公园去等她,她一定去吗?"

二宝说:"一定去,她不去我去,你可得等着!我们这时还没吃晚饭呢,去是准去,可不一定准是什么时候!"

高林点头说:"那倒不要紧!今天我也没事儿,等到十二点都行,我就是有几句话要跟她说，因为她既然给我写过信么！"

二宝瞪眼说："怎么？她给你写了信，你倒占了理啦？你还要讹谁吗？"高林摆手说："不是！"二宝又瞪了他一眼，说："不是，就快走！"高林就笑着，说："那么我上海滨公园去啦？"二宝点头说："嗯，你就去等着吧！"高林笑着，又抬头向凉台上看了一眼，香蓉斜着身，向下投着眼波，也现出嫣然的笑容，高林就走了。二宝用鼻子向高林的背影又哼了一声，她才进了门。

上楼回到凉台上，见香蓉还正在往远处望着。她就拉了香蓉一把，说："还瞧什么呀？难道小姐你真没瞧见过……"香蓉回头瞪了二宝一眼，又改为笑脸，同她一同回到屋里。香蓉就悄声问说："他没有信吗？"二宝说："没有信，他说他不会写信。"香蓉笑了笑，说："他是跟你客气哩！其实他那封信写得很简洁，他一定是受过相当教育的。"

二宝说："我瞧他不像好人！你瞧，他买卖也不做了，弄上一身破西服！"

香蓉说："人家终日劳苦，还不许人家休息半天，出来游玩游玩？再说穿洋服也不是什么新鲜事，外国的穷人都穿洋服，做工的人也有一件礼拜的衣裳，到了休息的日子，就穿上那件衣裳出去玩。"

二宝说："他一定没安着好心，他说他要找小姐，也不知要说什么话。他还说，小姐要是不先给他写信，他也不能来找。"

香蓉说："他怎么知道我是这里的小姐呢？"

二宝摇头说："他还不知道，可是，我瞧他是赖上咱们啦！咱们要是不理他，就得给他钱，不然他天天在咱们门口儿穷腻，早晚要闹得老爷知道了！"

香蓉摇头说；"不能！他虽然不是阔人，可也不是没钱的，哪能那样没人格呢？本来是我们先给他写的信，是我先喜欢的他，这是不假。不得已时，我父亲要问我，我一定承认！"

二宝生着气说："他有什么可讨人喜欢的呢！一个卖袜子的！"

香蓉说："不管他是做什么的，我父亲早先还是个矿工呢！南洋多少有地位的资本家，早先都是穷人。无论是友谊，还是……爱情，都不能以金钱为转移的,何况人家并不穷。他跟我父亲,一样是经商,只不过是他的资本小,可是他的人格并不小!"

二宝摆手说:"我可不管,闹出麻烦来,可没我的事!"香蓉却坐在沙发上不言语。

待了会儿,用过了晚饭,室内也开亮了灯,香蓉仍在沙发上默默地坐着,二宝摆那堆小泥人玩。过了许多时,二宝忽然想起了一件事来,看看小桌上的时钟已经九点多了,她忍不住扑哧一声笑了出来。

香蓉正在呆呆地想着那个大眼睛的健美的青年男子,想着他那温和的笑和诚挚的语言,想着爱情、陶醉、成功……她幻想着那男子变成了大资本家,或是成了一位学者,或是做了自己父亲的"协理",那么自己就成了大资本家、学者或是协理的夫人了。在青岛住这样的楼房就行,不过花木更要多种些。在南洋也要有农场,要种许多橡胶树、香蕉树……蜜月旅行最好到非洲去看维多利亚瀑布,或者是去欧洲……

忽然二宝的笑声打断了她的幻想,她就问说:"你笑什么呀?"

二宝却摇头说:"不笑什么。"她沉住气,绷着脸儿,照旧摆小人儿。可是过了一会儿,她又忍不住趴在桌上笑了,并且咯咯地笑出声儿来。

香蓉也莫名其妙地跟着她笑,并走过去扳着二宝的身子,说:"你笑什么呀?有什么可笑的事呀?你要疯啦?"二宝不言语,她只是笑,越笑越厉害。香蓉用手胳肢她,她更笑,咕咚一声连椅子也倒了。二宝就直挺挺地躺在楼板上,仰着脸还笑,香蓉用手去拉她,她也不起来。

香蓉就说:"我教给你跳舞吧?"遂就手儿摇着,腰儿扭着,足下嗒嗒地响。二宝赶紧翻身起来,说:"教给我!教给我!告诉我怎么跳!"香蓉停住了舞步,说:"我教给你也行,你可得告诉我,你到底是为什么笑?"二宝却又笑得喘不过气来。

这时屋门开了,朱妈走进来,瞪着二宝说:"老爷睡啦,你还大声嚷嚷!"二宝这才收敛住了笑声。朱妈走过,问说:"小姐不歇着吗?"香蓉摆手说:"你别管我,我还不困,再玩会儿才能睡呢!你去吧!"她叫朱妈出去,就拉着二宝的手,问说:"你告诉我,你刚才为什么笑?你告诉我实话!不然,我不教给你跳舞,我的玩具也都不许你再动!"

二宝眯着眼睛,笑说:"我把高林骗啦!刚才他说他要见你,有几句话要说,我就说你到海滨公园等着去吧!我姊姊一定找你去。他就走啦,这时他还许在那儿等着呢,叫他受受穷风儿去吧!"

香蓉的脸色忽然变了,皱着眉说:"你怎么不早说呢?这不是叫他以为是我失信吗?"二宝说:"他爱说什么说什么,他在海边骂咱们,咱们也听不见!"香蓉摇头说:"不……"跺了一下脚,短叹了一声,又往凉台上去了。这里二宝倒不禁发怔,并噘起嘴来。

凉台上,有薄薄的月色,像雾一般,下面的花木都笼罩在这夜色中。青天色飘着白云,月亮在云里卧着,只隐约露出它的轮廓。四下的灯光全已灭了,只有门外的一两只街灯,还孤零零地瞪着大眼睛,仿佛在期待着什么。远处的海,展开了一片愁黯的颜色,随着风有涛声传来。二宝也出来了,站在香蓉的背后,说:"在这儿也看不见海滨公园呀!管他呢,他也许早就回家去了,咱们睡吧!我乏啦!"

香蓉摇头说:"我心里不安!我们不该骗人家,我要去看看他,你同着我去!"

二宝转身进到屋里,摇头说:"我不管!他在海滨傻等着,他活该!"

香蓉追进屋里来,愤愤地说:"你不去,我自己会去!叫我父亲知道了我都不怕!我就是不能叫人家骂我没信用!"她取了一件大衣,往屋外就走。

二宝熄了灯赶紧追下来,追到楼梯口,香蓉就站住身,带着气说:"你不是不跟我去吗?"二宝嬉皮笑脸地说:"我偏要跟去!"香蓉悄声说:"你先去给我开门,别叫别人知道!"二宝噘着嘴说:"门就许锁上啦!老张一定不给开门,老爷再知道了,我可不管!"

下了楼,二宝先跑到门房,把那正犯痰喘咳嗽的老张拉出来,并嘱咐他说:"谁也不许叫知道!"

老张悄声说:"你跟小姐可快回来!别看老爷的屋里熄了灯,还许没睡呢!时常半夜里他又起来!"二宝说:"我们出门在海边玩一会儿就回来,闷了一天,屋里又热,还不许我们出去走走吗?"老张说:"街上这时可都没人啦!"二宝说:"我们又不往远处去。"香蓉在旁边不耐烦地说:"快开门!"老张拿钥匙把铁栅栏开了,两人就像逃出笼的小鸟儿,很快地就飞走了。

香蓉的手搭在二宝的肩上,两人很快地走着,她的高跟鞋和二宝的布底鞋,在柏油路上做出不同的声音,清脆而急快地响着。马路上铺着月光,忽而惨淡如雾,忽而又明净如水,路旁的树影、电线杆的影儿也一阵真切一阵模糊。风扑扑地吹着香蓉身上的软绸大衣,潮水哗哗地在耳旁滚荡着,如千军万马在后面追赶着她们,使得她们飞奔。香蓉急促地喘着,二宝却咯咯地笑着,像发了疯似的拉着她的小姐跑,好在路上没有别的人。

海滨公园的东方式的牌楼由矮矮的常青树墙的边际耸出,月光像舞台上的灯,只一闪,故意显示出这一幕布景,旋又垂下了帷幕。二宝把香蓉抛下了。她先跑到园门,这牌坊下就有一个高身的人迎走过来,说:"怎么这时候才来?"

二宝站住身,瞪了他一眼,说:"你嫌晚呀?可还没到十二点呢!来了,就不算失信!"对方笑了笑。二宝喘着气又说:"我先告诉你!小姐……我姊姊她要问你,你可得说我买过你十双袜子!你得说我一共交给你两封信,头一封信上有英文!你还得说咱们早先住过街坊!你要不说,我就给你们破坏!"

香蓉是在很远的人行道上就站住了,扣着她的大衣上的钮子,旁边一只街灯,把她的短短的影子斜铺在路面上。高林笑了笑,点头答应着,就往香蓉这边走来,二宝还跟着,要听他们说什么话。

高林走到跟前却又没话说了,香蓉抬起头又低了下去,说:"对不起!我们来晚了!"声音带着点笑,高林说:"不客气!"以后又无话可说了。两人就相离有二尺站着,彼此望了望,又彼此笑了笑。

二宝便走过来,拉了高林一把,说:"喂!有什么话你倒是快说呀!我们还得赶快回去呢!我们不能像你似的,在海边都能睡觉!"

香蓉扑哧一声笑了,就低下头去。然后她又抬起头来,看着对面这高身宽背、穿着衬衫、洋服裤、橡皮底鞋的挺神秘的像个武士又像个风流小生似的男子。这男子就吐出来了他那清晰而好听的言语,完全不像在袜子摊上讲价钱时的神态了。他的态度是很严正的，语气是很沉痛的，他说："我来是要跟小姐说，小姐给我的信我很感谢！因为可见小姐看得起我。我从小时家里就穷苦，从我记得事起，就记得有不少人骂我，我上学时也受同学的欺负，后来做买卖更受别人的气。我没遇见过像小姐这样的人，所以我很感谢。我本想不见小姐，我知道我不够资格，可是……小姐让我太感激了！"

香蓉一笑，摇头说："没什么。"

二宝在旁问说："你小的时候为什么别人净欺负你呀？"

高林转头看了看二宝，他又叹了口气，说："我的家庭是很不幸的！……"

香蓉说："我的家庭也很不幸！所以我才……"

二宝又说："你这么大个子啦，为什么你妈还要管着你呢？"

香蓉瞪了二宝一眼，高林却迟疑了一下，就说："她并不是要管着我，她是为我好。我母亲她是世间最可怜的一个人，我很小时，我的父亲就死了，全仗她设法挣钱来养活我，还供我念了几年书。她跟我说过，世界上再也没有比女子更可怜的了，叫我对于什么人都可以使坏，唯独对于女子不要昧心。她还跟我说：'你还是别跟女子接近，你现在没有钱，若结了婚，或是交了女朋友，那是白白地害了人家。'因为这，我才不愿小姐把信寄到我家里！"

二宝说："谁愿意跟你结婚？你倒想呢！"又拉了香蓉一下，说："他的话也说完了，咱们快回家去吧！"

香蓉却站住身不走，显出有些难过的样子，默然了一会儿，她就笑了笑，说："我给你写信也没有旁的意思，就是因为我的生活很无聊，我们……"

这时有一辆汽车由西边驰来，香蓉觉着在这里站着，太惹人注意了，她就笑着说："咱们到这儿来吧！"她扭动着身子走进了公园，高林随着她走去。

二宝却跺脚说："我可不到海边去！黑乎乎的，那儿常淹死人！小姐！你要是不回去，我可就一个人走啦！"她又低声骂着："臭卖袜子的！"

海滨一堆一堆的尽是石头，像是蹲着卧着一群狮子，又像真是有鬼在那里藏着似的。夜潮展着黑色的羽翼，哗啦哗啦地向岩石上击打。此时月光愈显得昏暗，几乎连脚底下自己的影子都看不出来了。海风从侧面打着他们的脸，又湿又凉，像雨似的，并带着些腥气。这里连第三个人也没有，香蓉站在一块岩石的旁边，她的声音有些发颤，说："以前，我还很羡慕你，觉得无论如何，比我自由，也比我快乐。现在……我很难过，你太可怜了！"

高林说："小姐也不要为我难过了，我虽然境遇太坏，可是我并不是没志气的人，我时时想要发展。我卖袜子也不过是暂时拿它糊口，其实我真厌烦了，所以我时常说话不和气，时常得罪了主顾！"

香蓉说："你可以开个小百货店，在街上摆摊那太苦了！"

高林说："我实在是因为本钱太小。"

香蓉就说："不要紧，慢慢地我能给你想法子。我爸爸他是个很有钱的人，可惜他处处限制着我，将来，……日子久了，我可以把你介绍给他，他能帮你的忙！"

高林说："不过，我也不愿做买卖了，我想找个事做！"

香蓉说："那很容易，在我父亲手下做事的有一两千人呢！他要给你找个事是非常容易的，可是第一得会英文簿记，你的英文程度怎样？可以见了外国人说话吗？"

高林摇头说："不行！"

香蓉说："那么你就赶快找个地方去补习英文，我们以后可以时常通信，每天这时候也可以在这儿见面。现在我得先瞒着我的父亲，因为他是一个很顽固的人，又有病。等过几个月，他的病好了，我要向他要求给我自由，那时我们就可以公开了！现在，我希望你别烦恼，没事时可以找书看看，或是种些花木，研究研究音乐。我家里有许多花种，我还有口琴、小提琴跟许多书，都可以送给你。我们青年人要有自信心，宇宙是美丽的，青春是宝贵的，人生就是要寻取幸福和自由，不是非得有了金钱才能有幸福和自由，有许多比我们还穷的人，我见他们也都很快乐。再说,现在的有地位的人,有些也是早先受过穷的,人只要别颓靡不振就是了。我,其实比你还可怜,我的心向来没有人知道!我父亲是拿我当作小孩子,拿我当笼里养的鸟儿。二宝的知识又太简单,有许多话我跟她说了,她都不明白!"

高林发着怔,问说:"谁?二宝?"

香蓉笑了笑,说:"我说的是我妹妹,就是跟我来的那个。"

高林问:"她是小姐的亲妹妹吗?"

香蓉摇头说:"不是!我们是……"她笑了笑,就说:"请你原谅我,我不是故意欺骗你。她是叫张二宝,我叫……香蓉,我姓柳。她是我们雇的,可是我对她平等看待。因为我父亲顽固,我的什么事他都要过问,所以我才借着二宝的名字,为的是你寄来的信,我父亲好不至于拆看。以后,你还是把信写给张二宝,对别人也别说出我的名字,因为我父亲手下的职员快要来了,还得瞒着点他们。"

高林就问:"你父亲是做什么事?"

香蓉说:"他是个实业家,现在是来青岛养病。"

高林又问:"你的府上是在北京吗?我听你说的也是北京话。"

香蓉点头说:"对呀!其实我的原籍是济南。我们两人做朋友,不要细问家中的事,我们彼此略略明白就是了。因为我不愿别人问我的家庭,我的家庭就像是监狱,我的父亲就像个监狱官,他永远不会了解我!我也不愿意再听你说你家里的事,因为我才听你说了几句,我就很难过。我们见面为的是彼此快乐,我们可以谈海、谈种花的事,那多有诗意呀!干吗离开了家还忘不了家,还得老说呢?"她笑了一笑,又说:"你会游泳吗?"

高林说:"我小的时候倒是常洗海澡。"

香蓉笑得闭不上嘴,她说:"洗海澡这句话可不好听!太不雅……我现在就期望我父亲的病快些好,他就能给我自由了,那时他不许,我也要力争。我们可以在一起游泳,真的,天还冷的时候,我跟我表姊在上海就买来游泳衣了,可是现在她已然走了,我要学游泳,我父亲又拦阻……"

这时二宝在牌楼那边大声喊着说:"快回家去吧! 都什么时候啦? 我可要走啦!"

香蓉笑了笑,说:"那么我们明天再见吧! 你也回去吧!"

高林点点头,说:"以后每天晚上我要到这里来,每天都等到这个时候,小姐要是能来就请来,不能来我就回去。"

香蓉点头笑着说:"好吧!"她又借着朦胧的月光,看了高林一眼,笑了笑,就转身姗姗走去。高林随在她的背后,走到了牌楼旁边。二宝跺脚抱怨着香蓉,拉着她就走,香蓉还回着首,笑着说了声:"明天见!"

这时月光愈暗,涛声愈大,四周更萧条,风力也更猛。牌楼旁边,高林呆呆地站着,他新上身的洋布衬衫已经潮湿了。美丽的姑娘已经走了,柔和的言语还留在他的耳边。他仿佛是做了一场梦,实在,这几日来他都像是在做梦,这是做梦也想不到的一种奇遇,而比梦还难以捉摸的是那位小姐的行为和言语。他慢慢地向西走着,心里很难过,很歉疚,觉着自己的学识太差了。刚才人家说的什么音乐、提琴、宇宙、青春、人生等等,自己全部都不懂,开口就说了个"洗海澡",就招人家耻笑,其实自己真不知道游泳就是洗海澡吗? 不过是因为每天与自己接触的尽是些没知识的人,粗话说惯了,仿佛刨出了粗话就什么也不会说了,这样子,还怎么配跟人家交朋友呀……

他一路沉闷地想着,心里充满了惭愧和一种从未感受过的甜蜜的滋味,忘记了自己是正在走着,也没理会路口的警察正在用眼睛盯着他。

回到西岭他住的那个里院,破大门是早已关上了,可是大门上的那个小门,还虚掩着。他走了进去,一进门就踏了一脚稀泥,也许是人粪,他不禁有些生气,尤其顾惜他那双今天刷了一天,费了许多白粉的胶底鞋。

此时,各屋里都已没有了灯光,只有两个窗棂上还是亮的,赖八他闺女的那间屋子,仍有男人的哈哈大笑之声。自己的屋里,似乎母亲还没睡。他的两条腿觉得很重,头发疼,他拉门进屋,连头也不抬,就要爬上梯子到吊铺上去睡觉。忽然听到他的母亲说:"你上哪儿去啦? 这大半天,你吃了晚饭吗? 我还给你留着呢! "

　　他的母亲在那五烛光的电灯泡子旁边拆改衣裳,衣裳是黑绸子的,还镶着白缎子的边儿。她梳着油亮的头,描着眉,脸上擦着胭脂粉,虽然已有四十多岁了,可是还不放脚,还永远穿着花鞋,不然为什么外号儿叫"小花鞋"呢? 他这个母亲,是他的慈母,然而在一般人的眼中,却是一个最卑贱的人。她四十多岁了,还"招蜂引蝶",靠卖笑挣那些坏男人的钱。

　　高林从小时就受侮辱,遭讥笑,直到现在与人打起架来,别人还骂他是杂毛、杂种,是"小花鞋"卖烂货的儿子。这些侮辱压了他二十多年,他的心都伤透了! 他恨恨地想着:可恨的母亲呀! 怎么不是你害了我? 使我连一句文雅的话都不会说! 所以他就一咬牙,一声不吭,只当他母亲没问他话。

　　可是,他的母亲却放下了针线走过来说:"你在哪儿吃的饭呀? 你还觉得身体不舒服吗?明天再歇一天吧! 别做买卖了,上市立医院看看去吧! 衣服你也得再穿一件,这洋衣裳不能挡寒! "

　　母亲慈爱宛转的语声,一字一字地送入高林的耳中,她那戴着戒指和顶针的手触在他冰凉的臂上,他觉着十分温暖。他的心不禁又软了,可是他仍然绷着脸,说:"妈! 你别管我! 我冷了我会自己穿! 妈! 以后咱们改改咱们的生活行不行? 我没有什么病,我就是心病,我的心里老是不痛快! "

　　他母亲仿佛吓了一大跳,那张消瘦得仿佛只剩了两只眼睛,没有腮没有颊的脸上,越发变得惨白了,她紧皱着眉,问说:"你可说咱们怎么改呀? 我都听你的! "

　　高林心里憋着许多气愤的话,但是别人谁都能说,他这个做儿子的却不能说。他低着眼,愁闷了半天,才说:"妈! 咱们商量商量,从明天起,别叫咱们屋里来闲人,你也别再出去上客栈,你的打扮也改点样儿。将来咱们搬家,离开这里的这些人,行不行? "他的语声非常沉痛。

　　他的母亲忍不住抽搭着哭了,点点头,眼泪往下流,说:"行! 我早就告诉过你,我不愿这样。见了生人我都说我儿女都没有,走在街上跟你对面遇着了,我都老远躲着你,不敢理你,我就是怕别人因为我而瞧不起你! 我烧香念佛,求你在别处找个好事,你走,你不认我是你的娘都行……从二十多年前到现在,我自己的脸虽早就没有了,可是我时时还顾着你的脸,可是有什么法子呢? 譬如你说,咱们这屋里别让闲人进来,难道崔掌柜来,咱们也把人家赶走? 你做买卖不是人家跟李大叔给你凑的本钱? 客栈里的杨掌柜,咱们欠了人家一共多少钱啦? 连你胡七哥,前年你害了伤寒,都快要死了,不是多亏他给你请大夫,花钱买药! 你也知道,二十多年来咱们指的是什么? 不就指的是这群人吗? 可是,你做娘的也都叫这群人给糟践透啦! 究竟咱们现在没人帮忙行吗? 你一天赚的钱连你一个人都顾不过来! 我也愿意我一天什么事情都不干,叫你养活着我,有杂粮食吃就行,可是……"

高林紧皱着眉,说:"妈你放心,我能养活你! 明天起我去拉车,可是你不能再抽烟卷啦! 也不准打牌! "

他的母亲更哭泣得厉害,说:"你拉车? 你不知道张家的大牛,拉车不到半年就累死了吗? 多么好的身子骨儿,拉上一年半载车就得完! 我指的是什么? 二十多年来我不就指的是你吗? 早先,那年我的事由儿不好,你才四岁,我时常自己挨饿,省下钱来给你买饼干吃,我就怕你的身体坏了,因为,我自己倒不要紧! ……"

高林听他母亲悲痛地说了这些话,他的心中也很难受,这些事他并不是不知道,他母亲这也并不是第一次跟他说。他这母亲时常使他伤心,叫他恨,可是细想起来又真真叫他同情,谁家的母亲是这样的呢? 随意受人玩弄不如一条狗。可是谁家的母亲又能在这样艰难困苦的情形之下,把一个孩子养了二十多年呢?

他就叹了一口气,又看了看他们这间屋子。这屋子小得还不如人家柳香蓉家那门房的一半大。板床上扔着破旧的红缎被褥和一些绿裤红袄,这是他母亲卖笑的东西。靠墙是个破铁炉,旁边一张破桌,桌上堆着乱七八糟的食具。再往旁边就是一只破梯子,由梯子可以爬到他睡觉的那个夹层,这像是火车上的吊铺似的,但没有那么舒服,上面是搁着他的货物和痰盂。他的心渐渐发冷,觉着实在"不配"! 人家小姐是多么阔,还有丫鬟,可是自己……他又使力地叹了口气。

他的母亲坐在床上,拿手绢掩着脸呜呜地哭,并且说着:"我太苦了啊!连我的儿子也厌烦我了呀!"

高林赶紧走过去,说:"妈!妈!你哭什么?人家邻居都睡啦!妈,我不是厌烦你,你不知道我在外边受的欺负!谁都比我强,我谁都不如,我简直不敢见人,不敢说话,说出话来就叫人笑话,我也自己愧得慌!"

他母亲悲哽着说:"我也知道啊!就怨我命苦就完啦!叫你也跟着受罪!"

高林又叹着气,说:"咳!妈你别伤心啦!你也睡觉吧!现在我觉着头痛!"

他母亲一听儿子的头又痛了,立时就止住了眼泪,摇头说:"我也不伤心!你别看我哭,我也是哭惯啦!咳!以后我想想法子就是啦,再做衣裳我就做那颜色素的了。你头痛你就快睡去吧!歇一两天也许就好了。夜里醒来要是饿了,锅里有馒头,你可别凉着吃,暖壶里有开水!"高林点头答应着,愁颜仍未展开。

他慢慢地攀着梯子爬上那吊铺,看母亲坐在那里已擦净了眼泪,又点上了烟卷,他便又有点恨了起来。这时虽已夜深了,邻屋中那赖八的女儿还娇声地说着笑着。高林躺在吊铺上脱去了衣裳,只穿着一个背心,一条破裤衩,可是还觉得很闷热,四周围的臭虫又来向他进攻,他哪里睡得着?他就这样度过了漫长的夜。

第六回　卑贱的母亲

　　高林想海滨,想凉台,想那娇媚的瓜子脸、摩登的装束、那仿佛从天上降下来的仙子一般的小姐,尤其是想起小姐那银铃一般清清脆脆的那些话,他真觉得欣喜、侥幸。可是听着哧哧的针线声,闻着刺鼻的烟卷气,他又想到了吊铺下面他的母亲:这时候还不睡! 她总是到夜里才有精神! 他又不由得恨,而且悲悯。

　　次日,他应当到洋货行去趸一点货,下午好去做买卖,然而他觉得没有精神。到外面十字路口卖豆浆的摊子上吃了一碗浆和两根香油果子,就到栈桥上徘徊。

　　朝阳渐渐升起,路上往来的人渐渐多了。他看见那像是在机关做事的穿着洋服的人,他很是羡慕。夙日,他自己孤高狂傲,对一切人都看不起,仿佛一切人全是自己的仇敌。但现在,却觉着一切人全比自己强了,自己急需要别人的帮助。此时他穿的是一身不大干净的白褂黑裤,这在新做的时候,本来也是为"漂亮",小褂的领子和袖头还镶着窄边呢,可是现在他就觉得有点自惭,恐怕被谁看见似的。

　　他在栈桥徘徊了一早晨,就精神恍惚地走回家去。大约都十点钟了,可是他的母亲还没有起床,破旧的红缎被下,露出来散乱的头发。窗台上放着一双青缎的、尖儿上绣着一朵牡丹花的小脚鞋,床前放着痰盂。高林往近走了走,低头看看,痰桶里又是一摊血。他像刀扎了心一般的悲痛、忏悔,拿牙咬着自己的手背,心说:妈!我不该逼得你又伤心!让你又犯病。昨天是我的错,我是一时糊涂!

他压着脚步走过去,把吊铺上他那包货物拿了下来,预备午后到街上去摆摊,照旧安分地做买卖。慢慢再寻找出路,非分的想望是别再有了!汇泉住的那位小姐,见上一面也就算了吧!自己哪一点能配得上人家呢?

忽然,窗外有脚步声,屋门一开,进来个穿黑布大褂的四十来岁的男子。这是他母亲的朋友,姓宋,别人都叫他"宋伙计",高林却应当叫他"宋大叔"。宋伙计进屋来瞧见了他母亲的床,就说:"怎么还没起呢?"走过去就叫着说:"大嫂子,醒啦没有?"

高林的母亲露出脸来,脸上的残脂剩粉之间还留着昨夜的泪痕。她睁开眼瞧见宋伙计,就说:"喝!你真早班儿!"

宋伙计笑着说:"还早?您睡糊涂了吧?都快十一点啦!昨儿晚上怎么样,又在歪嘴张那儿打了多半夜吧?"

高林的母亲把眼睛一瞪,说:"放屁!你以为我真离不开他呢?想打牌我哪儿不会去打,单陪着他?他真是赢了不要我的钱吗?再说我这几天哪儿有心肠,老孟应得送我二十块钱,到现在可还没给,我也懒得去跟他要,叫他拿着那钱治病去吧,别叫他烂死了怨我!咳,牌也不愿意打啦,打么牛儿的,一输也要四五块钱,你我一样,钱真是来得容易吗?"

宋伙计笑着说:"我倒不敢跟您比!"

高林的母亲又叹气,坐起身来,她身上只穿着一件粉红的线背心,手腕上还戴着一只小手表。她看了看,说:"他妈的,我这只破表又停住啦!"说着披上她的茶绿色的旗袍,穿上那桃红色的小袜子。

宋伙计忽然低头看见了痰桶,就笑着问说:"怎么,您的老病儿又犯啦?"

高林的母亲说:"可不是,就打那天起,你告诉了我那件事,我又……唉!好在我也不在乎啦,吐血也吐了这些年,大概也吐不死。我倒愿意一下子都吐出来,爱死爱活随它的便,可是它老是一口一口儿地咯！"

宋伙计说："老太太您现在可别说这话，您有这么大的儿子啦，等到了娶儿媳，那时再死吧！"

高林的母亲说："我还娶儿媳妇呢？咳，我就向来不做那梦！我儿子发了财，我叫他到别处娶去，我不跟着他们享做婆婆的福……喂！这两天我还想找你去呢，那个人你到底给我打听了没有？别是你那天根本就是放屁吧？"

宋伙计发急说："放屁？你爱信不信哪！那天，千真万确是他！可惜那时我没把他揪住，我也后悔没追出去，看他住在哪儿。我这个人眼睛最毒，混了半辈子客栈，看见过几千几万南来北往的客人，只要是在栈里住过两三天，以后我再见着他，一定能认得。再说，哪能那么巧？名字是一字不改，就多添了一个'甫'字？"

高林的母亲说："我总疑惑你是遇见了鬼。"

宋伙计说："我一个人见鬼，别人也都见鬼？相面的先生也见了鬼？是真的，这些日我天天在街上转，想要再碰见他，可是总没碰着，也许他是由青岛路过，又走别处去了。"

高林的母亲忽然一阵悲戚，说："要真是他，他见了你都不跟你打听打听我，他可真是丧尽了良心啦！……"她哭了，这时她哭得浑身全都抽颤，而且咽哽着，放不开悲声，仿佛比平时因为别的事哭时，更格外地伤心。

高林这时是在旁边整理他的货物，有两条印花的麻纱手绢，他想送给香蓉，一双浅黄色紫边的女短袜想送给二宝。耳边灌进了他母亲跟宋伙计说的这些话，他已经听惯了，从他小时起，他的母亲不是今天骂这个"丧良心"，就是明天骂那个"白得了便宜不花钱"。这回，当然还是那一类的事。那些残忍卑鄙的男子，用了多少为人类所不齿的手段，蹂躏了他母亲的青春，摧残了他母亲的身体，刺伤他母亲的心，糟践了他母亲的人格，间接、直接地把侮辱、痛苦压在了他的身上，从他才会在地下爬行的时候就压上了。那些人呀！你们也都有母亲、妻子、姊妹和儿女呀……

他摔下了货物走到屋外,然而往哪里去呢? 隔窗听他母亲在屋里笑骂着:"去那边儿去!"又听宋伙计发出一阵贱笑。他恨! 脑筋绷起。又听,是他母亲的央求声:"你去替我登段报,写上'小卿',可别写他的名字! 他既然发了财,他就得要脸……"

又听宋伙计说:"登三天就得十块钱,我没钱给你垫!"

他母亲说:"去!一个钱不花你还想找便宜?滚!你给我登广告去!"

宋伙计笑声说:"你一找着柳贵,别的人可就要吃醋啦! 你不知道吗? 当忘八的都不能进窑子的门,拖车儿也不能进舞场,花钱的人都不花醋钱。"

高林今天的气是特别忍耐不住,他转身回到屋里,吧地就打了宋伙计一个嘴巴。他瞪着大眼睛,怒声说:"去! 你是什么东西! 跟我母亲说的这是什么话? 滚走!"

宋伙计万也没想到他今天吃这亏,他的脸上像着了火,也瞪眼说:"啊? 好孩子……"

高林的母亲赶紧在床上着急地摆手,说:"你别跟你宋大叔涎脸……"高林又是一拳。

宋伙计扭住高林的衣裳,说:"好混蛋小子,问问你妈……"只听咕咚、叭嚓一阵乱响,二人就滚到院里去了。

宋伙计大喊:"还我钱! 前年当了我的皮袄! 没我帮忙你妈能把你养活这么大? 哎哟……你敢打我的眼睛! 走! 上衙门……"院邻们都跑出屋来劝架,男的、女的、赖八和赖八他围女都出来了,嚷嚷成了一团。

高林的母亲小卿,敞着旗袍的纽子,穿上了花鞋,就跑出来劝架,她摆着两只手说:"别打! 别打! 高林你昏了心啦! 宋大哥你别理他! 哎哟! 孩子呀! 爷爷呀! 你可怜可怜我吧! ……"高林被几个人拉着,还在伸拳踢脚的,脸被抓破了,小褂也被扯撕了,他的脸煞煞的白,不说话,只是吁吁地喘气。

宋伙计在地下滚了一身泥,大褂的前襟已被扯碎,成了短褂了,左脸上一块青,鼻孔往下流血。他双手捂着左眼,被人拉曳着还往起来跳,说:"好! 跟我要这手儿? 高大嫂子你可看见啦,他是你的儿子,你带着肚子的时候,我就照应你! 那年你在前海沿烧纸,死过去啦,不是我得了信儿才把你救回来的?你嫁高掌柜的,不是我给说合的?高掌柜死了,人家家里要领走孩子,不是我出头才把孩子留下的? 现在他长大了,他打我……这可别怨我,前前后后使我的钱,当我的衣裳,都还给我吧!"

高林又向前奔,说:"还你? 他妈的你……滚! 谁认得你!"

他母亲小卿却放声大哭,说:"你别给我得罪人啦! 你要打,就打死我吧!"

邻居们在当中乱劝,把宋伙计劝走了,宋伙计还一边走一边骂,说:"杂毛孩子! 你别自以为不错,你问问你的准爸爸是谁?"

高林还要奔过去,两只胳臂却被人拉住了。他也大骂着,一退身,身后就是赖八的女儿,就听杀猪似的一声尖叫:"唉哟! 踏了我的脚啦! 唉哟! 可痛死我啦!"赖八拉开他的女儿,又去劝高林,说:"别这样! 多年的交情了,怎好一下就翻脸? 再说咱们是指着小本经营吃饭的,哪好得罪人? 你太气盛了! 都别管,看你的母亲! ……"他的母亲就坐在地下号啕大哭,说:"你给我惹事呀! 孩子,你真是不心疼我呀! ……"吵闹声是渐渐息了,但哭声还没有住。

赖八要拉着高林去摆摊,说:"走,我挑着担子你背上包袱,咱们走,不用等在家吃饭啦,我请你吃炉包儿!"高林摇头说:"我的病还没好,今天我还要歇一天工!"赖八的女儿赖大嫂,此时脚也缓过劲儿来了,拉了他一把,说:"上我们屋里歇着去吧,你值得跟那小子生气吗?"高林仍然摇头,说:"我要出去走走!"旁边的人都说:"算了吧! 既然有这么些个人劝,就完了吧!"

高林摇头说:"我不是去找姓宋的,在街上遇见他,我也不打他啦。我是想上公园走走,不然我就要疯!"赖八说:"对啦! 你上汇泉去吧! 汇泉今儿跑马。"高林回到屋里,他母亲已被邻居们劝到屋里了,坐在床上她还是哭着。高林擦擦脸,换了一件小褂,就抑郁地走了。

天色近午了,日光很晒,他又走到了栈桥。汪洋的海水在他眼前滚荡着,这里没有一点遮阳之处,所以也没有另外的人。他的头上被晒得流汗,汗水又淹得他脸上的抓伤之处发疼。他愤愤地站着,真有投海的心。但是,他的视线顺着海岸线向南望去,那边就是汇泉,就是海滨公园,就是昨夜朦胧的月色所照过的地方,他不禁眼睛发酸了。他就想:给她写一封信,跟她借一二十块钱,我到别处去吧! 走远处去吧! 将来找着事,我再还她,我再跟她见面……

他的脚步沉重地往东移,汽车、洋车、一辆一辆地从他身旁掠过,蝉声在他的耳边聒噪着。他走到海滨公园,见那里只有浪涛拍打着岩石,两三只白色的水鸟在忽上忽下地飞。经过海水浴场时,那沙滩上已有无数穿着鲜艳游泳衣的男女。

他一直走到了第一公园,这里,春花都已谢落了,游人也不多,他找了个有绿荫覆着的椅子,就坐下,叹气。蝴蝶在他的眼前翩翩飞舞,鸟儿在他的耳边啾啾地叫着,他闭上了眼睛,仿佛是睡去了。

他因为是新换了一件小褂,这小褂的口袋里没有一个钱,虽然有卖炉包儿的,也有卖面包的,都在这公园里招揽买卖,但他无法去买来充饥。他很饿,可是又不愿意回家,就在这里直坐到天上的云光都变成了金红色,他才立了起来,暗暗叹着气,想着:我决定离开青岛了! 走天津去! 虽然在天津不认识一个人,但我二十来岁的大小伙子,还真能饿死吗? 走! 没办法! 家里还有十几块钱,那是添货的钱,我也不能给母亲留下了,我要拿它作为路费!

他出了公园走到了马路上,找了个代卖船票的店。一询问,知道明天上午就有一只船开往天津,统舱的票到了船上再买也可以。

他暂时还不愿意回家,就在栈桥旁徘徊着。这正是炎热了一天,晚风才起的时候,所以栈桥上的游人如市,尤其是摩登的女子特别多。高林怕遇见香蓉,可又仿佛希望遇见她似的,他注意地看着,觉着每一个年轻的、身材装束与香蓉差不多的女子,都变幻成香蓉的容貌。他又看那遥远的海水,又想:明天自己就要乘船随着海水往另外的一个地方去了! 和这里的那才相识的,才相谈过一次话的慧心的小姐,恐怕就要终生永别了! 将来,怕也没有机会再见面了!

突然有个人一拉他的胳臂,说:"你在这儿看什么啦? 快回去吧! 你娘在家里哭了一天,托我们出来找你,她怕你跳了海,你快回去吧!"

高林回头一看,是他的院邻拉车的马三叔,他点点头,说:"我回去!我这么大的男子,跳海?我能那么没志气?"他转过身低着头,拖着沉重的脚步往家中走去。

回到家里,他的母亲小卿两只眼已哭得红肿,见儿子回来了,赶紧下床,说:"你上哪儿去啦?在哪儿待了一天了!我托人到汇泉也没找着你!你连早饭都没吃吧?我给你煮面吧?"说着,他母亲就擦擦眼泪,急忙生火、烧水、和面,高林便在一把破椅子上坐下,低着头。

小卿一边做饭,一边说:"你也别净心里熬煎得慌!宋伙计也不能再来啦,以后我也不能再给你做丢脸的事,可是他们那些人我们也不可得罪。你想,那些人的手里哪个咱们不欠着钱?不翻脸都好说,一翻脸,他们瞪起眼睛来跟咱们要,咱们可拿什么还呀?我又怕你再跟人打架,把你拿到衙门里!那时我依靠谁?我跟着你挨饿都行,就是,你要平平安安的!……"他的母亲边说边擀着面,又随手擦着眼泪。

高林就说:"妈!我想走!我到别处混些日子,将来凑上路费我再接您!妈!咱们不离开这儿不成,在这儿永远不能够翻身!"

小卿惊讶地望着儿子,眼泪簌簌地滚下,她说:"你可别走!你走我就是死!走哪儿去?别处咱们连半个认识的人也没有。你知道困在客栈里的那个滋味吗?举目无亲,求谁谁也不管!别处,听说比青岛还难找事。你别因为今天的事,冲着一时的性子就要离开这儿,先忍着,过几天就许好了!那个人很有钱,只要把他找着,咱们娘儿俩就有了依靠!"

高林愤愤地说:"咱们千万别指望人,凡跟妈认识的,没有一个是好东西,咱们得自己想法子!我二十多岁了……咳!咱们就是叫账给累住了!每月出的利钱就比吃饭的钱还多,永远不能够叫咱们翻身!妈!我走后先省去一个人的嚼用,把存货都折还他们。我出外混一两个月就回来,把账还清,把您接走,咱们永远再不回青岛来!"

他母亲哭泣着说:"你要在别处准有事,我决不拦阻你,你外头又不认人,我可真不放心!好孩子!你看我今天一天又吐了四口血,我还能活几年？等我死了，你爱上哪儿就上哪儿，现在你先可怜你这个娘，无论……你可怜可怜我吧！"她又说："你走我就是个死！二十年来我指望的就是你，你在我眼前，瞧着我死吧！……"

这时有一个人推门进屋来，他提着个小口袋，进屋来就笑着向高林说："怎么，这么早就收啦？今儿卖得怎么样？还好吧？"高林点点头，愁闷着不说话。这个人又走到小卿的跟前，说："大嫂子，怎么样？您预备下了没有？让我带回去吧？"

小卿止住悲声，脸上还挂着泪，很和蔼地说："秦大哥，您再等两天吧！这几天您侄子病了，他没做买卖，过两天您再来，绝迟误不了！"

这姓秦的立时怔了一怔，说话就不是刚才那个声儿了，说："这不是拿着我耍吗？钱要是我自己的都好办，这是别人的，我也不过是人家的小使。四十块钱用了两个多月啦，您连利钱都交不齐，我可怎么跟人家说去呀？"

小卿说："有李掌柜作的保，还能有错？"

姓秦的说："那您就把李掌柜请出来，跟我们东家说话去好了！今天晌午我见着李掌柜了，我问他，高太太那四十块钱你管不管？他说他向来不管给人借钱作保的事！"

小卿瞪着眼睛说："这是什么话！明明前几天他应的我么，说这笔账他担保，现在他忽然又不认，说过的话就算白说啦？我找他去问问！"

姓秦的说："干脆您还是自己想法子吧！今天凑不上整数，先拿出四块钱来再补一个月的利钱，我也就好交代啦！"

小卿说："四毛钱我也没有！"

姓秦的把头摇了摇，一点儿也不客气地说："那可不好办！至少您也得找点东西交给我！"

高林忽地站起身来，小卿赶紧向儿子摆手，急得流泪，又央求姓秦的说："您等一等！我下上面就同您出去，咱们一块儿去找李掌柜。他那天应的我，这笔账他给作保，我们下个月准还清，我去当面问他，他不能不认……"

高林却愤愤地上吊铺拿出四块钱，交给了姓秦的，他说："这是我预备买货的,你不是要一个月的利息吗?你先拿去!过几天我们一定本利全清,将来永远不跟你们借,别的话都不必说!"

小卿赶紧揪住了儿子的胳臂,那姓秦的却把四块钱扔在他提着的口袋里,笑了笑,就点头说:"所以要账难哪!使钱的时候绝不说这些话!"

高林瞪着眼大声说:"给了你钱你还不走?还说什么废话?"姓秦的也把眼一瞪。小卿惊慌地赶紧双手去推这姓秦的,又几乎要哭出来,她说:"秦大哥你先走吧!一半天我一定设法还钱!您别理他!他是病着,肝火盛,您先走吧!"

姓秦的往外走着,还回身瞪着高林,说:"老兄弟!你用得着这样吗?你要得开吗?"

小卿苦苦地央求,才把这要账的给劝走,高林倒不禁叹气。他母亲进屋来又不住擦眼泪,咽哽着,高林就说:"妈!咱们得想法子!得谋生路!"他母亲跺脚哭说:"我没法子,你想去吧!你谋去吧!我也没有生路啦!"高林不言语,转过身低着头,心里如同有一根粗绳在使力紧勒着。

他的母亲一边哭着,一边做饭,做完饭,为儿子摆好了,她自己却没有怎么吃,就重新梳头,打扮。她穿上了一件粉红洋皱镶着白丝线边儿的长身短袖小褂,下面是散裤脚儿的长裤子,跟上身的材料一样,也是镶着白边,穿上一双青缎面,尖儿上绣着三朵白海棠花儿的小鞋。她戴上了银坠子,又拿一块白绸手绢揉了揉眼睛,然后就掖在了衣襟上,温和地向她的儿子说:"你先吃吧!我得赶紧找找李掌柜去。没法子!那笔账还得叫他给支一支,或是叫他先替还上。还是得我去想法子,你能想什么法子呢?顶多了你就会跟人家打架。你别出去,我一会儿就回来!"

高林低着头,没言语,也没答应,他的母亲小卿就走了。室内已然昏黑,面条他也吃不下去,就躺在板床上,仰着脸,用手使力地按着自己的头。

愁烦了多时,他才起来,开了电灯,把一碗凉面吃了。这床上就扔着些他母亲的衣袜，颜色都是那么刺眼，都像在侮辱他，唾骂他。他母亲现在是找李掌柜去了，为挪这四十块钱的债务，为使那位花四千块钱也不在乎的大掌柜说一句话，做个口头上的保证，以便展期还钱，他母亲将用怎样卑贱淫丑的态度去请求，求那大掌柜高兴了，一点头，说声："好吧！"他简直不敢想象，不敢承认那是自己的生母……他真想要自杀！

过了十二点钟，他的母亲小卿才回来，死人一般的瘦脸上，显出来一种桃红色。她身子有点摇晃，一进屋就倒在了床上，嘴里喷出来酒气，头发的髻子上不知叫谁给插了一块香蕉皮，耳朵里还掉下两个瓜子儿。虽然半醉着，她可还能在低暗的灯光下认出她的儿子，她说："你吃了饭了吧？你别着急！李掌柜又给了我五块钱，那笔账他也应得给作保，迟两月再还也没关系，秦大也不能再来啦！你睡吧！把被褥拿上去，天冷，大概又要下雨！"

高林简直要哭出来了！他母亲卧在床上，像被人打伤了的一只雉鸡，滴着血，滴在她那可怜的羽毛上。苦酒迷醉了她，刚才在什么地方一场恶意玩弄，已使她这吐血的身子无力了，她睡了。高林把破旧的棉被为他母亲盖好，他不禁滴下了几点泪，心里默默地说：妈！我可顾不了您啦！明天早晨我就要上船。与其我被侮辱欺凌，压死在这里，不如我走，死在远处。妈，您不知道，也免得您又伤一回心！……

他迟缓地关好了门，熄了灯爬到吊铺上去睡。但是，他哪里睡得着？他把余下的预备办货的十三块钱分成两份，五块钱留给母亲，八块钱他预备作明天上船的费用。他决定走了，想象着船、海和那茫茫的前途。

次日，往他母亲的床上悲伤愧恨地投了一眼，他就悄悄地走出了家门。满天阴云，跟海水一样的浑浊，是即刻就要下雨的样子。他紧紧地走，到了大港，二号码头上却没有一个人，也看不见一只船影。他徘徊着，等了半天，才看见走过来两个戴红帽子穿蓝衣裳的苦力，他就问："开天津的船在哪儿啦？"一个就回答他说："还没开进来啦，十二点才能往口子外开呢！"说着两个苦力就走过去了。

雨已落下来了,越下越紧,潇潇地,海上都腾起来浓雾,雷声像山崩地裂似的在空中响着。他躲避到走廊上,粗大的雨点还往他的身上投射,他的小裤褂全湿了,觉得有些冷。又过了多时,才有几个打伞的,穿着雨衣的,由他的身旁走过去,像是等着船来了接人的。雨一阵大,一阵小,这码头上就渐渐地人多了,可是人家不是有伞,就是有雨衣,他只口袋里带着八块钱,什么行李也没有。

也不知这时是什么时候了,雨力微弱了,海上的雾气还弥漫着,可是已有船声嗡嗡地随风吹过来,码头之外也有汽车鸣叫声。

忽然,有个披着蓑衣的矮个子人走来,他并没有注意这人,这人却赶过来说:"高林,你在这儿干什么啦?"这人年有四十来岁,一只很大的凸眼睛,另一只却瞎了。破草帽遮着他那被晒得如同煤块似的脸,蓑衣覆着他虽年将半百可依然强健的体格,光着两只脚。这是胡七哥,他早先打鱼,现在码头上扛洋面,人家都叫他小七子。

高林就说:"我来这儿接人!"

小七子说:"你接谁呀?昨天你们院里的吴二来码头上找你,说你是跟宋伙计打了架,你母亲不放心,怕你投了海。你今天又跑到这儿来,别是又打什么软弱小子的主意吧?你母亲十六岁时就遇见了个投海的,把她抛下,落到这步田地,她好容易才把你养活大了,你现在又想走这条路,这可是老天爷换了一颗铁打的心,成心要你母亲那苦娘儿们的命啦!快家去吧!好小子要挺起胸脯来!跟人打个架,受你妈几句话,就至于跑到这儿来发愁?这算什么志气呢?我十八九岁的时候,一个人跑石岛。早先你母亲跟过一个皮靴邓,我跟那小子合不来,他犯了盗案藏在家里,我给他报的官,后来他出狱找我报仇,一石头打瞎了我这只左眼。可是不要紧,我照旧卖力气吃饭,皮靴邓可他妈的穷死在街上啦!你的胳臂比我的还粗,怕什么?宋伙计欺负你母亲,打他!犯得上自己懊恼吗?回家去吧!这儿没有什么好玩意儿!"

高林摇摇头,说:"不是,我不跳海,宋伙计那小子我也不跟他斗,我是要走!"

小七子问说:"你要走哪儿?你在什么地方认得人?"

高林说："什么地方我也不认得人,我要走天津。在这儿我受不了,穷倒不要紧,我受不了我母亲受的那些人的气! 他们每个人都看我不是人! 胡七哥,这些年你对我家的好处我都知道。将来,我在外头混穷了,死了,我认命! 只要我有了力量,回来像什么宋伙计那些人我都要报仇,你的恩我也不能忘! ……"小七子笑了笑,高林又愤愤地说:"我是一定要走! 我母亲这时来哭着拉我,我也决不回去! 胡七哥你别管,以后你只要多照应照应我母亲就行啦! "

小七子歪着头想了半天,结果仍摇头说:"你别走! 你想到外头自谋生路,我钦佩! 可是你母亲就非死不可! 别人,别的忘八蛋都可以抛弃你母亲,欺骗你母亲,对她没一点儿良心,你却不应该! 她混事,当暗娼,带着个大肚子还陪客,后来跟了高掌柜,生下了你,可是不到两年,高掌柜又死了,她又下了水,辛辛苦苦,忍病受饿,才把你养成了这么大。青岛港上的人都知道小卿是个破烂女人,可是你不能不孝顺她,你不能也恨她。她苦了一辈子,只有你这么一个人还能叫她再活几年,你不该吃她的奶喝她的血长大了,又抛下了她一走! "

高林拿袖子拭眼泪,小七子叹了口气,又说:"回去吧! 听我的,你妈不容易! 忍耐一点儿,慢慢再想法子。你还年轻,你妈那样儿也活不了多久啦,无论怎样,你也别在她没死的时候走! 回去! 听我的话! "说着小七子又推了推高林。

高林的泪点比刚才的雨点还大还多,他点头说:"我回去! 我不能不回去! ……"

小七子披着蓑衣,看着这个由一个病弱的卖淫妇抚养大的强壮汉子下了走廊,低着头,在潇潇的雨下走了。他放了心,才转身走开,预备船来到时好扛洋面。

高林回到家里,衣服全都湿透了。小卿已然起来了,就问说:"你上哪儿去啦? "高林说:"我出去吃了一点东西。"小卿又说:"外边的雨还大吗? "高林说:"现在倒是小些啦,可是还没止,今天我又不能去做买卖! "

小卿说:"别着急,你索性再歇一天,给你……"她由身边掏出来一张五元的票子，说："昨儿你不是由本钱里拿出去四块钱给了秦大吗？现在再拿这五块补上。咱们无论有多少要紧的事，除非你得了病，总是别动那点儿本钱才好，没有本钱逴不来货，可还怎么做买卖呀？我想，将来见着我要找的那个人……"说到这里，她又一阵悲痛，说："我就是希望，求他给你点儿本钱，也不必要开店，只要有一辆车子就行了。你这买卖只要混住咱们娘儿俩的口，再把要紧的账还一还，我也是愿意搬家，就躲开这些人远远的！再给你说一房亲事……"

她擦了擦眼泪，又对镜描眉敷粉，说："你是不知道我的苦，二十多年来我也不愿对你说，连我都恨我自己，都瞧不起我自己，可是我又没有法子！"

高林拿着他母亲的那五块钱，手不住地发颤，说："妈！您也别难过了，以后我好好做买卖，靠不住的人，咱们也别再跟他借钱！咱们慢慢地想法子出头就是啦，从今天起，我也不再枉花一个钱！"

小卿说："你做件衣裳、买双鞋，也不要紧，年轻的人谁不好打扮？再说你做买卖穿得太破烂了也不行，就是……其实你也不用我嘱咐，别跟三三两两的朋友在一块儿去胡闹！你发了财不要紧，穷着，要弄出点儿什么事，那是白白害了人家的姑娘。现在我谁也不恨，我就恨我自己，跟一个人……"她擦了两回粉都被泪冲毁。

高林换了一身干衣裳，在旁闷闷地坐着。待了一会儿，他帮着母亲做了午饭，就吃了。这时小七子披着蓑衣来了，他仿佛是还怕高林没回来，所以特意来看看。一看见高林在屋里了，他就没有多坐，也没提刚才码头上的那事情，谈了几句闲话就走了。外面雨声淅淅，高林觉得精神很不好，就打了个哈欠。小卿说："你就在床上睡个觉吧！我还得出去一趟，有点儿事。"说着，她就拿上了一把雨伞出屋去了。

小卿这时穿的还是前天改好的那身衣裳，不过在青绸子白缎边儿的旗袍上，又套了一件大红色的毛线背心，下面是一双黑皮子的小鞋。她一出门就有熟车，拉车的人是她的邻居，可是她舍不得花钱去雇。她走着，到了一条马路上。

这里在二十多年前叫作"大鲍岛"，有两三家旅馆她都很熟识，她来这儿是找宋伙计。其实宋伙计现在早已不做伙计了,他已有了家,有了妻子,可是他每天还要来此闲坐。小卿一进柜房,掌柜的和伙计们全都跟她很熟,有的说:"喝!这么大的雨还出来?也不怕湿了您的小花鞋?"有的就摸她的头发一下,说:"真湿!这是油,还是雨水呀?"小卿就东边打一下,西边捶一下,笑着,怒着,扭来扭去的。

墙角就坐着那宋伙计,他正在看报。小卿放下雨伞,过去就把报夺过来,说:"喂!宋三郎!你怎么不理人呀?"宋伙计脸上还有两块青,左眼肿得跟个桃儿似的,一副不大爱理的样子,摆手说:"躲开!躲开!"

小卿撇着嘴,笑说:"躲开?你好大的气派呀!告诉你,我今儿顶着雨就为的是找你来啦!你,心眼儿真比娘儿们的心眼还窄!昨天的事,算什么?你侄子招你生气,你不会打他?叫他到后海沿,你们俩来一回水战?你打死他我决不心疼!你犯得上耍脾气吗?见了我,拿报纸挡着脸,水仙不开花——你装他妈什么蒜?"

旁边的人都哈哈大笑,有人就说:"阎婆惜表演得不错,就瞧这宋三郎的啦!"

宋伙计还是绷着脸不笑,小卿就指了指,说:"瞧这德行!我非要叫你笑出来不可!"遂走过去,靠近了宋伙计的身,双手摇晃着他的肩膀,模仿着花旦的腔调,娇媚地说:"三郎呀!三郎呀!我的三郎呀!"旁边的人又都大笑起来,宋伙计也不禁扑哧一声笑了。

小卿随手打了宋伙计一个耳光,指着说:"你这点儿道行,还能在我的眼前臭摆?"

宋伙计说:"我在青岛港上混了三十多年,没受过昨天那气,你那儿子……"

小卿摆手说:"得啦!我替他给你赔了不是,也就完了!你别当着我再骂他,我可护犊子,谁骂我都行,骂了我的孩子我可真生气。昨儿的事,是他的不对,可是你也没有大人之材!咱们俩认识没有三十年,也有二十多年啦,我丢脸卖身下三烂,并不瞒人,可是你也不该给我向街坊抖。昨天你临出门时,还骂着什么:杂毛孩子,没准爸爸……你也不想一想,昨天孩子也不过是头一次打你,以前,哪回见了面,不叫你宋大叔？你一点面子也不讲，还跟我要他妈的脾气！"宋伙计赶紧站起身来，笑着说："你也不想想，昨天我多么气！"小卿瞪眼说："该气！"

宋伙计又笑着，挤着红眼睛说："得啦！我认倒霉啦！咱们说正经的，柳贵有了下落没有？"

小卿说："我正来问你呢？"

旁边有人就给出主意，说："干脆！在报上登一段广告找他，看他有天良没有？"

小卿咬咬嘴唇，眼睛有些潮润，说："我想他不能没有天良，他这回到青岛来，多半就是为打听我！"

宋伙计说："那为什么那天我问他，二十年前你到过青岛没有？柳太太、皮靴邓你认识不认识？他可都不认账呢？"

旁边就有人说："他现在有了身份，哪能随便就认以前的事呢？你要讹着他可怎么办呀？"

小卿点头说："我也是这样想，那天他不认，不怪他，无论是谁也得先打听明白了，我现在确实还活着，确实还想他，他才能认。所以我觉得登报千万别登出他的名字，给他留下点身份，他好出头！"旁边的人都说："对！只要他一出头，就好办了，二十多年的账都得跟他算清了！"大家你一言我一语地给她出主意，小卿却坐在旁边默默不语。

外面的雨始终没有停止，四五点钟的时候，小卿才离开这个客栈。她打着伞出了门，门前的几辆洋车，都说："拉去吧！"有的还哈哈地笑，私下说："越老越俏！真不像四十岁的。这双脚在青岛真得数第一啦！"小卿摇摆着身子，迈着小脚走着，说："你们几儿瞧见过，我一个人会坐过车？"

走过雨水潺潺的马路，雨丝之下还有不少的汽车往来着，她注意地往那挂满雨珠的车玻璃里去看，因为她想着：柳贵既然做了什么公司的总经理，下着雨他要是出来，还能不坐辆汽车吗？

她的小鞋底很滑，不能够快走，她的心又很酸痛，想起了二十多年前，自己在家做小姐时的初恋时代。那些事情隔了这些年，经历了若干酸苦的人生，虽在脑中已如这眼前的雨中景物一样有些模糊了，然而那时的心境,是与二十年来接触的无数的男子所不同的。深刻的初恋感情,总是不能忘记呀!她随走随想,随流着眼泪。海风迎面吹着,雨向伞下斜着投射着。

她艰难地走到了一个地方,这里离着西岭还很远,马路特别的光洁,被雨水淋过的地面,越发跟镜子一般的明亮。路旁有一座高楼,是一家大饭店。她还没走到临近,迎面就来了一辆流线型的汽车,在饭店的门前停止住了。车里下来一个穿西装拿手杖的人,虽然只是个侧影,虽然这人是一直走进饭店里去了,但小卿已看清了他的面貌,除了胡子,除了瘦与老,十分之六七,他就是自己二十多年来所梦寐不忘的柳贵!

她惊愕地站住了,眼泪簌簌地向下流。她走过去,向汽车里问说:"劳驾!您是从哪儿开来的?坐车的那位先生是姓柳吗?"

这开汽车的似乎认识她,就笑了一笑,说:"我们是汽车行的,他是打电话叫的车,姓柳不姓柳我们不知道。大雨的天,你是回家还是上别处去,就快走吧!问这些话干什么?人家进饭店里去的,总会在平康里叫个人的!"说完就扭过脸去吸烟卷。

小卿走上饭店的台阶,用伞遮着身子,雨淋得伞沙沙地响。她拿手绢擦擦眼泪,饭店的铜边儿的大玻璃门一扇动,几乎将她推倒,里边有个穿白号衣的茶役,将门推开了一道缝,隔着玻璃说:"上别处避雨去吧!别在这儿碍着路!"

小卿赶紧下了台阶,又向门里问:"刚才进去的那位先生,他还出来吗?"里边没有回答。可是小卿见这辆汽车没开走,她就想:一定是还出来的!我就在这儿等他吧!于是,她走开了几步,靠着墙站着。

这墙根有个雨水的排泄管,水哗哗地响着,伞上的雨声更大。她的瘦弱的身子颤抖着,两只脚站得酸痛,而且衣服、裤子,连毛线背心全都湿了,衣边也往下淌水。痛苦的往事,急切的期待,又使她泪如雨流。她虽是背着身,可是海风极猛,夹着雨点无情地向她的身上投射,她的身上已没有一点温暖了。然而她的心里又重燃起了二十多年前少女时代的热情,预备着柳贵一出来,就上前把他紧紧地拥抱住,跟他痛哭,问他早先的事他还记得不记得……

这半天，饭店里没有走出来一个人，眼前也没经过一辆车，只有这辆流线型的汽车像钉在那里似的。少时，街灯亮了，这黄色的灯光，照得马路更亮了，照得那汽车也发着光。背后的大饭店里，电灯齐明，仿佛一座王宫似的，高处并有音乐伴着雨声飘下来。

又待了半天，天色已然很黑了，小卿的眼前也像发黑了似的。可是，忽然饭店的玻璃门又扇动了，一个白衣的茶役撑着雨伞送出来一位客人，主人站在门里相送。这位被送出来的客人拿着手杖，还回首说："明天一准……好！请回！请回！"听这声音也完全是二十多年前的柳贵！

小卿急忙着走上前，哭着叫说："柳先生！我是……小卿……"

柳贵站住了身一怔，白衣的茶役也发了呆。小卿又抽泣着痛哭说："我是小卿！你还认识我吗……"

此时门里送客的那位主人也走出来了，柳贵却拉开车门就上了车。隔着那布满了雨水的玻璃，小卿就哭着，向车里说："你……不认……好……好狠心……"汽车的喇叭一响，飞一般地开走了，穿过杂乱的雨丝被夜色给吞没了。送客的主人也回去了，只有白衣的茶役说："太太，你认错人了吧？"说完，也就进里边去了。

门外雨中，孤单单地抛下了小卿，她拿手绢捂着脸呜呜地痛哭，右手一酸，伞也被风吹跑了，咕噜噜滚得很远。小卿赶紧去追伞，不想脚下一滑，便摔倒在洋灰地下；胯骨、腰都摔得很重，痛得她爬不起来。闪电像蛇一般在天上转，接着就是沉重的霹雷，随着雷声又是一场更大的雨。雨水像是海涛一般，整个地把小卿压在了地下，她蜷着腿，侧着身卧着，身上头发上的水像瀑布一般地往下流；手，脚，脸，都浸在了汪洋之中，好像连呼吸都不能够了，她就像死去了一般。

也不知过了多久，雨才渐渐地微了，雷声也仿佛去远了。高楼上仍飘着音乐，电灯还很亮。小卿才慢慢地爬了起来，她迟缓地爬到墙根，扶着墙立起身来，又低下头去哭泣。哭了一会儿，她忽然想起那把伞来，四下寻望，可不知被风吹滚到哪儿去了。

一辆洋车带着一盏昏暗的灯往近处走来，小卿就忍住咽哽，嘶声叫着："洋车！洋车！"

洋车夫一听，饭店的门口有人叫车，他就赶紧跑了过来。可是来到临近，一看小卿这水淋淋的样子，他就问说："拉到哪儿呀？"小卿又抽搐了两下，说："西岭！"洋车夫说："给八角钱吧？"小卿说："三角钱拉不拉？"洋车夫连言语也不言语，就拉着车走过去了。

小卿只好走回去，这时，天上还闪闪地发着电光，隐隐响着雷声，雨是缓得多了，可是地下仍潺潺地流着水。电灯如含泪的眼睛，马路如凄凉的死蛇，西岭一带电灯稀少，更像个阴森的鬼的世界。小卿就一路携带着她的微弱的哭声，拖着病废似的身子，冒雨涉水，艰难地走回了她的家。一进屋，她就摔倒床上，又呜咽着痛哭起来。

此时高林还没有睡，他的精神很不好，一脸的忧悒之色。见他母亲这样地回来了，他很是惊讶，就过来问说："妈！妈！您怎么这样回来了？伞怎么没带回来？妈！妈！以后您不用再出门了！受穷在家里受，不必出去……还要另外去受一番侮辱！"

屋中的灯光极弱，窗外的雷声又紧了起来，闪光一阵一阵照得窗子发亮，像有什么凶残的怪物要钻进屋来。小卿哭了一会儿，才慢慢地坐起身，但才一坐起又倒下了，她说："没有什么事！你睡去吧！"

高林却叹了口气，摇摇头说："我不睡，这时睡，我也是睡不着。今天我想了一天，妈！咱们得改变生活，不然您一定要死！我也得死！我想，您别再跟那些人来往了！他们也不会给您多少钱，我们穷，忍受！挨饿都好。我也不能净卖袜子，这个利太小，我想上后海沿拉大车去，那一天至少也可挣两块钱，咱们也就够了！我白天费力气，晚上我还想找个夜学念书！"

小卿说："你累得了吗？累个十天半月，你要累病了，不是我更苦了吗？"

高林说："我累也比妈累强！妈，我知道您的心，您是宁愿自己吃苦，也不叫我吃苦。可是您只顾了保护我的身体，却不保护我的心！我的心比什么都难受！您把我养活这么大，我的身体强了，您可也快死了。我这么大的小子还真能眼瞧着母亲累死,被那群忘八蛋给欺侮死吗?妈!您别拦挡我,我要去卖力气,我又不是没有力气?剩下的那点货,咱们折账好了!"

小卿又流着眼泪,说:"明天再说!告诉你,好孩子,我也不是一点儿打算也没有!我为什么不敢得罪宋伙计呢?就是现在我正求他给找一个人,那人……"说到这里,她悲泣不胜。

高林说:"你找那个人干什么?那些人根本没一个好东西!他们还能怎样帮助我们吗?"小卿摇头说:"不是!这人是你的父亲!"高林立时吃了一惊。

又听他母亲说:"你长了这么大,我都没对你细说过,因为一想起年轻时的事情,我就要难过,就要犯吐血的病。你大概也知道点儿,你的外祖父是前清的一位主事,我也是个官宦人家的小姐出身。因为我十五岁时就跟家里的一个赶车的人……哎!他才把我带到青岛来,可是……他又抛了我。以前我还以为他是死了,被人家给害死了呢,我肚子带着你时,还常到海边给他烧纸。前几天我才听宋伙计说,见着他了,那人现在很阔。刚才……在街上,我见他坐着汽车,我叫他,我说出来我的名字,可是他装作不认识我!……"

小卿随说随哭,紧紧地抽搐,连气儿地咳嗽,并且又往地下吐血。高林搀扶着他的母亲,他那张脸被灯光照得惨白,眼睛睁得非常大,他气愤地说:"妈!伤心顶得了什么用?把那人的名字告诉我,我要给您报仇!好!他这样可恶,这样冷心,没有他,母亲你不至于这样,他还不认!到如今他还不认?妈你告诉我他的模样,他姓什么叫什么,现在做什么事,我去找他,给妈出这口二十多年来的气!妈!咱们别再软弱了!……"说到这里,这强壮的汉子也不禁放声大哭。

他的母亲反倒吓得止住了泪,她爬起来,一手紧紧揪住儿子的胳膊,一手摇着他说:"你可别哭!……"又惊惶惶地流泪恳求说:"别惹事,他现在很阔!"

高林跺脚说:"还怕他阔吗?"

小卿又摆手说:"不是,不是,孩子你不知道,那人不能够丧良心!

不定是怎么回事啦，这二十多年他才抛下了我不管，刚才他不认我，也许是怕他的朋友笑话他！"

高林皱着眉，忧郁地问说："是他把妈抛弃之后，过了几个月就生了我吗？"

小卿摇头说："不是，他也不是你的亲父亲。他走后，过了一年多，才生下了你！"

高林说："这就完了！他就是来找妈，妈也不要再理他，因为，我们跟他已然毫无关系了。妈！还是刚才我说的那话，由明天起，我卖力气去，我养活你。你不要再满处去了，除了小七子，谁也别理，他们要到咱们家里来，就把他们冷淡走。咱们是应当这么办了！"

他母亲点点头，擦擦眼泪，又说："好吧！我都依你！"

高林慢慢地走开，将屋门关好，他就爬上吊铺睡去了。吊铺之下，能听到他母亲的换衣服声，关电门声，还有断断续续的哭泣声，窗外的雨还簌簌地下着，雷声还像大车滚在石头道上那么的响。

第二天，小卿就病了，因为一夜之内她吐了三四口血，她的脸上比往日更苍白，像是没经漂过的粗布。她的眼睛几乎难以睁开，还流着盈盈的眼泪。高林才下了吊铺，她就悲声哭着说："我不能叫你拉大车去！好孩子，你心疼心疼我吧！"

高林点点头，推开门去看，外面的天气比这屋里的情况更阴惨，比他的心境更愁黯。雨倒是不落了，满院尽是泥水。他走近他母亲的床前，低头看见地下的一大摊黑血，就问说："妈！您觉得怎么样？"

小卿微微地摇头，说："不要紧！我的病你还不知道吗？躺上一两天就好啦！你千万别着急。那大车咱们拉不得，等天晴了，你还是做买卖去吧！"

高林低着头答应，又说："妈！我给您买药去吧？"

小卿摇头说："咳！别再买药啦！咱们拖下的这些账，哪都是吃了饭？还不是都为给我治这冤孽病才背上的吗？到现在翻不过来身。我这病我自己也知道，什么药也治不好啦！我也愿意早些……死，我死了你好到别处去混！我就是不放心你的脾气，怕你得罪人……"

高林咬着牙,把眼睛的一阵发酸忍过去了,就又说:"妈别说这话!妈这辈子太苦了!等我时运转一转,叫您享几年福,您再死!……我的脾气以后也慢慢改了,我也知道我的脾气太坏,买卖做不好,也因为这……妈,我再给您买一服药去吧!"

小卿摇头说:"不用!我用不着吃药,待会儿我就起来啦!咳!你干你的事去吧!别净不放心我!……"

下午,天上的阴云渐渐消散,露出来不大炙热的太阳,风儿吹来还挟着些宿雨的凉气。高林的母亲小卿又吐了两口血,她的脸色渐渐变为紫红,发热得很厉害,整整睡了两天。这两天当然高林也不能去做买卖,药钱、饭食又蚀去了一些本钱,他无时不愁闷。

到了第四天的下午,他母亲忽然起了床,说是病好了。她又修饰又打扮,把病后的更黄更瘦的脸,擦上了更鲜艳的脂粉,头上还戴了两朵赖大嫂送给她的"晚香玉",又扭搭扭搭地走了。高林的心中又恢复了往日对他母亲的愤恨,认为他母亲已经是没办法了,她这种多年养成的,使他做儿子的难说出口的坏习惯,已然无法改正。他想:我还是得走!心里像凝固着一块铅似的,也懒得出去做生意,只是在屋中发愁、睡觉。

直到晚间,他的母亲还没有回来,可是赖八进了屋。赖八像一只老鼠似的,悄悄地进来,悄悄地笑着说:"你母亲的病好了吗?"高林点头说:"就算好了吧,她出去了!"赖八说:"今儿你怎么又没出去做买卖?"高林捏着脑袋说:"我还是头疼!"

赖八眯眯一笑,从他那空心破大褂口袋里掏出来一封信,悄声说:"那个小嫚又送来一封信,今儿晚上约你!好侄子,你们早就见面,早发生了爱情,你还瞒我!"说着他拍了拍高林的肩膀。

高林接过这封已经拆开了的洋纸信笺,深蓝色的小字开首就写着:"亲爱的林!"他不禁脸上发热,心里几日来的铅块一般的愁闷、沉重,到此时忽然都融化了,轻松了。赖八回手给他开亮了电灯,高林就拿着信笺细看,大意就是:

……连日苦雨,把我庭中种的花都打残了,鸟儿怕冷也不再给我唱曲,我真愁苦!遥想你那里的雨丝,也跟我这里的雨丝是一样的纤细吧?……你一定不能在街头经商,正可在家中休息数日,然而你是否也像我一样的怀着愁闷系着相思吗?……今天天晴了,月一定很好,晚间,比那天略早点,我们还在那地方见面……正在想念你的人。

赖八走过来,笑着说:"到底你们到了什么程度啦?"

高林摇头说:"什么程度也没到,不过见过面,谈了几句话!"

赖八说:"不像!这封信就是证明,你们一定热得可以!到底她家里是个干什么的?在汇泉什么地方住?门牌多少号?"

高林摇头说:"我也不知道,她也不肯说。今天我还是不想去,她是个有钱的人,送信的那姑娘是她家的丫头,我配吗?我是个干什么的?"他边说边叹息着。

赖八说:"老侄你可真傻!她既爱你,就不能嫌你穷,她越阔越好!慢慢打听打听,只要她爸爸不是个军阀,就不必害怕。恋爱全假,弄钱才是真的。老侄!这我要是年轻,有你这么漂亮,哈!我……"

高林从心中发出一阵厌恶,摇头说:"我不能做那事!我穷死认命!骗人家姑娘,骗钱?我不干!"

赖八大不赞成,说:"你说错了!又不是你找的她,是她找的你!受了骗是怪她们的家教不严。真的,这是多好的机会!人活一辈子,有几个走红运的人,才能遇见这么好的事?这件事,弄她几个钱是好的,是便宜了她们,不然,一箭双雕,人财两得!老侄你要是不肯干,我可就要找别人去攥啦!"

高林生气地说:"谁要在里边搅,欺负人家的姑娘,我就跟他拼命!"

赖八说:"你看!你既不吃,你可又把着!到底你们上回是在哪儿见的面呀?是在饭店里吗?"

高林摇头,又勉强笑了笑,说:"赖八叔你别细问了,我有我的办法！"

赖八笑着说："这句话还算痛快！年轻的人么,干吗放着便宜不捡?我是老啦,可是这时假若有人来招呼我,给我来封情书,我还要刮了我这几根胡子,摩登一下子呢！今儿见了她,你千万别忘了提我,请她们常来找我。我把屋子收拾收拾,虽然比不上饭店款式,反正比饭店严密,你们老太太又不常在家,街坊们也绝看不出来。她们要是不嫌我穷,我可以认下她们两人做干女儿,将来你就是我的干姑爷,你们老太太就是我的干亲家了！"高林只是勉强笑着。赖八又说："我赶回来就为给你带来这封信,摊子叫二牛儿照顾着啦,我还得赶紧回去！"赖八又向高林笑了笑,就走了。

这里高林沉闷地想了半天,就心说:我还是得去一趟,见见香蓉跟二宝！我得告诉她们,我因环境所迫,将来非得离开青岛不可,我还得嘱咐她们,千万别再跟赖八接近！

第七回　青春之复活

今天,月色果然比哪天都明朗澄澈,海面上泛动着金波。海滨公园里的萧疏的树木,在地下描出清晰的影子,姗姗地浮动,有一种幽美柔媚的情致。顺着雨后的凉风,不知是从哪里传来了阵阵的口琴声,声调是多么的婉转呀!

高林是在静静的牌楼前站着的唯一人影,他的眼睛不住地向东边去瞧,瞧了半天,也不见那所期待的情影来到,可是那婉转的口琴声却越来越清澈,真切了。忽然口琴声止住了,身后传来咯咯的一阵女子的笑声。高林赶紧回头,见牌楼的柱子后,有两个不很高的人影,一个的衣服是浅颜色的,另一个是较深的颜色,月光把她们的影子斜印在地下,波浪似的发,波浪似的身影。高林也不禁笑了,就往近处走去。

对面却说:"傻啦! 顾前边不顾后边,听见我们吹口琴,为什么不来找我们?"这是二宝的声音,她已迎了过来,瞪着眼睛瞧着高林,问说:"今儿你怎么又不穿洋服啦?"高林笑了笑,二宝说了声:"死样儿!"吹着口琴,走到一边儿去了。

香蓉的素白衣影依然半隐在牌楼后, 她一只手扶着牌楼柱子,歪着头,可露出来半个脸来,看见高林走来,她又整个儿都藏在柱子后边去了,但高林已来到了临近,说:"我接到了您的信……"香蓉把头又低下去,高林也不知怎样往下去说才好。香蓉把一只鞋尖在地下蹭了半天。高林看见她穿的是一双白皮子带儿绊成的凉鞋,露着脚趾,后跟很高,往上是曲线优美的双腿,白绸子的女洋服,手指上有个被月光映得闪烁夺目的东西。忽然,香蓉抬起头来,美丽的脸,多情而又有点羞涩地笑着,低声说:"今天,月光真好!……"她脸又低下去了,在牌楼柱子后轻轻拉了一下高林的手,说:"咱们上那边儿玩去吧!"

二宝走到很远之处吹口琴去了,吹的是《苏武牧羊》。四周静静地,也听不见汽车的喇叭声,只有海涛低唱着,香蓉的高跟鞋轻轻地打着拍子。

高林像是被人劝饮了几口酒,身心都有一种醉了的感觉。这月光、海景、美女,把他的灵魂摄入了空际,飘飘荡荡的,他几乎都要忘记这两天的烦恼了。但是身上的这对白褂黑裤没叫他忘记,他还知道自己是个不幸的人,而人家是多么幸福,与自己的身份相差得太远了。但是这位幸福的美丽的小姐就带着他,爬过了两块岩石,有时竟故意揪他的胳膊,拉他的手往上去走,并且笑着,娇声说:"来呀!这边儿好!"

他们来到了一块岩石上,这里已离着那牌楼很远了,二宝吹的《苏武牧羊》也听不见了。海水在脚下猛烈地冲击,月光在香蓉的发上柔和地抚摩着。香蓉喘喘气,掠掠衣襟就坐下了,伸着两条被月光照着的腿,高跟鞋,手指上的那东西还一闪一闪地发亮。

高林也在她的身后蹲下,两人就这样歇了一会儿。忽然香蓉一转头,头发触到了高林的脸,她关心似的说:"你怎么不说话呀?这两天你在家里净做什么啦?"

高林说:"我在家里……"香蓉见高林话还没有说完就不往下说了,她笑了笑,说:"我看你今天不大快乐!你看,今天有多好呀!大海、明月、风儿、树影……我觉得宇宙真美妙,尤其这地方更是美妙!中国人都不体会诗意,很少有人到这儿来玩的,中国人太忧郁!华侨还好一点,因为被那些外国人的活泼气氛所同化,国内的人,我看都是爱发愁,都不会享受快乐!"高林还是没言语。

香蓉仰面看了看月光,又轻轻地说:"譬如,我不相信你眼中的月光就不像我眼中的月光这样美,但今天我很快乐!我愿在这儿坐一夜,我愿岩石做我的枕头,月做我床前的灯光,待会儿,让海水轻轻地在我的身上覆上一条青色的被。"她笑了一下,又说:"真的,我真这么想着,可是,你为什么不大快乐呢?"

高林说:"我是想着别的事!"

香蓉说:"中国的人就是这样,只想遥远的那些没关系的事,却忽略了目前应当享受的幸福!"

高林说:"不是!我想的也是贴身的事。我也知道今天月亮很亮,海也很有意思的,您又……跟我这么好!可是,我这几天没去做买卖……"香蓉要站起身来,高林接着又说:"我家里也出了点儿事!我母亲……"

香蓉叹了一声,说:"我们不要再谈吧!这些话都叫人扫兴!做买卖是你白天的工作,这时可是咱们应当享乐的时候,在享乐的时候就不要谈别的。你有个母亲,她使你伤心,但你不知道,我有个父亲,也很使我不快乐。他本来就有肺病,来到青岛已然养好一点了,前天他有个朋友由远处来,他去应酬,那天又下雨,所以他回家来病就重了。我虽然因此不乐,但我并不十分忧愁,因为我想忧愁也是无用。现在有两位大夫四个看护天天给他治病,他的病要是不见好,只有大夫护士应当忧愁,我只要关心他就是了。因为我不是大夫,光愁会子也是治不了他的病。现在我所忧愁的只是我自己,因为我太没有自由跟快乐。只有今天,因为我父亲病了,睡得早,我才能出来。这月、海,叫我暂时忘掉了一切,我们不要再谈别的吧!"

香蓉的这些话像珠子似的一颗一颗地进出来,月光照着她说话时的神态,起始是忧,然后是喜。她的脸仍仰望着明月,月亮快要被那袅袅于青天之上的几缕云丝系住了。高林站起身,一低头正对着香蓉的脸,两人又互相地一笑。香蓉的眸子像星星一般的明亮,头发被风吹着,月照着,拂到脸上,显出许多纤细的影子。

高林为难了半天,他的话才由喉间挤出来,他说:"我快走了!今天我们见上一面,明天或后天我就许离开青岛了!"

香蓉的脸上突然现出惊愕之色,她也站起身来,两只手揪住高林的胳臂,问说:"你要上哪儿去呀?"

高林低着头,叹了一声,说:"我也不愿意走!可是因为环境所迫!这里有许多人又都欺负我们母子!我在这儿,永远不会有出头之日,所以我才决定走。到天津找个事,将来再把母亲接了去,我是……咳!"

香蓉依恋地,发着悲声儿说:"你非走不行吗?"

高林说:"但凡有一点儿活路,我也不愿意离开这儿!不是别的,你这样看得起我,我走了,我是永远要挂念着你的,可是,真没法子,我不走,就得被许多人欺负死!"

香蓉说:"什么人欺负你呢?社会上有法律,为什么你就由着那许多人欺负呢?"她拿手揉着眼睛,她的眼角跟手上戴着的那个东西一样的闪烁、放光。

高林又叹息了一声,说:"不是欺负,是一种叫人不能忍受的气!可也怨我母亲不好,咳!我也不愿意细说!"

香蓉说:"你为什么不能细说呢?难道你不信任我吗?"

高林摇摇头,转过脸呆呆地看着月光下冲击卷荡的浪花,半天,才向着香蓉说:"我跟你说实话吧!我母亲,她简直就跟妓女差不多!咳!我真不忍得这样说她!她真可怜,她待我可好!……你明白了吧?你想,我要是不走,哪儿行?这辈子还能翻得过身来吗?"

香蓉似乎依然不大明白,"妓女"这一种人她虽没见过,不知确实是做什么事的,但她晓得是一种卑贱的称呼。可是高林并不是没有职业,也不是坏人,为什么要叫他母亲去做妓女呢?这她就不明白了,就惊讶、纳闷地问道:"你不会劝你的母亲吗?别做那事?"

高林说:"她是为钱,因为我做买卖挣的钱不够养活她的。咳!她很多年来已养成了一种……很难说的性情,就仿佛做惯了那种事似的,一时也怕改不了!"

香蓉说:"那你就可以承认她跟你并没有什么关系!虽说她是你的母亲,但她的行为你不必负责!"

高林说:"我不是要负责,我是……咳!"

香蓉说:"我劝你不要离开青岛,什么地方也不会再比青岛的风景美丽、气候温和,你离开了这里,我也一定寂寞。你想改造生活不是没有别的办法,你可以赶紧去学英文,将来……"

高林说:"可是,钱!……"

香蓉说:"钱还能成什么重要问题吗?你应当振作起勇气来,与环境奋斗。白天你做买卖,晚间你读书,英文夜校学费至多了每月二三十块,难道你还筹划不出来?我有几本英文小说,都是很浅近的,可以送给你作读本。每天,这时候我们在这儿见面,我也可以矫正你的发音,告诉你文法,你一定能很快地进步。只要你学会了,我就带你去见我父亲,请他给你找事。最近,还有一位经营橡皮事业的富商到青岛来,要在这里成立个分公司,正需要人。他跟我父亲是很好的朋友,将来你的英文学好了,只要我父亲写一封介绍信,你就可以去做事,那里的月薪至少也有三四百元。"

高林有些惭愧,说:"那有什么干不了的呢?"

高林几日来的忧愁到这时已渐渐解开,因为香蓉给了他一种新的希望。他也记得有一天从什么路经过之时,见过一个小楼的门前挂着个"英文学社"的牌子,他想:或者学费还许用不了二三十元呢!那么,明天自己就去报名,每天择出些时间来看书。目前,无论什么侮辱、穷苦都忍受着,将来英文学成了,找着事,自然就可以将环境改变。是的,要改变环境非先求学不行,做小买卖、拉车,永远是没出息的。到底她想出来的主意比我高,幸亏我今天跟她说明了,不然我突然走开了,那不但对不住她,到别处还不定能混成什么样子呢!

由是,他打消了存在心里许多日的出走主意,眼前的黑茫茫的海水顿然仿佛流动的迟缓了,他也不再去想海的尽头那渺茫的地方了。他只带着感激的惭愧的微笑,看着那浴在月光下,但比月光还要皓洁妩媚的香蓉,说:"真是,您比我想得周到!好,我就不离开青岛了!明天我就去找英文学校。"

香蓉脸上的愁云也逐渐散去,她又恢复了刚才的欢笑,并说:"我们既做了朋友么,我愿意我们永久在这里,在一起,明月海水也永久陪伴着我们!"

　　在他们喁喁地谈说了半天之后，潮水已爬到了这块岩石上，他们原来的位置站不住了，于是香蓉拉着高林笑着跑开。月色更明亮了，印在地下的树影更真切。口琴声又来近了，并且呜呜嗡嗡地乱吹着，声音还很急躁，香蓉就说："你是决定不走了吧？"高林说："我决定不走了！"香蓉说："明天晚上我们还在这里见面吧！"高林说："好吧！明天我一定早来。"两人又相望着默默无语，仿佛全都呆了。口琴声催促得愈急，二人才依恋地离开了海滨，踏着月光、树影相背着走去。

　　夜已深，明月在云中徘徊，寻觅刚才在岩石上说话的那对男女，海潮拱腰伸臂地爬过了许多块岩石，也没有寻着那两个人的影子。风吹得树木萧萧的，似在学奏着早已飘得无踪了的口琴声，岸上的一切的东西都已睡去。

　　汇泉的白色楼房里，香蓉穿着绿罗的寝衣，盖着白绒的毯子，也在弹簧床上安适地睡去了。月光从窗帷缝儿偷射进来一条一条的银丝，有时触到她手上的钻戒，就射出瑰奇的宝光。但在西岭的里院里，那间小屋的吊铺上，高林却被臭虫搅害得还没有睡着，他就计划着明天和将来要做的事。他母亲却在吊铺下边不断地吸着烟，一声跟着一声地叹气，那纸烟的恶劣气味都侵犯到他这吊铺上来了。隔壁的赖大嫂还在低声唱着，也不知是唱给谁听，是："二月里来盼情人，迎春花儿黄，人人说，露水夫妻，有点不久长。半夜里三更时，睡也睡不着觉，思想起咱俩的话，句句投心机，莫不是，咱叙的话，全然假心肠？"赖大嫂一边唱一边笑，并杂有男子的笑声。他这屋里，他的母亲却在床铺下边叹气，一声跟着一声。

　　过了两天，高林在旧书摊上买了一本《华英初阶》。每天五六点钟他就收摊，回家来换上西服裤子和衬衫，随便吃一点儿东西就走了，过十一点，夜深时，他才能回来。小卿知道儿子的买卖一天比一天不好，但她不愿问儿子为什么要在五六点钟街上人多有买卖的时候反倒收摊，反倒换上西装去闲游。她虽然关心，并且伤心，但又不愿意去问，她只好每天去找那在她身上花过钱，可是现在又不大爱见她的那几个人，去求乞似的求人家侮辱她一番，得到几个钱，回家来还账、度日。

这几天，她回来得比她的儿子还晚，但每天起来得却比儿子还早。她一起来就匆匆梳妆打扮，在晨风里到一家客栈去，有时她进门的时候，掌柜子还在被窝里。她进去第一句话就问："报来了吗？报还没来吗？"掌柜子就在被窝里笑着说："剃头的担子一头儿热，竹篮打水一场空，你就断了想头吧！"

她就看自己在报纸上登的那段广告：

> 小卿寻人，某君鉴：知君已来青，妾切思一见。二十年来妾无日无时不思君，旧事如昨，君当未忘。妾只求一见，并无他望，千祈在报上示一地点，以便相会！

她每次看这段广告，必定要落几点泪在报纸上，同时她还要仔细地寻觅旁边的广告栏里有没有答复她的登载。一连过了三天，她这段广告在报上消失了，却还是不见那"某君"的回音。跟小卿最熟识的这家客栈，常有人来这儿串门，哪一界的人都有，大概全知道她的这件事。有些人就不关痛痒地笑着，借此更打趣她。也有人就愤愤地说："干脆再给他登一段，用大字登着找柳贵！也不用说什么'某君'，什么'无日无时不思君'那些废话，就问他是人不是？问那小子有天良没有？"

小卿却抹着眼泪摇头，说："那可使不得，我不能一点脸面也不给他留！他永远不认我都行，我叫他自己想去！……"

消息是那么杳然，如同把块石头投在了大海里，一点回声也听不到。

小卿近日来总是揣着一种辛酸的火热的伤心，这是二十多年来未曾有过的，还不同于别的怅惘与失意，这是她做少女时的初恋时代仿佛有过似的，是一种刻骨的相思和幽怨。她什么都懒得做，向来她见了人时的那些机械的手脸、货物、性质的热情，这时也装不出来了。她只是时常木然地发着怔，流着眼泪，儿子出屋进屋，或是在别一种场合里有人跟她开一些苛虐的玩笑，她也全然不觉。她一颗久已麻木的心，现在又滴垂下了新的鲜血，她仿佛这是头一回失恋，她现在真真希望死了。她的儿子近日的行动很使她生疑,她很不放心,有很多话要向儿子去问,去告诉,劝诫,但是都没有力气说出来。

这些日她早晨也不再赶着去看报了,别人劝她再登一段广告,她既没钱,也不愿登。她的心在苦液汹涌之中只飘着一个疑问,就是:人的心真能够这样狠吗?过去,我没有什么让他痛恨的地方呀?或者是人一发财,就把早先的事全都忘记了?

这天,她鬼魂似的又走到了那客栈,一进门,屋里七八个人都大笑起来,说:"来了!来了!快看报!不枉你费了一番真情实意,如今竟感动上天了!"

小卿倒觉着天上掉下来个什么东西,正打中了她的头。她一惊,赶紧把报要过来看,旁边早有人替她高声念了出来:

　　小卿:见报之日下午七时,至某某饭店一会,知名不具。

虽然只有很短两行字,但小卿深锁了二十多年的惨淡心扉至此忽然开了,她像处女似的娇羞地一笑,紧随着这笑,又掩面咽哽起来。

旁边立时就有人说:"见了他,可别放他走,至少也得跟他要五万块钱!逼着他,叫他当时开支票,不然就抖他的底,告他当初诱拐、遗弃!"

又有人说:"他上汽车,你就跟着他上汽车,老揪着他,别讲一点面子!那小子没良心,二十多年前你年轻时他都能抛你,今天他一瞧你老了,他还能跟你掏真心?到时你千万别傻!"

更有人说:"喂!高太太……不,现在是柳太太了,将来坐上了汽车发了财,可别忘了老相好的呀!……"

宋伙计这时也拿着一张报喘吁吁地跑来,他把小卿拉到厕所门外,悄声说:"我见了报就跑到西岭去找你,你没在家,我又赶忙跑到这儿来啦,今儿晚上我同着你去!"

小卿擦着眼泪跺脚说:"你干吗跟我去呀?连我的儿子我都不让他知道!

宋伙计挺着胸脯说："我是证人！皮靴邓、张太太都死啦，证人就剩了我啦！闹翻了我跑趟天津，找王掌柜，把二十年前同公栈的账找出来，看看上边是不是写着柳贵的名字？他那时是不是带着眷口？"

小卿着急地央求说："我的宋哥哥！宋爸爸！宋爷爷！您这时就别在里头搅了！他既然肯认我，跟我订了约会儿，见了面，什么事还不好说吗？"

宋伙计说："见了面，你是真想还跟他呢？还是就跟他要钱呢？"

小卿说："我跟他也绝忘不了你，要了钱我也得送你一半！"宋伙计说："别少要！他们南洋的人都阔得邪行，拿出一二百万来不算什么，至少跟他要一百万！"

小卿说："是呀！我不傻！你就别嘱咐啦。我还不愿意我跟你都发财吗？爸爸！您千万别出头，闹坏了，他上船一走，咱们还能上哪儿揪他去呀？"

小卿因为需要一只走时准确的表，她自己的那只自从坏了就没有钱修理，所以她打算借宋伙计腕子上戴着的这只用一用，并说："我手头连今儿晚上的菜钱都没有，你侄子这几天又不大交钱，你先借我两块钱用吧！明天我一准儿还你！"

宋伙计今天倒是特别慷慨，扒下手表，又掏出来两块钱，并说："你可得拿定了主意！顶好是就跟他要钱，别梦想着什么破镜重圆的事。这么些年啦，他难道真没再娶？把你诓到南洋去做小老婆，又热又受气，那你可非完不可！"

小卿叹息着说："是呀，我还有那种想头吗？就是他愿意认我做原配，我也自觉羞得慌。我见他的目的就是为要钱，为托他给你侄子找个正经的事！"

当日小卿回到西岭，见了邻居们都忍住了没说。她的心里是欣喜中含着苦涩，二十多年前的往事，在她的脑中更翻腾得清晰，她想：人的什么事都是想不到！当初我做小姐，他做赶车的那一段蜜似的恋爱之时，哪能想到后来的种种事？后来，又哪能想到还有今天呢！

她对镜描眉，把眉毛画得细而长，脸上也多擦了些粉，粉上又盖了一层桃红色的胭脂。她的眼睛水灵灵的,还有点儿她少女时代的娇媚,只是那特别消瘦的面颊和不少层的皱纹,连自己看着都惧怕,她不禁心中悲伤:是老了!他要是看见我,细细地一看我,不定觉得我多么老了!中间一段的宝贵年华,他扔了我不去享受,我也把它廉价地卖了,消磨了!她想到这里,才施的胭脂又染上了泪迹。她又自己安慰着自己:这是多么可喜的事,怎么反倒哭呢?我真是贱骨头!她想着可喜的希望,但越想越担心,越心酸。

她在头发上抹了许多"生发油",但随着篦子又落下许多头发,其中夹杂着几根白发。她又挽髻,挽了个扁长形的发髻,蒙上细密的网子,插上几支银簪,前面剪成了"孩儿发",倒退几步往镜中去看,也还不大苍老。

她又换袜子,粉红色的线袜,记得柳贵早先很喜欢这种颜色的。青缎子、尖儿上绣着三朵海棠花儿的小鞋。只是衣裤她很费斟酌,颜色娇嫩一点儿的,显着人年轻,但素一点儿的又能衬着脸上白润,而且现在柳贵也未必喜欢什么大红大绿,可是自己的衣服有限,又多半是些短的,穿短衣裳到大饭店里去,未免难为情。她把几件衣裳翻来覆去地试了几回,她很懊恼没件合适的衣裳!结果,她还是觉着那身青绸子白边儿的旗袍比较合适,就到赖大嫂的屋里借了熨斗,烧热了,熨平了她这身衣裳。

一切都打扮好了,她自己又照着镜子前后望了几回。虽然还不大如意,但又想:也就是这样了,他还是什么外人吗?再说那天在雨里,他虽没认我,可是一定看出我来了,他难道还不知道我很穷吗?还不知道我已然老了吗?回想起那天下雨的事情,她不由有点儿恨,但现在他既然约我相见,那天的事也就不必再提了!只是,他现在阔了,当初他狠心将我抛弃的事,看他回头是怎样跟我说!

这时才下午三点多钟,她一个人在屋中闷坐着,免不掉就要想起以前的事,一想起来,她忍不住就要伤心。她为顾惜脸上的脂粉怕再被泪迹冲毁,她就到邻居屋中去闲谈,虽然闲谈着,她又时时坐立不安,时时看着手表。约莫五点多钟的时候,她就回到屋里,正预备要走,有个与她相熟的崔掌柜来了。

崔掌柜今天是特别的高兴，拿着个蓝绒的眼镜盒儿，笑着说："我今天运气好！马场第三次摇彩票，我中了个二彩，大洋一百七十多元！我给你买了副眼镜，墨晶白框儿的，最摩登！太阳底下戴上，省得伤眼睛。晚上我请你吃西餐，吃完西餐咱们听评戏，末后……嘿！你今儿打扮得这么漂亮，衣裳这么平展，粉脸儿这么娇嫩，是专为等着我吗？"

小卿不由得身子向后退，她此时似乎有了一种自尊的心理。过去，她自己都承认她是卖淫妇，是不值钱的东西，现在却觉得自己是正经人了，是华侨的太太了，自然地就生出了一种处女似的矜持和娇羞。崔掌柜没大得着趣，他留下眼镜就走了。时间已快到六点了，小卿掰了一块干馒头，也吃不下去，儿子还没有回来，她又重新修饰了一番，把屋子托付邻居照应，就匆匆地走了。

西岭一带的平房被红霞映照着，发出一种凄惨的颜色，街上的公共汽车往来着，卖冰棍儿的摇着叫人心急的铃铛。望见了栈桥，桥上有许多人在闲游眺望，小卿便以那成双作对的、衣饰阔绰的去譬拟自己的将来，又不禁有些喜欢和骄傲。但看到了桥西那一片沙滩，却又觉得早先的几次荒唐的哭祭可笑、可怜，因此更恨张太太跟皮靴邓：为什么他们骗我，说是柳贵死了？现在倒是他们都死了！不然叫他们来看看柳贵！……她又想着：皮靴邓跟张太太的事，回头都不要对柳贵去说，二十多年来的事，虽然是他狠心，可是我也有许多的不好呀！

霞光把远天染红，海水却仍沉着铁青色的脸。街上匆忙的行人、纷纷的车辆、华丽的商店、灿烂的电灯，在她眼中都与往日不同了。往日她是被忧苦所压着，对一切都不大关心；今天，她像是被解放了，这一切都似乎与自己有关了。她心里三分是悲，七分是喜，就想着少时见了柳贵，应当持什么样的态度，说什么样的话。她极力要使自己镇定，但是心里却乱得很，跳得紧。

当她到了柳贵与她约定的饭店门首，她全身的血液都似乎在催着她立时就往里去走，但是她反倒站住了。这饭店虽不似那天雨中遇见柳贵的那饭店那般奢华，可也不小，也是高楼，也是两扇大玻璃门，门前也有几辆汽车停着。她有点不敢进去，又狐疑地想着：今天报上的那一段广告别是假的吧？别又是哪个促死的跟我开玩笑吧？她真有些不敢相信是真事。

看看手表，已然六点半了，她害怕似的试探着脚步，推开玻璃门往里去走。见一个个穿白号衣的茶役匆匆往来着，没有一个人招呼她。她看见旁边有柜台，就走过，怯怯地问说："有一位柳老爷，名字叫柳贵甫……"

柜里一个穿西装的人就指着楼梯，说："楼上十四号！柳先生刚来。"小卿惊喜得几乎要叫出来，赶紧扶着楼梯向上去走。

她急急地到了楼上，就见门对门全是一模一样的房间，每个门上都钉着一面铜牌子，写着洋字号码。她找不着哪里是十四号，就急急地拉住一个茶房，问说："十四号，柳老爷！……"茶房指着说："十四号在那边！第三个门儿。"小卿说："劳驾！你带我去找找吧！"茶房不耐烦地带着她走到了十四号的门前。

她的心都要跳出来了，两眼也不禁发酸。一推门，就见屋中洁白的沙发上，正坐着穿着一身白西服的柳贵，但已不像二十多年前的那个穿着灰绸夹袍、酱紫坎肩、戴着青缎瓜皮小帽的那个柳贵了。她侧身进门来，身子发颤，仿佛不敢贸然相认，又不知称呼他什么才好，她垂着眼泪羞答答地站着。屋中的灯光很亮，柳贵甫坐在那里没有动弹，也直着眼睛注视着她。半天，柳贵甫才叹息着说："小卿！咱们有二十多年没见面了！……坐下，咱们细细地谈吧！"小卿勉强走了几步，身子摔到一张沙发上，她拿手绢遮着脸，就咽哽着，抽搐着痛哭。

她本没想到一见面就哭，这原是一件喜事么！可是她此时的悲痛竟由不得她自己，她的心里有一种极大的力量，催着她的全身都紧紧地颤动，她这种痛苦她已不能觉得。泪也不知流了多少，她的身子已昏瘫在沙发上了。

这时柳贵似乎已走到了她的近前，用一种感叹的声音向她安慰说："不必哭了！我知道你这二十几年来一定也很苦！你一定很恨我，我也实在对不起你，可是那时……"

小卿从痛哭之中颤着声儿说："我……倒是不恨你！我就是……我就是忘不了早先咱俩……柳贵！……"

经过了这一阵特别剧烈的悲痛，她只希望柳贵能像她少女时那样地安慰她，那才能拯救她目前垂断的气息和将裂断的心弦。但是等到她昏晕抽颤了一阵之后，渐渐如死了一般，又渐渐地苏醒过来时，她看到屋顶上有一只乳白色罩子的电灯，斜对面有一张雪白的沙发，而小胡子穿白西服的柳贵，手按着沙发的边沿，只是低着头微微地叹气。她觉着柳贵变了，本来他的衣饰、身份都已与早先大不同。她仔细看着柳贵的脸，除了胡子、消瘦与老相之外，还仿佛有了一种高贵的气派，令人不敢接近。

小卿本预备着许多话，到如今她全都不敢说了，只说："你也比早先老啦！真的，你是怎么发的财呀？现在大概你趁多少万呀？你怎么又到青岛来了？"

柳贵又叹了一声，说："我来了好几个月了，目的，一来是养病，我现在有很重的肺病……"

小卿惊讶着站起来说："是吗？肺病不是痨……"

柳贵摇头说："一时也死不了！二来呢，我就是为打听打听你的下落！"小卿慢慢走过来，坐在沙发边沿上，将一只手放在柳贵的肩上。柳贵向她的小花鞋盯了一眼，又说："早先我本想你早已死了，可是后来我听人说，吐血是胃病，不是肺病，我又想你也许没死。"

小卿拿手绢揉着眼睛，说："可不是！我也没想到我还能活到现今。这二十多年来，我那病还是时好时犯，我也从没有请大夫治过一回。我明白，都是咱们在北京时，我爸爸给我吃的那剂药给弄的；他逼着叫我吃下去，大概就把我的胃，或者是什么不大要紧的地方给伤了！"

柳贵甫皱着眉，问说："自从我走后，你就没给北京写过信吗？"

小卿揉着眼睛说："写啦！写过两三回呢！七八年前还给我姨母写过一封信呢，我托她给打听打听。可是，不是没有回信，就是把原信又退回来了。咳！我想北京的亲的故的，一定早都死尽了，没人了，这些年我也不想北京啦！"

柳贵甫说:"我临走的时候,原是想着你一定会回北京的,临上船时我还托付皮靴邓给你凑盘缠。本来,老头子叫你死,把你赶出来,不过是嫌你跟了个臭赶车的,可是臭赶车的走了,以后就许永远不回来了,他还能不把女儿接回去吗?"

小卿哭着说:"你也别永远记住那句话啦!那句话不是我说出来的,你穷的时候我也没嫌过!你不能不知道我的心!早先,我是愿意把我那副银镯子当了,给你做个小买卖,我跟着你受穷!……"

柳贵甫:"所以,这就是我当初有眼光了,把道儿走对了,虽说我那时办的事,现在自己都觉着有点儿亏心。"

小卿说:"咳!那也就别再提啦!我也知道,那时你不是成心抛弃我,也是因为不得已。所以我一细想,我倒一点儿也不恨你,就怨我的命苦!"

柳贵甫说:"我到了南洋之后,也不是没给你来过信。"

小卿说:"我可没接到过一封!"柳贵甫说:"那时我还做着工,矿井里每天要热死七八个人,可是我那时还忘不了你,给你写信,每封都是托皮靴邓转交。"小卿低着头说:"他可没交给我!"

柳贵甫忽然问说:"皮靴邓现在还在青岛吗?"

小卿说:"他跟张太太早就全都死了,同公栈也早就歇业啦。早先的熟人现在青岛的只有一个宋伙计,近来混得也不见强。所以我觉着你早先走得也对,不然咱们也许都活不到现在!"

柳贵甫说:"那天我到客栈去看相,遇见了宋伙计,他还认得我,可是我那时不能认他!"

小卿说:"不认他好,以后在街上还是躲他一点儿!"

柳贵甫说:"因为我现在有了身份,前几天,下雨的那一天,我也不能认你,你知道那时我的朋友就在旁边。"

小卿点头说:"我知道!我都知道!我很能原谅你。虽说咱们二十多年没见面,早先都年轻,现在都老了,可是我知道你的心,你不能对我狠!早先咱们两人的事,一块受的那些苦,我也都不能忘!不然,发那段广告的时候,别人都主张用你的姓名,可我决不肯,我知道你现在发了财，你得顾脸面。现在，你还没有忘了我，跟我在这儿见一面，我就很感谢了！二十几年来我做的事，我也都愧得慌，咱们就别说谁对不起谁啦！就是……我眼前就没法儿活，不怕你笑话，我真是，吃了上顿儿没有下顿儿，外面的印子钱欠了人家七八十。我也觉出，我活不了几年啦！就求你可怜可怜我，无论如何咱们早先总算是夫妻……"她把脸贴在柳贵甫的肩上，又呜咽着哭了起来。

柳贵甫把小卿的身子推了推，说："你别着急！今天咱们见了面，我见你还很好，我也去了一块心病。真的，我决不是那种没良心的人。当初我虽把你抛了，可是我并没忘了你。越到近年来，也是我觉着老了，身体又多病，所以我想起早先的事，我也越难受。现在，我虽然没有许多的钱，可是一千两千我还能周转，你别着急！"

小卿似乎有点惊讶，说："怎么？你到南洋去了这些年，没发什么大财吗？我听宋伙计说，你现在是什么公司的总经理？"

柳贵甫点头说："是呀，总经理就等于是掌柜的，还是给股东做事，实际上我能有多少钱？不过因为我俭省，现在有个三千五千的。可是你别发愁，几十块钱的事我总可以慢慢设法替你还清。只是……我们今天索性把二十多年来的事情细谈谈，这么许多年来，你的生活到底是仗着什么维持呢？当然，我把你抛下之后，你一定是另嫁了！可是你得告诉我，现在你的那位先生他的贵姓氏？是哪一界的人？待你怎么样？你有没有什么子女呢？"

小卿听了这话，很是羞愧，她低着头，擦着眼泪，反问说："我得先问问你，你这些年在南洋，又有钱，你不能这些年没有太太吧？"

柳贵甫说："太太我现在倒没有，可是我有个女儿，现在都已十六七了。我初到南洋时很苦，挣的钱也不多。后来我遇见了一位贵人，是个外国的实业家，他在北京住过，会说几句官话。他听见我说的是北京话，所以就特别跟我有缘。经这个人的栽培，我又转到三宝垄，在咖啡公司做事，又因为我勤俭，会办事，慢慢地地位就升高了。那时有个同事，是福建人，姓吴，他就把他的一个族妹介绍给我，我们就结了婚，生了个女儿。前几年忽然我那女儿的母亲死了，虽然有不少人都劝我续娶,并且有几个外国的妇女要嫁给我,但都被我给拒绝了。第一就是因为我这病,不晓得还能活上几年。第二,咳!就是因为你。你不知道我是多么思念你,临走之时我带着你的一张相片,我永远看着,你不信,我带你到我的家里,现在我还配了镜框悬在墙上!"

小卿越发贴近了柳贵甫,她垂着泪说:"我知道你绝不能忘了我!二十多年前你走后,我也不知道你是走了,有人说你是投海死了,我傻!就信了,我天天到海边去烧纸哭你!"柳贵甫就叹息了一声。

小卿又接着哭说:"我本是想守,可是你也想得出来,我拿什么生活呀?宋伙计他们又给我介绍了高掌柜,年纪都有六十多了,他要娶我。我没法子,只好就跟了他,养了个男孩子,可是不到四五年,姓高的就死了。我就仗着给人家缝缝补补,做几天的散工,又伺候些日子公馆,就这么饥一顿饱一顿地活着。那孩子今年也二十四了,我也供不起他念书,就叫他做点小买卖养活着我,可是,苦极啦!"

柳贵甫点了点头,说:"只是你们母子二人,总好办!将来我见见那孩子,假若遇见了机会,我可以给他找个事做。"

小卿说:"我要求你的就是这件事,你想法子给他找个事,带他上南洋也行,我就放了心啦!至于我……"她悲哽着说:"你管不管我倒不要紧!"

柳贵甫说:"哪儿的话?我这次到青岛来,就为的是来找你!不过得慢慢地说,此时我还有许多的顾忌。小卿!咱们虽然分离了二十多年,可是咱们还都不老,我看见你,还能想起你梳辫子的时候。我……咳!以前我对你是怎么样,现在都不必说了!将来我一定要对你加倍地好些!……"小卿流着感动的泪,像个少女似的投在了柳贵甫的怀中。

十点钟以后,柳贵甫坐上汽车走了。小卿随着走下楼来,她手里拿着二十五块钱。她很满意,虽然这三张钞票,是柳贵甫先给了她一张十元的,接着又给了她一张十元的,仿佛费了半天斟酌之后,才又给了她一张五元的。但她没觉着柳贵甫吝啬,这本来已经是不少了。柳贵甫还应得给她还账,并且虽然没言明,可是她已看出,柳贵甫依然有意纳她为妻,不然他为什么死了太太不续弦呢?

小卿满足地感激地走出了饭店,她拭干了眼泪,心里真是快乐。回忆着刚才的那一段温情,她觉得自己又年轻了,如花儿垂谢忽又长出了蓓蕾,树木已枯忽又滋生了新绿。但她又痛心地觉得惭愧:我没告诉他实话呀!二十年来,我也不是仅仅改嫁了一个高掌柜呀!我掩藏了自己的卑贱耻辱,我欺骗他了呀!……

　　街上渐渐地觉得冷冷清清的了,卖馄饨的小竹板敲得非常清脆,小卿过去买了一碗吃了,又找了个挑儿,花五分钱买了一盒烟卷,点着了一支衔在嘴里。烟,毕竟能恢复她的精神,解去她的疲惫。她觉得高高兴兴地只是心里对柳贵还有点怀恋和怅惘,后悔刚才不该放他走,久别的夫妻么,见了面还不该长谈一宵吗!街灯辉煌而灿烂,海风微凉而柔软,像春风一般。她姗姗地走着,觉得自己现在并不是不如别人了,她喊了一辆车来,不讲价钱,就坐上说:"拉我到西岭!"

　　但是当她到了西岭,到了她住的那黑乎乎的里院门首时,就见有一个忽明忽灭的香烟头儿迎着她走来了。她下了车,随手给了车钱,那香烟头儿已然来到了她的临近,是宋伙计的声音,问说:"怎么样?见着了没有?"小卿说:"为什么见不着呢?你进来,咱们再说!"宋伙计摇头说:"我不进去,你就在这儿告诉我吧。刚才你把那出戏唱得怎么样?"

　　小卿老大不高兴地说:"现在你就别再拿我打耍了!我这回去那儿是唱戏?我真是从来没有过这样的伤心。你想,我们是久别二十多年的夫妻呀!告诉你,到底夫妻是夫妻,与别的不同,我们虽说二十多年没见,可是见了面,还是彼此知心!"

　　宋伙计哼哼冷笑了一声,小卿又说:"他应得替我还账,还给了我二十五块钱,我猜着他那意思,将来还要……"

　　宋伙计惊讶着问道:"才给了你二十五块钱?"

　　小卿说:"初次见面,他还能给我多少钱?难道立时就把一座银山搬来给我?再说,他实际也不像你说的那么阔,不过手头有个三五千块钱,比咱们能活动罢了!"

　　宋伙计扔了烟卷头儿,说:"我的太太!咱们也这么些年的交情了,您何必要替他瞒着我呢?姓柳的现在是大财东,他也不该我的不欠我的,我还能找他去讹他一笔吗?"

小卿顿脚说:"是真的!我犯得上替他撒谎吗?我也看出来了,他不是冤我,皮夹子里也真没有多少钱。"

宋伙计冷笑说:"人家有钱还能全放在皮夹子里?"

小卿又说:"不过,他总比你我强得多了,叫他养活一份家,他总有那力量啦!"

宋伙计说:"噢!您这么一说,我就明白啦!您是还要破镜重圆啊!眼看着您就是柳大经理的太太啦!"

小卿绷着脸儿说:"那可不是吗?本来我们就没离婚么。"

宋伙计说:"没离婚,您可另嫁了八个男人了!"

小卿说:"那都没关系,刚才我们俩全说开了!"

宋伙计说:"那么您几儿坐花桥呀?您告诉我,到时候我也好去行人情。"

小卿扑哧笑了一声,说:"别装孙子!你也用不着吃醋,你有妻有子,你何必磨着我?说真的,你是我的老朋友!"

宋伙计作揖说:"不敢高攀!"

小卿又沉重地叹了一声,说:"真的!这些年我受的苦你还不知道吗?现在,眼看着我跟你侄子都快有了着落,你不替我们喜欢吗?别人我现在全求不着他们啦,我也都不得罪,可是由现在起,我都不能跟他们来往了;我得看重点儿我自己的身份,你也得顾全顾全我的脸,别给我去洒熏香!我呢,反正我一定对你有人心就得啦!现在你先拿这五块去!"

宋伙计接过钱去,说:"谢谢经理太太!"

小卿又笑了笑,说:"手表再借我戴两天。"

宋伙计说:"那不要紧,您先戴着。可是我的大经理太太,您的那位大经理现在在哪儿住呢?"

小卿说:"他住在一个朋友的家里。"

宋伙计又问:"是什么路多少号呢?"

小卿说:"这……我倒是问他,他也没跟我细说,因为他说他现在还有许多的顾忌,虽然暗中认了我,可是明着还不能认我!"

宋伙计说:"这么说来,现在就算是见了一面,您得了他二十五块钱,以后他要是再飞了,您还是没处找他去?"

小卿摇头说:"那他不能!"

宋伙计说:"哼!他不能?我瞧那小子毒透啦!二十多年前骗您一回,还没骗够,这回他又骗了您一下!登报,只有两三句话,为的是省钱。把您叫到饭店里,只掏给您二十五块,平康里叫个条子也不能这么便宜!真住址不说出来,怕你去找他。干脆,他今儿就为的是看看你的模样儿!你要还跟二十多年前一样,黄花女儿似的,他也许带着你上南洋,作为他个小老婆;现在一看,您已然是败柳残花了!明儿他要是再理你,我输给你!简直,你又上了一回大当!我也没法子,你趁早把那二十块钱都给我,算是赔我那件皮袄吧!"

小卿赶紧把二十块钱紧紧地握着,说:"你要账也不能要得这么急!放心,将来什么也不能坑了你的!"

宋伙计摇头说:"我不放心!趁早连手表都还给我!"他伸手来抢。

小卿一赌气把手表解下来,还给他,又摔给他十块钱。宋伙计还想要那十块钱,小卿却翻了脸,骂着说:"姓宋的,你可别不懂得交情,你敢抢,我就敢叫巡警!不错,我使过你的,也借过你的,可是哪一回也不是白使白借,不怕丢脸泄气,咱们就找人去讲讲理!"

宋伙计忽然又笑了,说:"太太,您有这份儿厉害,您跟柳贵去施展施展好不好?无论多么傻的娘儿们,今天要把他抓住了,还能就这么容易把他放走?"

小卿说:"我愿意!我疼他!我高兴让他坑!你姓宋的管得着吗?你别以为你跟我有什么扯不断的关系!"

宋伙计嘻嘻地冷笑着,说:"是呀!"小卿一赌气进门去了。

屋里,黯淡的灯光下,儿子捧着一本书正在读英文,他专心的目光直直地盯着书本,嘴里使着力发出跟外国人说话一样的声音。小卿不由有些喜欢,她喘一喘气走过去,温和地说:"天不早啦,大概都快十二点啦,你还不睡?明天早晨起来再念吧!"高林点了点头,连眼睛也不翻,只是费力地读诵。

来回又连翻了几页,他才合起了书,站起身来。他母亲吸着一支烟卷,脸上充满了笑色,说:"我告诉你,你就放心吧!今天我见了一个人,这人应得以后时常接济我钱花,给咱们还账,将来还要给你找事。你就安心念书吧!那买卖做不做都不要紧了!"

高林又现出来一阵忧悒,说:"妈!这些话您别跟我细说,我不愿意听!我知道尽了我的力量做买卖,也不能养活您,也不能还清账,我只好先求得些学识,借着学识来改变环境。暂时妈妈再受点苦,我们受点侮辱,将来我一定叫妈逃开这步难!妈,我知道这些日我为了念书,买卖不能好好做,交给您的钱很少。您虽不忍得追问我,我也知道您一定为难极了。假若您现在真是困难得一个钱也转不开,那我还是白天拉大车去,多挣几个钱,好养活您和供给我的学费。好在这都不过是暂时的,至多了一年……"

小卿说:"用不着!我是不能跟你细说,因为你的脾气不好,我要告诉你了,你倒许把人得罪了……"

高林摇头说:"妈!您也别告诉我!您别叫我的心再痛!无论您受什么苦,都怨我没本事,也是因为我当初没受过什么教育!"

小卿说:"我这儿还有十块钱,你不拿去交学费吗?"

高林说:"学费我已然交了,每月是三块。妈,这钱您留着自己用吧!"他的眉头紧锁,拿着书爬上了吊铺。

小卿把烟卷头儿扔在地下,用小鞋底去踏灭,却见地下有一个东西。她拾起来一看,原来是个年轻姑娘的相片,似是由儿子的书中掉下来的。小卿就心情紧张地背过身,就近了灯光细看。见是个十六七岁的长头发洋式打扮的姑娘,鹅蛋圆的脸儿,很清楚的两道眉,两只俏丽的小眼睛,嘴不大,怪可爱的。

小卿心里顿然明白了:怪不得儿子这些日变了样呢?怪不得他安不下心去做买卖,忽然又穿上了西服,念上了英文呢?而且晚上还时常出去……她很喜欢,有这么一个娇美的小姑娘爱上自己的儿子,可又有点不放心,怕这是儿子在外边弄的什么"瞎事",更不放心的是,儿子的脾气不好,又没钱,把人家的姑娘给害了,那可怎么办呢?

她把这张相片反复地看,觉得相片上的姑娘怪可爱的,也怪可怜的。由此,又想到了自己早先把那张相片,连同一片新剪下来的染着红凤仙花的长指甲,私交给柳贵时那种迷醉似的痴情,宛如昨日。咳!女人的心是可怜的!但愿儿子别害了人家啊!

吊铺上,高林还没有睡,嘴里还像是在低声念着英文。小卿赶紧把这相片依然轻轻地放在地下,她解衣去假睡,灯可没有关。待了半天,忽听吊铺的梯子又响了,高林似乎发觉他书里夹着的那东西丢失了,就急忙下来找。小卿听他从地下将那张相片拾起,又觉着怪可笑的。她很想翻身起来,告诉她的儿子说:"讲恋爱不要紧,哪个年轻的男子不喜欢年轻姑娘呢?再说你的年岁也应该了,只是别混闹。第一,先得细打听那姑娘的家怎么样,是否跟咱们相差的不太远?第二,人家姑娘既是跟你好,你就也得用真心,女人都是可怜的?"但是她没敢把这话对儿子去说,怕儿子难为情,又怕儿子觉着自己太干涉他了。高林又上吊铺上睡去了,小卿就随手熄灭了电灯。

小卿在梦里抱着绯色的希望,一觉醒来,仍幻觉着柳贵还在身边,她再也睡不着了。记得与柳贵初恋时就有过这样的心情,她觉着自己的心,跟儿子相片上的那长头发姑娘的心,一定是同样的。

夜,慢慢地度过去了。次日,小卿觉出她儿子有些羞愧的样子,一清早就出去趸货去了。小卿很有精神地梳妆打扮,又拿着那十块钱出去办了点柴米,她就不再出门了,专在家中等候着信来。因为昨天柳贵甫曾记下了她的详细住址,说是下次见面的时间、地点都用信通知。

她梳着光亮的头,穿着平展的衣服,捏着烟卷,在屋中走来走去。走过镜子之时,还必要扭着头向镜中看一看。她的心永远在乱跳,有时她也笑自己:我还真是十七八的吗?然而,却捺不住自己这一颗复活的热烈的情心。

当日使她失望了,次日依然没有音信。她渐渐地生疑了,想着:莫非真应了宋伙计的话,他又骗了我第二回?他嫌我老了?不然就是他已打听出来了,我这些年来做的那些下贱的事……她没有力气再撑着精神了,穿着桃红色绸小裤褂的身子就往床上一躺,心里又恨又急又灰心,说不出来是一种什么滋味。

少时儿子背着货包袱回来,又换上那身洋衣裳,拿上那本英文书走了。院中的人声渐渐乱杂,窗子渐渐发黑。赖大嫂又在隔壁很开心地唱道:"五月里盼情人,石榴花儿红,小热客这一去,书信影无踪。到夜晚奴为你,睡也睡不着觉,清晨起盼到夜晚,夜晚盼到天明。奴有心捎书信,又不知何地名……"小卿不禁又哭了。

不知过了多少时间,屋中已然漆黑,各屋里都有许多闲人在说笑,墙里的老鼠也出来活动了。忽听院中有人问说:"有一位高太太是哪屋里?"小卿急忙爬起来,随手开亮了灯。院中的人又问说:"有一位高太太……请问……"并有手杖敲地的声音。小卿惊喜着叫了声:"啊……"

她赶紧推开门,院子太黑,她看不大清楚,但穿灰色西服的人影已随着手杖声往屋里来了。小卿就笑着说:"可真想不到,真难得你会找着我们这地方!"

她请柳贵甫进了屋,随手把门又关上,并由柳贵甫的手中接过来象牙头儿的手杖和白色通帽。柳贵甫今天换了一身浅灰色的派立司的西服,他进屋来就东瞧西看。小卿有点儿脸红,说:"你别不放心!昨儿我跟你说的都是真话,我家里真没别的人,你那……你那侄子刚出去不大会儿,你看吊铺上就搁着他做买卖的货啦!你不嫌我这屋子窄,刷新刷新,你在我这儿住一个月,也管保你看不见一个闲人!"

柳贵甫摇头说:"不是,你错疑了!我来是想看看你的真景况,我怕你真实景况比你告诉我的更苦,因为我知道你这个人向来不爱诉穷。"

小卿说:"真的,我多少年来也就吃了这个亏!你坐下!"她先把通帽和手杖放在一个比较干净的地方,又袅袅娜娜地过去,把床上乱扔着的绿裤子、桃红袜子、玫瑰紫的背心都推在一边,拿小笤帚扫了一扫,说:"你坐下!我这张床还不太脏,不穿白衣裳还不要紧。"

她由窗台上拿起篦子来拢了拢头发,又揪了揪她那压了许多褶子的桃红色的小衣和长腿裤子,她怡然地笑着,把身子靠着柳贵甫,摆弄着她自己的手指头,用嗓子哼哼着说:"两天没接着你的信,我真想!弄得我心里荒里荒唐的,真是什么事儿也干不下去……"

隔壁的赖大嫂此时又唱道:"奴只说,咱二人,熟来不讲理,动不动就吃醋,错看了这步棋……"随着是打情骂俏声。

柳贵甫有点儿纳闷,问说:"这院子都住的是些干什么的?一共有几家?"

小卿抬起脸来说:"别看我在这里院住了十多年,一共有多少家我也说不清,大概至少也要六七十家子吧! 做小买卖的、拉车的、算命打卦的、收破烂的、暗门子,什么全都有。我明知在这儿学不出好来,你说可有什么法子? 真个儿的,你现在在哪儿住? 告诉我,我绝不能找你去!"

柳贵甫说:"我住在小鲍岛,朋友家里,房子也很窄小,一半天我就要搬到医院去住。"

小卿说:"你的病到底怎么样了? 要紧不要紧呀? 我听了真发愁!"

柳贵甫说:"要紧自然是很要紧,不过调养得好了,总还可以活个一二十年!"

小卿顿脚哭着说:"不! 我还要你多活! 至少再活四十年! 早先,有时我真希望死,可是自从咱们又见着了,我倒是忧心我这身子,因为……早先咱们俩太苦了! 好容易才见了面,还不多在一块儿些年吗……贵甫,我要老跟着你! 你也别上医院去啦,咱们租一所讲究点儿的房子,让我服侍你的病吧!"

柳贵甫说:"别忙! 我现在实在有顾虑,我既要接你,就得正正经经的,办喜事、请朋友,宣布咱们二十多年来悲欢离合的经过。"

小卿摇着头,含羞娇笑地说:"我可不……说起来咱们在北京算卦烧香时……的那些事儿,我还觉着怪难为情的呢!"

室中沉默了半天,小卿的笑声又没了,她站起身来,高兴着,用手掠了掠"孩儿发",又弹弹裤腿儿,身子如随风的杨柳摆来摆去。她又从床底下找出一个没做完的绿缎鞋帮,上面还连着绣花针和红绒线,她拿给柳贵甫看,笑着问说:"你看我这活计还跟早先一样吗?"

柳贵甫不大注意,只点了点头,说:"倒还是那样,难得你还没把活计扔下。"

小卿像被夸赞了似的,得意地笑着,她又近前一步,眼睛盯着柳贵甫的表情,把一身桃红的衣裳迎着灯光,做出来含羞脉脉的神态,问说:"你瞧我,跟早先比较,改了没有?"

柳贵甫慢慢地摇了摇头说:"也没怎么大改变。"

小卿又笑了,说:"没太老吗?"柳贵甫又摇摇头。小卿喜欢得身子歪在床上,随身摸着一根纸烟,起来找洋火点上。她两个手指头夹着,喷了几口,柳贵甫却用眼盯了她一下。

小卿高举着纸烟,扭着身儿笑着说:"我这些年来什么都没学会,就学会了抽烟卷儿! 其实有时愁事逼着我,一天我也想不起抽它,可是愁烦劲儿一过去了,没有它真不行! 这些年我的烟卷儿钱可也花了不少,都攒起来,现在我也不至于这么着急。"

柳贵甫问说:"你倒不抽大烟?"

小卿摇头说:"唉! 那咱们可不敢动,我要再有那么一口子瘾,这时也早就完了蛋啦!"

柳贵甫问:"酒呢?"

小卿笑着说:"有时遇着不花钱的酒……"她又赶紧改口说:"早先我们这院里住着个开烧锅的,时常一瓶子两瓶子的送给我! 那是个七八十的老头儿啦,瞧着我可怜,叫我借酒浇愁,三两五两的我还能喝,可是喝完了也就醉啦!"说完她笑着拿手绢一堵嘴,眼波掠着柳贵甫。

见他没言语,她又倒在柳贵甫的身边,娇声儿说:"贵……甫!"又笑着说:"我真叫不惯你的号! 我想不到多年没见你柳贵,又有了府啦! 贵甫,咱们……快一点吧! 我愿意咱们俩一世也别离开了……"

柳贵甫说:"慢慢地,等我细细考虑考虑!"有几滴女人的眼泪又落在他的手背上。

柳贵甫从西服里边的口袋里,掏出怀表来看了看,已经十一点了,他就站起身来,说:"我要走了,天太晚了!"

小卿赶紧掷了烟卷头,含着眼泪,拉着他的衣裳,不胜依恋地低下头去说:"我舍不得……"

柳贵甫说:"明天再见,明天七八点钟,你还到那饭店去找我,我带着你去剪两件衣料。"

小卿又欢喜地说:"好吧!可是……你现在没带着富余钱吗?我想修理修理我那只手表。昨天你给我的那钱,我才拿回来,就都让账主逼去啦!"

柳贵甫掏出皮夹来,小卿希望他多给几十块,但皮夹子里只有一张十元的票子。他交在小卿手里,自己要去取手杖,小卿赶紧拿过来交给他,并把通帽给他扣在头上,又拍拍他的胳臂,笑着说:"明儿见!"柳贵甫就觉着自己像个嫖客。

出了屋,小卿还拉着他的胳臂,说着:"留神!脚底下的水!""绳子!""咳!你瞧我们这院子……"柳贵甫钻着小门出来,小卿说:"你没坐汽车来吗?"

柳贵甫说:"没有,慢慢走着再雇洋车,你进去吧。"

小卿说:"那么,明儿……"

柳贵甫说:"明天准见!"

小卿可怜的声儿说:"你回去再细研究研究!要是没什么大妨碍,我还是赶紧跟了你去,咱们快些团圆……"

柳贵甫说:"好!好!"

小卿还是不舍,把柳贵甫送出了一截路,看柳贵甫雇上了洋车,她才说:"明儿准见!"这声音倒很娇嫩。

柳贵甫答应了一声,他双手按着手杖的白象牙头儿,告诉车夫说:"拉到大马路!"车走了,他回首看看,小卿的桃红色的身影还在一根电灯杆子旁站立着。

柳贵甫到了大马路,这里的许多家商店还没上板,他下车进了一家照相馆,叫店员拿出几个摄影匣子来,他细细地看着。因为女儿香蓉没有这种东西,早先吴瑾有一个,常给她照,她就爱,就想买,可是自己总不愿意花许多钱买这么个没多大用的东西。最近,香蓉又连说了多少次,今天柳贵甫出门时就对她说:"我去给你买照相匣子。"现在似乎不能再对她失信了,小孩子家,整天不能出门也很闷的,不如给她买这么一个，叫她照照花儿，照照树，也省得生别的闲心。

于是柳贵甫就在玻璃柜前细细地挑选，原来这种东西在外表上看似乎没有太大的区别，一样能照得出相来，可是价钱却相差得太远，有的只要七八块钱，有的却要四五百。女儿指定的是叫什么"徕卡"，但问了问，那需要七百多块钱。柳贵甫斟酌了半天，结果买了一个别的牌子的，连几卷胶片共约五百块钱。他想：反正这东西将来也还能卖钱。他从屁股后头裤子上的一个口袋上，先取下别针，再解开纽扣，拿出几张很平展的百元票子，给了。然后又扣上屁股后头的纽扣，半天才安上了别针，又摸了一摸，就拿着包好了的相匣跟胶卷，出了门。

这时马路上灯光灿烂，但行人不多。他慢慢地走了一走，夜晚的风儿吹拂着，他想起二十多年前，自己初来青岛时的漂流、穷困、抑闷、无聊，不禁对于现在有点自慰和骄傲。柳贵甫就在这街上叫了一部汽车，汽车发着自鸣得意的响声，滑过光洁如镜的马路，随便地一转身，就往汇泉去了。右边玻璃之外就是那黑沉沉的海、黑沉沉的天，天上镶嵌着钻石似的星星。

坐在车上，他想着小卿：女人！堕落的女人！真没想到啊！

他原想小卿一定是极穷，因为多年等待他，不嫁，所以很穷。小卿应该是衣服破烂不堪，几沦为乞丐，可是她贞洁，并且模样、性格还与十六七岁时一样。见了他，不大理，他前去解释，小卿就痛责他，骂他心狠、负心、薄幸，抽他的嘴巴、痛哭，告诉他二十几年来的坚贞、痛苦。那么，他一定要忏悔，要把小卿带回到南洋。

或者，小卿已改嫁了，丈夫还有个事做，但不大有钱，而且比他还老，子女也很多。他去设法见着了小卿，小卿当然也要痛骂他一番了，但同时可又表示出二十几年来的殷切相思，诉说自己另抱琵琶，原非得已。那么他就给小卿二三百块钱，劝她：你既然有了这么多子女了，就安心跟着那人过活吧！我们总是命里注定，不该是姻缘！这样，他也能免去了多少年来的一块心病，就可以把小卿忘了。

可是如今出乎他意料之外，小卿不但一点也不恨他，反倒自表愧对。给她一两个钱，她就知足，不告诉她真实地址，她也放心，只是一味地撒娇、乞怜，做媚眼，这实在是太无趣！而且她抽烟喝酒，桃红裤子，绣花鞋，(鞋还可以原谅。)住在那么个破烂杂乱的院里，说话是那么下贱无味……她一定早已当了暗娼了！而且现在还当着，她早已堕落了！这样的水性杨花的女子，当初我为了前途把她抛弃，也不算是怎样不对。二十年来，我空抱着深深的悔恨与恋情，原来她自己还活得舒舒服服的。她那些妖艳的衣服当然不是因为我来才做的，她拿那些东西不定迷醉过多少男子，她已变成了这样，我还怎能可怜她呢？想到这里，不由有点气了，拿手杖往下敲着，又把手杖使力地揉搓，不住地转。

　　柳贵甫把头仰靠在汽车的靠垫上，闭上眼睛，但是眼里仿佛又现出了那一只小花鞋：那真是难得的啊！尤其现在，女子都改成了天足，那么周正的脚实在稀少了……他又细细地寻思，小卿虽然四十岁了，可是确实还有几分动人惜爱之处，而且，她对我的心总是真的，这样的女子总比现在那些猖狂放纵的女子强一点。可是，她已经堕落了，染上了那些恶习，要叫她做我的正太太，那太说不下去了！何况南洋那地方，柳贵甫的太太应当是上流人，她这样子，我怎能拿得出手去？

第八回　中断了的恋情

　　柳贵甫觉着汽车又转弯了,赶紧打起点儿精神,注意着玻璃窗外。少时他就用手杖敲着前边司机坐的那地方,说:"到了! 到了!"汽车停住,他给了钱,开门下车。他的手杖清脆地往地上敲着,同时扬头望了望楼上,楼上没有灯光,他心说:这孩子很听话! 这也是我家的门风还好,为了她,我更不应该把一个堕落的女子弄到家里来了……

　　走到铁栅门前,他见门房里有灯光,知道是老张在等着他,遂使着声儿咳嗽了一下。老张立时走了出来,隔着铁栅说:"老爷回来了?"门一拉就开了,根本没有锁,柳贵甫有点儿生气,呵斥着说:"为什么不锁门?"老张惊慌慌地说:"是……我想老爷也快回来了!"柳贵甫说:"锁上!"他气哼哼的,但又想:声儿别大,不叫女儿出门,自己可这时候回来,她能够心服吗? 于是他反倒悄悄的,连手杖也不敢触地,皮鞋也不敢重响,就溜回到屋里了。

　　老张随着进来,接过帽子、手杖,并问说:"老爷! 您还吃点什么?"柳贵甫说:"叫朱妈开瓶橘汁,拿几块饼干来就是了。"老张答应了一声儿:"是!"就轻轻地退身出去。柳贵甫换了拖鞋、睡衣,又把裤子口袋里剩下的那几张票子点了点,压在褥下。打开了摄影匣的包纸,他又有些后悔:刚才给她买那个二百几十块钱的就对了,这太奢华了!

　　他躺在床上,立时目光随着灯光就触到了墙上挂着的那张相片,想着年轻时贞洁而热情的小卿，现在已堕落成半老徐娘，不禁感叹：咳！人真改变得容易……

楼梯响了，待了会儿朱妈就进来了，拿着一瓶子鲜橘汁。她进了屋，先害怕似的问了声："老爷回来了？"然后才开瓶子，把橘汁倒在玻璃杯里，并从铁筒里拿饼干放在瓷碟中。柳贵甫慢慢地坐起来，朱妈又把脱下的衣服拿到外屋，然后又进来给老爷预备药。这个不太蠢的女仆出来进去总是袅袅娜娜的，有点像小卿，可是，柳贵甫低眼看看，心里又暗笑着：比小卿差得太远了！

他先吃了一口鱼肝油，然后用橘汁和饼干解解口中的腥气，又叹了一声，就靠着床背，闭上了眼睛。朱妈在旁边站了一会儿，见没有什么事可做了，也就出屋去了。

柳贵甫打了个呵欠，忽然听见仿佛又是铁栅栏响，他就问说："是谁？是谁？老张！是谁？"一声比一声问得严厉、紧张。

老张赶紧答应了一声，进来，惊惧着回答说："是……是二宝。"柳贵甫怒声问说："二宝要干什么去？"老张垂着手说："二宝才回来。"柳贵甫说："她上哪儿去啦？天这么晚，叫她进来！"老张出去，待了一会儿，二宝就噘着嘴，手里拿着个东西，低着头进来了。

柳贵甫更严厉地问说："你跟小姐在一屋里睡，你不陪伴小姐，为什么一个人又跑出去？还这么晚才回来？"二宝半天没言语，只是低着头，仿佛比柳贵甫生的气更大。柳贵甫又说："你这样子不行呀！明天你走吧！我这里可不同别处，你不守规矩可是不行！"

二宝忽然抬起脸来，急急地说："我出去上东镇找我妈，给我妈送钱去啦！临走时我问的小姐，跟小姐请了一会儿假，小姐说你去吧。我整天陪着小姐，一点空儿都没有，我不晚上瞧我妈去，什么时候才能瞧我妈？东镇又这么远，走来走去还不得两个多钟头？"

柳贵甫说："你手里拿着的是什么？"二宝拿起来说："是口琴，小姐吹坏了，给了我，我出去一边走道儿一边儿吹，省得累。"

这二宝，穿的是青裤子月白褂，十五岁的女孩子已经相当的俏美，身量，记得小卿梳辫子时也就有她这么高。而且，她这么摇头摆脑，振振有词地一说，柳贵甫反倒觉得气都消了，但脸仍然绷着，说："你是去看你母亲，这还可以原谅你！可是以后，有什么事白天请假，不许再晚间出去啦！"二宝点了一下头，回身就要走。柳贵甫又说："把这个带去！"他把照相匣子交在二宝的手里，说："明天早晨小姐起来，你给小姐看，告诉她，她说的那种照相匣子在此地买不到，这比她所要的那个还好，价钱还贵，好好拿着！两只手拿着！别掉在地下！"

二宝拿着照相匣子上了楼梯，穿着花洋服的香蓉正倚着栏杆等着她，探着头悄声问说："老爷问你什么？你没把事情露出来吗？"

二宝鼓着气脸，也不回答，只使力地顿楼梯，走一步骂一声："臭高林！"

到了屋中，朱妈把灯开了，悄没声儿地，背着小姐狠狠地瞪她的外甥女。香蓉悄声说："朱妈你睡去吧！"朱妈又瞪了二宝一眼，才出了屋。二宝把照相匣子往沙发上一摔，说："给您！老爷给您买的照相匣子，照了相片好送给那臭高林！我挨说也是为那臭高林！臭高林是您的香宝贝，哼！哼……"

香蓉顾不得去看照相匣子，她先安慰二宝，悄声说："得啦！你受了什么委屈都算为我，可是我一定对你更好！明儿我给你两块钱，准叫你去买那个洋娃娃。我这照相匣子你也可以随便玩，我还要给你照许多张艺术相片……"

二宝说："我才不照呢！我照了相片送给谁呢？"

香蓉脸上一红，笑着说："等你将来……"

二宝"哼"了一声，说："我呀？哼，我呀，我才不干那丢人的事哪！别说是个臭高林！哼！哼！"

香蓉转过绯红的脸，就近了灯仔细看那只照相匣子，虽然不如她表姐的那么小巧玲珑，可是外表也很美观，机件也很齐备，相当地令她满意。她摆弄了半天，不由微微地笑着，凝思着刚才海滨公园的一幕，涛声还似在身旁响着，疏林、灯影、黑沉沉的海、黑沉沉的天，还跟梦一般飘绕在她的脑中，高林，健美、爽直、多情，迷惑住了她的那高林……

这时二宝又摔被褥，又摔枕头，她铺好了自己的那张帆布床，躺在被窝里还气愤愤地说:"明儿再去可没有我啦!我算是干什么的呢?我认得高林是谁呢?你们跑到黑地方去唧唧咕咕,我还得躲远着点儿,那个巡警都注意上我啦!回来,还得受老爷的骂!我舅妈还说,弄出事来就剥了我的皮!我多冤!小姐,你听见了没有?从今儿起我不管啦!您要出去就一个人出去吧!反正,我不给你们破坏,可是出了麻烦也别来找我!"香蓉不言语,只静静地坐在沙发上。

　　过了许多时,二宝都已打起呼来了,香蓉忽然想起一件事来,她就起来,去给她的表姐吴瑾写封信。自吴瑾返回南洋后,她两人本来时常书信往还,因为两人临分手时约定的,要互相报告自己的生活情形。吴瑾是三天两头地给她来信,因为吴瑾跟那萧芷生的恋爱已经成熟,两人快要订婚了,所以她每次来信都是连篇累牍,不惮烦絮地述说他们谈情说爱的那些琐碎的情节和美妙的感觉。对于这些,香蓉近日的生活上并不是没有,而且她还觉得比吴瑾他们的还要美丽、神秘得多呢!但一向她总瞒着,总说自己的生活依然苦闷,并且从没想到过什么叫作爱情。但今日在海滨与高林的一番情谈,她觉得太深刻了,太使她迷惑而沉醉了,她不得不把这件秘密的事情告诉表姊;一半是向她炫耀,一半也是叫她帮助自己,到必要之时得叫她来,好向自己的父亲解释,再把事情公开。她写着是:

　　　　瑾姊:早先我说过我不大觉得我们的生命像花木,需要爱情的灌溉,但现在我竟觉得了,而且深切地觉得了!请你恕我至今才告诉你,这个在我心中珍藏了多日的一个秘密,就是,我已有了一个爱人。早先我并没想把他作为我的爱人,现在,也可以说从今日起,我受了爱神的命令,承认他是我的爱人了!

　　　　他是一个二十岁的男子,有健康的身体,美丽的眼睛,我可以把他向你做一个详细的介绍。你看过我父亲的那张相片吧?他的眼睛比那相片上的眼睛更能摄住我的心灵。他叫高林,他是在一个很不幸的环境之中长成的,现在他过着艰苦卓绝的，像一首豪放的抒情诗那般的日子。他是个"茶花女"式的女子的儿子，但他担负着母亲的痛苦，秉具着爱我的热肠，正在向人生追求、搏斗。他有着巨石一般的坚强意志，海水似的伟大热情，明月似的一颗真心，我不由得被他降伏了，我愿永远把生命给他，叫他爱我！

他并没受过什么教育，但是他很聪明，才学英文就已记得了许多单字。他白天要在街上经营着一个小商业，他就以那为生，生活得还很快乐。他时常身边没有一个钱，但是他有健美的体格与热烈的爱情呀！他每天（几乎是每天）要与我在那深夜的海滨、阴森的树林下、澎湃的海涛之间谈许多的话（恕我不能告诉你，我们那些细微美妙的事），然后他回家去。

我们的生活现在就像作着一篇小说，但我们并不是毫无计划的，我们需要一个美好的结局，就是：等到他把英文学成，我要把他向我父亲介绍，然后凭着他现在的商业经验，到南洋去创造事业。这是很容易进行并做到的，必要时还要请你来协力帮助我们……

青岛现在天气温凉，南洋一定是很热了，我把我人生诗篇上第一个美丽的句子读给你，你是会觉得惊奇呢？还是要称赞我们呢？……

香蓉写完了这信，已觉得很疲倦了。窗外寂静无声，也没有月影，二宝已睡得很熟，鼾声如潮水似的响。她慵懒地熄了灯去睡，在舒适的寝褥间她想着遥远地，她拟想出来一个窄小但是干净的房屋，里边也有张舒服的床（虽然比不了她这儿），那健美热情的男子枕边压着她赠给的相片，睡熟了……她默默地祝他夜安。

次日清晨，香蓉央求二宝把她昨晚写的信发了，她就在楼外花圃间给二宝拍照。阳光像金色的帷幕似的由楼顶上徐徐落下，小鸟飞唱着恋歌，花木吐着香馥醉人的气息。她父亲屋里的窗帷还没有撩开，但是，已听见那每晨必有的带着金属声儿的咳嗽了。

香蓉卷过去才给二宝拍完的一张胶片,就叫着说:"爸爸!爸爸!您起来了没有?您出来我给您照相呀?"屋中只是咳嗽,却没有言语。香蓉就拿着照相匣子跑进楼里,一进父亲的卧室,她就说:"爸爸您快穿衣服起来吧!我给您照相吧!爸爸,要不然,我可就在这儿给您照了?"

　　忽然她又怔住了,指着那洁白的墙面和一个钉子说:"那张相片怎么没有了?爸爸,你怎么把我姑母的相片摘下去啦?"

　　柳贵甫穿着睡衣,盖着绒毯躺在床上,说:"是它自己掉下去的!"

　　香蓉笑着说:"那么我给爸爸照一张,放大了,挂在那儿吧!"

　　柳贵甫说:"不用,我想把你母亲的那张另配个镜框挂上。"

　　香蓉说:"我不赞成!挂上我母亲的相片,您就难免看见了难过。您还是快起来吧!今儿的阳光很好,空气也很新鲜,我已经给二宝照了两张了,再给您照两张……"

　　忽然见她父亲的神色严肃起来,说:"昨天,二宝半夜里出去,你知道吗?"

　　香蓉摇头说:"我不知道,很早我就睡了。"

　　柳贵甫说:"啊?二宝那孩子说瞎话!她说她昨天出去是先征得了你的同意?"

　　香蓉吓得心里有点儿慌,就说:"她倒是跟我说过了,可是她不过是到海边玩玩……"

　　柳贵甫说:"她跟我说她是到东镇去找她母亲,这孩子,还了得!"

　　香蓉赶紧说:"她是跟我说来的!她说她先到海边去玩一玩,随后就看她母亲去。爸爸您别生气,回头我说说她就得啦!"

　　柳贵甫坐起身来,说:"不是,她若是这样不守规矩,我们就叫她走!"

　　香蓉急得要哭,说:"可是,我离不开她!"

　　柳贵甫说:"你不能叫她以此要挟住你!我找这么一个小姑娘来,原是给你做伴,省得你一人寂寞,但是她的行为好坏对你都有很大的影响。十五六岁的女子正是危险的时期,稍一放纵就要走入下流,就要堕落!一堕落了就不可收拾!我这几日晚间常出去,我是到公园去独自散步,为的是使精神疲乏一点,回来好得安睡。她趁着我不在家就欺骗你,出去游荡……叫二宝来!"

香蓉见她父亲真气极了,吓得她拿着照相匣子的两只手直发颤,她摇着头,睫毛挂着泪说:"爸爸,您饶她这次吧!以后我管着她就是了!她除了爱玩,没有别的……"

柳贵甫说:"爱玩就不行!现在是什么社会呀?男子卑鄙自私、欺蒙引诱,多少女子都上了当呀?多少不成材的女子都堕落了呀?你是不知道,现在的社会不似早先了,我年轻的时候没有这些事,那时候,男子没有现在这样坏!……"

香蓉听她父亲的话转了题目,又翻起了那规诫她已不知有几百回的老话,她就不太害怕了,她反问说:"那……那我的姑母呢?您不是说,她在二十多年前就被人拐走抛弃了吗?那时男的心就好?"

柳贵甫脸色变了变,说:"那,那归根说还怨她自己不成材,她自甘堕落!男子并没有太大的过失!"

香蓉耸着鼻子哼了一声,说:"得啦!您别护着男性啦!我替我那姑母打不平,她真是个可怜的人。所以我连她的相片都爱,都觉着可惜,假使她现在活着,现在来了,我一定跟她好!真正可恨的是害她的那个男人,那人才没良心!才不是人!才卑鄙自私无耻!才该枪毙!"

她爸爸却连连摇头,说:"你说错了!……"

当日,柳贵甫吩咐他的两个老仆要特别监视二宝,白天也将大门上锁。他白天睡了一天的觉,到了晚间七八点钟,海上又笼罩了一层黑云,天空还带着些淡紫色,他换了一件咖啡色的上身,下面是白哔叽裤子,白皮鞋白通帽,领子上还安了个镶钻石的别针。叫了汽车,拿着手杖又走了。

到了饭店里他预订下的房间里时,穿着青绸白边儿的旗袍跟裤子的小卿早就在这儿吸着烟卷儿等着了。虽然柳贵甫的脑中已有了"堕落""不成材"的轻鄙观念,但是禁不住小卿的媚笑和卖弄她的脚,尤其是这身衣饰。

"要带俏,三分孝",柳贵甫还记得在叫"柳贵"时,在北京学的那两句风流的谚语。那时主事的夫人不是才死么，小卿小姐就穿着雪白的衣裳和小白鞋，跪在灵前，柳贵甫他正赶着那辆白围子的骡车。"接三"那天的深夜，和尚们都走了，小卿跑到那净是骡子尿、骡子粪的车房里去找他，捂着肚子娇声哭着，说："怎么办呀？你快给想法子吧！我爸爸快知道了……"

他那时似乎是说："别哭！不要紧！至没法子时，咱们上济南，我家里有两顷多地。不然就上青岛，我表兄卖土产，趁七八十万……"

这件事恐怕小卿早就忘了，他想起来了，可没敢对小卿说，心里虽然不免有点惭愧，面上却摆着"富翁"的架子，心想：早先，小卿是娇贵的小姐，那时候可就不成材，不然怎么跟个赶车的恋爱上了呢？可是那时，他柳贵甫也更不成材！他自己也记得：那时他除了诱惑小姐之外，还常跟着狐朋狗友嫖着"下三烂"；也就像后来，他虽然在海外发了财，虽然还负疚地遥恋着小卿，但有时还不免……不免似的。

现在，他是富翁，是有着绅士派头的上流人，而小卿呢？是败柳残花、穷娼贱妇。他感慨又骄傲，相信这是"男儿立志""女子自甘下流"的结果，他便觉着"配不过"了。小卿一口一声带着颤地叫他"贵甫"，他都觉着有一点受侮辱，似乎在贵甫之后安上个"经理""大老爷"的尊称才对。他厌恶小卿，但有时小卿翘起来花鞋，或像一条青蛇似的缠住了他，他又不免……他的心中非常矛盾，取舍莫由。

在饭店里待了多半天，他为表示信用，就带着小卿出去买衣料。小卿是专挑那娇嫩颜色的，或是纯青纯素的柳贵甫却不大赞成，几乎要说出来"妓女才穿那颜色的衣裳"，但是又怕小卿去挑蓝的，挑灰的似的。结果小卿撕了一件浅玫瑰色的绒纱，青色的印度绸，还买了一幅葱心绿的和一幅也是浅玫瑰紫的鞋面。

他们像一般情人似的，挽着胳臂在街上走了走，电灯照得很亮，柳贵甫觉着有些难为情。但小卿却不舍他，他也仿佛有点留恋，于是两人又回到了饭店里。十一点钟以后，饭店里依然飘着青春的音乐，海滨吹着醉人的风。

夜慢慢地过去了，朝阳又降临在岛上。风还有些寒，小卿半睡在洋车上,迎着晨风往西岭走去。这种晚出早归的生活,她这二十年来已成习惯,不过今天略有不同,就是她身边多了一个印有绸缎庄字号的纸包,心中还多了一层新嫁娘似的欣喜和莫名的悲哀。

将近家门时,遇见儿子高林了,她儿子这时不但没穿那身洋服,反倒换了一件很破的小褂。她就在车上问说:"你上哪儿去呀?"高林皱着眉说:"我找我胡七哥去!"小卿说:"你找小七子去干吗呀?"高林都走过去了,又回头说:"我昨天听人说我胡七哥病了,我去看看他。"小卿说:"你不去再添点货吗?我这儿又有二十块钱!"高林摇摇头,走了。

高林到小港附近的一个里院去找小七子。小港的海水可不像前海那样美丽,这里污浊腥臭,桅樯林立,舶着许多只古老破旧的帆船,地下除了煤渣,就是鱼鳞和烂葱叶。小七子住的这个院子比高林家更是污秽不堪,矮小黑暗的一间屋子里住着两个人,一个是受了暑热才好的小七子,一个是小七子的磕头朋友大麻张。

高林来到了这里,就对他俩说:"这几天因为我晚间要去念英文,买卖收得早,一天连五毛钱也赚不了!"

小七子说:"你还念英文干吗呀?"

高林就说:"我得改造我的环境!我在街上摆摊,因为摊子太多了,赚的钱永远养活不了我母亲,永远拽不出来账!所以我才学英文,将来若能找个事做,好叫我母亲……也逃出来!"

小七子说:"你这么一上学,家里不是更不够过的了吗?"

高林沉郁地点了点头,说:"所以我才来找胡七哥!学英文非得是晚间,可是到晚间摊子上才能卖点东西,这两个时间太冲突,早晨我可又无事可干。我本想暂时叫我母亲维持她自己,我维持我个人,可是现在我每天赚的钱,连我个人的吃喝都不够;我既不能养活她,倒累着她来养活我,我真是不忍!所以我想上午拉大车,下午在街上做买卖,晚间再去念英文!"

旁边的大麻张说:"这还不容易?走!跟我走吧!咱们哥俩拉一辆!"

小七子向高林问说:"你能累得了吗?"

高林捋出健壮的胳臂来给他看,点头说:"我能累!我宁愿我身上压一千斤的东西，我可也不愿心里压一两，因为我觉着心痛比身体痛要难受得多！"

小七子说："也好！你先试试看！"大麻张披上一件破烂的小褂，就带着高林走了。

从此，高林每天清早要到小港，帮着大麻张去拉大车。拉上一两趟，挣个块儿八毛的回家来吃午饭，洗洗脊梁，换上一身较为干净的衣服又去做买卖。等到五六点钟收了袜子摊，就吃晚饭，饭后略歇一会儿，七点至八点又去念英文。有时，差不多一星期之中，有三四次，他还要到海边去与香蓉会面，至深夜方归。

现在，他与香蓉会面的地点是在海水浴场。这里经过了一天的日晒、潮冲、喧闹，留下了许多人的脚印，一到晚间可就岑寂了。神龛似的一排一排的木板小屋，奔马似的潮水，天际星月微明，四下里一个人也没有。他时常就卧在沙子上等待着香蓉，沙子还温热，松软得如同最舒服的床。他背诵着当天所学的英文新字，等到看见了青色的淡雾之中影影绰绰地走来一只纤细而短小的素白身影，他就爬起来赶着迎过去。

这两次香蓉总是一个人来，她的父亲近来常不在家，回家至早也得十二点，所以她出来很是放心，非得她腕子上的夜明表，长短针指到了十一点半，她是舍不得与高林分手的。他们共坐在沙滩之上，喁喁地说话。她为高林矫正英文的发音，并说音乐、摄影，还说她表姊过去及现今的恋爱史。她笑着，不厌其烦地说着，她清细的言语与沉重的海潮声，宛如男女合唱着一首低音的歌。

但是，时常她正说得高兴，高林已躺在旁边睡着了，她费很多力，着半天急，才能把他叫醒，并且，她还闻出来高林的身上有一种汗的恶劣的臭味。每到这个时候，她的高兴劲儿就全都没有了。正如一首美丽的诗，才作了两句，文思忽断；又如正拉着幽美的曲子，忽然被打断了琴弦。她开始感到一种情感上的悲哀，有时她就会沉着脸问："我看你一天的工作也不太多呀！为什么精神老是不好呢？"有时又皱着眉说："你为什么不再换一件衬衫呢？"但高林回答她的只是一声遮掩的笑，或含糊地点点头,不然就是一声令她诧异的叹息。

但是,他们的爱情并不会因此就低落,正如那高涨的海潮,不会因投下一两块石头就能被压下去似的,只不过叫香蓉初恋的心上生出点儿愁闷,幻想上挂上点儿疑虑。她不解高林为什么这样不修边幅?为什么不会讨自己高兴,不能了解女子的心呢?过了两天,高林倒是又换了一件衬衫,减去了些汗臭味,可是有时天才黑,香蓉才来到,他已在沙上睡熟了。

这时二宝又与她作对,时常她回来见楼上还点着明亮的灯,二宝正在摆那娶媳妇的小人。老张也时常恐吓她,说:"小姐!明天您别再黑天出去了!被老爷知道了,我们可担不起呀!"朱妈跟那女厨子又时常当着她甩闲话,说:"伺候这公馆可真难!明着一面儿,暗着又是一面儿,你都得顾周到了!多一句话不敢说,少一句话可也不敢!"她的父亲时常是一夜不归,以为她不知道,其实她全知道,她知道父亲在外面一定也有着点儿"秘密",因为女仆们已然私下有这种议论了。

她心中的愁闷渐渐堆积得多了,她怀疑人心不像是她所想的那般简单,世界上的事不尽是美丽与快乐的。她思索着这些问题,时常到深夜还睡不着觉,她就坐起来,也不开灯,她能够发呆半点钟。有时她还起来,推开窗帷,打开玻璃窗,望着浩瀚的夜空,领受着挟着花香的清细夜风。夜空如澄清的海,飘着小船儿一般的新月,她希望叫那小船儿来到临近,让她坐上,离开了这一切的人,飘浮到天外,到群星之间,去寻找比这里更美丽的,无烦恼的另一个世界。

这晚,她没出去,也睡不着。时钟沉闷地只敲了一下,忽听楼外仿佛有汽车响,可没有按喇叭;铁栅栏只轻轻地动了两声,但听不见她父亲的皮鞋、手杖声,她细心向外去听,就听楼下那屋里她爸爸又咳嗽起来了。

柳贵甫近来的脾气似乎改变了,笑的时候很少,发怔的时候多了。他虽然吩咐过:"无论是谁出门,都得先跟我说!"可是他白天时常睡觉,有许多事他也不能顾到。这天因为大夫见他咳嗽又加重了,就劝他多加休养,他也很为凛惧,可是晚间八点多钟的时候,他又叫来汽车出去了。香蓉正预备着到海滨去，不料，没有半点钟，她父亲又回来了，并且到楼上来，悠闲地，可又似乎是有意地一张一张地检查她所照的相片。

次日下午，四点来钟，香蓉跟二宝正站在凉台上密密地谈话，忽然看见一个邮差来到了门前，她赶紧推二宝，说："快下去！把信接了来！"二宝就像是楼上失了火似的，急忙着咚咚地跑到楼下。她隔着铁栅栏才把信接到手里，不料铁纱窗内，老爷喊着说："把信拿来！给我看！"

凉台上的香蓉还正向二宝点手，笑着央求着，二宝却噘着嘴，斜斜眼睛，把信送到了老爷的屋里，她说："是小姐的信！"柳贵甫没言语，把信接过来，一见是个洋信封，写着：柳香蓉小姐收，瑾寄。知道是香蓉表姊来的信，可是柳贵甫就给撕开了，见信纸上写着：

> 香蓉：我瞧你简直是疯了吧！你给我来的这是什么信呀？你做的这是多么荒唐离奇的事呀！真真岂有此理！一个没有受过什么教育的做小生意的人，你就想爱他？而且还愿意把生命给他？……

柳贵甫像是吞下了一个带刺儿的铁球，立刻眼睛直了，手也发颤，又往下看：

> 根本，境遇不相同的人就不能谈到什么爱情或友谊。你说他是在不幸的环境中长成的，他母亲是个"茶花女"……

柳贵甫心说：茶花女是谁？莫非是个茶馆的老板娘？又看：

> 他时常身边一个钱也没有，这不是个穷光蛋吗？你跟他发生了爱情，还能想有"美好的结局"？"南洋创造事业"就那么"容易进行而做到"？你简直是在做梦了！
> 我最近和芷生旅行了一趟，今天才回来，一见了你那信，

我真气得不得了,你太幼稚太糊涂了! 不知你跟那个人的关系已经到了什么地步?

柳贵甫有点儿担心,又赶紧往下看:

无论关系到了什么地步,无论他有什么"健康的身体、美丽的眼"和什么"热烈的爱情",你也趁早把他抛开吧! 恋爱最终的目的是结婚,你愿意嫁一个穷汉吗? 你愿意饿着肚皮去跟他作什么"抒情诗"吗?……这都怪你那顽固、腐朽、怪癖的父亲! 他把你当作鸟儿一般地锁在笼里,所以遇见了一个男子,你就疯了……

柳贵甫手里的这张信纸沙沙地响着,信封已掉在地下了。他全身发颤,狠狠地一顿脚,瞪着眼睛叫道:"二宝!"可是眼前的二宝早就溜走了,他又嘶叫着:"二宝! 二宝! 老张! 把二宝揪下来! 混账! 浑蛋!"

他暴躁了半天,老张才把噘着嘴的二宝推了来,老张问说:"老爷,什么事儿?"

柳贵甫摆手驱逐说:"你躲开!"他把二宝赶到了里屋,严厉地问:"你跟小姐住在一个屋里,小姐……她在外面做的事,你跟她串通着,都不告诉我!"二宝噘着嘴不言语,柳贵甫点点头说:"好! 我把你送交警察局好了!"

二宝赶紧向后去退,她举着两只手,像是要抓要打似的,顿脚哭着说:"跟我不相干! 凭什么要把我送衙门? 你问你女儿去呀? 你女儿跟个臭卖袜子的讲恋爱,那是你们家里的德行! 我,我来这儿是做事,一月挣你们三块钱,不是你买的! 凭什么? 凭什么送我……"她哭着闹着,她拼出去了,比柳贵甫的声儿还大,气还凶。

柳贵甫顿着脚说:"不准嚷嚷!"他叹了口气,身子仿佛无力了,坐在了床上,真要痛哭。

想了半天,他又觉着"家门之丑,还是不可外扬",这些人不但别逼,不能赶他们走,还得买住了他们,好隐秘住这件事! 遂就连声地叹息,不住地摇头,声音也变为和缓低小了,他说:"你先别急! 我也知道,这件事跟你没什么相干,可是你绝不可能不知情。现在,你只要说出那男的是个干什么的,姓什么叫什么,他跟小姐是怎么认识的……"

二宝抽搐着,揉着眼睛说:"小姐就是在街上买袜子,才跟那人认识的!"柳贵甫说:"真是个卖袜子的吗?"二宝点头"嗯"了一声。

柳贵甫不住地咬牙吁气,又问:"他跟小姐在哪儿见面?是饭店?还是客栈?"他悬着心,直着眼瞧着二宝,等二宝的答复。

二宝摇摇头,说:"他们是在海滨公园,晚上常常趁着您睡了,或是出门了,她也就出去……"

柳贵甫说:"她当然不能瞒你了! 可是,你知道她跟那人已经有了什么关系? 做了什么事?"

二宝摇头说:"我不知道,我就知道他两人在海边小声儿说话,一说能说半天,小姐还给过那人几张相片!"

柳贵甫这才放下点儿心,又问:"一共给了那人多少张相片? 是最近,我买了照相匣子之后才给的吗?"

二宝擦着眼泪说:"早先小姐就有相片,就给过他一张。后来,她拿那匣子教给我照,我给她照了一张,我见她在相片后头还写了那人的名字,大概又给那人了。"

柳贵甫又问:"那人叫什么名字?"

二宝却半天没有说出来, 她怔了一会儿, 才噘着嘴说:"那人叫……赖八!"

柳贵甫"哼"了一声,心说:由这个名字就可以想出这个人来,女儿单单跟他恋爱。咳! 不怪吴瑾的信上说,她真是疯了! 这是多么荒唐离奇的事呀……遂说:"好啦! 既然只是小姐给了那人一两张相片,那还不算太要紧! 你就去一趟……"

又想二宝一个人去也靠不住,他就又悄声问:"老张他知不知道这件事呀?"

二宝瞪着眼说:"谁不知道呀? 老张天天给她等门,连老汪……都知道。就因为您脾气不好,小姐又向这个央求,向那个央求……"

柳贵甫恨恨地说:"好下流!"

二宝接着她的话说:"我们才不敢给露了!我们来这儿是佣工,干营生就是啦,旁的事我们管不着,再说逼出人命来可怎么办!"

柳贵甫连连摆手,说:"你别说了!快去,把老张叫来!"又沉重地叹了口气。

二宝出屋去了半天,才把老张叫来。柳贵甫冲着老张点点头,说:"你们真不错!"

老张带着羞愧,垂手侍立着,说:"老爷您得原谅我们!小姐半夜里要出门,不叫我们告诉您,我们没办法。"

柳贵甫点头说:"好!好!"他喘了口气,又说:"好在并没有别的事,男女交友也是时下的一种风气,在国外更不算什么,只是,我不愿小姐的相片落在别人的手里。你现在就跟着二宝去,二宝你一定认识那个人了?你们找着那个人,把那两张相片索回来。先跟他说好话,他要是不肯给,那就……我想他不能不给的。你们快去,就告诉他,人家公馆可有势力,但现在对此事又不愿意深究,只叫他把那两张相片交出来就是了,快去!快去!"

老张跟二宝刚一转身,柳贵甫忽然又不放心,站起身来又说:"老张你别去了!你们两人去,未必能给我办事,倒许给那姓赖的出些坏主意!老张打电话叫车,我去!二宝你跟着我!"他浑身颤抖着,自己去穿上衣,去拿手杖,又急匆匆出屋上了楼,喘着气走到他女儿的屋里。

香蓉的屋里,盆花静默默地开着,笼中的白玉鸟还在寂寞地叫着。香蓉躺在床上,用枕头挡着脸,穿着花洋服的身子颤动着,发出咽哽之声。柳贵甫狠狠地顿了几下楼板,说:"我想不到!……"他叹了一声,看着屋中没有别的人,遂低下身,向女儿悄声地问道:"到底,你是否已和那个人发生了特别的关系?……"

见她女儿坚决地摇了摇头,他就松了一口气,说:"我也不能太逼你!这总怨你那母亲死得太早。咳!你母亲就是个糊涂的东西!早先,为我管束你,跟她吵过了多少次架?我管束你,并不是囚禁你,别人说我顽固、怪癖,那是冤枉我,我是为保护你的身份!你得知道自爱,将来你结婚,非得对方是个人才过得去的年轻人,家中至少有几千万财产的才行。我并不是没替你物色着这样的人,你可等不得!咳,我也不必说你了,你自己细想想去吧!咳……"说着他又擦了擦眼泪,香蓉在床上只是抽搭着哭,

这时老张在门外说:"老爷,汽车叫来啦!"

柳贵甫又拿手杖敲了几下楼板,说:"你也不要哭了,既然你与那个人没发生什么特别的关系,就不要紧!我去把那两张相片要回来,我不能叫那人拿你的相片作把柄,将来以那个向我敲诈。你想开了就好了,只要你以后肯改过,我就不再说你!"

他走出屋,连声叹息着下了楼,叫道:"二宝!"老张又到屋里去找二宝,哪里也没有,柳贵甫又怒声叫道:"二宝!"忽然楼梯咚咚地响,二宝由楼上跑下来了,柳贵甫就抢着手杖说:"走!"出门时,又严厉地嘱咐说:"老张,把大门锁好!叫朱妈看着点儿小姐!"

天还很早,夏天的五点来钟,太阳还很高,海水浴场上的人正多。汽车飞快地走着,经过海滨公园的时候,二宝还大模大样地向玻璃外指着,说:"他们就在这儿见面!我就跟小姐来过一回,是十月十五,大月亮的天儿,他们两人挺客气的,倒没说什么坏话。"

柳贵甫也愿他们是"很客气的",然而男女之间的事儿,他真不能够放心,只暗叹着说:"堕落!下流!女子都是靠不住的,男人也都太坏了!"

二宝这时倒是不大害怕了,事情没弄穿的时候,她觉着老爷不定是多么凶,真许跟老虎似的。现在,麻烦出来了,她见老爷倒不是凶得怎么厉害,瞪眼的时候少,叹气的时候多,倒有点儿怪可怜的。她想着:老爷也许不能把我散了?其实她并不是怕被辞散,到别处去,她还许能多挣两块钱呢。可是她就是舍不得这里的种种好处,小泥人及种种玩意儿随便她摆,照相匣子也可以由她研究,香蓉又常给她袜子、别针、手帕等种种的小惠。到别处去还不定是要伺候什么人,也许还得管刷马桶呢!哪能遇见这跟自己姊妹一样的,打打闹闹都随便的小姐呢?

刚才，她至死也没把高林的名字说出来，其实她真恨高林。她也不明白，仿佛一看见高林那"死样儿"，她就要骂两声才能痛快，"高林为什么跟小姐那么好，可瞧不起我呢？"这是她嫉恨高林的原因。今天她没说出高林的名字，只是冲小姐的面子，也是冲着上次小姐答应把那只自来水笔给她的面子。

所以刚才老爷到楼上逼问小姐的时候，没人监视她，她就跑到楼上，先藏在厨房。她舅妈指着她的脑门子，压着嗓音狠狠地数落了半天，她却专心听着小姐房里的动静，别的话都没听见。待了会儿，老爷从小姐屋里走出来了，敲着手杖下楼去了，她赶紧又跑到小姐房里，说："小姐！都是为您，老爷要送我到衙门，现在，还要叫我带着他去找高林，要相片去！"

香蓉翻身起来，流着眼泪说："你千万别带着去！老爷见了他，一定要揪他去打官司！你千万别……别指出来高林是谁，不然连你也得上法院，也得监禁。你千万别跟老爷去！你要我的什么东西我都给你……"二宝说："由得了我吗？"那时老爷就在楼下喊着叫她了。

现在，她咬住了牙，想着：就是见着高林，也装作不认识。老爷要一定问赖八是谁，那就告诉他，就是那长着猫胡子的老头儿！

车像是带着怒气似的，不一会儿就冲进了繁华的大街里。柳贵甫用手杖敲着二宝的鞋，说："在哪里？快说！"

二宝的小嘴又噘起来了，说："就在这儿！"于是车就停住了。

柳贵甫拿着他的手杖，那像是他的武器似的，气愤愤地驱逐着二宝在他的前面走。刚走了几步，就见这条马路的两旁有许多袜子摊儿，他就两眼像鹰似的搜寻着，说："哪个是那坏小子？"又用手杖杵杵二宝的后腰，厉声说："快指给我！"

二宝噘着嘴走着，其实她早就看见高林了。高林穿着青裤白褂帆布鞋，大爷似的，瞧见了二宝他似乎要笑。二宝向他一瞪眼，高林的脸上又现出来惊诧之状，直瞪着大眼去看柳贵甫。柳贵甫又用手杖敲着二宝的肩头，气愤愤地说："快告诉我是谁？哪个是赖八？"他们都由赖八的烟卷摊子旁边走过去了，赖八可没在这儿，高林却已落在他们的背后了。二宝噘着嘴，摇了摇头，说："没有他，他今儿也许没摆……"

所有的摆袜子摊的小商，是什么模样，柳贵甫也全都仔细地盯过了，他想：不错，差不多都是二三十岁的人，可是，哪儿来的美丽眼睛呀？这些人，别说都够不上漂亮，连自己年轻时都比他们强得多，到底是怎么个梅兰芳似的人，女儿就会看上他啦？……

此时二宝正扭回头来，看一个摊儿上的草编拖鞋，她想买上这么一双，光脚丫儿穿上倒凉快。不料柳贵甫就起了疑心，拿手杖向二宝的身上一拍，喝道："站住！是这个小子不是？"

这是个年轻的小伙，眉眼儿有点儿女气，二宝被打得很疼，她就顿着双脚说："不是！"

柳贵甫说："好！你是故意不指给我？好！"

二宝过来揪住柳贵甫的手，急得要哭，说："不是！不是人家哟！"

柳贵甫把手一摔，"哼"了一声，心说：人家？好亲热的词儿！你这丫头串通我的女儿，三个人在一起，不定做了什么丑事！他转身，一鼓勇气向这人走来，临近一看：呵！好光亮的分头，还穿着带蓝道儿的纺绸裤子，还抽着烟卷呢！二宝却吓得跑开了。

柳贵甫在这小伙子的摊儿旁站了半天，他细细地品察，就见这小伙子应酬走了两个女主顾，都是那么和气、周到，像应酬情人似的。柳贵甫不禁点了点头，心里的气不打一处来，他拿手杖敲了敲这个人，说："喂！你贵姓？"

这个人一怔，坐在那里翻着眼睛，说："我姓张呀！"柳贵甫冷冷地一笑，说："有个小姑娘，叫二宝……不，实说吧！叫柳香蓉，你认识不认识她？"这人摇摇头。

柳贵甫也蹲下，手杖横在磕膝盖上，小声儿说："我也是替朋友办事，听说你……似乎你手里有那柳小姐的两张相片？"

这人诧异地说："什么话呀？先生……"

柳贵甫用手按住这人，更悄声些说："不要紧！人家柳公馆虽然有势力，但现在不愿深究！"

这人简直要跳起来了，他说："本来我全都不知道么！"

柳贵甫说："不必急！人家托我出来，要花两块钱买那两张相片！"

这人笑了一声，说："哪儿的事？你找错了！"

柳贵甫冷笑着说："找错了？别人我都不找，为什么专找你呢？"他站起身来，又拿手杖敲着地，愤愤地说："你可要小心！"

这人霍地站起身来，也瞪着眼说："你是怎么回事呀？"柳贵甫脸发紫，身发颤，就说："怎么回事？你引诱……"两人要打架，人就都围上来了，卖袜子的小伙子指手画脚地分辩着，柳贵甫怕把事情闹大，就赶紧走开了，他还回头恶狠狠地瞪了那小伙子一眼，就见许多人也正在看着他。

柳贵甫既气愤又灰心，他叹息着，难过着，就拽着手杖找着他坐来的那辆汽车。二宝正在车门前站着呢，一见他过来，就直着眼睛看着他，说："老爷！错啦！不是那个人！"

柳贵甫发怒说："不是那个人？是哪人你也不肯指明，你不定跟那人还有什么丑事呢？滚走！不要回去了！滚走！"

二宝哭着说："我还有铺盖呢！"柳贵甫拿手杖打了二宝两下，就气汹汹地坐上汽车走了。

二宝被抛在了马路中间，冲着飞走了的汽车骂了两句，擦了擦眼泪，又跑到人行道上了。一抬头，看见一家百货店，玻璃橱内摆着十多只女用手提包，有各种样式与颜色。她看了多时，就把刚才受的气全都忘了。老爷说："滚走！不要回去了！"她也不往心里放。她只羡慕地往玻璃橱内看着，心里又愤愤地想着：皮包倒是不错，可是里头没有钱装，也丢人，白送给我，我都不要！她就转身走了，又回到了那条马路上，去找高林。

高林这时已收了摊儿，打了个包裹，手里拿着小板凳，正要走的样子。二宝赶过去，瞪着眼说："喂！你别走！你知不知道今儿出了事儿？刚才，你看见跟着我的那个穿西服的人了吧？那就是香蓉的爸爸，你们的事他全都知道了！他把他女儿打了一顿，还要来打你，要不是我……我刚才要把你指给他，哼！他能够便宜你？"

高林发着怔，皱皱眉说："他怎么会知道的呢？"

二宝绷着脸说:"纸里包不住火,你还想永远瞒人?反正不是我给你们破坏的就得啦!为你们,我也跟老爷打起来啦,他拿手杖打我,我也骂他。他说:'你滚吧!你别回去啦!'我就说:'我偏回去,你们那儿还有我的铺盖呢!得把理讲清楚了,是你女儿没羞,不是我在里头贪什么便宜,那我才能走呢!'到别处我也不是没饭吃。"她随说随哭起来,又顿脚说:"人家还跟你要相片呢!你快拿出来吧,不然人家就把你送衙门了!"

这时身旁就有人揪了她一下,是赖八,赖八悄声说:"此处讲话不便!说不定是那柳老爷使的什么计策,他见你不肯指出哪个人是高林,他故意放开了你,知道你一定来找高林,他就再回来把高林扭住。"

二宝赶紧回头瞧了瞧,见没什么人,就说:"他早坐着汽车走了!一定又回家打他女儿去啦,他就许逼着他女儿上吊!"

高林愤然说:"何必这么麻烦?我到他们公馆去,把话说开就是了!本来我跟他女儿不过是见过几次面,谈过几次话,没有什么别的事,他何必逼他的女儿?他要一定气不出,就叫他把我交衙门好了!我心里没愧,我不怕!"

赖八摆手说:"喂,你可别出头,你说你心里没愧,你们私订约会儿的事,你就刷洗不清!把事儿一闹大了,也得把我拉上!"

二宝说:"他可知道拐他女儿的人是叫赖八,他不知道高林,刚才叫我带他找的也是赖八。"

赖八吓得胡子都垂下来了,说:"这是哪儿来的事呀?谁告诉他的?他怎么会知道了我呢?"

二宝噘着嘴说:"我哪知道?反正人家有探子!"

赖八转头向两旁看了看,又悄声说:"在这儿还是不能细商量!咱们回家,到我屋里再细细研究,这件事非得细研究不可!"

高林说:"我妈在家了,叫她知道了这事儿不好!"

赖八说:"你妈没在家,刚才二牛子来,说你母亲跟着徐二嫂子上东镇去啦,大概才走,一时不能回来。咱们在别处说话都不便,回家去到我屋里,细细盘算一下。因为这件事很要紧,别叫它出大麻烦,也别就这么一下把你们两人就打断了！"

高林深深地喘了一口气，问二宝说："你能到我们家里去一趟吗？"

二宝点头说："行！反正今儿我也得听明白了你们怎么办，弄清楚了，就没我的事儿啦！"

高林说："好吧！那么咱们就走？"他拿起来包裹，赖八说："你们先走，我找人看着摊儿，随后我就去。"高林便带着二宝走了。

路上，高林只是抑郁地沉思着，二宝却在大街上看热闹，两人并不怎么谈话。到了西岭，高林叫二宝在门前等着他，他先进去，见他的母亲果然没在家，就放下了包裹跟板凳，又出来了。这时见赖八也回来了，于是赖八就让高林跟二宝都到了他女儿的屋子里。

他女儿赖大嫂这时才睡起，穿着棉线织的小衣裳，白纺绸的长裤子，绣花拖鞋，正对着那个破梳妆台拢她的"飞机头"。赖八掀着胡子笑着给介绍，说："见见，这是张姑娘，这是我女儿。"二宝想不到赖八的女儿这么摩登，屋里还相当的款式。床上扔着个"唱本"，二宝就坐下拿起来看，她不大认识字，一翻篇儿可能认出头几句来，是：正月里来正月正，于二姐房中叫春红……

高林是坐在个小凳儿上，赖八偷了支烟卷抽着，说："依我看，无论那柳老爷怎么逼，怎么问，咱们还是照旧进行。反正他不能把他的女儿锁起来，只要有一点空儿，张姑娘你就带她出来。也别上海边儿啦，那地方你别瞧旷，可是只要人家留下心，跟上了人，站在个高地方，或藏在树林子里，就能全瞧得见。以后，顶好是上我这儿来订约会儿，我还有一间屋子，收拾收拾也不坏。别瞧我们的院子杂，可是街坊全都各自过各自的，都不管人家的闲事。"

高林发着愁，二宝还翻着那本小书，赖大嫂却回过身来拍着手，笑说："我说怎么样？闹出事儿来了不是？高林，你干了这事儿，当初就不该瞒人。你向来跟我们说话老是吞吞吐吐，掩掩藏藏的，也不把那柳小姐拉来给我们看看，也不说你们到底是在海边什么地方见面，老仿佛你们是自由恋爱，文明人，不配跟我们一说。哈哈！现在事儿出来啦！哈哈！别人你都瞧不起，非得找女学生，女学生，哼！现在叫你受受！"赖大嫂非常称心、解恨,因为他们同院住了四五年,她早就瞧上高林了,这漂亮小伙儿比那些有钱的人还能打动她的心,她老是向高林表示意思,但高林却从来不看她一眼,可去恋爱个什么小姐,这些日子她就嫉妒,如今才算解恨!

高林说:"没有什么,本来我就没做什么坏事,没安什么坏心,现在散了也好。可是我得见见她父亲去,我得把话说明,别叫他逼他的女儿!"

二宝说:"我们小姐她可净哭,跪着磕头求我,叫我别说出你的名字来,别叫她爸爸认出你来。要不是她央求我,今儿,我能从你的眼前走过去,我都一点儿不言语?我才那么爱给你瞒着呢?我都是为我们小姐!你说散了,那也容易,可是她一定得哭!"赖大嫂又笑着拍手。

赖八给二宝倒过一碗茶来,殷勤地说:"姑娘也别着急,其实咱们都是局外人,可是谁不愿意他们两人好呢?想点儿主意,还是别散才好。姑娘您以后也可以常上我们这儿来耍,你瞧我这女儿!这是我的亲女儿。"

赖大嫂瞪着她爸爸,撇嘴一笑,说:"老怕人不知道你是我爸爸,把我的相片挂在你的摊子上当招牌,好不好?"

这里高林发了半天的愁,忽然站起身来,向二宝说:"我给香蓉写一封信,你回去偷偷交给她,看她是什么主意?"

二宝说:"你把那两张相片得交给我,我拿回去,要不然事情还不能够完!她那爸爸还得拿手杖赶着我,逼着我去找你,要再有这么一回,我可就不能再给你瞒着了,我可就要把你指给他了!"

高林点头说:"还她相片也很容易,只是我要见她一封回信才行,我要看看她是打算怎么个办法。她若愿意继续下去,我愿牺牲一切跟她继续下去,她若……"

赖八说:"信上也不能写明白,不如你们再订个见面的地方,见面细谈,我这儿是最秘密。"

二宝瞪着眼睛说:"她得出得来呀?你们不知道她那爸爸有多顽固啦!早先就不叫她出门,一有了这件事,更得把她当贼似的看起来了!"

高林叹了口气，说："还是我写一封信吧！"

高林回到屋里，撕下他的一张英文习字用纸，用钢笔向上面写，他写的话也很简单，大意就是：

> 听说你很受委屈，事情是由两人造成的，现在你情愿一人负担，并且维护着我，真真叫我惭愧！痛心！实在说，咱两人做的事，有什么不可告人的呢？你鼓励我去上进，我安慰你的寂寞，并没有什么过分的举动，实可称为一种最洁白的爱情。假若你父亲能够谅解，我可以向他去表明，听他的办法。他就是要惩罚我，我也愿意接受，只要把你洗清了就行了，我就算对得起你了。不然，如果非拆散不可，那请你拿定主意，你愿怎么办，我就怎么办。可是，我说真话，你对我的感情是太好了，我实在不愿我们两人分散！

写过后，他又注上"请来回信"四个字，装在信封里粘好，就回到赖大嫂的屋里交给二宝。

二宝这时跟赖八父女谈得很是高兴，赖大嫂管她叫"妹妹"，并拿出新做的花旗袍给她看，还说："哪天你有工夫找我来，我请你听戏！"

赖八又给她倒茶，由抽斗里拿出瓜子碟请她吃，并详细询问她的家庭景况，父母都做什么事，还说："你真聪明，我看你长得比那柳小姐还好！又活泼，又年轻，心眼儿也来得快，不像是个给人使唤的。以后你千万常来找我女儿，来了别外道，咱们跟一家人一样！"

高林把信叫二宝带好，说："劳你驾，快些回去交给她吧！"二宝就走了。天色已然不早了，赖八和赖大嫂都把二宝送出门去。

二宝走出了很远，忽然高林又追上她，说："香蓉的回信，还是由你交到我的摊上，亲手给我好了！别由赖八转，他们都不是好人！"

二宝回过头来一撇嘴，说："人家都不是好人，就是你好？哼！今儿不亏了我，你……你别自己觉着怪不错！"

高林抑郁地往回走，赖八又迎面来了，拉着他，悄声抱怨说："老侄你真傻！别由咱们嘴里说要散就散的话呀？那小姐既然嘱咐丫头连你的姓名都不肯说，可见她还爱你。她家里就是一个爸爸，别人全没有，还能看得住她吗？早晚还不是你的？再说，嘿！老侄，你也太古板了！你们天天在海滨见面，你会跟她没有一点关系？也许你是瞒着我吧？哈哈！……你那封信写的是什么？你怎么不先叫我看看呢？"

高林不耐烦地摇摇头，一句话不说就走了。他回到家里，在屋中坐着发怔，就听赖大嫂在隔壁边拍着苍蝇，边说着闲话，幸灾乐祸似的，又像是有点儿向他挑逗、调情。

屋中都已黑了，高林吃不下饭，也无心再去念英文，他恨不得香蓉当时就来一封回信才好。又想，听二宝说，她父亲打了她，一定打得还很重！她那样一个年轻娇弱的女子，被家庭发现了这种情爱之私，受了打，她应当怎样的难受呀？她不定哭成什么样子了？咳！都怪我！假若我家里也很有钱，我有个挣钱多的职业就行，我就可以趁此机会，托出人来去求亲。但现在……也难怪她的父亲要生气，我虽也是自食其力，但我所做的事是太下等了！而且我那母亲……怎叫我对人去说呢！

屋中的灯还没有开，他母亲就回来了，一进屋来就说："哎哟！吓死我啦！我还以为屋里没有人呢！你黑乎乎地坐在这儿是干什么啦？你吃了饭了没有啊？你今儿怎么也不念英文去啦？"由他母亲的声音可以听出来，大概她今天又逢着了点儿高兴的事，她向来是只要手里得来十元五元，就会高兴的，她不会回忆她为那几块钱所付出的代价、所感到的痛苦。

电灯被小卿随手开开了，黄色的光照着玫瑰紫的新旗袍，小卿近来不仅添了两件新衣裳，态度上也有点儿像是"阔太太"了。她瞧见儿子这发愁的样子，就说："你还愁什么呢？现在咱们不是时来运转了吗？早先妈妈对不起你，现在你看，咱们家里还有哪个闲人常来？你别瞧我有时晚上还出去，那，你是不知道！妈妈并没出去给你丢人现眼，是……"

小卿对着自己的儿子似乎有点儿害羞，迟疑了一下，就说："我告诉你吧！你妈现在又要嫁人了！我嫁的也不是什么张三、李四、木头六，我是嫁我原来的丈夫！"

高林蓦然吃了一惊。小卿又有点儿悲伤，她接着说："我跟你也说过，你妈是个小姐出身，跟人恋爱了，才来到青岛，因为那人上别处去发财，就把我抛了！……"

高林说："妈妈说的不是那赶车的吗？"

小卿点头说："就是那个赶车的！早先因为穷，顾不了我，才把我抛下。现在他可阔啦。他跟我说他是给别人做买卖，手里也没有太多的钱，可是我看出他是有点儿瞒着我，他怕我立时骄傲起来，充起阔太太来，给他招事。他领带上的一个钻石别针，少说也得值几千。他一个人来到青岛，就为的是来找我。到底我们是抓髻夫妻，不同别人，过去的事一说开了，彼此都能够原谅，所以他叫我赶紧找房子，他说最好是在东镇，离开市内远些。以后每个月他给咱们六十块钱，咱们娘儿俩足足够了，一年之后，他跟朋友们都说得公开了，他再正式跟我同居，再给你找一个好事。今儿我让徐二嫂子带着我上了一趟东镇，看了一处房子，是四间小瓦房，只有一家邻居，一月才租十二块钱，不多……"

高林却愤愤地站起身，问说："这人姓什么？叫什么？他现在哪儿住？"

小卿看见儿子的神情不好，就说："你可别……你要不愿意叫他爸爸，你就还在这儿住，我常常来瞧你，一月给你三十块钱……咳！无论如何咱们总是有个依靠好呀！我也不是四十多岁了又晚嫁，我是……他本来就是我的男人。我年轻的时候就跟他恋爱，现在，我还觉着我爱他，这也不是妈妈没脸，老少都是一样。你别管我，以后我也不管你！……"高林的脸色变白了。

小卿又说："我嫁我原来的男人，这总不算是给我的孩子丢人！二十多年来我受了多少的苦？现在老天爷才睁开眼！我也不希望别的，只要叫我跟他享几年福，再瞧见你有个好事，娶个好媳妇，我也就心满意足啦！"

高林顿脚说："妈！你还没看出来？这个人太坏！您的一生命运都是他给害的！现在他发了财，不立时接您去做正式的太太，可只一个月给您几十块钱,叫您当他的外家?"

小卿摇头说:"不是!他可也是真难!"

高林说:"我们不可净为他想,也得为自己想一想,他这话明显着是假话,是欺骗您!"

小卿说:"他欺骗我可干吗?他这回不来找我,我能上哪儿找他去呀?他现在是天良发现了!"

高林着急地说:"他来找妈妈,是他觉着妈妈还不太老!早先他欺骗您,玩弄您,侮辱您,他还觉着不够,他还要您这四十多岁的人,因为他才受了多年苦处的人,已经有了我这么大的儿子的一位母亲,再受他几年欺骗!玩弄!侮辱!"

小卿哭了,顿脚说:"你别管我!谁家的儿子管得着妈妈呢?你不明白他,他发了财的人能像咱们,一点儿身份都不讲?他跟我说的那些话都明白极了,你是没听见,我也不能够跟你说!……"

高林说:"妈妈千万别再受他的欺骗!他全是假话!"

小卿瞪着眼睛说:"怎么叫受欺骗呀?难道叫我立刻挟着个包儿就去嫁他?他不叫我做柳太太就不行吗?他就是有心要我,我还没有脸去自充太太呢!搬到东镇住去,是个暂时的办法,就是有人说我是某某人的外家、姨太太、小婆子,我也不寒碜,本来我十五岁时就跟他恋爱了么!还是那句话,恋爱老少都是一样,儿子别干涉妈妈,妈妈也不能干涉儿子。我也知道你现在外头认识一个姑娘,我瞧见过相片,长得倒顶好看,也不知是平康里的,还是你在哪儿恋爱来的。你天天早晨拉大车,晚上念英文,我也都知道。我心里难受,可是我又不敢问你,也不敢拦你。我明白,你是一方面想攒钱,一方面又要学本事,将来你好娶那姑娘!"

说到这儿,小卿擦擦眼泪又笑了,说:"好啦!咱们娘儿俩今儿都算说开啦,以后谁也别干涉谁。可是,因为你是我的儿子我才劝你,对人家姑娘可千万要好一点!将来得机会请她来,让我见见,现在我也可以出头露面了,我也不给你做那丢人现眼的事了,我也是个正经的妇女了!"高林低着头走出屋去,他母亲还隔着窗叫他,说:"你别走!来!我这儿有钱,你拿钱听戏去好不好?"

高林往外走去,天色已黑。母亲又被无良心的人欺骗,又要遭受一番残忍的玩弄,对此他真是气愤,然而自己又没有办法,母亲是可怜得连人格、骨气、恩爱、怨憎,全都没有了! 自己的隐事又已为母亲所发现,而这件事,也眼看着就要破灭了。二十年前,赶车的就能引诱小姐,使自己这小姐出身的母亲终生不悟。而自己呢,现在仅仅与一个小姐有了点纯洁的友谊,就起了波折,就许要被拆散,而永远难再结合。他就想着:咳! 人是需要说些花言巧语、毒辣的手段与卑劣的行为啊!

他在凄冷的路灯下、海风里,鬼魂似的踱到那无人的海边,眼前只是一片繁星,沉沉的夜色连着茫茫的海水。他呆立了不知有多久,两条腿都发酸了。结果,他叹了口气,又想:正好,母亲现在也有了归宿,香蓉也将从此不再理我,我也该离开此地了! 然而,他又怕那温婉多情的柳香蓉,未必就忍得与他这样生生地分手,分手之后她还不定有多么可怜!

当日半夜他才回去,那时候他母亲还没有睡,正在灯下做花鞋,也没顾得理他,他就爬到吊铺上去睡了。

次日早晨他也没去拉大车,他就像失了魂魄,什么事也做不下去了,只好出去闲遛。在饭摊上吃了午饭,回家已一点多钟,母亲已然出去了。赖大嫂从窗户缝儿给他扔进来一封信,说:"看吧! 这是那小姐送来的! 你傻蛋,被人白白耍了一回!"

高林赶紧从地下捡起信来,就见信已被拆开,大概赖八父女都看过了。他把那美丽的洋信笺展开,只见上面堆着一个个如同香蓉模样那般清秀的小字,可是意思却叫他惊讶,他直着眼看:

  亲爱的林:

  现在我的理想是完全幻灭了,人生原不似海水明月那样简单,爱情原来还需要身份与金钱! 这些事,我那慈爱的父亲跟我讲说了一天一夜,我才明白。我就像失去了什么,如在我眼前飘去了一片美丽的云,别人认为是不值什么,但我的心里究竟惆怅呀！

　　我的父亲待我之好殊出于我意料之外,平日我以为他顽固,原来他也很开明。他对此事一点儿也不责罚我,只劝我明白了,以后改悔就是了。他对于下人们也完全宽恕,并且对于你也毫无怨尤,他只是惋惜,说:"一定是个很好的青年,可惜环境太不好,缺乏教育,所以做事有点儿荒唐! "他知道"赖八"不是你的真姓名,他向我追问,但我只回答他:"已经过去的事了!他给予我的印象我已很伤心,但一时不能磨灭,何必您还要记住他的名字呢? "

　　此刻我很伤心,如同病了似的,我不能忘记你,我不能否认我心灵上的这一条创伤是很深的。你那可爱的眼睛仍然摄着我的灵魂,但是身份与金钱,叫我们不得不分离。分离不过是心灵上的悲痛,美丽的海与明洁的月却仍然伴着我和你,我们在精神上并没失去什么呀!

　　那两张相片希望你快寄还我吧!因为我父亲把那当作一件大事,我不愿使他为此事时时思虑。再说你留着那也无用了,我们见面也不止一次,我的影子在你的眼帘里,难道不比相片更真切吗?你要想念我时,你就闭目想一想,我就在你的眼前了,而且我永远是青春的、美丽的……

　　高林把信随手团皱了,紧紧握在拳头里,心里像被沉重的车轮碾轧着,脑子像要炸裂,恨恨地想:真的!我是混蛋!被人白白耍了一回!我安分地做买卖,她去挑逗我,叫我陪着她在海滨开心、解闷。向来她只谈海涛与明月,不许我谈别的话,如今她父亲才一出头阻碍,她居然就提出了什么金钱与身份的问题,一点儿也不留恋地把我抛开了!还跟我立时要回相片!他愤愤地一顿脚,又去撕自己的练习簿写信,写上:

　　我混蛋!白白地被你戏要了一回,你拿我不当作有血肉的人！相片，我将公布出来，并告诉我的许多朋友，就是这个有身份有金钱的浪漫小姐，她，把我骗了！

写过之后，他觉着胸中出了一些气，但又觉得对一个柔弱的女子，怎可以这样的骂她呢？怎可以伤她的心呢？遂又把才写好的这张纸又撕了，并且把练习簿和英文读本，完全撕毁。他手按着头，倒在床上去睡了。

高林知道事情已无法挽回，身份、金钱，确实是自己最惭痛的事。他想起那天看见二宝带着香蓉的父亲，气势汹汹地来找袜子摊去索相片。香蓉的父亲虽然衣饰很阔，可是黄瘦得已不成个样子，自己正年轻力壮，何必借着这件事去要挟人家有病的父亲和柔弱的女儿呢？而且她既然是变了心，我再怎么样地麻烦、央求，也是无用的了！只是相片绝不能还她，因为我要留着它，作为我受过阔小姐一回欺骗的纪念。

心里虽是这样宽慰地想，但他的精神上却被失恋的痛苦围绕着，一点儿精神和力气都没有了，顿觉着世界失去了温暖，前途断绝了希望。同时，他母亲现在又正在为找房子，为给那无良心的人做外家的事而奔忙，赖大嫂也时常在隔壁冷嘲热笑，他真不能再在这样的环境之中生活下去了，唯一的办法，只有走，然而他手里又没有钱。

第九回　风雨之夕

　　夜校他已不再去了,上午,也没有力气去拉大车;下午,更自觉伤心,不再去摆袜子摊。他只是一早就出门,在栈桥的椅子上一坐,直坐到日光晒得他实在受不住了,才走开。他失魂丧魄地走到安徽路公园,那里有茂盛的绿荫凉,有潮湿的轻易没人行走的草地,他就在这里倒身一睡;他也未必能睡得着,只任着苍蝇在他的脸上爬,蝉声在他的耳边叫。

　　他常常一天只吃一顿饭,吃家中他母亲给他留下的饭。他母亲给他留的总是很好的,有外面买来的馒头、咸肉,还常常有一碟拌凉粉,或是腌白菜,用那破了两个窟窿的纱罩儿盖着。他因为饿,不能不吃这些东西,然而吃下去总觉着痛心,有时还流眼泪。

　　对于母亲他已渐能原谅了,母亲是可怜到了极点!别说那害了她一生的狠心人,现在又答应每月给她六十块钱叫她当外家,就是钱再少点,待遇再冷淡点,她也不会怨恨,而且依然是感谢的,因为得到了这一点点,在她就已然很难了!那个早先在她家赶车的,奸拐她的骗子,弃了她的毒夫,她当然不敢怨恨,现在那人发了财,从手指缝里挤给她一两个钱,那就算是对她的恩惠了。

　　三天来,他度着昏昏沉沉的日子。这天,晚上九点钟之后,他在"劈柴院"闲游了一阵。就听见饭馆里有许多人疯狂地划拳,鼓场里有歌女用柔媚的声调儿歌唱,别人都在寻乐,都像是没有一点儿苦恼,或者是都在耐心地去谋生。他觉得自己不可以这样颓废下去,还是走吧!明天把那点残存的货物折给同业,也可以得到二三十块钱,可以拿它作路费,上天津去!谁管得了到了天津之后,能不能找着事,能活不能活呢?离开了这里,看不见这里伤心惹气的海水,也许就会好了!

他的精神仿佛振作了一点儿,赶紧往家中走。到现在,他想可以把话对母亲明说了,母亲她已有了依靠,不至于再拦阻自己远行了!这时,天空又是月色皎洁,他看了一眼觉着那是一个无情女子的面孔,他什么也不想,一直往西岭走去。

回到了家中,才走到窗前,他却忽然止住了步,因为屋中有个男子的说话声音,正在说:"我一点儿不嫌你老,可是你这脾气我真不明白,你是怎么学来的?把你带到南洋,你实在不够个大经理太太的资格。"

高林一怔,接着往下去听,是他母亲笑着说:"哼!我倒是不觉得我的脾气怎么改了,只是你的眼眶儿高啦,瞧不上我啦!"

男子也笑着声儿答说:"我瞧不上你,为什么我还来青岛找你?还在报上答复你呢?"

母亲似乎带着点怨恨,说:"那是呀!那是下雨的那天,你在饭店的门口儿瞧见我还不太老苍,还值你花二百钱!"

男子说:"瞎说!二百钱花给十七八的,也不是没地方!"

母亲带着妒意说:"哼!你还想记着十七八的呢?你女儿都有那么大啦!前些日我看见你穿上洋服,拿着手杖,我以为你不定有多么正经呢,我真有点儿害怕你,现在,我瞧你还跟早先是一样的坏!"

男子忽然叹了口气,说:"我觉着男女总是离着远一点才好!在南洋,我想象中的你,绝不是眼前的这个你。"

母亲说:"好得多,是不是?是个十七八的?"

男子说:"也不是!现在我跟你说正经的话,你别嬉嬉笑笑!我对你实在是真心!就是你的脾气,譬如这纸烟,就应当立时戒掉,将来搬到东镇,你也得安分守己的在家做个太太。虽然在名义上你还不是柳太太,可是你以后的生活费既由我负责,你就是我的人了。"

高林胸头涌起来怨恨，又往下去听："我现在是有相当身份的，无论你现在是我的太太，是我的外室，还是我的爱人，也无论别人知道不知道，你总得品行端正，别丢我的脸。你在青岛有多少熟人，我虽不知道准数儿，可是我也看出来了……"

高林蓦然开门进屋，屋中的谈话立时就断了。但高林忽然惊呆了，他瞪着大眼睛，就见在黄色的灯光下，与他母亲并坐在床头的那个穿西服、清瘦脸、黑胡子，四十来岁的男子，原来正是那天看见的香蓉的父亲！

小卿捏着烟卷站起来，说："你回来啦？你见见吧！这就是你的……这就是柳先生，你得叫爹。"又向柳贵甫说："这就是我的儿子高林，你瞧有多么高！咱们的事情我也都跟他说啦，他也是很感激你的。以后，你得多关照他，提拔他，别拿他当外人，他跟你的亲儿子一样！"

柳贵甫拿着架子微微点头，高林却连头也不点，只瞪大了眼。他的母亲就在旁边说："你怎么没去念英文呀？"那脸色真是可怜极了，她用目光恳求着儿子，叫儿子千万别爆炸。高林就把头低下去，一声也不语，转身又出屋。到了院中，他就狠狠地一顿脚，骂了声："骗子！坏蛋！"因为他的声音不大，屋里大约是没听见。

又听屋里小声地说了几句话，窗上就浮现出来一个人影，是那位柳老爷往头上戴帽子了。高林赶紧走到一边，就见屋门开了，柳老爷一身浅灰色的洋服，随着屋中的灯光走了出来，手杖嗒嗒地戳着地。他的母亲穿着那身玫瑰紫的衣服，双手环住了柳老爷的胳臂，贴在身旁，仰着脸儿说："明天九点钟我一定到饭店，咱们再商量！"声音是十分的可怜。

高林想过去按住那柳老爷饱打一顿，但又想：打死他也不够给我母亲出气的！

他母亲此时是依依恋恋地送那位柳老爷出门去了，就没有回来，也不知是要送到哪里去了。高林正要进屋，忽见从外面晃晃悠悠地进来了一个东西，原来是赖八挑着纸烟担子回来了。他在院中把担子放下了，走过来，探头探脑地一瞧是高林，说："哎呀高林！这两天你没拉车也没做买卖，我到哪儿找你哪儿没有你，你净干什么去啦？来吧！咱们说几句话！"便把高林拉到了他的屋里。

他这间屋子还没有他女儿的一半大，黑乎乎的，一进来，成团的蚊子就往脸上直撞。赖八说："老侄你真傻！你怎么不往前进一步呢？二宝今天又来啦……"

高林惊讶着说："她来又有什么事？"

赖八说："她来倒没有什么事，是下午三四点钟的时候，不知她怎么趁空儿又由公馆里溜出来了，在我们姑娘的屋里闲谈了半天。那孩子很不错，她也恨你傻，她说柳家小姐现在还天天忘不了你，连饭都吃不下去。她爸爸虽然看得很严，可是晚上她爸爸在外头瞎弄事，还是时常半夜才回来。你正可以继续进行，用点儿手段，把那小姐的心先抓住，抓得死死的，她爸爸还真能拴得住她的腿吗？你现在是一下儿就弱了气，仿佛是怕啦！整天各处去云游，连买卖都不做了，这还行？顶好的一个发财得人的机会给扔掉了！我都替你觉着可惜。你也不向我讨教，无论怎么，我也比你多活了几十岁，经验阅历多，再说我也绝不能给你们破坏，我给你出的都是好主意，为的是叫你将来娶个阔媳妇！"

高林冷笑了一声，说："我不傻！我这几天就是正在想主意呢！"

赖八问说："你想出主意来没有？你是打算怎么办？"

高林说："我绝不能就这样算完了！早先我是自觉身份太低，跟她配不上，现在，我觉着我的身份并不低！"

赖八说："本来么！咱们做买卖是将本图利，有什么低的呢？我早就说过，那小姐就瞧上了你漂亮，没管你是干什么的。你又不是没有洋服裤子，穿上那身再配件上身，索性就勾引勾引她！"

高林恨恨地说："是得勾引！"

赖八说："这回要再勾上她，可就别再放手了，赶快要设法人财两得！"高林说："我知道。"转身出屋，赖八又从后面拍了拍他的肩膀，说："这才像话！这年头儿么，放着便宜不去捡？"

高林回到屋里，他母亲还没回来，他就瞪着眼睛看着床，心里发恨，仿佛柳贵甫仍然坐在那里似的。他想：什么金钱、身份？早先他也不过是个赶车的,但他就能引诱有小姐身份的我母亲,还是在那个时代,我的外祖父还是个官!现在他女儿恋上了我,他就出头干涉,说我缺乏教育,做事荒唐。然而早先……咳!就拿现在来说,他就有教育吗?他就不荒唐吗?我母亲被他抛弃得可怜到如此地步,他还要拿出那很少钱来再玩弄她,真是丧尽天良!真无天理!我要报仇,他当初怎样对待我母亲的,以后我就要怎样对待他的女儿,叫他的女儿也被骗,也失身,也遭弃!好在他早先是个赶车的,现在我是个拉车的,我也没有什么可客气的,不必自觉着身份低,我比他一点儿也不低。我要叫他那浪漫、无耻、寡情的女儿,将来比我母亲还可怜,叫他也连带着受羞辱,叫他明白报应不爽,天理昭彰!

小卿回来了,一进屋就带着怨恨地说:"你真好!我也知道,你非得逼我死!见着柳贵甫你做出那样子!非得把他也得罪了,叫他再抛我一回,你大概也就称了心啦?儿子,妈妈带着你受苦二十多年,什么事不是为你?要只是我一个人,我投海悬梁也早就死啦!谁愿活着受这个罪?不错,贵甫他早先是对我不好,可是,难道现在咱们把他杀了?他现在有钱,难道咱们不应该央求央求他,叫他给你母亲找个着落?给你找个出路?"

高林问说:"他给妈妈找了什么着落?"

小卿说:"他叫我找房子啦!咳,你一定说他是要拿我当外家,可是,他现在又没有正太太,接了我去无论是明吧暗吧,我还不就是他的太太吗?他早先就是我的男人,这二十年如同是他出了一趟外,现在他又回来了,难道我还不能认他是我的丈夫吗?"

高林摇头说:"二十年的事不是这么简单!"

小卿顿了一下脚,说:"那么你就把我逼死!他再来,打他走!咱们谁也不认识,你像牲口似的拉大车,我,我……"她又哭了起来。

高林说:"假若他现在是痛悔,求饶,接妈妈到他的公馆里好好待承,赎他二十多年前所造的孽,我没有话说。现在他比宋伙计那班人还吝啬,还更苛待您!"

小卿忽然收住了悲声,擦着眼泪说:"你还提宋伙计呢!今儿我又在街上碰见他了,他跟你一样,都恨不得叫我敲贵甫一个大竹杠才好,可是……"

她脸红了红,又说:"你也这么大了,你也应当知道,我十五岁时跟他发生的关系,我对他实在跟对别人不同。我嫁过姓邓的,嫁过姓高的,我还跟过不少男人有过简直应当叫你咬我一口的事,可是那些人我都忘了,我还恨他们,唯独柳贵我可真不忘!我恨他也只是一时,一见了他的面,我又不恨了!你不知道妇女的心,妇女伤心、恋爱,都只有一次,只跟她那第一个人!我本不该跟你说,也不能不跟你说,你现在不是在外面认识了一个姑娘吗?那姑娘要是个好人家的姑娘,你可千万待人要有点良心……"高林的心中一阵难过。小卿又说:"你明白了吧?你要是替我把贵甫得罪了,你妈可只有一个死!"

高林到吊铺上去睡觉,下面还有他母亲的悲哽之声。他知道,母亲的心并不是麻木的,爱与怨纠缠着她,自身的生活问题,对方的花言巧语和施以小惠,她是够受的了!她没有别的办法,只能随着环境去走就是哭!

至于香蓉呢?高林想到香蓉的俊美、温柔,真真的不忍对她施用什么恶劣的手段,但是一想到前次她给自己的那封信却又实在可恨!臭虫叮咬着,蚊子飞绕着,他焦急、愤恨地思索着。在这吊铺上辗转了半夜,结果他是决定了,横着心咬着牙地决定了,他要报复,要叫柳贵甫看看循环不爽的天理!

次日,高林起来了,很有精神,洗脸、剃胡子,往头发上擦油,并换上了那件蓝衬衫、黄西服裤子和白鞋。他的母亲已经醒了,躺在被窝里说:"你要上哪儿去呀?"

高林摇头说:"我不上哪儿。"

他母亲说:"对啦,你应当换上这身衣裳!人靠衣裳马靠鞍,你穿着好衣裳才能够找好事。那大车,你就别去拉了!等我死了,你再拉我也不管了。前天我找着小七子,我告诉他了,不叫那大麻张再赁给你车了!"

高林说:"我也拉不了啦!原来那也不是外行能够干的。"

他母亲说:"本来嘛,我想还是……"

高林不等他母亲往下说,就说:"我想找找那柳先生,托他给我找个事……"

小卿真料不到他儿子口中竟会说出这样使她心里痛快的话,就说:"昨天我就想叫你见见他,让他看看你,给你找个事,可是你连个躬都不给他鞠。他走的时候还生气,我应得一两天叫你给他赔不是,可是回来还没容我对你说,你就先拦头一棍,跟我大闹了一场!你不知道昨天一夜,我的心里是多么难受了!除了柳贵甫,咱们现在还能倚靠谁呀?本来这两天,他对我就不如才见面那两天好了,他说我这二十几年,人虽没怎么老,可是脾气改坏了,抽烟卷这还是小事,他说我的坏处,我简直自己都不觉得。上次,在街上我跟他在一块儿走,宋伙计那冒失鬼又在后头叫了我一声,贵甫他就起了疑心啦,他疑惑我现在还乱七八糟的。所以你瞧,昨儿晚上他来,我事先也没料到,他悄悄地就来了,我明白他是想看我这儿是不是还有什么不三不四的人常来。为租房子,他斟酌了这些天,没有一点儿准主意,他既要单门独院,免得街坊认识他,又怕街坊少了,我又背着他做什么事。早先他也不是这样,现在他发了财,长了许多怪脾气。所以这些日,我只是当哄小孩儿一样地哄着他,真的,我怕他恼了我……"说到这儿,不知为什么,她又扑簌簌地落下了几点眼泪。

高林说:"不要紧,我为了妈妈,不能再得罪他了,叫我给他赔不是也可以!"

小卿拭泪说:"对啦!你这才是好孩子!今儿晚上我再见着他,我跟他说,叫他别计较你,慢慢再求他给你找个好事。他也答应过我,他说南洋有个比他还有钱的人,叫什么大王,那人的少爷快来青岛了,他是想将来把他的女儿嫁给那位少爷!"高林听了一怔。

小卿又说:"有钱的人是爱巴结更有钱的人,听说他那女儿也在青岛,他不能接我到他公馆里,这也是一个理由。本来,我离开他二十多年,嫁过好几次人,一进门就去充太太,叫小姐也不能服我呀!"

高林说:"可是,妈妈你过去改嫁和别的那些事,全都得叫他负责任！没有他，妈妈你也是小姐！"

小卿说："咳！那现在就都不能提啦！就是，听说那位有钱的少爷要一来，一定要在本地找几个听差的，那时贵甫就把你荐了去，一月的工钱也能挣三四十。"高林点头说："好！好！"推门出去，他恶狠狠地冷笑着，心说：好！好！你且别想把你的女儿去配什么少爷，我先让你看看这眼前的报应！

今天又是个阴天，六月多阴的沉闷的天，海上的风又板起了面孔，那么无情地往身上吹打。高林现在也是无情的，他知道，为了生活，为了母亲，就应该忍受，然而为了天理人心，为了自己和母亲二十多年惨痛的境遇申诉，就不能忍受，就得叫那淫鄙吝啬的柳贵甫看看"报应循环"！

他顺着海岸一直就走到柳贵甫的门前来了。这门前停着一辆汽车，流线型，黑中透亮，车窗里还有很精致的窗帘，高林心里骂道：妈的！二十年前你赶车的时候，你梦也梦不到这东西吧？望着爬满了绿叶的墙，楼上有那么美丽的窗帷，他又恨恨地想：你的小姐就该住高楼，不准讲恋爱，人家的小姐，你就可以由北京拐到青岛，扔到青岛不管她是死是活，你自己跑到南洋去发财？

临街的短短的木栅栏，安插得十分玲珑精巧，比旗袍上的花格子还好看。院子里花木葱茏，鸟语啁啾，一个人也没有，如同仙境一般。铁栅栏却板着一幅不讲理的面孔，仿佛在对他说："不错！我拐过你妈，也抛弃过你妈，可是现在我发了财，还讲那一套？"

这时至多才上午十一点，可是汽车里的那个司机却仿佛开了一夜车似的，已然斜着身子睡着了，门外跟门里都静悄悄的。高林在这里徘徊了一会儿，就见那穿着一身白西服的柳贵甫拿着手杖往外走来。一个年老的仆人刚把栅栏拉开，汽车里的司机就立时醒了。

柳贵甫蹒跚地走出了栅栏，一直上了汽车，高林就赶紧走过去，叫着说："柳先生！……"柳贵甫还没把车门拉上，看见了高林，他不禁一怔，栅栏里的老仆人也站住了，向外看着。高林就忍抑着心中的愤恨，做出恭谨的样子，说："柳先生，我母亲叫我来找您！"

柳贵甫坐在车垫上，斜着头，十分地惊讶，不甚高兴地问说："她叫你找我来有什么事？"

高林说："她请您快些把她接到您的公馆来！"

柳贵甫说："这不是我的公馆！"

高林的胸头如同点着了一把火，但还极力忍着，依然卑恭地说："我母亲她实在可怜，二十多年来……"

柳贵甫说："二十年来的事我没有责任！现在我又不是不体恤她，你千万不要听信别人的话，来跟我有什么格外的要挟！"

高林摇头说："不敢！我母亲叫我来求您，是请您给我找个事。"

柳贵甫脸上仍然怒色未散，点点头说："慢慢地吧！将来我跟你母亲再面谈。"

高林又故意地说："事情若没有现成的，请柳先生您借我点儿钱，我要弄一辆车赶着！"

柳贵甫暴躁着，顿脚说："好好！你快去吧！等我见着你母亲再说！"他吧的一声就把车门关上了，叫司机把汽车开走。高林的心中似乎平消了点气，他冷笑着，直着眼看那辆汽车挟着气走远了。

高林一回头，见那个老仆人还隔着铁栅栏向外边看着，他就转身走过去，笑着说："柳老爷刚才说，叫我在这儿等一等他，他一会儿就回来。今天是他叫我来的，因为他有点事要托我给他办！"

里边的老仆人怀疑着问说："您贵姓呀？"

高林说："我姓高，昨天晚上他到我家里去了，就是为叫我给他办点事。"老仆人只得把栅栏拉开，高林往里就走。

院子里的水门汀甬路很潮湿，花木散发出阵阵清香，鸟儿叫得更是嘹亮。二宝提着喷水壶，从一株青翠的针叶树后边转过来，一瞧见高林，她就站住了，呆了。

高林就矜持地笑着，说："二宝！你没看见刚才我在门外，跟你们老爷谈了半天的话吗？事情我们都说开了，老爷叫我来见见小姐，小姐是在楼上吗？"

二宝瞪眼瞧瞧高林身后的老张，老张也正在那里发怔。高林又笑着说:"你们别疑惑,我跟这里的老爷早就相识,我们很有交情,香蓉就跟我的妹妹一样。来,二宝,我托托你,请带我到楼上去!"

二宝生着气说:"我管不着!"一抢喷壶,几乎泼了高林一身的水,她又转身走去,浇花去了。

高林又笑了笑,往楼上就走。老张从后面追赶过来,说:"先生!您先请到门房里坐着,等我们的老爷回来吧!"

高林回过头来,说:"怎么,你还不放心我?你是不知道我跟这里老爷的关系,我们比亲戚还近得多,我们不是外人,不信,等你们老爷回来,你就知道了!"

他往楼梯上怔走,二宝却咚咚地跑着从后面赶上来,急急地拉住高林的胳臂,悄声说:"你到底是怎么一回事?他回来了可要把你送衙门!"

高林一级一级地往楼梯上走,回过头来笑着说:"我是公开来的,柳贵甫请我来的,请来叫我跟他的女儿把话说开了。你不信?等柳贵甫回来你也就信了!"

二宝就抢在前面,先跑到楼上,进到香蓉的屋里报告去了,高林也跟着走了进去。

一到香蓉的屋中,就见穿着素地紫花儿洋服的柳香蓉正惊慌地跟二宝对面谈话,二宝正指手画脚地说:"……他就怔进来啦!"香蓉一扭头,见那穿着衬衫西装裤子的高林,已然走进了她的屋里。高林那黑亮的大眼睛直看着她,嘴角带着一种诱惑人的笑,宽大的肩背直挺挺的,如同一座伟岸武士的石像,突然出现在她的眼前。她的心有点儿哆嗦,脸上有些发热,笑了一笑,走上一步来,问说:"是我父亲叫你来的吗?"

高林点点头,说:"不然我哪能冒冒失失地就上楼?香蓉,这两天你还好吗?"

香蓉的脸绯红着,低下头,摸着自己的胸口,悲戚地说:"我心里老是想你!"二宝也脸红了,走出屋去了。

两人并坐在一张沙发上,香蓉说:"这些日我非常的寂寞,仿佛我的世界改变了,我这世界仿佛越来越冷,将变成月球那么冷了!"她嶵着小嘴,那细致小巧的眉目之间,敷了一层愁色。

高林笑着,说:"不要紧! 以后咱们两人就可以常在一块儿了,你父亲绝不能再干涉咱们了!"

香蓉露出来怀疑的神色,摇摇头,那蜷曲的长发这么一摇摆,真是好看。然后她又将身子一倒,头枕在沙发边上,仰着脸对着高林,说:"我不相信! 我父亲的脑筋太死,他认定的事情,很难叫他改变了。他说咱们两人的身份差得太远,他又譬方、讲解,天天跟我说,昨天还说了半天呢! 我真被他说得头痛了,他一跟我说起这话来,我就恨不得立时死了才好,立时叫海水把我卷去了,飘到那无人的地方才好。他哪能……"她又摇摇头,说:"我不信今天是我父亲叫你来的!"

高林笑着,站起来说:"你不信? 那好办! 你可以问问你们管门的那个老头儿,问他刚才是不是我在门前跟你父亲谈了半天的话? 你父亲在车里,我在车外。"

香蓉说:"因为今天又有由南洋来的人,我父亲是到码头去接。"

高林说:"是呀! 我也听你父亲说了,南洋还有一位大资本家的少爷也要来青岛!"香蓉的脸色突然一红,便点了点头。高林又笑着说:"你看我知道得详细不详细?"

香蓉又有些惊讶,就笑了笑,说:"你怎么会认识了我父亲呢?"

高林得意地微微笑着,说:"我们早就认识!"

香蓉的身子一颠,沙发里当啷一声响,连高林都被颠动了一下。香蓉就惊疑着,又欣喜着,用双手推着摇着高林,顿着她的高跟鞋说:"你告诉我实话!"

高林凝滞着目光,沉默了一会儿,就说:"我这个人向来不说假话! 你父亲跟我们家里早就相识,二十多年前就相识,那时还没有生我,也没有生你!"

香蓉直着眼睛说:"是吗? 你父亲早先跟我父亲……他们是很好的朋友吗?"

高林说:"差不多吧,可是,这二十年之间有一件顶惨的事情!"香蓉惊异着问:"什么事?"高林说:"一时也说不尽! 将来我再向你细说。"

香蓉又直顿脚，着急地说："你别闷着我！"高林说："因为这事太惨，太可恨，蓦然说出来你也许会哭！"

香蓉撇着嘴说："我才不哭呢！"又说："我这个人最快乐！我瑾姊有时看小说，看《茶花女》她都流眼泪，我却不！我认为那些事的造成，都是因为人类的愚蠢，其实世界是快乐的！"

高林咬着嘴唇，喘了一口气，就说："这么说，你的心跟你父亲倒是差不多？"

香蓉摇头说："不，我比他的心还硬！我父亲还脆弱，他的可笑事多极了，将来我再慢慢告诉你。"她又天真地笑了一笑，说："我对什么事都想得开！我母亲死的时候，我并没太悲痛。假如我父亲这时忽然死了，我也不会太伤心的。因为我认为什么事都有它的必然，人死、跟事情的变、花开花落、月亮的盈亏，都是照例的，不能免的。我一点也不忧伤过去的事，我就爱新奇的将来，我更不为不相干的事而忧愁。譬如，这几天来，我父亲疑惑我是失恋……"

她的脸又一阵红，接着又说："他怕我自杀，看着我，教导我，时时叫人不离我。其实我才不呢！我虽然想念你，但我也愿意我们就这样地分手，因为……"她笑了笑，又说："这多有诗意呀？"

高林的胸中涌满了气愤，他恨不得把身边的这个美丽无情的蛇一般的女子，扯碎了，打死了！他现在一点也不想客气了，他就说："不行！我不能就这样算完！我要……我要跟你结婚！"

香蓉屈服在这健美男子的威力之下，她说："结婚？那也好！我觉着那也很有诗意！"又说："我也愿意结婚，因为我现在太寂寞，而且没有自由！"

高林说："你不是嫌我的身份不配吗？"

香蓉摇头说："其实我倒不嫌，是我父亲嫌你，现在他既是忽然又不嫌你了，我自然也还爱你。你跟我结婚，我也愿意，只要我的父亲能允许！"

高林说："他没有理由不允许！"

香蓉又推着高林的身子，说："你到底得告诉我，你怎么会认识了我父亲呢！因为我知道你并没见过他,他也不知道你叫高林！"

高林笑着说:"待一会儿我再告诉你。"香蓉又着急地直顿脚。

高林却忽然问说:"你有钱没有？"

香蓉一怔,说:"我就有三十几元钱,还有些钱都是金先令。"

高林说:"那个咱们不用,你带上那三十几块钱,咱们出去吃午饭,好吗？"

香蓉说:"我父亲要是回来呢？"

高林说:"他回来也没有关系！告诉你,我们两人的事,在你父亲和我母亲的面前已然完全说开了,以后他们绝不拦阻。这话很长,等我们出去之后,吃完了饭,我再跟你细说。你现在自然觉着惊讶,可是我一说明了原因,你也就信了。"

香蓉还纳闷着,她站起了身,看看窗外,说:"怕要下雨吧？"

高林说:"不能下雨！下了雨也不要紧,我可以叫汽车把你送回家来。你有三十几块钱,我还有七八块,足够咱们俩今天一天花的。你整天在家中看书,我又整天劳苦,咱们为什么今天不乐一乐呢？"

香蓉跳起脚来,高兴地说:"好吧！等我换件衣裳。"

高林笑着说:"不必换衣裳了,拿上钱就行了！"

香蓉拉开抽斗找出钱,装在她的那珠子穿成的手提包里,两人就一同出了屋。朱妈、二宝跟那女厨子全都站在过道上,都直着眼惊讶地看着他们,二宝大声嚷嚷说:"小姐！你上哪儿去呀？"

香蓉脸又有点红,说:"我跟高先生出去玩玩,到外面吃午饭去。"朱妈劝说:"要下雨了,小姐您就别出去了！"香蓉摇头说:"不要紧,下雨我们就雇车回来了。"说着,两人就往楼梯下走。

才下了半截楼梯,二宝由后面追着下来,拉住香蓉的胳臂,急急地说:"小姐！我可不管！老爷回来了,我可不管！"香蓉顿住了脚步,也有点儿犹豫,高林却摇头说:"不要紧！老爷回来,你只管对他实说吧！"

他拉着香蓉下了楼。两个老仆像鹭鸶似的呆呆地站在那里,直着眼睛瞧着他们,老张并且笑问:"不叫部汽车吗？"香蓉摇摇说:"不用叫！"老张只好去开了铁栅栏。高林跟香蓉就手挽着手儿走了出来。

外面，马路上很寂静，树上也没有蝉声，天阴沉沉的，风也很凉。高林的心里像怀着一口森森的利刃，香蓉却燃着火一般的热情，由她的脸蔓延到全身。高林现在拿定的主意就是"报复"！现在，香蓉随着他出来了，是一位"小姐"，可是今天晚间送回去的，必须叫她已不是个"小姐"了，摧残了她处女的尊严，抹去了她"小姐"的身份，叫她替她父亲抵债。假若能把她诱上船，一块儿走，那更好。到别处把她抛了，将来也叫她做暗娼！生下儿子也叫他受侮辱！若干年之后，不必自己也发财，见了她的面还照旧地玩弄，希望那时柳贵甫还活在人世，那才叫"大快人心"呢！他坚忍地存着这样的毒心，运用着玩弄诱惑的手段，一点儿也不心疼香蓉。因为他已知道了香蓉是怎样的一个女子，她是"水性杨花"，拿住了她，她就永远在自己的手里，只要一松手，她就会飘飘地随水流去，她虽然美，但是一个比自己的母亲并不见得怎么高贵的女人。

阴云一层层地将天空遮住，雷声也沉闷地响了。两个人雇洋车到了大街，高林就找了一家饭馆带着香蓉进去了。单间里，放下半截儿门帘，隔壁又没有什么座客，很清静的，高林要了几样菜跟酒，他把那深黄色的酒浆满满地斟在杯里，送到香蓉的唇边，说："你喝一杯，不要紧！"

香蓉却拿着块红手帕捂着嘴，脸比手帕还红，她眯着眼睛笑着，又时时掠起眼皮瞧高林，先是摇动着头发说："不喝！我不喝！你一个人喝吧！"后来高林笑着说："你要是喝下这杯酒，我就告诉你，你父亲跟我的关系！"香蓉这才嘴唇向酒杯沾了一下，斜瞪着高林，说："你倒是说呀？别闷着我啦！"

高林却笑着，说："现在还没到应当告诉你的时候，你再闷一会儿吧！"香蓉又顿脚、佯怒、娇羞，推着高林的身子不依。高林感到一种报复性的快活，他把香蓉喝剩下的酒一饮而尽，大笑着，以嫖客的心理玩弄着这已为他所迷醉了的娇柔少女。

窗外的雨已潇潇地落下来了，雷声如许多辆大车在石头道路上很快地滚着，一霎时玻璃窗上全沾满了雨水。香蓉着急地说："怎么办？我可怎么回去呀？快打电话叫一部汽车来吧？"

高林说:"不用,下雨才更好呢!你父亲今天既是去接朋友,也绝不能很快地就回家。咱们索性玩上一整天,抛却一切都不想不怕,也别像在海边那样拘拘泥泥的了,现在咱们是情人了!是真正的恋爱了!将来就是夫妻了!你就是我的太太了⋯⋯"

香蓉被感动地说:"但是,真能够吗?环境真能允许吗?"高林说:"真能够,你父亲已知道你爱我,他很愿意我们相爱!"香蓉的眼泪流了下来,如窗上的水珠似的。

高林就问:"你为什么哭?"

香蓉摇头说:"我不是哭,我是⋯⋯我是真爱你!我爱你的眼睛,我们没见面的时候,我就爱你了!⋯⋯"高林把半杯残酒放在香蓉的唇边,香蓉闭着眼睛,张开美丽的嘴唇,把半杯酒全都咽下去了。

而后,高林又叫饭馆的伙计雇来两辆洋车,在大雨中把他们拉到附近的一处电影院。电影院里漆黑,观客也不多,银幕上正演着爱情的电影。他们并坐着,香蓉身子醉了,心也醉了,她现在一切都听着高林的支配,高林在她的耳边絮絮地谈着情话。香蓉觉得她今天才第一次领受到男子的热情,才知道了爱情的奥妙,她愿永远一动不动,在这里倚靠着高林,这比明月海水更为惬意。

在这时,银幕的旁边忽然出现了几个字:"柳香蓉小姐,外面有人找。"

高林一惊,但这几个字在那上面不过停留了一会儿,就撤去了,斜倚在高林臂上的香蓉,她低着头,大概没有看见。高林并不惧柳贵甫来找,二宝若是找来他更不怕。但是,除了银幕上,四下仍然黑乎乎的,并没有人来揪起他们。他们在这两个座位之上,如同被胶粘住了一样,好在这影院是循环映演的,他们足足看了有两个多循环。

高林心中斟酌着把香蓉带到哪里去的问题。饭店他不敢去,因为知道今天母亲跟柳贵甫是在饭店见面的,万一碰在同一个饭店里,自己的计划就要全都失败了,旅馆他更不愿去。他犹豫未绝,耗到天色已然很晚了,他才带着香蓉出来。

影院外大雨潇潇地落着,马路已经成了海,而街灯就像是在海上洄着的星。他向香蓉说:"到我家里去吧! 我预备晚饭请你吃,顺便见见我的母亲,再谈一会儿,我把那件事从头到尾地告诉你,然后我再送你回家。"香蓉点点头,又斜脸儿瞧着高林。她此时的小脸儿被雨水和灯光映着,有一种特别的娇媚美丽,如雨中的玫瑰,灯旁桃花,是那么的惹人怜爱。高林又叫来两辆洋车,拉着他们两人往西岭去了。

长天滚动着雷声,大地激荡着暴雨,茫茫的海接连上了茫茫的夜色。风挟着雨疾快地驰行,发出哨子一般的叫声。西岭的平民里院就如同泊在海里的一只破旧渔船,在这狂风暴雨之中飘摇。高林下了车,给过了车钱,又挽着香蓉下来,暴烈的雨打着他们的头顶,闪电如巨人的眼睛似的一下一下地瞪着他们,沉雷也仿佛是在天上喊着:"报应循环! "

香蓉的头发、衣服早就都淋湿了,她笑颠颠地随着高林跑,跑到了一间黑乎乎的屋子前。高林一看屋中没有灯光,知道母亲没在家,他就更快意了。他急急摸着了锁,开了门,拉着香蓉进了屋。屋内漆黑,才走了一步就碰倒了一只凳子,高林也不开灯,想着:二十多年前柳贵如何诱害他的母亲,今日他就要如何诱害柳贵的女儿! 这机会就在眼前了,暴雨、沉雷在窗外正为他助威,他觉得应当这样做。但小鸟儿一般的香蓉突然双手拉住了他的胳臂,嘤嘤地,凄惨颤抖着说:"高林! 林哥! 我爱你! 可是你说吧! 你说句我们永远相爱吧! 无论别人怎样阻碍我们,我们也要爱! 我们都不可以变心! "

高林说:"当然不能变心! "

香蓉又说:"林哥! 你别变心,千万要永远爱我,将来也别把我抛弃! "

高林笑着说:"这是什么话? "

香蓉哭声说:"因为我有一个姑母,就是被个男子抛弃而死的! 林! 我知道你不能那样,你是真真爱我的! ……"她抽搐着哭泣在高林的臂上。

高林渐渐冷静下来,渐渐觉着香蓉可怜,渐渐感觉到自己的主张是错误的,他挽着香蓉到床上坐下,随手揿开了电钮。

电灯忽然亮了,这昏暗的如同病人脸色一般的灯光一射在屋内,破桌斜凳、洋铁火炉就全都出现了。香蓉向各处看看,她很惊奇地问说:"这是你们的厨房吗？"

高林摇头说:"不是,我们的卧房、厨房就全都在这里,这就是我们的家！"

香蓉笑着说:"我看倒很好！那个……"她指着吊铺。

高林抑郁地说:"那就是我睡觉的地方！"

香蓉跳起来,笑着说:"我瞧瞧你睡觉的地方！"高林拦她,香蓉却双手推开了高林,笑着往梯子上爬,又叫高林来搂着她点儿。她的白高跟皮鞋上已沾了许多泥污,登梯子本来就很不利便,但她还往上爬。她探头到上面,看了一看,就说:"哎哟！跟楼是一样啊！你这上头堆的尽是些什么呀？"

高林说:"那都是我的货物跟破烂的东西！"

香蓉扶着高林的肩膀下了梯子,高林就问说:"你看见我的家了吧？比你们的可差远了吧？"

香蓉摇头说:"不,我觉着你这儿比我那儿还好！我也愿意自己有这么一间房子,我能够把这些用不着的东西都挪开,打扫干净了,墙上钉些画片。我一个人做着饭吃,自由快乐地,一定比我现在的生活好！"

高林皱着眉,沉默了一会儿,见香蓉又到床旁去摆弄那里扔着的一只绣花的睡鞋,她就像外国人玩中国古董似的,那么新奇地鉴赏着。高林有些赧然,说:"这是我母亲的鞋。"

香蓉又笑着转过脸来,惊异地望着高林,说:"脚会有那么小？"

高林点点头,突然说:"香蓉！我问你一句话吧,你平心说,一个男子把一个女子抛弃了,这女子是不是很可怜？"

香蓉一怔,说:"当然可怜！所以……"她的脸又一阵红,低声说:"所以,前几天,我们要分开,是可以的,我不过是一时的想你。但是今天以后,我……我若再见不着你,可就不行了……"她的头低了下去,忽然又抬了起来,眼波撩着高林。

窗外雨声更大,高林往前走了两步,说:"我告诉你一件事,这仿佛是个故事。当初,北京城内有一位主事的小姐,主事就是个做官的,那小姐才十五岁,就被他家一个赶车的人给诱拐走了。"

香蓉说:"是吗?那个小姐姓什么呀?"

高林又往下说:"这个小姐因为与仆人私通,被她父亲逼得服了毒,虽然没死,可是一辈子得了个治不好的咯血的病!"香蓉皱着眉叫了说:"哎呀!"高林接着说:"那个赶车的就把她拐到了青岛。她那时已然怀了孕,又咯血,赶车的也不管她,反殴打她,使得她堕胎了!"

香蓉说:"那赶车的怎么这么可恨呀!"

高林愤愤地又往下说:"这个女人,堕了胎,又吐血,躺在床上已起不来了,眼看着就要死了,那男人,那赶车的,一点儿也不保护她,也不安慰她。那时他们是住在客栈里,没有钱,男人不是设法去谋生,养活他的女人,给女人治病,他反倒把女人狠心地抛下,他走了,永远也没有音信!"

香蓉顿脚说:"真狠心!"

高林说:"你还不知以后的事情呢!那女人被他抛了之后,没有法子,就当了暗娼。暗娼是一种最下等的职业,被人污辱、玩弄,几乎人人都不拿她当人看待。她有个儿子,她这儿子并没做过什么错事,可是,就没有一个人不欺负他,他……"

香蓉面上渐渐生出疑惑的神色,她直眼望着高林,不生气也不言语了。

高林又说:"后来,那丧尽天良的男子竟会发了一笔财,居然阔起来了。你想,他见着早先那被弃的女人,应当是怎样?"

香蓉沉思着说:"他一定要对她很好,他的良心要复活了!"

高林愤然说:"他不但没有良心复活,反倒更叫可恨!他本有几千万块钱,但只给那女人拿出十块二十块钱来。他本应当立时就请那女人到他家去做太太,但是不,他还加倍地欺瞒那女的,花言巧语地说是……"

这时屋外忽然有人喘着气,说:"快开门!……"高林一惊,赶紧去把屋门推开,见是他的母亲小卿回来了,手中也没有伞,浑身都被淋湿了。

一见了儿子，她就喘息着，用手指着，说："好孩子！你今天弄的是什么事儿呀？非要我命不……不……可呀！"走进屋来，看见这长发白衣的美丽姑娘，她就怔住了。她那苍白的、被雨水和眼泪冲毁了脂粉的瘦脸儿上，立时现出惊讶之色，眼睛瞪得更大了。

香蓉却比她更是惊讶，因为忽然进屋来的这个妇人，正是自己见过的，虽然她已很老很瘦，不是梳辫子而是梳着个圆头，但，分明是自己父亲保存了多年的那张相片上的女人。她既惊喜又疑虑，心里想着：我是应当管她叫姑母，还是应当叫她别的什么呢？她……跟高林又是什么关系呢？

高林这时就指着他的母亲，向香蓉说："刚才我跟你说的那个可怜的女人，就是我的妈妈！那个赶车的，就是你的爸爸！你现在明白了吧？"他喘了一口气，又说："今天我把你带来，就为的是跟你说清楚，我跟你父亲有仇！我要替我这可怜的妈妈出气！"

小卿顿脚说："咳！你就别说了！"

香蓉此时已颓然地躺在床上，用手帕盖上了她的脸。香蓉心里多少年来的一个疑问，父亲珍藏的那张相片，那大眼睛的女人到底是谁呀？如今事实才告诉了她，原来是这么一回事。她很悲哀，想不到父亲早先竟是那样的一个人，那实在是太狠心了！怪不得他起先不愿到青岛来养病，来了之后，还时常地受到刺激、犯病……

这时小卿又过来劝她，说："姑娘！你也别为我们的事伤心啦！这跟你没有相干。你父亲早先对我的过错，我们也早就说开了，我也都原谅了他啦！姑娘你别笑话我，这些日子我们时常见面。我知道贵甫他有一位小姐，是很聪明的，新近才由南洋来，可是我还想不到就是你，你的相片我可也见过！"

小卿笑了笑，又说："我这个儿子他就是脾气太拧，连我都怕他，所以他在外头认识了谁家的姑娘，我也不敢问，我就是劝他，跟人家姑娘要好一点儿。哎呀！在一个钟头以前我还想不到就是你呢！今天五六点钟的时候，你爸爸坐着汽车找我来啦。他急得简直不得了！一进门就跟我大闹气,他说:'你养了个骗子儿子,上午他找我去,拦住汽车托我给找事,还发横,我当时因为要到码头去接人,就没理他。没想到他见我走了,他就怔进到我的家里,花言巧语地把我的姑娘骗出去了!说是出去吃午饭,可是我回家的时候就有三点多啦,他也没给送回去。我找遍了饭庄子、饭馆、饭店、电影院,都没有他们,你给我找去吧!你养的好儿子!简直是拆白党……'

"我听了真要把我给吓死!我知道我的儿子不能干出什么昧天理良心的坏事来,可是,万一你们要出了别的舛错呢?我就叫他在饭店里等着我,我到十多家旅馆、客栈去找,都找遍了,可是也没有你们的下落。他急得要死,刚才好容易叫我给劝回去了,我这才赶紧又回来。咳!他是坐着汽车走的,我可连洋车都雇不着,我就叫雨淋着走回来的。我的心比他还难受,万一你们出点儿错,总是我儿子弄出来的,我怎么对得起他呀?咳,我现在真比得了一场大病还要难受!"

香蓉就站起身来,说:"那么我赶紧回去吧!"

小卿说:"对了,你快些回家去吧!高林,你快跑去雇两辆洋车来!我送你妹妹回去。"又说:"姑娘你别发愁!我送你回去,有什么话我全替你说,他要撒气,叫他跟我撒!高林!要我命的孩子!你快出去一趟吧!快去雇车,没洋车叫汽车也行,你妈妈真走不动了!咳……"她就可怜地卧在床上了。

香蓉用泪眼撩着高林,高林却依然愤愤地说:"不行!叫柳贵来,话得说开了,才能叫他把他的女儿带走呢!"

小卿又翻身坐了起来,嚷嚷着说:"你是强盗呀?凭什么拉住了人家的女儿不放手呀?"

高林说:"不是不放手,是理由得讲清楚!因为他早先对待妈妈的手段太残忍了,现在他对妈妈也太冷淡,太吝啬!这种混账东西得把他叫来,我跟他说明,叫他立时就把母亲接到他的家里,做正式的太太!还得叫他立张字据,以后如有虐待、抛弃,那也不行!"

小卿浑身发颤,嘿嘿地冷笑着说:"你倒真是个孝子!"

高林又说:"香蓉跟我,我们已发生了爱情,刚才我们已经说好了,她也愿意跟我结婚！"

小卿瞪眼说："你拿什么养活人家呀？"

香蓉深深地低下头去，高林又说："我有法子养活她！我还不用求柳贵甫给我找事，只要以后他别再像对囚犯一般地监视他的女儿就得了！"

小卿闭着眼睛喘了一口气，说："这些事都以后再说！要不然，我送她回去见着贵甫，再替你们说，现在，你先叫车去！"

高林说："妈你别管！我把她带出来的，还是我把她送回去。"

小卿顿起脚来，痛哭着说："儿子！你就别一定要逼死你妈妈的这条苦命啦！我能放心你吗？你再把人家姑娘带到别处去，我可上哪儿找你去呀？明儿叫柳贵甫到衙门去告我呀？要不，你去了又一定跟人家打架？你心疼心疼我吧！我心口痛得跟针扎似的，大概又要吐血，再吐两三口我就得死啦！你怜悯怜悯你的母亲吧！"

这时赖八和赖大嫚也都进屋来了，赖大嫚喷着烟卷，惊慌着问说："什么事呀，这么闹？我听这屋里仿佛有八个人说话似的！"赖八一瞧见灯旁坐着的低头拿手绢揉眼睛的香蓉，他就走近了细看，笑着说："敢情是柳小姐呀？为什么事情吵呀？柳小姐请到我姑娘屋里歇一歇去吧？二宝姑娘她今儿没来吗？"高林却转身出屋去了。

此时外面雨已渐微，电光还一闪一闪的。高林没有预料到事情竟然会是如此结果。但是闹穿了也好，先叫母亲把香蓉送回去，明天自己再去找柳贵甫。他踏着汪洋的泥水走到街上，叫来了两辆支着橡皮布棚子，如同小轿子似的洋车，回来告诉他的母亲说："车已雇来了。"小卿就支撑着病痛的疲倦的身体，带着香蓉出来，赖八也跟着出来。香蓉临上车时，高林还说了一句："今天我很对不起你！"香蓉没有言语，只看了高林一眼。

昏暗的天，泥泞的地，狭窄的胡同，病人眼睛似的车灯。香蓉不知道这是个什么世界，她一向的想象中没有这样的世界，她也没想到人情世事还有这么许多复杂的纠纷。她在车里哭了，不是为她父亲做的那些事而伤心，也不是为别人而落泪，她是深悲自己的幻梦破灭了，觉得世事真真不如幻想。

两辆车轧着柏油路,沙沙地响着。车棚上像是有个什么东西在爬着似的,簌簌地乱响,响雨尚未完全停止。海风从右侧吹来,直钻到车棚里,香蓉觉着很冷,后面车上的小卿更不禁打着哆嗦。走了多时,两个车夫就说:"可到了汇泉啦! 是哪个门儿呀?"小卿扒着身前的遮雨布,向外面大声说:"柳姑娘你看看! 应该往哪儿去呀? 别走过去啦,我可不认得呀!"

香蓉向外看了一看,就见是一列孤零带泪的电灯,左侧是黑郁郁的树林和坟墓似的兀然无灯光的楼房,右侧是茫茫的海水。她略略辨认出来是已走到自己住的那一带了,可是究竟住的是哪一所楼,她却不能够指出,因为一向她是在家里的时候居多,出来详细目测那座楼房外景的时候太少。幸而,她说出了门牌号数,拉着她的那个车夫就走几步儿停一停,挨着门瞪大了眼睛去看门牌。忽然香蓉说:"就是这儿! 搁下车下来吧!"

这座楼房果然不易辨识,因为楼上楼下的灯光全熄,短垣里的花木也如同一团黑雾。香蓉跳下车去,先上前按电铃,听得里面的铃声当当地响了。她心中怦怦乱跳,担心着父亲,又想:父亲也应当依着高林的话去做,以补赎前愆,也别禁止我和高林!

此时,小卿过来用冰凉的手拉住她的胳臂,在她的耳边悄声说:"姑娘,回头你别多说话,我替你去说! 这没有什么的,你爸顶多了再发一阵脾气,过后就可以跟他讲理了!"

铃声响了半天,门房的灯才亮,出来了一个老家人,隔着铁栅栏问说:"谁?"小卿说:"你们小姐回来啦! 我姓高,你就开开门吧!"这个老家人隔着栅栏,探着头看清楚了他们的小姐。香蓉问说:"老张! 老爷现在睡了吗?"老张说:"刚才一回来就睡了,也催着叫我们都睡,钥匙还在老爷手里啦! 您先等着,我叫醒了老爷,要了钥匙再给您开门!"

香蓉惊吓得身子有点儿哆嗦,小卿说:"不要紧! 我知道你父亲的脾气,二十多年前他就是这个样子!"两人就在门前等着。两个车夫伸手要车钱,小卿打发走了一辆,还留下一辆,可是那个得了钱的车夫也还不走，在远远站着，仿佛是要看看这件有点蹊跷的事情的下文似的。

小卿跟香蓉就摸着那又湿又冷的铁门，等候了好大半天，才见那老家人出来，门旁两只方形的电灯也突然亮了。柳贵甫穿着白绒的睡衣由楼中走出，来到门前，看清楚了是他的女儿，就愤愤地说："难得你还回来！为什么你不跟那臭卖袜子的跑到远远地去呢？"

小卿说："咳！我把她送回来了，也就算啦，你还生什么气呢？"

柳贵甫连看小卿也不看，他把锁开开，栅栏拉开了一道缝儿，他揪香蓉进去，随即又把栅栏推上，锁上。小卿急着向里面伸手，说："贵甫！你也让我进去！我跟你细说说！不怪孩子，孩子没做出什么坏事来！是……你叫我进去跟你从头到尾地说……贵甫……"柳贵甫却连头也不回，推着他的女儿就进楼去了。

小卿用力摇撼着铁栅栏，惨声叫着："贵甫……"她喘着气，流着泪，又颤抖着叫道："贵甫！贵甫！……"

两只门灯也灭了，小卿扒在铁栅栏上呜呜地哭。老张走过来，隔着栅栏悄声说："太太！您先回去吧！明天您再来！天这么晚了，我们老爷又正在生气，有什么话明天再说吧！"

小卿抓着栅栏，抽搐着哭说："你不知道我们的事，不怪孩子们，就怪我跟他！孩子都是好的……叫他别打他的姑娘！叫他出来！我跟他说明白了！……"

老张说："我们老爷也不能打我们小姐，您先放心，先回去，等明天您再来！过了这一夜，我们老爷的气消了一点儿啦，您也就好跟他说话了。"

小卿哭着，叨念着，车夫也过来拉她，她才上了车。她就哭着，于这凉风细雨寂静无人的沿海马路上，又往回走去，潮声震着她的心。她的两只手刚才晃了半天铁栅栏，此刻仍觉着僵硬冰凉，眼泪她倒没有流下来多少，她似乎觉着眼泪是将要流尽了。

车子才走过海滨公园，迎面就来了高林。他把车拦住，见车里的人是他的母亲，就问说："妈刚才您见了柳贵甫怎样？他倒还讲理吗？"

小卿说："等回家去我再跟你细说吧！咳……他哪能够不讲理呢？"

小卿还隐忍着,不敢叫儿子再去惹事,她在车里极力宽慰自己,极力想柳贵的好处,以使自己的心宽恕他刚才那样的冷酷无情,然而,柳贵的好处又似乎是太少了……高林就跟在洋车后边,一声不语地沉闷地走着。

回到西岭,小卿就像生了病似的,晃晃摇摇地回到了她的屋里,一进门,就向床上一倒。赖八又赶过来,问说:"怎么样?你们说开了没有?"小卿吃力地回答说:"没什么,我们两家跟一家子一样,有什么说不开的呢?"隔壁的赖大嫂说:"大嫂子您阔啦!您是一步登天啦!过几天就住大公馆坐汽车去啦!又有了个千金小姐做儿媳妇!"小卿没有力气回答,只趴在床上喘气。高林也进屋来了,赖八又揪住了他悄声地问话。

好容易才盼得赖八离开了这屋子,高林就走到他母亲的面前,问说:"妈妈!到底是怎么回事儿呀?莫非您刚才没见着柳贵甫吗?"小卿不耐烦地叹气说:"咳,你就睡去吧!这一天真够我受的了!孩子你今天做的事不是为我好,你是害了我!好孩子,你先叫我歇歇,我胸口发紧!明天再说吧!"高林也叹了口气,慢慢地转身去关了门,然后又慢慢地爬上了梯子。想起刚才香蓉爬梯子时那娇媚天真的神态,他不禁忏悔今天所欲做而未完全做出的事,便趴在吊铺上落泪。

第十回　哀婉的余音

一夜过去，次日雨止了，天尚未晴。小卿的全身都觉得痛苦，胸口发紧，像是瘀着一口血，但又吐不出来。昨夜她一夜未睡，这时，那新修理好了的手表才指到八点多，院中倒比半夜里还清静，门前一声声地喊卖着"香油果子"。她慢慢地起来，一下床仍觉着头晕。然而不行！不能不起来！无论如何今天自己也要见着柳贵甫，死活叫他决定！

她仍然尽心地去梳妆，阴天，光线不充足的屋子里，镜里的她并不显得怎样太老。她开始惆怅怨恨起来：凭我，不配做他柳贵甫的太太吗？不配进他的那个栅栏门吗？当着他的女儿，我就不值得让他说一句话吗？他就能那么心冷、无情！泪水又滚下几滴来，她抽搐着，又用手绢去擦，用脂粉去掩。

高林也下了吊铺，很没精神的样子，问说："妈妈您今天要上哪儿去？"

小卿转过脸来，说："我还得见见柳贵甫，昨儿的事还没完呢！昨儿我没得工夫跟他多谈，我再去一趟！"

高林说："妈，您今天要对他厉害一点儿！因为妈这一生所受的痛苦全是为他所害，除了他得请妈做正式太太，还得立字据才成。妈倒别管我，香蓉从此不理我也不要紧，我也不希望指着他姓柳的吃饭。可是字据上得说明，我跟他没关系，可是我跟您还有关系，将来，他若是待您不好,我还要去找他!"

小卿点点头,说:"我知道!我也比你会说。前些日,我见了他的面是不好意思逼着他,现在我也觉得你的话对。他现在是不像早先那么跟我好了,譬如他的公馆在什么地方,他的女儿是几时来的,他都没跟我说实话。我现在也没一点儿害怕了!还不知他跟我安的是什么心?我也得找他,索性说明白了!办清楚了!……"随说着,她不禁又一阵悲泣。

雨后未晴的天气,空气十分潮湿,小卿就坐着邻居拉的车往汇泉去。燕子在她眼前低飞,是那么优游适意,比人舒服得多。白鸥也自海上飞来,掠着天空的愁雾。远远望去,海水的边际是一条直线,那像是人生的尽头了,人哪……小卿就回忆着,由自己的处女初恋时代直到现在。她又哭了,哭自己这一生,艰难困苦、被辱遭弃,没有谁稍加怜恤的一生。车子颠得她的心都痛。

走了多时才到了柳公馆。小卿今天才瞧清楚,柳公馆原来是这么的幽静阔绰,谁相信柳贵甫每次仅仅给自己五块或十块钱!

小卿的心里挟着怨恨,但又极力抑制着,她下了车,上前去按电铃。但还好,按了两下,门房里就出来了那个老家人,他向小卿和气地说:"高太太!请您等一等,我跟我们老爷要钥匙去。"小卿点手说:"你先来!"那老家人回头看了看小卿,点点头,却没过来听小卿说话。他很匆忙地,仿佛早有老爷的嘱咐似的,就走进楼里去了。小卿在这里一只手扶着铁栅栏,那栅栏上还很湿,并且生着许多铁锈,她就喘着气,等待着。

半天,那老家人才提着一串钥匙出来,把锁开了,让小卿进去,又悄声说:"老爷才起。"小卿也声问:"昨儿晚上我走后,这儿没吵闹吗?老爷跟小姐没吵架吗?"老头摇头说:"没有。"他把栅栏的插关关上,并没有再锁,就请小卿往里走去。

小卿的小花鞋踏着潮湿的洋灰甬路,她倒有点儿迟疑了,环顾两旁,短树青青,花草清香,鸟儿啾啾碎语,自思在青岛住了二十多年了,还真没来过这样好的地方。她被让到了柳贵甫的会客室,这里有锦绣的沙发、华贵的桌椅和陈设，真比大饭店里还阔。小卿在沙发上落了座，先是有点儿羡慕，但继而她又恨了，心想：柳贵的财发得不小，他绝不是暴发户，前十多年他一定早就阔了！然而那时他却想不起我来，那时我正度着艰苦至极的日子！

左边墙上有一道木门，关得很严，里边一定是还有一间屋子。那老家人给小卿送来一碗热开水，说："高太太请喝茶！"小卿又欠身说："歇着吧！"她被人接待得真像生客一般。她拿手绢擦了擦眼睛，见桌上有烟卷，大概还是上等烟，她可没好意思去拿一支抽。

此时里屋就有人咳嗽了，又待了半天，里屋才有柳贵甫的声音，叫道："老张！"老张赶忙走了进去。又过了约有十分钟，才见柳贵甫穿着睡衣拖鞋走出来。小卿不由地就站起身来，笑着问说："你起来得真不晚，咳嗽好了一点没有？"柳贵甫只略微点点头，并没有说话，他是坐在距离小卿很远的一张沙发上，脸青而发白，没有一点血色，也没有一丝笑容。小卿翻着眼睛带着点惧意，又故意做出一点媚态来看着他。

半天，柳贵甫才问了第一句话，声音低沉而冷淡，他说："你那位少爷今年二十几啦？"

小卿突然有点喜欢，说："他二十……四啦！"

柳贵甫又问："他还能够挣钱？"

小卿说："倒是，还要强，挣了钱从不枉费一个，都交给我，在外面也没有什么狐朋狗友，现在天天晚上还到学堂里去念英文。"

柳贵甫点点头说："不错呀！"

小卿受宠若惊地笑了笑，又叹气说："孩子是不错的，就是环境不好，没有钱栽培。"

柳贵甫说："那么你的后半生总可以不必发愁了！"

小卿说："咳！净指着孩子哪儿成？现在街面上的钱又难挣！"

柳贵甫淡淡地笑了笑，说："难挣？也是看人会挣不会挣！不过你的那位少爷他要是对人，永远像昨天对我似的……"他的脸上突然现出来怒气，愤愤地说："那可实在危险！那可行不通！"

小卿恳求着说："咳！你干吗跟他一般见识呀？他是我养的，还不就跟你的儿子是一样吗？"

柳贵甫坚决地摇头说："毫无关系！"

小卿掉下泪来，说："二十来岁的孩子可不是都那么荒唐吗？谁没打年轻的时候过？咱们早先还不是一样吗？"

柳贵甫摆手说："别再提早先的事！我真伤心！"小卿一听就怔住了。

柳贵甫慢慢地从睡衣里摸出来个皮夹子，打开，拿出了大概有四五十元的钞票，然后又把皮夹子收回。他就站起身来。小卿惊讶地瞪着眼直直瞧着他，见柳贵甫越走越近，就见他把这几十元的票子都放在小卿眼前的沙发边儿上。小卿就问说："这是干什么吗？"

柳贵甫说："你带起来！我也没有太多的富余，这是五十块钱，等我将来回到南洋再给你寄。"

小卿："你这是什么意思呢？"

柳贵甫摇头说："没有什么意思，你收下钱先走，一半天我再把我的意思写信告诉你！"

小卿还勉强笑着，说："你不会这时就跟我当面说吗？咱们都老啦，还要跟小孩子似的写情书吗？"

她要去拉柳贵甫的手，柳贵甫却无情地将手躲开了，说："咱们两人并没什么，只是你那儿子，他引诱我的女儿，败坏我家的门风，真叫我不能再忍！他把我的计划都破坏了！我本是想要将你安置个地方，叫你后半世衣食无缺，但现在不行了！我灰了心！"

小卿流着泪，仰着脸恳求说："你也不该因为我的儿子，就恼了我呀？"

柳贵甫摆手说："我不恼你！可是你这些年在青岛的行为我也都探出来了，你也不是早先的那个小卿了！说干脆的话吧，我这公馆不能娶你来做太太！叫你一进门，你儿子跟你也不能断绝，我女儿还不定跟你学成什么样了！"

小卿的身子发颤，哆哆嗦嗦地说："你……你既是不想要我了，为什么你这回来到青岛可又找我呢？"

柳贵甫皱着浓重的眉毛,说:"我原想你很是可怜,还像早先那样端重,可是你全都改了,不是早先那个人了!"

小卿喘了一口气,莹莹的泪眼瞪着他,说:"我当然是要改的!我不但挨饿、受冻、生病,比早先苍老得多了,我还暗卖了二十多年!我不暗卖,不嫁别人,你把我抛下不管,我就活不到现在!可是,柳贵!前些日咱们见面时,我可也没借来一张美人皮披上,我就是这个样子,我虽没说明白了,可是现成儿的事情也瞒不了你走南闯北的两只眼。本来我就是个败柳残花了,可是你为什么老没骨头,还拉着我上了几回饭店呢?"

柳贵甫说:"那……那我也给了你钱。"

小卿嘿嘿地冷笑,说:"钱?屁!你给我的那点儿钱,还抵不过你偷跑的时候,偷去的我那副银镯子呢!当初没我那副镯子,你也能到得了南洋?你也能发财?也能生儿养女?"

柳贵甫瞪眼说:"你可别不要脸!"

小卿跳起来,一把抓住了柳贵甫,说:"我不要脸?你才真正不要脸呢!你忘八小子为去发财,把媳妇抛下,卖给了皮靴邓。走后连根儿拔,我的银镯子都带走了,店钱饭钱也都推在我一个病女人的身上……让我受了这些年的苦!我娘家不是没人,也因为你,都不认我了!你从早先到最近见面,你跟我说过了多少花言巧语?得过了多少没脸的便宜?我不当面抱怨你,你给的钱少,我也从不说话,叫我当你的外家,我也心满意足,还要我怎么样?如今你把女儿看不严,报应循环,她看上了我的儿子,害得我儿子不能安心做买卖,你倒说败坏了你家的门风?你柳贵有什么门风?你……"小卿哭着,颤抖着,顿着脚嚷嚷着,柳贵甫却早已脱身走开了。

这时候老张、楼上的香蓉、二宝和朱妈,全都跑进屋里来,朱妈就拉住了小卿,说:"太太,你别急!"

小卿哭着说:"我是没急,我给他留够了面子了!他可一点情义也不对我讲,昨天关上铁栅栏不让我进来,今天又拿出几十块钱来要打发我走!我们倒得叫大家评评理,他抛了我二十多年,这回,又欺负了我一次！"

柳贵甫站在许多人的身后头，嚷嚷说："你别想讹诈我！你不过是我最近认识的一个暗娼！早先我也不认识你！你这贱妇！老张叫巡警去！她敢搅闹我的公馆！"

小卿全身像触电似的乱颤，点头说："好！好！你都不认！叫巡警来，你看我有证据没有？"老张真要出去叫巡警，朱妈却把他拦住了。

香蓉跟二宝赶紧跑到门房去打电话，电话是打给新由南洋来的梁先生和杜先生的，香蓉就急急地说："快点来！我们家里有事！"她放下听筒，又赶紧跑出门房，不料就见两扇大栅栏大开，楼里却更乱起来，就听咕咚、哗啦的摔东西声中，杂着女人的哭声和柳贵甫的嚷嚷声。

老张惊惊慌慌地跑出来，说："二宝快去叫警察，那姓高的把老爷打伤了！"

香蓉啊地惊叫一声，就见高林由屋中把她父亲拽了出来，乱踢乱打。她父亲挣扎着，喊着："巡警！巡警！"高林一推，柳贵甫的整个身子就由两层石阶上摔了下来，躺在了洋灰甬路上。他要往起爬，高林又愤愤地抓住他一抡，把他摔到一旁，树枝把他的脸都划出来许多血。香蓉惊叫着："高林……"二宝上前把高林抱住，直说："别打！别打！"

这时警察来了，柳贵甫手下的职员梁先生、杜先生也乘着汽车赶到了。柳贵甫的睡衣已被撕破，脸上手上都流着血，像个死人似的仰卧在树旁的湿地上。香蓉哭着，过去拉他的父亲。两个警察已将高林的胳臂抓住，高林满头是汗，气喘吁吁地向警察说："别拉着我！官司我打，给他抵命都成！……可是，我母亲昏死在屋里了，请诸位去看看！"

梁先生跟老张过去挽起柳贵甫，柳贵甫哼哼地喘着气，紧闭着眼睛，周身一点力气也没有了，连一句话也说不出来。

那杜先生同着两个警察到楼里看了看，就见屋中扔着许多破碎的器具，地毯也被踢翻了。地下有几汪紫黑色的血，血泊里仰卧着一个穿着玫瑰紫旗袍的、圆头小脚、瘦小可怜的半老女人，她急促地喘息着，说："柳贵……好没良心！柳贵！……"

杜先生代表受伤的原告，警察押着怒犹未息的高林，到衙门去打官司。梁先生先搀扶着柳经理回到屋里床上去休息，又叫朱妈跟女厨子搀起来小卿，送到门外的汽车上，由二宝跟着，把她送回到她家。老张关上栅栏门，又赶紧打电话请大夫。香蓉坐在她父亲的床前，拉着她父亲的手，忏悔似的悲泣着。风仍吹送着花香，小鸟仍唱着情曲。

待了一会儿，二宝、朱妈等人就坐着汽车回来了。朱妈就进屋去收拾，她捡起来摔碎了的花瓶，扶起来撞翻了的小桌和椅子，并打算把摔碎了的东西暂时放在一个写字台的抽斗里。她知道那个抽斗是空着的，但是她一拉抽斗，竟发现里边有一张很旧了的相片，大眼睛，是个女人，她吃了一惊：啊！谁说这不就是刚送到西岭里院的那个吐血垂死的女人吗？

阳光由云中露出来了，花木的影子立时就投射到铁纱窗上，小鸟叫得更是高兴。香蓉努努嘴，叫二宝拉开了那垂着金线穗子的窗帷，一位穿西服的大夫同着个白衣女看护，正轻轻地为床上躺着的柳贵甫的伤处的消毒上药，屋中寂静无声。

这时西岭的小屋子内，小卿正在破床上呻吟，苍蝇爬在她的嘴唇上，也没有人来照看她。她的头旁扔着一根针，针上连着一条彩线，彩线连着一只还没做成的绣花鞋，这是她为自己这次陪嫁预备的。

晚间，雨后的新月又浮在海色的天空之上，洒下来女人眼泪一般的淡淡的光，小卿仍然躺在床上不能动。只有个一只眼睛的人在看着她，因为不知何时就要死去，这人是小七子。小七子从来没跟小卿发生过任何的关系，他也没娶过媳妇，也不上"东海楼"，但他现在却在这里等待着这女人死，急盼着这女人快点死，他好扛走、埋葬。

然而，小卿的这口微弱的缕缕不绝的气息，像一根风里的游丝一般，竟飘到了第五天。晚间，他那殴人未致死而且原告都已离开青岛，不能成立罪名的儿子高林，回来了。高林一回来，就在黯淡的灯光之下，跪倒于他母亲的床前。小卿把手慢慢地移到她儿子扶着床的手上，她无声地做出最后的悲泣。高林说："妈妈！都是我把您的事情弄坏了！"小卿却说："不……"她这一个字说得温柔、慈爱，而且清晰，但往下她就不能够说了。

夜渐深,灯光似比往日还要惨淡。一只苍蝇向电灯上撞着,飞绕着,嗡嗡的声音,像是低微地奏着丧曲。床上的小卿忽断忽续地拉着她那一丝微弱的气息,她那无神的已不灵活的眼珠还永远看着她的儿子。高林拿手背抹着凄然的眼泪,低声对小七子说:"我赶紧请大夫去吧!当卖了一切,也得再给我母亲看这一回病呀?"

小七子摇着头,指指床上的小卿,说:"这还有什么希望呀?请不来大夫,她也就死了!"

高林见关于母亲的这一个"死"字,母亲虽永远说是要死,但不料今日死竟到了临头,他又跪下痛哭,叫着:"妈!你别死!……"

小七子那只瞎眼睛比好眼睛浸的泪更多,二十多年前,小港海滨的那幅画面又在他的脑中一闪:嫣红的夕阳,苍茫的海水,舢板、钓竿、扒蛤蜊的带锈小刀,还有浅月白色琵琶襟的小褂……他不由怆然地一阵低回,泪流下来,滴在他的破衣破裤子上。隔壁,赖八的女儿今天也特别地销声敛迹,不知她是出门看夜戏去了,还是因为这里有垂死的人,使得她也感觉到些"兔死狐悲"的伤心情绪。

院邻有两个妇人进屋来看了看,都不禁抹眼泪,劝起来高林,悄悄叫他给他母亲预备下"装裹",那意思是:难道人临死了,还穿着这浅玫瑰紫色的衣裳进棺材吗?高林翻找了半天,把母亲的那些令他痛心的衣裳裤子全都扔在一边,他寻出来一件青色的线哔叽棉袍。

小卿的气儿愈微,可也愈紧促,小七子低着头走出屋去,高林却站在那里如傻孩子一般地哭泣。两个邻居的妇人轻轻地替小卿换上了衣裳,雪白的脸儿,青衣裳,因为衣裳的样式很旧,倒显出她是一位很端庄的妇人。

高林悔恨自己,早先为什么不能原谅母亲,体贴母亲?为什么要常常跟母亲闹气?叫母亲在外面受了许多侮辱,内心又感到种种疾痛,以致促她速死。他更悔恨自己结识香蓉,不然自己不会不满意现状,不会跟母亲闹气。总而言之吧,一切都是因为柳香蓉、柳贵……想到这些,他的胸头又燃烧起来烈火一般的愤恨,他要疯狂……

这时,忽然见他母亲的两只大眼睛已完全凝滞了,口也微微张开,两个邻居都抽搐着哭了起来，并向高林摆手。高林的心立时像是炸裂了，他一头趴在母亲的身上，哭叫着："妈妈呀！妈妈呀！……"

小七子急忙由院中进来，他咚地一顿脚，蹙着眉站了半天。他擦擦眼睛，过去拍着高林的肩膀，说："别哭啦！你妈早晚也是要死，你记住了就是啦！她是个好母亲，她除了生性柔弱，一生没有什么错！"

电灯在这种情况之下，似乎愈觉黯淡，床上扔着的艳丽的衣服，窗台上放着的雪花膏瓶子、胭脂盒和生尘的小镜子，另一张桌上放着的死者每天必要拿手去动的碟碗匙筷，地下还扔着一只连着一条生命之丝似的未做完的娇艳凄凉的小鞋帮，这一切都生出一种惨淡悲凉的意味。小卿是真真的死去了，长夜的悲风潮语她再也听不见了，明天、后天、将来，永远的世界都与她无关了。她的尸容是那么安静，似乎比她生前舒服快悦，只是她的眼角还留着两滴莹莹的残泪呢！

小卿死后，是由小七子向朋友借了一块地，把她的遗体装在柳木棺材里，葬埋了，地点是在仲家洼，一个荒凉僻静的地方。

高林自他的母亲死后，几乎变成了一个傻子，见了人，连话都不大会说了，整天沉着脸。小七子倒是劝他，说："你还伤什么心呢？人死了，就与咱们不相干了，咱们还得活，还得去谋生挣饭！"高林不愿再卖袜子、拉车，当然更无心去念英文，小七子就把他介绍到一只小渔船上去帮忙，并对他说："你到大海里散散心！看那鱼是多么欢蹦蹦的，可是一上来就死，人也是一样。'三寸气在千般用，一旦无常万事休'，人活着吃饭就得了，什么男咧女咧，你跟我恋爱咧，他又跟你变了心咧，那全是自找罪受！"

高林虽然在海里帮人打鱼，可是仍旧在西岭老地方居住。两三个月之后，他忽然接到一封信，贴着外国邮票，是从南洋寄来的。拆开了看，见写着：

    林：我再叫你一声亲爱的林！

    我们现在是住在马六甲海峡中的一个小岛，这地方名叫槟榔屿。十月的天气这里仍然很热，寒暑表是八十多度，天天要下雨。我们是住在山谷中，西式的几间小平房，没有种什么花儿，月亮也照不到我们(天天下雨，在这里几乎没有月亮)。但我一跑到高山上，就可以看见成行的棕榈在烟雨中摇曳，海水在远处滚动，金丝燕在淡灰色的天空中飞翔，也很好玩。但我很想青岛，我想海滨公园的夜月，我甚至想那里的岩石，我更想你！

我还是伴同着我父亲居住，我的父亲病势较前稍重，他永远要在床上躺着，不大能够起床了。我的行动，可是较前自由，有时我一个人乘汽船到三宝垄，我的表姊在那里结婚了，她的丈夫萧芷生是个虽不大漂亮但是很有钱的少年。我也有了几个男友，但除了遥远的你，还没有一个爱人。

在青岛的事我只取我们那一段美丽的恋爱生活，至于纠纷殴斗，那都是属于两位老人的，与我们不相干；我们不可把他们的阴影也覆蔽在自己的身上，我们是青年，是应当快乐的青年。

你的母亲现在怎么样啦？那可怜的女人！但是我父亲并非不爱她呀？是她自己改变了，她变成了与我父亲的印象相反的人了！咳！不必说了，何必又拉长了他们那条阴惨的黑影呢？

现在我很快乐，希望你也能跟我一样的快乐。我们虽没有结婚的可能了，也没有见面的机会了，可是人，两个情人，何必要一定结婚与见面呢？假若我父亲这次不到青岛去，不跟你母亲见面，他不是要仍然爱着她，想着她吗？我现在知道爱情了，爱情是月，可以观而不可以伸手去摸；爱情是海水，也是为看的，不是为到里面去生活。

我这里只存有海滨公园和海滩的照片，那地方有我的足迹，你走几步就可以到。你站在实地，我看着照片，我们不就等于是在同一个环境里见了面吗？希望你向着海风吻我。

你的生活近来好吗？二宝她现在做什么？你跟她还时常

见面吗？我想你，也很想她。但你们暂且别给我来信，你把你要跟我说的话，写在我给你的那张相片后面好了，我就能听见了。

　　晨风中，密雨的窗前，我掏出热爱的心给你写这封信。林！我祝你平安！

香蓉

　　高林把信拿着，发呆地看着，有十几分钟，他就把这信扯碎、揉烂了，他仰着脸，胸脯一起一伏的。回身看见了吊铺、梯子，他想起了香蓉曾往上爬过，曾说过：无论别人怎样阻碍，我们也要爱！……他不禁又一阵伤悲。

　　高林是向来没做过渔人的，起初在渔船上真有些度不惯，然而日久也就习惯了。他所帮的这只渔船不很大，这时又是初冬时令，鱼不太多，至远只走到口子外，钓些"加吉""偏口"，生意很是清淡，所得的钱也仅仅能维持他吃饭与房租。所以他在家中的时候居多，这时他就发觉了一件事，那张二宝常常到赖八的家里来。二宝现在似乎也没做佣工，衣服倒比以前齐整，而且烫了头发，擦了胭脂，渐渐学会了赖大嫂的装扮和神态。

　　二宝每逢见了高林，总是一笑，笑之中像带着讥讽，可是眼睛却总是向高林直直地去看。她没向高林再谈说过香蓉，因为两人虽然有机会见面，但没有机会谈话。二宝倒像是想跟高林闲谈谈，可是见高林那副阴沉沉的脸儿，那副"死样儿"，像卖袜子赔了本钱似的，她就有点儿不敢招呼他。

　　这一天，是个寒冷的中午，二宝穿着花线呢棉袍，正来找她的赖大嫂，本来她们约的是今天去听戏，上次见过面的那位李先生请客。她还没进门，高林披着一件短棉袄正由里面走出来，她刚要笑，又要用眼去看，但高林早已一拉她，拉住了她的胳臂，往东走了几步。

　　二宝生气地说："你要干吗呀？你敢跟我动手动脚呀？"高林瞪着眼睛说："你干吗没事儿净往这里来跑？"二宝也瞪着眼睛说："你管得着

吗？我找赖大嫂来啦，又没有找你来，你快放开我！"

高林使力地悄声说："你应当找事，或者叫你母亲给你找个婆家！你跟赖大嫂还能混得出好来？他们是早就想要诱骗你，将来就能把你拐走，把你卖到远处！你不要贪慕虚荣，爱小便宜，不要听信那些诱人的好听的话！以后不许你再来，你要再来，我就打你！"二宝说："你敢？"她可眼泪就流下来了。

高林又说："你别比香蓉！人家是小姐，人家可以随便谈恋爱，随便找那不幸的青年男子去玩弄。你是个干什么的？你跟男子结交是想图男子的钱，男子就能把钱白白给你吗？赖大嫂的屋子是个火坑，你一掉在里头，就爬不出来了。你看看她，她不是在享福，她是在受罪！你再看看我的母亲，我母亲的一生有多么可怜？你很应当再去找个公馆做工，这么整天地闲晃悠，整天跟赖大嫂在一起混，还能够混出好来？"

二宝的身子倚着墙，哭着，瞪着眼睛噘着嘴说："你是我的什么人呀？你来管我？"

高林说："我不是你的什么人，但咱们既然认识，就跟朋友是一样，我见到了的事就得告诉你，我不能眼看着叫你去上当。你不知道，赖八跟赖大嫂他们，惦记着你已非一日了！他们早先就劝过我去讹香蓉的钱。他们不敢在香蓉的身上打什么主意，可是他们会算计你，他们知道你没有人保护，你的父母整天得去谋衣食，顾不过来你。你长得又不错，又爱点小便宜，很容易上他们的当，他们很能拿你生一笔财。我看现在你已经入了他们的圈套了，只是套得还不结实，你若不乘这个时候赶紧回头逃开，将来你要是后悔可就晚了！"二宝擦着眼泪，又向他撇了撇嘴，表示出一种看不起他的样子。

这时，这个胡同里不断有人来往，高林不愿被别人注意上，所以他把话说完，就转身走了。可是二宝在后面也跟着他出来了，嘴里还不住地愤愤叨念着。高林不由得一笑，回头一看，见二宝擦着眼泪，瞪了他一眼，恨恨地说："我真恨你！香蓉走了，不理你了，我真称心！叫你一辈子也没人理！"

高林惨然地一笑，回过头来还走，走了很远，他回头再去看，见二宝仍然在后面跟着他,高林又忍不住要笑。二宝却骂了声:"死样儿!"可是她虽然仍瞪大了眼睛,却是又要笑出来的样子。高林就问说:"你为什么要跟着我呢?"

二宝哼了一声,说:"我会是跟着你啦?我回家去!你走你的,我走我的,谁也管不着谁!"高林说:"你为什么不找赖大嫂去啦?"二宝脸上红了一红,摇头说:"我又不愿意去了么!你可别以为我是听了你的劝了,你就得意啦!"高林也哼了一声,转身又走,却见二宝由他的身后跑过了马路,斜着脸又向他一笑,这种笑是一种很亲切的笑,绝没有顽皮的意思,倒似乎是对高林有些感激。

从此,二宝就不再来找赖大嫂了,高林晓得她那孩子是很聪明的,很知道听人家的劝说而改过,因此,二宝的影子又占据了他的脑子很久。他并不是希望什么,只是心中有一种痴想:当初跟自己相爱的若不是香蓉,而是二宝,那么结果可能不至于如此之坏吧?

现在,高林真像是失掉了一切。其实,自己本来就没有什么,但是,香蓉不该在他那枯燥得像一块死板板的石头似的生活上,滴上那几滴甜蜜的露珠,莳过几株希望的花草。现在香蓉又抛了他,使得他生活上的甘露又干涸了,心灵上的希望全破灭了,却留下了悲哀的痕迹,使他忘不掉!他不希望香蓉再来找他,他知道那已是不可能的事情了,而且,早先不错有过爱情,但也有过仇恨,仇恨是与爱情同样的难以忘掉的。不过,他总是失掉了许多东西似的,细说却也说不出来,心灵上永远笼罩着一层深刻的悲哀。

他这强健的少年人,孤零零地在青岛生活着,生活还是那么艰苦,没有一点变化,他也不希望发展。每年清明节的前两天,他必要到他母亲小卿的墓上去看一看。他并不烧纸,只是对着那一堆黄土站着,将近清明时,那矮小的坟头上总要长出许多青草,和几朵蓝白的小野花。他掉下泪来,想他母亲一生的痛苦,一生卑贱……她死了,世界仍然这样,天上依然飘着白云,大地依然长着青草,老鸟死了,小鸟依然会快乐地唱歌,但他却仍觉着驮负着他母亲的痛苦。

不觉过了几年,此时他已搬到小港,跟小七子同住在一处。他依旧以帮人打鱼为生，身上还永久穿着破烂的衣裳，过去的事，柳贵甫、香蓉，已没有人再跟他提起，香蓉也没再给他来过一封信。除非他突然有所感触，还会有些悲哀或愤恨，他平日仍度着极其简单的生活，卖了鱼吃饭，吃完饭睡觉。他除了坐着船漂浮于海上，至多了就到劈柴院、积庆里去绕个弯儿，或坐在商店的门前听一听广播播放的唱片，前海沿和汇泉一带，他已有几年没有去走。赖八不知是在哪一年病死了，赖大嫚是上济南府混事去了，这些高林都是听人说的。

不过，他倒是有两次在街上遇见了二宝。二宝现在身材已长得很高，头发留得很长，穿着浅月白的旗袍、黑布的平底鞋，有时也穿双白色的橡胶底的平底鞋。她见了高林，总是从老远地就招呼，总要点一点头，笑一笑，现在她对高林的态度是一点也不顽皮，也不气恨了。有一次他们在奉天路遇见了，一同往南走，彼此说着话。二宝说她现在还住在东镇，但每天要到市内来，因为她在一家商店里当女职员。她的父母也都有事做，她的生活过得很好。她也问了问高林的近况，可是没有提到早先的那些事，也没问香蓉现在还有没有信。

高林现在所认识的年轻女子，只有一个二宝，但他与二宝轻易不能见上一面，即使偶然见了，能谈几句话的时候也很少。高林自觉着自己这样子，跟二宝站在对面，或是在一路走，也很惭愧。二宝是聪明的，能听人忠告的，勇于自拔的，并且她始终很天真，没学会那些"小姐""姑娘"的架子。高林很愿意二宝好，愿意二宝永远在顺利的平坦的生活途径上走着，除了这一点意思之外，他再没有别的想象，他现在像是甘于度着这种死板板的枯燥的石头似的生活。

这天又是夏天，七八月的光景，高林推着一车子鱼送到菜市场，然后又推着空鱼箱子回来，独轮的车子吱吱地响着。走到交通中心地点的大窑沟时，他的眼睛向旁看着，只注意两边来往的汽车，并没有想别的事，忽听有女人的声音，叫着："高大哥！高林！高林！"

高林惊愕地站住了，赶紧向北边扭头，见邮政局那边的公共汽车站旁边，有个穿白地粉红道儿旗袍的少女向他跑来，一边招手，一边叫说："高大哥！高大哥！"原来是二宝，她像是有什么急事要向高林来说。

高林把车子靠近了人行道,摘下头上的破草帽,拿破小褂把头上脖子上的汗浆擦擦。

二宝穿着胶皮底儿的时髦高跟鞋,跑到了临近,说:"香蓉来了!你知道吗?她要见见你呢!"高林听了不禁发呆。

二宝笑了笑,又说:"香蓉结婚了,嫁了个足有三十七八岁的,可是很阔的人。他们两人同着她的表姊、表姊夫,都是从上月就来到青岛了,天天在海水浴场洗海澡儿。前天我跟着街坊到那儿去玩,我都不认得她了,她长得比我还高。她可还认得我,她叫住我,说她住在东海饭店,过两个礼拜,天气一凉爽了,她们就回南洋去啦。她还悄悄地跟我打听你,我说我跟你倒是常见面。她说,得机会她还要跟你见一面,谈一谈呢!"二宝说这话时,神态似乎很兴奋。她穿的衣服也很漂亮,似乎今天很闲暇,是要到哪儿玩去的样子。

高林的脸色渐渐阴郁,如一块铁,头上的汗一汪一汪地顺着眼眶往下掉,像掉泪似的。二宝又说:"你每天午去,她们必在那儿洗海澡,那海边那么些个人,谁也不能注意谁。你去,听她跟你说什么?我看那意思,她可像还很想念你的!"

高林摇摇头,说:"她已然嫁了人,我还去跟她说什么呢?"高林又问,"你没问她爸爸死了没有啊?"

二宝说:"我没问,你还恨她的爸爸干什么?今天下午你就去一趟,一定能在那儿看见她。她不错,她本来就不错,她向我找你,一定是还跟你有话要说……"

这时一路的公共汽车由北边远远地来了,二宝扭头看了看,就说:"我要上汽车了!告诉你,你千万去一趟,看看她今天见了你,到底说什么?下午我还许去呢!你换一身干净点儿的衣服!你那身洋服现在还有吗?"她笑了笑,把眼珠儿向高林一溜,再说一声:"你可别以为我是撒谎,我不会再跟你说假话了!"这时公共汽车就要开走了,她赶紧跑过去,挤了上去。待了会儿,这辆大型的汽车就从高林的眼前驶过去,二宝在车里还扭着头,隔着玻璃张着嘴,像是嘱咐他今天务必到海滨去会香蓉。

　　高林像是被大钉子钉在了那里,心中酸痛,又嫉恨,一步儿也迈不开。不知待了多久,有个警察过来赶他,说:"把车子推开! 在这儿不能停! "高林这才像缓过气儿来,点头答应了一声,戴上草帽,便推着车子走去。

　　他觉着天地又变了,苍茫而悲凉,他又回忆起了以前。以前,今日! 他仰脸看天,天色是青朗朗的,澄洁无云,但他的眼前却仿佛幻出了那夜月及风雨,心中又忆起了过去的温情和种种纷争,他想:如果当初她没有那个父亲,我没有那个母亲,如果我们在那风雨之夕,再有较谈心更进一步的关系,我也不像现在这样,再有点身份和知识,那我们的结局将如何呢? 绝不能如今日这样吧!

　　他把卖鱼得来的钱连车子一起都交给了船主人。回到他住的那狭小的屋子内,见小七子跟大麻张已把那张窄床都占住了,连他躺下休息一会儿的地方都没有。他心绪极乱,是小七子还是大麻张问了他几句什么话,他也都没听明白,更没有力气回答。他如同个傻子一般,带着身边的几毛钱,就出来在饭摊上吃了一顿午饭,他也没觉出那锅饼是烤熟了没有。他心里很热,向一个背着匣子摇着铃铛的人买了两根"卫生冰棍",吃下去,心里才凉爽了,但肠胃却又觉得阵阵发疼。

　　因为觉得天色还太早,他就先到第三公园,在那洋槐树的绿荫底下,潮湿僻静的土坡后面,躺下醋睡了一些时。及至醒来,他拿破草帽扇着凉风,坐着又沉思了半天,这才拖着迟缓的脚步往汇泉海水浴场去走。

　　海水浴场上,一排排的木板的更衣室,筑成各种样式,涂着各色油漆,新奇而美丽。但在高林的眼中,这就如同是女人的心,是那么狭小、做作,而且虚伪。广大的沙滩,如一只健壮的苍黄色的胳臂,抱住了流动无定的海潮。海潮的极远之处是翠蓝色的,以色调的深浅与长天划出了界线,并钉上了小小的帆船作为标识;近处,却如一个活泼的女人,像要玩弄谁似的,把她的镶有白色花边儿的裙子向前一掠,呼啦一声,打在那健壮的胳臂似的沙滩上,她立刻又嬉笑着跑回去了,接着再来第二下、三下、四下、五下……

那些肥瘦高矮不同的浴女，腿、臂连上胸全都赤裸着，只用美丽的游泳衣罩着她们的乳房、腰和臀部。她们趴在细沙上，如同虫子一般，个个身上都有取悦于异性的色泽和斑点。有的蜷卧在雨后香蕈似的遮阳伞下；有的往海中去跳，在浪涛里翻滚着，忽而一闪她们的泳衣，忽而又露出来湿淋淋的披肩长发，也有头上戴着橡皮花帽子的。海水也像颠痴了，伴着她们胡闹着，把她们的嬉笑声淹没在涛声里。银色的海鸥斜飞，时而几乎吻到了游泳的人，时而又冲向青天上。

这里，只有高林，在人丛中尤为特殊。他的变了色的破衣裤恐怕掬尽了海水也洗不干净，他心中的苦液，怕整个大海都翻上来也难以稀释或化解。他的破鞋踏着沙滩上人家遗下来的脚印，头上的那顶破草帽在人群中更为特殊，他黝黑的肤色、大大的眼睛和那男子的健美，并不是不能使多情的姑娘们多看上一眼，但是他只将目光向沙滩上碧波间扫了一眼，就垂下了头，他的心是惨痛的。

他分辨不出来哪个娇美的姑娘，才是那与他久别数载、今已适人而仍未忘记他的柳香蓉。在这里不能喊叫，也不好意思一个一个地细看细找，他就在这里走了一过。走到将近炮台那边的树林之时，他又转回来，失魂似的走着。他虽有目的，但若是见不着香蓉他也不太失望，因为他知道，他的生活就像是沉向海底的岩石，与这眼前所有的一切都相隔得太远了。

忽然，他觉得有个半裸的女子走过来，站在了他的眼前。他便止住了脚步，抬眼一瞧：啊！正是香蓉！

香蓉的身材比以前高了很多，已是个成熟的少女……不，是个少妇了。紫色白花儿的游泳衣包住了她胸部和腰部的曲线，其余全都裸着，因为她是由南洋来的，所以肤色比别人也格外的黑。瓜子脸、鼻子、眼儿仍如以前那样的娇美，长发就湿贴在她的颊上、肩上。她凝视了高林一眼，立刻就用那清细的声音叫出了高林的名字，并问说："你还认识我吗？"

高林呆子似的瞧了瞧对方，他的头就微微点了点，顺着破草帽檐往下流汗，顺着眼皮往下流泪，但他赶紧瞪大了眼睛把泪水遏止住了。

香蓉把下嘴唇儿咬了咬,丰满的胸脯起起伏伏,声音有点急,又像有些哀痛,说:"这几年你净做什么啦?"

高林一点儿也不和气地说:"我还是那样儿!"

香蓉说:"是不是你见着了二宝,才知道我来到青岛了?"

高林又点了一下头,突然说:"你知道吗?在你们走的那一年,你们走后没有几天,我母亲就死了!"香蓉说:"我听二宝说过了,她真是个可怜的人。过去的事我都不愿再想,我们本都是很好的,都是我们的父母,把我们牵入了他们的噩梦里!"高林听了几乎要哼出来。

香蓉抖抖她的头发,两只眼睛里含着泪水,她似乎也在强忍着悲痛,又说:"当初也是我的错,我太富于幻想了!世界上的事不是那么简单,我们俩,环境太不一样,根本不能结合,我想现在你一定也承认了。可是,我从来没有忘记了你!你也应当更振作,不可以就颓废下去,因为人生,虽然麻烦与错误极多,但究竟是应当快乐的,宇宙究竟是美妙的。你现在愿不愿意我帮助你?我可以帮助你几百块钱……"

高林愤愤地摇头说:"不要!"

香蓉的胸脯起伏着,说:"可是……"

这时有一个比香蓉身材还高些的女子,像是她的表姊,同着两个男人,都穿着游泳衣,从海潮那边走来了,叫着说:"香蓉,咱们冲一冲,就回饭店去吧!"

香蓉又向高林悄声说了一句:"我希望你能够明白我!"她就抛了高林,笑着迎着那三个人走去,她的后背系着的一条花绳儿,摆动着,像一条蛇。

高林愤愤地转身去走,他就觉得脚下的细沙越踏越软,两条腿没有力了。心头的愤恨逐渐消散,可是加重了失恋的痛苦,他走上了一座高高的六角亭,在亭中往下去看,也不知自己要看的是些什么。过了许多时,他看见下面有人来了,是两对男女,其中一对就是香蓉和她那穿一身白哔叽西服的丈夫,她丈夫有四十岁上下,很瘦,戴着眼镜,她丈夫一手提着个草编的提包,一手挽着她,她也亲密地挨着她的丈夫。香蓉是穿着白绸洋服,在领边上有一颗黑色的,不知是电木的还是宝石的小小别针，似是为纪念她的什么亡亲而佩戴的。她，阔少奶奶似的轻轻移动着白皮的高跟鞋，伴着她的丈夫上了那高高的石阶，还转头看了一眼高林，高林却赶紧转脸。

香蓉他们四个人往马路上去了，随着就隐隐地有汽车叫唤，叫唤了一两声，声音便又消逝。高林的眼前就觉着一阵发黑。也不知过了多少时间，忽觉得有个柔软的东西落在他的肩上，耳边有柔细的声音说："你一个人在这儿干什么啦？"

高林还以为是香蓉又转回来了，他蓦然直起腰，把昏晕的头一摇，几乎要摔倒了，他要大声说："你干吗还来缠我？何必还到青岛来？何必以你那有钱的丈夫向我来炫耀？我现在虽然穷，但需要你那几百元钱吗？你玩弄我抛弃我已经够了，何必还要故意来给我这种侮辱呢？"他要暴躁起来，但是，他眼前幻出的一些彩色的云和乱迸的金星儿都消散了之后，他发现面前站着的原来却是二宝。

二宝还穿着上午穿的那件花衣裳，海风吹着她的长发一丝丝地飘动着，她问说："怎么样啦？你一来就在这儿站着吗？没往沙滩那边去吗？没见着香蓉吗？"

高林点头说："见着了！见着了！又顶什么事？不过倒还好，她还认得我。她说她现在才明白，早先她爱我是不该，我跟她本来就没有结合的可能。她说，如果我需要，她可以给我几百块钱！"

二宝怔了一怔，又生气地说："要去！不要也白不要，把钱要来你花！"

高林摇头说："我为什么要接受她的钱？假若她现在没结婚，我还或者可以要，就算是受了个朋友的帮助，但她现在已有了丈夫，她的钱是她丈夫的，我与人家素不相识，如何能使人家的钱？再说，她拿她那几百块钱给我，是想赎她父亲对我母亲的三十年来的罪过呢？还是想给我点钱，作为早先我给她开心，陪着她谈海说月的雇佣资？……我不要！"

二宝听了高林这话，她微低着头，拿手帕擦擦眼泪，悲声儿说："你真是个好人！"

此时亭基下的浪花如鸟的翅子往上直飞，天色由蓝变为金黄，旋又变为青紫。远帆消没在暮色里，星星如指航灯似的忽明忽灭地闪现。那边沙滩上游泳的男女都已逐渐散去，木头房子一个一个地锁着，凄凉得像棺材似的。凉风习习，对面的阴郁山林有如鬼蜮，但是壮丽的城堡式的东海饭店却燃起了层层闪烁的灯火。

高林慢慢下了亭阶，二宝也随着走下来，忽然说："高林！早先我恨你，但并不是真恨你，是因为……你跟香蓉好不跟我好，我不由得就恨，其实我也……"她转过脸去，似乎是一阵害羞，又说："我现在的事情也不很忙，以后我们都有工夫的时候，我可以陪着你玩玩。你不要净发愁，你才二十来岁，还应当高兴。香蓉就不用管她啦！我们俩……"

高林回过头来，见二宝又转身上了亭子。明媚的月轮已涌出了海面，二宝的俏丽影子依着廊柱，雾一般的月光照着她的衣裙。高林又往亭上走，涛声在下面鸣咽着情话，二宝脸贴着廊柱发出很小的笑声。

高林走到二宝的身旁，眼里滚着一汪一汪银色的液体，他说："我早就不该跟香蓉接近，应当把那一番诚意给你！以后我一定要遵你的话，要好好的！"

二宝笑着说："别说了！听！"

高林也静心凝神地去听，海风里，不知是何人又吹奏着婉转的口琴。

为《王度庐武侠言情小说集》而作

张赣生

我第一次读度庐先生的作品，是四十多年前刚上中学的时候，做梦也想不到今天为《王度庐武侠言情小说集》写序。

度庐先生是民国通俗小说史上的大作家，他的小说创作以武侠为主，兼及社会、言情，一生著作等身。最为人乐道的，自然首推以《鹤惊昆仑》《宝剑金钗》《剑气珠光》《卧虎藏龙》《铁骑银瓶》构成的系列言情武侠巨著，但他的一些篇幅较小的武侠小说，如《绣带银镖》《洛阳豪客》《紫电青霜》等，也各具诱人的艺术魅力，较之"鹤-铁五部"并不逊色。

度庐先生以描写武侠的爱情悲剧见长。在他之前，武侠小说中涉及婚姻恋爱问题的并不少见，但或作为局部的点缀，或思想陈腐、格调低下，或武侠与爱情两相游离缺少内在联系，均未能做到侠与情浑然一体的境地。度庐先生的贡献正在于他创造了侠情小说的完善形态，他写的武侠不是对武术与侠义的表面描绘，而是使武侠精神化为人物的血液和灵魂；他写的爱情悲剧也不是一般的两情相悦、恶人作梗的俗套，而是从人物的性格中挖掘出深刻的根源，往往是由于长期受武德与侠道熏陶的结果。这种在复杂的背景下，由性格导致的自我毁灭式的武侠爱情悲剧，十分感人。其中包含着作者饱经忧患、洞达世情的深刻人生体验，若真若梦的刀光剑影、爱恨缠绵中，自有天道、人道在,常使人掩卷深思,品味不尽。

度庐先生是一位极富正义感的作家,这在他的社会言情小说中表现得格外鲜明。《风尘四杰》《香山侠女》中天桥艺人的血泪生活,《落絮飘香》《灵魂之锁》中纯真少女的落入陷阱,都是对黑暗社会的控诉,很能引起读者的共鸣。度庐先生自幼生活在北京,熟知当地风土民情,常常在小说中对古都风光作动情的描写,使他的作品更别具一种情趣。

度庐先生是经受过"五四"新文化运动洗礼的人,他内心深处所尊崇的实际上是新文艺小说,因而他本人或许更重视较贴近新文艺风格的言情小说和社会小说创作。但从中国文学史的全局来看,他的武侠言情小说大大超越了前人所达到的水平,而且对后起的港台武侠小说有极深远影响的,是他创造了武侠言情小说的完善形态,在这方面,他是开山立派的一代宗师。几十年来出版的中国现代文学史,无例外地排斥通俗小说,这种偏见不应再继续下去,现在是改写中国现代文学史的时候了。

已知王度庐小说目录

1926—1937

作品名称	始载时间	连载报刊/署名/备注
半瓶香水	1926.9之前	小小日报/王霄羽
黄色粉笔	1926.9之前	同上
红绫枕	1926.9	小小日报/王霄羽/同年报社出版单行本
残阳碎梦	1926.12	小小日报/王霄羽
侠义夫妻	1927.1	同上
琪花恨	1927.3	同上
媚母孤儿	1927.4	同上
飘泊花	1927.5	同上
红手腕	1927.8	同上
护花铃	1927.8	小小日报/霄羽
青衫剑客	1927.10	小小日报/王霄羽
蝶魂花骨	1928.3	同上
疑真疑假	1928.4	小小日报/葆祥
双凤随鸦录	1928.7	小小日报/王霄羽
战地情仇	1929.6	同上
自鸣钟	1930.4	同上
惊人秘柬	1930.4	同上
神獒捉鬼	1930.6	同上
空房怪事	1930.7	同上
绣帘垂	未详	同上
玉藕愁丝	1930.7	小小日报/香波馆主
烟霭纷纷	1930.7	同上
鳌汉海盗	1930.8	小小日报/霄羽
缠命丝	1931.8	小小日报/王霄羽
触目惊心	1931.8	同上
燕燕莺莺	1931.8	小小日报/香波馆主
黄河游侠传	1936.10	平报/霄羽
燕赵悲歌传	1937.4	同上
八侠夺珠记	1937.7	同上

作品名称	起止时间	连载报刊署名	出版时间、出版社/署名
河岳游侠传	1938.6–1938.11	青岛新民报王度庐	
宝剑金钗记	1938.11–1939.7	青岛新民报王度庐	1939年青岛新民报社，1948年上海励力出版社（改题《宝剑金钗》）/王度庐
落絮飘香	1939.4–1940.2	青岛新民报霄羽	1948年上海励力出版社，分为四册：《落絮飘香》《琼楼春情》《朝露相思》《翠陌归人》/王度庐
剑气珠光录	1939.7–1940.4	青岛新民报王度庐	1941年青岛新民报社，1947年上海励力出版社（改题《剑气珠光》）/王度庐
古城新月	1940.2–1941.4	青岛新民报霄羽	1949–1950年上海励力出版社，分为四册：《朱门绮梦》《小巷娇梅》《碧海狂涛》《古城新月》/王度庐
舞鹤鸣鸾记	1940.4–1941.3	青岛新民报王度庐	1941年（？）青岛新民报，1948年（？）上海励力出版社（改题《鹤惊昆仑》）/王度庐
风雨双龙剑	1940.8–1941.5	京报（南京）王度庐	1941年南京京报社/王度庐，1948年上海育才书局/王度庐
卧虎藏龙传	1941.3–1942.3	青岛新民报王度庐	1948年上海励力出版社（改题《卧虎藏龙》）/王度庐
海上虹霞	1941.4–1941.8	青岛新民报霄羽	1949年上海励力出版社，分为二册：《海上虹霞》《灵魂之锁》/王度庐
彩凤银蛇传	1941.5–1942.3	京报（南京）王度庐	
虞美人	1941.8–1943.10	青岛新民报霄羽	1949年上海励力出版社，分为数册：《琴岛佳人》《少女飘零》《歌舞芳邻》《暴雨惊鸳》等/王度庐
纤纤剑	1942.3–1942.10	京报（南京）王度庐	
铁骑银瓶传	1942.3–1944.?	青岛新民报王度庐	1948年上海励力出版社，改题《铁骑银瓶》/王度庐
舞剑飞花录	1943.1–1944.1	京报（南京）王度庐	1949年上海励力出版社，改题《洛阳豪客》/王度庐
大漠双鸳谱	1944.1–1944.7	京报（南京）王度庐	

（接上表）

寒梅曲	1943.10- ？	青岛新民报 霄羽	1948年（？）上海励力出版社，分为数册：《暴雨惊鸳》等/王度庐
紫电青霜录	1944-1945	青岛新民报 王度庐	1948年上海励力出版社，改题《紫电青霜》/王度庐
春明小侠	1944.7-1945.4	京报（南京） 王度庐	
琼楼双剑记	1945.4-1945（？）	京报（南京） 王度庐	
锦绣豪雄传	1945.5- ？	民民民 王度庐	
紫凤镖	1946.12-1947.7	青岛时报 鲁云	1949年重庆千秋书局/王度庐
太平天国情侠传	1947.5- ？	民治报 鲁云	
清末侠客传	1947.4-1948.？	大中报 鲁云	1948年上海励力出版社，分为二册：《绣带银镖》《冷剑凄芳》/王度庐
晚香玉	1947.6-1948.1	青岛时报 绿芜	1948年上海励力出版社，分为二册：《绮市芳葩》《寒波玉蕊》/王度庐
雍正与年羹尧	1947.7-1948.4	青岛时报 鲁云	1948年上海励力出版社，改题《新血滴子》/王度庐
粉墨婵娟	1948.2-1948.7	青岛时报 绿芜	1948年元昌印书馆，分为二册：《粉墨婵娟》《霞梦离魂》/王度庐
风尘四杰	1948.2- ？	岛声旬刊 佩侠	1949年上海励力出版社/王度庐
宝刀飞	1948.4-1948.9	青岛时报 鲁云	1948年上海励力出版社/王度庐
燕市侠伶	1948.7-1948.10	青岛时报 绿芜	1948年上海励力出版社/王度庐
金刚玉宝剑	1948.9-1949.2 1949.2- ？	青岛公报 联青晚报 王度庐	1949年上海励力出版社/王度庐
香山侠女			1949年上海励力出版社/王度庐
春秋戟			1949年上海励力出版社/王度庐
龙虎铁连环	1948.9-1948.10	军民晚报 王度庐	1949年上海励力出版社/王度庐
玉佩金刀记	1949.1-1949.？	民治报 王度庐	

附录三

王度庐年表

徐斯年 顾迎新

说明:

1.本表曾在《西南大学学报》刊出,此为补订本,包括增补史料及其说明、考证,并订正了个别疏误。

2.本表包含许多新发现的资料,特别是在辽宁省实验中学档案室发现的王度庐档案,从而补正了徐斯年《王度庐评传》的一些误判和部分欠缺。

3."度庐"实为1938年启用的笔名,为了统一,本表用为表主正名。

4.由于史料不全,历年行状、著述依然详略不一,有待继续挖掘、补充史料。

5.表中所记日期,阳历用阿拉伯数字,清、民国年份及旧历日期用汉字。

6.表中所系年龄均为虚岁。

7.由于旧报缺失严重,所以连载作品肯定不全。表中所录者,始载时间和结束时间多难确认,一般仅记月份,有线索可资考证者在按语中加以说明。

1909年(清宣统元年,己酉) 1岁

正月,清帝爱新觉罗·溥仪改元"宣统"。清廷决定消除"旗""民"界限,旗人不再享受"俸禄"。是年七月廿九日(9月13日),王度庐生于北京

"后门里"司礼监胡同四号一户下层旗人家庭,原名葆祥(后曾改为葆翔),字霄羽。父亲"在清宫管理车马的机构里当小职员"。家庭成员除父母外还有一位姐姐、一位未嫁的姑母和一位叔祖父。一家六口,全靠父亲薪金维持生计。

按:后门即地安门,后门里位于地安门内,属镶黄旗驻地。司礼监胡同,得名于明代位于该地之司礼太监署;后改称"吉安所左巷",则得名于清代宫中嫔妃、宫女卒后停尸之"吉祥所"(后改"吉安所")。毛泽东青年时代曾租寓于本胡同8号。

关于父亲职务的记述引自王度庐手写简历,其父任职机构当系内务府下属之"上驷院"。内务府为管理皇家事务的机构,成员均为满洲上三旗(镶黄、正黄、正白)"从龙包衣"。"包衣",满语,意为"自家人",一定语境下也指"奴仆""世仆"。据此,王氏当属编入满洲镶黄旗的"汉姓人"(不同于"汉人""汉军"),这一族群不仅属于"旗族",而且也被承认为满族。

1912年(民国元年,壬子) 4岁

1月1日孙中山宣誓就任中华民国总统。2月2日,清宣统帝宣告退位。根据清室优待条件,宫内各执事人员照常留用,王度庐父亲依然可以领受部分薪金,家庭生计勉得维持。

1916年(民国五年,丙辰) 8岁

1月,王度庐父亲病故。2月,遗腹弟出生,名葆瑞,字探骊。家境日蹙,主要靠母亲为人缝补浆洗维持生计。

是年2月2日,王度庐夫人李丹荃生于陕西周至。

按:葆瑞出生时间据人民日报社1991年1月3日印发之《谭立同志生平》。葆瑞(即谭立)为遗腹子,由此可知其父当卒于1月份。周至,离西安甚近。

1918年(民国七年,戊午) 10岁

是年王度庐始入私塾读书。曾与姐、弟同染重症,母亲变卖家当为之治

疗,终得转危为安,而家庭经济更加贫困。

1919年(民国八年,己未)　11岁

五四运动爆发。王度庐仍在私塾就读,至1920年。

1921年(民国十年,辛酉)　13岁

是年王度庐入景山高等小学就读,至1924年。

1925年(民国十四年,乙丑)　17岁

是年1月,宋心灯在北京创办《小小》日报(后改《小小日报》),自任社长、主笔。王度庐从景山高等小学毕业,先在精精眼镜店当学徒,后在《平报》和电报局任见习生,可能已经开始向《小小》日报投稿。

按:宋心灯(?—1949),字信生,原籍河北大兴(析津)。新闻专科学校毕业,也是北京早期足球运动和羽毛球运动的发起者之一。《小小》日报即注重刊载体坛信息,后来发展为综合性小报。

又按:辽宁实验中学所存退休人员档案中的王度庐登记表,"文化程度"一栏填为"九年",当系虚数。

1926年(民国十五年,丙寅)　18岁

是年《小小日报》先后刊载王度庐所撰侦探小说《半瓶香水》《黄色粉笔》和"实事小说"《红绫枕》,均署"王霄羽"。《小小日报》馆印行《红绫枕》单行本,标类改为"惨情小说"。12月,《小小日报》连载社会小说《残阳碎梦》,亦署"王霄羽"。12月24日,《小小日报》刊出宋信生所撰《本报改版宣言》,"将旧有之八小版易为四大版"。

按:由于存报缺失严重,《半瓶香水》《黄色粉笔》未见,不知确切发表时间。因《红绫枕》内文提及它们,故知连载于《红绫枕》之前。由此亦不排除其一已于上年开始见报的可能。又据李丹荃女士回忆,早期作品还有《绣帘垂》《浮白快》两种,均未见。《残阳碎梦》,现存第十次载于是年12月20日,由此推知当始载于12月1日;现存第三十三次载于次年1月21日,未注"(未完)"。

1927年（民国十六年，丁卯）　19岁

是年王度庐始在宽街夜授计民小学任职，先当会计，后任教员，直至1929年。同时继续卖稿和自学，包括到北京大学旁听，往三座门北京图书馆、鼓楼民众图书阅览室阅读。

1月，《小小日报》连载武侠小说《侠义夫妻》，署"王霄羽"。3月，《小小日报》始载社会小说《琪花恨》，署"王霄羽"。4月，《小小日报》连载社会小说《媚母孤儿》，署"王霄羽"。5月，《小小日报》连载社会小说《飘泊花》，署"王霄羽"。6月，《小小日报》连载侦探小说《红手腕》，署"王霄羽"。8月，《小小日报》连载侠情小说《护花铃》，署"霄羽"。10月，《小小日报》连载武侠小说《青衫剑客》，署"王霄羽"。

按：《侠义夫妻》，现存第八次载于1月31日，当始载于《残阳碎梦》结束后；连载结束时间当在《琪花恨》始载之前。《媚母孤儿》仅存5月2日第十一次，由此推知始载时间在4月（《琪花梦》结束之后）。《飘泊花》，现存第六次载于5月30日。《红手腕》，现存第十一次载于7月9日，可知始载于6月末。《护花铃》仅存十四、十七次，载于9月2日、5日，是知始载于8月，标类"侠情小说"，写当时题材。《青衫剑客》，第四次载于10月9日，至11月9日犹未结束。

1928年（民国十七年，戊辰）　20岁

是年北京改称"北平"。3月，《小小日报》连载侦探小说《疑真疑假》，署"葆祥"。3月，《小小日报》连载社会小说《蝶魂花骨》，署"王霄羽"。5月，《小小日报》连载社会小说《揉碎桃花记》，署"王霄羽"。7月，《小小日报》连载"讽世小说"《双凤随鸦录》，署"王霄羽"。

按：《疑真疑假》，第四次载于3月12日，当始载于8日。《蝶魂花骨》，第三十四次载于4月11日，当始载于3月9日，与《疑真疑假》同时，故用两个笔名。《双凤随鸦录》，第四十二次载于8月21日。

本年存报缺失严重，当有不少连载作品至今未知。以下类似情况不再逐一说明。

1929年（民国十八年，己巳）　21岁

6月，《小小日报》连载社会小说《战地情仇》，署"王霄羽"。

按：《战地情仇》，仅存7月4日一次（序号未详）。本年几无存报。

1930年（民国十九年，庚午）　22岁

是年王度庐离开宽街夜授计民小学，改任家庭教师，不久认识李丹荃。

按：李丹荃在所遗手稿《王度庐小传》中说："我在北京读中学时，在一个同学家里认识了王度庐。那时，他正给我的同学的弟弟补习功课。记得他曾送过我两本书，一本是纳兰容若的《饮水词》，另一本是《浮生六记》。我不喜欢《浮生六记》，却很喜欢那本词，有些句子至今仍能记得，如'摇落尽，有发未全僧，风雨消磨生死别，似曾相识只孤灯；情在不能醒……''瘦狂那似肥痴好，任他肥痴好，笑他多病与长贫，不及衰衰诸公向风尘……'"（按文中所记纳兰词句与原作略有出入。）

3月，《小小日报》连载侦探小说《自鸣钟》，署"王霄羽"。

按：《自鸣钟》残存连载文本至三十一次告"全卷终"，次日接载《惊人秘柬》第一次。故暂系于3月。

是年，王度庐始用笔名"柳今"在《小小日报》开辟个人专栏"谈天"，每日发表短文一篇，纵论国事、民生、世态、人情、风习、学术、艺文等。"柳今"在这些短文里经常述及"自己"的"经历"，多属杜撰；但是，这位论说者的心态、性格、气质又与当时的王度庐十分相符。

按：因存报缺失，"谈天"开栏、终结时间未详。所载杂文均署"柳今"，以下不作逐篇标注。

4月1日，《小小日报》"谈天"栏刊出杂文《世态》。4月4日，《小小日报》"谈天"栏刊出杂文《荒芜的青年》。

按：4月2日、3日报纸缺失，或漏杂文两篇。以下类似情况不再加注按语。

4月5日，《小小日报》"谈天"栏刊出杂文《中等人》。4月6日，《小小日报》"谈天"栏刊出杂文《架子》。4月7日，《小小日报》"谈天"栏刊出杂文《性的广告》。4月8日，《小小日报》"谈天"栏刊出杂文《笑》。4月9日、10日，《小小日

报》"谈天"栏连续刊出杂文《永垂不朽》（一）（二）。4月11日，《小小日报》"谈天"栏刊出杂文《女性的教育与生育》。4月12日，《小小日报》"谈天"栏刊出杂文《一位平民文学家》，赞赏满族鼓词作者韩小窗。文中说："世界本来是平民的世界，尤其是文学家，更要有一种平民化的精神，他才能够用文学的力量，来转移风化，陶冶民情；否则琢句雕章，自以为是，至多不过只能得到少数的文蠹的几遍诵读罢了。"韩小窗"这人确实是位有天才、有词藻、有思想的文学家。他能把他这种才学，不去作八股，不去批试帖，而能用来编大鼓，他的平民思想可见了，他的环境可见了，而他的清高也可见了。"

按：韩小窗（约1828—1890），辽宁开原人，满族，子弟书（即鼓词）作家。其代表作有《露泪缘》《宁武关》《长坂坡》《刺虎》《黛玉悲秋》《红梅阁》及影卷《谤可笑》《金石语》等。

4月13日，《小小日报》"谈天"栏刊出杂文《绝顶聪明》。4月14、15日，《小小日报》"谈天"栏连续刊出杂文《道德》（一）（二）。

4月17至23日，《小小日报》"谈天"栏连载杂文《伦理与中国》。全文分为五节：一、伦理的产生；二、伦理的优点；三、伦理被利用以后；四、伦理存亡与中国之存亡；五、伦理的蟊贼。

4月25日，《小小日报》"谈天"栏刊出杂文《小难》。4月26日，《小小日报》"谈天"栏刊出杂文《女招待》。4月27日，《小小日报》"谈天"栏刊出杂文《落子馆》。4月29日，《小小日报》"谈天"栏刊出杂文《麻醉剂》。4月30日，《小小日报》"谈天"栏刊出杂文《万寿寺》。

4月，《小小日报》连载侦探小说《惊人秘柬》，署"王霄羽"。

按：《自鸣钟》残存连载文本至三十一次告"全卷终"，次日接载《惊人秘柬》第一次，具体日期均难考定。

5月1日，《小小日报》"谈天"栏刊出杂文《赘泽品》。5月2日，《小小日报》"谈天"栏刊出杂文《童子军》。5月3日，《小小日报》"谈天"栏刊出杂文《女腿》。5月4日，《小小日报》"谈天"栏刊出杂文《颠倒雌雄》。5月5日，《小小日报》"谈天"栏刊出杂文《歌舞剧》。5月6日，《小小日报》"谈天"栏刊出杂文《招与待》。5月7日，《小小日报》"谈天"栏刊出杂文《恢复北京》。5月8日，《小小日报》"谈天"栏刊出杂文《野鸡》。5月9日，《小小日报》"谈天"栏刊出杂文《女招打》。5月13日,《小小日报》"谈天"栏刊出杂文《署名》。5月14日,《小小日报》"谈天"栏刊出杂文《迷》。5月15日,《小小日报》"谈天"栏刊出杂文《恶五月》。5月16日,《小小日报》"谈天"栏刊出杂文《送春》。5月17日,《小小日报》"谈天"栏刊出杂文《哭》。5月18日,《小小日报》"谈天"栏刊出杂文《雨天》。5月19日,《小小日报》"谈天"栏刊出杂文《名士派》。5月20日,《小小日报》"谈天"栏刊出杂文《小算盘》。5月21日,《小小日报》"谈天"栏刊出杂文《自行车》。5月22日,《小小日报》"谈天"栏刊出杂文《穷北京?》。5月23日,《小小日报》"谈天"栏刊出杂文《服从》。5月24日,《小小日报》"谈天"栏刊出杂文《奴隶性》。5月28日,《小小日报》"谈天"栏刊出杂文《澡堂里》。5月29日,《小小日报》"谈天"栏刊出杂文《安慰》。5月30日,《小小日报》"谈天"栏刊出杂文《中国剧》。5月31日,《小小日报》"谈天"栏刊出杂文《游民》。5月,《小小日报》连载侦探小说《触目惊心》,署"王霄羽"。

按:《触目惊心》未见,据《空房怪事》前言列入,连载时间在《神獒捉鬼》之前,故系入5月。

6月1日,《小小日报》"谈天"栏刊出杂文《端午节》。3日,《小小日报》"谈天"栏刊出杂文《打麻雀》。4日,《小小日报》"谈天"栏刊出杂文《谋事》。5日,《小小日报》"谈天"栏刊出杂文《无聊的北平》。6日,《小小日报》"谈天"栏刊出杂文《病》。同日开始连载侦探小说《神獒捉鬼》,署"王霄羽"。

按:《神獒捉鬼》共连载二十五次,当结束于6月30日(7月1日始载《空房怪事》,参见《空房怪事》引言)。

7日,《小小日报》"谈天"栏刊出杂文《造化儿子》。8日,《小小日报》"谈天"栏刊出杂文《疯人》。9日,《小小日报》"谈天"栏刊出杂文《阔事》。10日,《小小日报》"谈天"栏刊出杂文《骗术》。11日,《小小日报》"谈天"栏刊出杂文《财神 阎王》。12日,《小小日报》"谈天"栏刊出杂文《画中人》。13日,《小小日报》"谈天"栏刊出杂文《醉酒》。14日,《小小日报》"谈天"栏刊出杂文《夫妻间》。15日,《小小日报》"谈天"栏刊出杂文《不开壳》。16日,《小小日报》"谈天"栏刊出杂文《憔悴》。17日,《小小日报》"谈天"栏刊出杂文《伤心人》。18日,《小小日报》"谈天"栏刊出杂文《情书》。

19日,《小小日报》"谈天"栏刊出杂文《琴声里》。20日,《小小日报》"谈天"栏刊出杂文《☯》。21日,《小小日报》"谈天"栏刊出杂文《什刹海》。22日,《小小日报》"谈天"栏刊出杂文《凶杀案》。23日,《小小日报》"谈天"栏刊出杂文《关于裤子》。24日,《小小日报》"谈天"栏刊出杂文《三件痛快事》。25日,《小小日报》"谈天"栏刊出杂文《诗人》。26日、27日,《小小日报》"谈天"栏连续刊出杂文《贵族学校》(一)(二)。28日,《小小日报》"谈天"栏刊出杂文《穷   住》。29日,《小小日报》"谈天"栏刊出杂文《妙影》。30日,《小小日报》"谈天"栏刊出杂文《罪恶场中之未来者》。6月,《小小日报》连载社会小说《烟霭纷纷》,署"香波馆主"。

按:现存《烟霭纷纷》第三十六次连载文本复印件上有副刊"编余"一则,云"今天这版算作'七夕特刊'"。查1930年七夕为阳历8月30日,由此推知《烟霭纷纷》当始载于6月27日。

7月1日,《小小日报》"谈天"栏刊出杂文《吃饭问题》。5日,《小小日报》"谈天"栏刊出杂文《平民化》。6日,《小小日报》"谈天"栏刊出杂文《面子》。7日,《小小日报》"谈天"栏刊出杂文《醋   忌讳》。8日,《小小日报》"谈天"栏刊出杂文《文士与蚊士》。9日,《小小日报》"谈天"栏刊出杂文《人品与装饰》。12日,《小小日报》"谈天"栏刊出杂文《消夏》。13日,《小小日报》"谈天"栏刊出杂文《财神爷》。同日,《小小日报》始载惨情小说《玉藕愁丝》,署"香波馆主"。

按:《玉藕愁丝》始载日期据预告图片背面报头推知。

14日,《小小日报》"谈天"栏刊出杂文《妓女问题》。15日,《小小日报》"谈天"栏刊出杂文《杨耐梅   朱素云》。

按:杨耐梅,生于1904年,中国早期影星,曾出演《玉梨魂》《奇女子》《上海三女子》《空谷兰》等无声片。当时北平讹传她已"香消玉殒",作者故撰此文悼念。实则杨在1960年卒于台湾。朱素云,京剧小生演员朱沄之艺名,生于1872年,卒于1930年。

16日,《小小日报》"谈天"栏刊出杂文《难民返国》。17日,《小小日报》"谈天"栏刊出杂文《灯下人》。18日,《小小日报》"谈天"栏刊出杂文《捧》。19日,《小小日报》"谈天"栏刊出杂文《快乐人多?》。20日,《小小日报》"谈天"栏刊出杂文《西游记》。21日,《小小日报》"谈天"栏刊出杂文《火警》。22日,《小小日报》"谈天"栏刊出杂文《人体美》。23日,《小小日报》"谈天"栏刊出杂文《穷　光　蛋》。24日,《小小日报》"谈天"栏刊出杂文《抵抗力》。25日,《小小日报》"谈天"栏刊出杂文《香艳文章》。26日,《小小日报》"谈天"栏刊出杂文《雨夜柝声》。27日,《小小日报》"谈天"栏刊出杂文《爱河》。28日,《小小日报》"谈天"栏刊出杂文《调戏》。29日,《小小日报》"谈天"栏刊出杂文《"嫁"的问题》。30日,《小小日报》"谈天"栏刊出杂文《阎罗王》。31日,《小小日报》"谈天"栏刊出杂文《知音》。7月,《小小日报》连载侦探小说《空房怪事》,署"王霄羽"。

　　按:《空房怪事》共连载二十九次,残存文本图片均无报头,难以确认具体时间。(第一次疑载于7月3日,见图片背面;结束于第二十九次,当为8月1日。)

　　8月2日,《小小日报》"谈天"栏刊出杂文《战》。

　　3日,《小小日报》"谈天"栏刊出杂文《时髦》。4日,《小小日报》"谈天"栏刊出杂文《人逛人》。5日,《小小日报》"谈天"栏刊出杂文《跳舞场里》。6日,《小小日报》"谈天"栏刊出杂文《奸杀案》。7日,《小小日报》"谈天"栏刊出杂文《阴阳电》。8日,《小小日报》"谈天"栏刊出杂文《办白事》。9日,《小小日报》"谈天"栏刊出杂文《眼光》。10日,《小小日报》"谈天"栏刊出杂文《无与偶　莫能容》。11日,《小小日报》"谈天"栏刊出杂文《喜新厌旧》。12日,《小小日报》"谈天"栏刊出杂文《洋化的话》。13日,《小小日报》"谈天"栏刊出杂文《发财学》。14日,《小小日报》"谈天"栏刊出杂文《儿童　成人》。15日,《小小日报》"谈天"栏刊出杂文《英雄难过美人关》。16日,《小小日报》"谈天"栏刊出杂文《交际》。17日,《小小日报》"谈天"栏刊出杂文《呻吟》。18日,《小小日报》"谈天"栏刊出杂文《枇杷巷里》。19日,《小小日报》"谈天"栏刊出杂文《捕蝇》。20日,《小小日报》"谈天"栏刊出杂文《殉情》。21日,《小小日报》"谈天"栏刊出杂文《人死不值钱》。22日,《小小日报》"谈天"栏刊出杂文《癞蛤蟆　天鹅肉》。23日,《小小日报》"谈天"栏刊出杂文《作时评》。25日,《小小日报》"谈天"栏刊出杂文《马路》。26日,《小小日报》"谈天"栏刊出杂文《女朋友》。27日,《小小日报》"谈天"栏刊出杂文《跳楼者》。28日，《小小日报》"谈天"栏刊出杂文《蟋蟀》。29日，《小小日报》"谈天"栏刊出杂文《古城返照》。30日，《小小日报》"谈天"栏刊出杂文《惹气》。31日，《小小日报》"谈天"栏刊出杂文《活得弗耐烦》。8月，《小小日报》始载武侠小说《鳌汉海盗》，署"霄羽"。

按：《鳌汉海盗》连载文本基本完整，但原件图片无报头，难以确认日期。共连载四十二次，当结束于9月间，时《烟霭纷纷》仍在连载。

9月1日，《小小日报》"谈天"栏刊出杂文《由线订书说起》。2日、3日，《小小日报》"谈天"栏连续刊出杂文《"娶"的问题》（一）（二）。4日，《小小日报》"谈天"栏刊出杂文《罂粟味》。5日，《小小日报》"谈天"栏刊出杂文《忏悔》。6日，《小小日报》"谈天"栏刊出杂文《想当然耳》。7日，《小小日报》"谈天"栏刊出杂文《标奇与仿效》。8日，《小小日报》"谈天"栏刊出杂文《复古》。9日，《小小日报》"谈天"栏刊出杂文《野草闲花》。同日同报又载影评《看了〈故都春梦〉》，署"柳今投"。10日，《小小日报》"谈天"栏刊出杂文《倡门》。12日，《小小日报》"谈天"栏刊出杂文《乞丐》。13日，《小小日报》"谈天"栏刊出杂文《心》。9月15日，《小小日报》"谈天"栏刊出杂文《短　小　经济》。9月16日，《小小日报》"谈天"栏刊出杂文《性的文章》。9月17日，《小小日报》"谈天"栏刊出杂文《逢场作戏》。9月18日，《小小日报》"谈天"栏刊出杂文《浮云变幻》。9月19日，《小小日报》"谈天"栏刊出杂文《敲钗小语》。20日，《小小日报》"谈天"栏刊出杂文《俗礼》。21日，《小小日报》"谈天"栏刊出杂文《何不当初》。22日，《小小日报》"谈天"栏刊出杂文《醋的考证》。23日，《小小日报》"谈天"栏刊出杂文《劲秋》。28日，《小小日报》"谈天"栏刊出杂文《柴　米　油　盐　酱　醋　茶》。30日，《小小日报》"谈天"栏刊出杂文《烛边思绪》，叙述阅读《朝鲜义士安重根传》的感受，抒发爱国情怀及对国内现实的愤懑。

10月1日，《小小日报》"谈天"栏刊出杂文《吵嘴》。29日，《小小日报》"哈哈镜"栏刊出杂文《团圞月照破碎国家》，署"柳今"。

1931年（民国二十年，辛未）　23岁

是年，王度庐应聘担任《小小日报》编辑员。5月，《小小日报》连载哀情

小说《缠命丝》，署"王霄羽"。同时连载社会小说《燕燕莺莺》，署"香波馆主"。9月18日，沈阳发生"九一八"事变，日本加紧侵华。

按：《缠命丝》仅存第九〇次，内文曰"全卷终"，图片有"31,8,1"标注，据此倒推，当始载于5月；《燕燕莺莺》仅存第六二次，未完，图片注"31,8"。

又按：耿小的在《我与〈小小日报〉》中说，自己进入《小小日报》任编辑是在"1933年后"，"之前似乎赵苍海编过很短时期"，却未提及王霄羽。若其记忆无误，则王之去职，当在赵前。

1934年（民国二十三年，甲戌）　26岁

是年，李丹荃随父亲离北平去西安。不久王度庐亦往西安，任陕西省教育厅编审室办事员，《民意报》编辑员。

3月10日，陕西省教育厅在西安民众教育馆举办西安中小学讲演竞赛会；28日、29日，又在西安民乐园举办西安中小学第二届唱歌比赛，均派王霄羽任记录。

3月20日，西安《民意报》"戏剧与电影周刊"第一期刊载《中国戏剧生命之革新》第一节"九一八后的中国戏剧界"，署"柳今"。文中慨叹中国剧坛进步缓慢，以至"今日远东国际纠纷之病菌集于中国，而我国之戏剧仍然如沉睡，如枯死，反使他人——俄国——高呼曰：'怒吼吧中国！'"27日，"戏剧与电影周刊"第二期续载《中国戏剧生命之革新》第一节"九一八后的中国戏剧界"，署"柳今"。文中续论中国戏剧的觉醒与"推翻""旧剧势力"之关系。同期又载《电影是应合大众所需要　真不容易利用它》，署"潇雨"。文中说："艺术只要不是'自我'的而是'大众'的，那就当然要被利用成为一种工具。电影尤其要首先被人利用的，不过常常又见人们弄巧成拙，利用影片作某种宣传，结果倒被观众利用，"从而形成与国外影片亦步亦趋的种种题材热，当前已由伦理片、武侠侦探片演进为民生片。当局于"九一八"后号召影界多制作"关于唤起民族精神的片子"固然不错，但是"现在的民众，只是恐慌他们的经济穷困，生活惨淡，实在没有充分的力量去供给到民族上。或者，现在的电影也只走到了替穷人呼吁，次一步，才是民族精神"。

4月3日，西安《民意报》"戏剧与电影周刊"第三期未见，当续载《中国戏剧生命之革新》第二节"新旧戏剧之检讨"。10日，"戏剧与电影周刊"第四期续载《中国戏剧生命之革新》第二节"新旧戏剧之检讨"，署"柳今"。文中认为，"中国旧剧虽然不能追随时代，但确能利用科学，亦缘近代科学文明多供给于资产阶级之享乐，旧剧靡靡之音当愈适合于人之享乐。新剧□□□□，自难免在比较之下落后也"。（原件有四字无法辨认。）同期并载《伦敦公演〈彩楼配〉的问题》，署"潇雨"。文中认为，在伦敦由中国人与外国人用英语同演旧剧《彩楼配》，只能像《蝴蝶夫人》那样，迎合一部分外国人的扭曲了的东方观，"但是歪曲的东西在现代剧坛上实在没有它的地位，何况这《彩楼配》国际性质的公演"。

按：（1）王度庐档案中的履历表填："1934—1935年 西安民意报 编辑员"，"1935-1936年 陕西省教育厅 办事员"。而从文章刊出情况判断，任《民意报》编辑员应该在后（报馆编辑不可能受厅长派遣去任竞赛记录），或者同时兼任二职。

（2）西安《民意报》"戏剧与电影周刊"仅存一、二、四期，日期据打印稿说明（周刊第四期为4月10日）向前推算而得。4月3日报缺失，内容可据前后两期推知（不排除3日还有其他文章刊出）。4月10日以后报纸缺失，当有其他未知史料。

5月，《陕西教育月刊》第五期发表《陕西省教育厅举办西安中小学讲演竞赛会经过》和《陕西省教育厅举办西安中小学第二届唱歌比赛会经过》记录，均署"王霄羽"。

10月，《陕西教育旬刊》第二卷第廿九、卅、卅一期合刊"论著"栏刊出《民间歌谣之研究》，署"王霄羽"。全文五章：第一章"歌谣之史的发展"；第二章"歌谣的分类法"；第三章"歌谣价值的面面观"；第四章"歌谣技巧的研究"；第五章"结论"。文中有这样的论述："贵族化的文学在'五四'时就已被人打倒，现在一般人都提倡大众文学。真正的'大众文学'在哪里？我们离开了歌谣，恐怕再没有地方寻找了罢？"

1935年（民国二十四年，乙亥）　27岁

是年，王度庐与李丹荃在西安结婚。婚后李父卒于三原，王度庐前往料理丧事，曾遭歹徒劫持。

按：王度庐后来在《〈宝剑金钗〉序》中写及"频年饥驱远游，秦楚燕赵之间，跋涉殆遍"当有所夸张，实则未离陕西。

1936年（民国二十五年，丙子） 28岁

是年王度庐夫妇返回北平。10月13日，《平报》刊载《献于〈平报〉——十五周年》，署"王霄羽"。同日，《平报》开始连载武侠小说《黄河游侠传》，署"霄羽"。12月12日，发生"西安事变"。

按：李丹荃在遗稿中回忆返京前后的生活说："我有晕眩症，那时常犯，昏迷中常听到王叨念：'谢家有女偏怜小，自嫁黔娄万事乖……'后来我知道了这是元稹的悼亡诗。我就说：'你老叨念什么，我又没有死呀！'现在回想当时情景，如在目前。"

1937年（民国二十六年，丁丑） 29岁

是年春，王度庐夫妇应李丹荃二伯父伊筱农召，同赴青岛。4月17日，《平报》连载《黄河游侠传》结束。18日，《平报》开始连载武侠小说《燕赵悲歌传》，署"霄羽"。4月末，王度庐回北平料理"文债"，于端午节后返青岛。不久，弟探骊与北平进步青年同来青岛，王度庐夫妇送他们取道上海奔赴陕北参加革命。

按：李丹荃在所遗手稿中说："弟弟到了青岛，我们大家分析了当时的形势，都赞成他去内地找出路。他们兄弟一向感情很好，分手时不无留恋。最后王度庐慨然说：'你就放心走吧，我们以后会团聚的，母亲的生活，家里的一切，有我呢。'他把自己的怀表给了弟弟。"

7月7日，卢沟桥事变爆发。9日，《平报》连载《燕赵悲歌传》结束。10日，《平报》开始连载武侠小说《八侠夺珠记》，署"霄羽"。30日，北平、天津失守。

12月底，青岛守军撤离。

按：伊筱农（1870—1946?），广东法政及警察速成学校毕业。1912年

来青岛，创办《青岛白话报》（后改名《中国青岛报》），在当地颇有影响。"伊"为满族所冠汉姓，可知李丹荃家族亦有满族血统。

《八侠夺珠记》殆未载完。

1938年（民国二十七年，戊寅）　30岁

1月10日，日寇全面占领青岛。伊筱农博平路宅第被日军作为"敌产"没收，王度庐夫妇与伯父同往宁波路4号租屋居住。生计陷入极度困难之时，王度庐偶遇在《青岛新民报》任副刊编辑的北平熟人关松海，应约向该报投稿。

5月30日、31日，《青岛新民报》发布《本报增刊武侠小说预告》，称"已征得名小说家王度庐先生之精心杰作长篇武侠小说《河岳游侠传》"，即将刊出。是为"度庐"笔名首次见报。

按：《青岛新民报》和后来的《青岛大新民报》在刊出王度庐作品之前都先发布预告，下不一一列载。

6月1日，《青岛新民报》开始连载武侠小说《河岳游侠传》，署"王度庐"。2日，《青岛新民报》刊载散文《海滨忆写》，署"度庐"。

11月15日，《河岳游侠传》连载结束。共20回，未见单行本。16日，《青岛新民报》开始连载武侠悲情小说《宝剑金钗记》，署"王度庐"。配图：刘镜海。

按：刘镜海，时在海泊路23号开设"镜海美术社"，除为王氏作品配插图外，在生活上与王度庐夫妇也经常互相照顾。

1939年（民国二十八年，己卯）　31岁

是年春，王度庐长子生于青岛。4月24日，《青岛新民报》开始连载社会言情小说《落絮飘香》，署"霄羽"。配图：许清（刘镜海笔名）。7月29日，《宝剑金钗记》在《青岛新民报》载毕。30日，《青岛新民报》开始连载武侠悲情小说《剑气珠光录》。

是年，青岛新民报社印行《宝剑金钗记》单行本，前有王度庐自序，谓

"频年饥驱远游，秦楚燕赵之间跋涉殆遍，屡经坎坷，备尝世味，益感人间侠士之不可无。兼以情场爱迹，所见亦多，大都财色相欺，优柔自误。因是，又拟以任侠与爱情相并言之，庶使英雄肝胆亦有旖旎之思，儿女痴情不尽娇柔之态。此《宝剑金钗》之所由作也"。

按：《宝剑金钗记》自序仅见于青岛新民报版单行本，也是至今所见王度庐为自己著作所写申述创作意图的唯一自序（其他著作连载时虽或亦加引言，均系说明性文字，出版单行本时皆被删除）。

1940年（民国二十九年，庚辰）　32岁

2月2日，《落絮飘香》在《青岛新民报》载毕。3日，《青岛新民报》开始连载社会言情小说《古城新月》，署"霄羽"，配图：许清。22日，《青岛新民报》刊载《〈落絮飘香〉读后》，作者傅琍琳系关松海之夫人。文中介绍霄羽"曩在北京主编《小小日报》时，以著侦探小说知名"，并且透露"霄羽""度庐"实为一人。

4月5日，《剑气珠光录》载毕，随后亦由报社印行单行本。7日，《青岛新民报》开始连载《舞鹤鸣鸾记》，署"王度庐"，配图：刘镜海。此日所载为该书"序言"，出单行本时被删却，全文如下："内家武当派之开山祖张三丰，本宋时武当山道士，曾以单身杀敌百余，因之威名大振。武当派讲的是强筋骨、运气功、静以制动、犯则立仆，比少林的打法为毒狠，所以有人说'学得内家一二，即足以胜少林。'此派自张三丰累传至王咸来，咸来弟子黄百家，又将秘传歌诀，加以注解，所以内家拳便渐渐学术化了。可是后因日久年深，歌诀虽在，真功夫反不得传。自清初至近代，武当派中的侠士实寥寥无几，有的，只是甘凤池、鹰爪王、江南鹤等。甘凤池系以剑术称，鹰爪王专长于点穴，惟有江南鹤，其拳剑及点穴不但高出于甘、王二人之上，且晚年行踪极为诡异，简直有如剑仙，在《宝剑金钗记》与《剑气珠光录》二书中，这位老侠只是个飘渺的人物，如神龙一般。而本书却是要以此人为主，详述他一生的事迹。又本书除江南鹤之外，尚有李慕白之父李凤杰，及其师纪广杰。所以若论起时代，则本书所述之事，当在李慕白出世之前数十年了。"

8月16日，南京《京报》开始连载《风雨双龙剑》，署"王度庐"。配图：

刘镜海。

按：南京《京报》为汪伪时期出版的四开小报，原系三日刊，1940年8月16日改为日报，终刊于1945年8月16日。该报约得王度庐文稿，当亦出诸关松海之介绍。

介绍王度庐去市立女中代课的是潘思祖，字颖舒，河北邢台人，1930年毕业于河北大学国文系，时在青岛市立女中任教。李丹荃在回忆手稿中说："潘先生常来我家，一坐就是半天。他善谈吐，知道的事情多，打开话匣子什么都说。""潘先生是王度庐那时唯一可以谈得来的人，只有和潘先生在一起，王度庐才肯毫无顾忌地说话。在有些言情小说里，故事情节也是取自潘先生的谈话资料。"王子久则在《王度庐和他的小说》（载于1988年1月9日《青岛日报》）中说，"下课后学生常常把他包围起来"，要求他别把《落絮飘香》《古城新月》里女主人公的下场写得太惨。

1941年（民国三十年，辛巳）　33岁

是年王度庐任青岛圣功女中教员。3月15日，《舞鹤鸣鸾记》在《青岛新民报》载毕，随后亦由报社印行单行本。16日，《青岛新民报》开始连载《卧虎藏龙传》，配图：刘镜海。4月10日，《古城新月》在《青岛新民报》载毕。11日，《青岛新民报》开始连载《海上虹霞》，署"霄羽"。配图：许清。5月9日，《风雨双龙剑》在南京《京报》载毕，共17回。随后即由报社印行单行本。10日，南京《京报》开始连载《彩凤银蛇传》，署"度庐"。配图：刘镜海。8月27日，《海上虹霞》在《青岛新民报》载毕。28日，《青岛新民报》开始连载社会小说《虞美人》，署"霄羽"。配图：许清。

按：《风雨双龙剑》连载本与后来的上海育才书局重印本相比，在回目、内文上都略有差别，后者当经作者修订。

1942年（民国三十一年，壬午）　34岁

是年王度庐曾任青岛市立女中代课教员一个多月。

按：青岛王铎先生之母当年为市立女中教员，他听母亲说，王度庐担任的是培训社会人员的课程，上课地点在市立女中附小（即位于朝城路5

号的今朝城路小学）。

3月1日，《彩凤银蛇传》在南京《京报》载毕，共13回。2日，南京《京报》开始连载《纤纤剑》，署"王度庐"。配图：刘镜海。3日，南京《京报》刊载读者傅佑民来信《关于〈彩凤银蛇传〉鲁彩娥之死》，对《彩凤银蛇传》女主人公因伤重死于中途而未见到自幼失散之生母的结局提出异议。该报副刊编辑在《编者谨按》中说："王先生写鲁彩娥之死，才正是脱去中国武侠小说的旧套……给读者一种'此恨绵绵无绝期'的尾巴……这才是全书的力量。""读者越是这样着急，气愤，越是著者的成功，越见王先生文笔感人之深。6日，《卧虎藏龙传》在《青岛新民报》载毕。同日，南京《京报》又载读者陈中来信，再次对《彩凤银蛇传》写鲁海娥之死提出商榷，以为固然"不必'大团圆'或带'回令'"，而"'见娘'似为必要"。信中还提及"某日路过平江府街，闻一擦皮鞋者与一少年，亦在津津然预测鲁海娥之未来"，可见读者关心之一斑。7日，《青岛新民报》开始连载《铁骑银瓶传》，署"王度庐"。配图：刘镜海。17日，南京《京报》再载读者王德孚来信，认为虽然鲁海娥之死写得好，但是还应加上一些交代后事、劝导爱人走正路的临终遗言。24日，南京《京报》刊出王度庐《关于鲁海娥之死》一文，回答读者批评，说明"在写该书的第一回之前，我就预备着末了是一幕悲剧。""向来'大团圆'的玩意儿总没有'缺陷美'令人留恋，而且人生本来是一杯苦酒，哪里来的那么些'完美'的事情？'福慧双修'的女子本来就很少，尤其是历史或小说里的'美人'。古人云：'自古美人如名将，不许人间见白头。'西施为千古美人，原因是她后来没有下落；林黛玉是读过了《红楼梦》的人一定惋惜的，原因也是她早死。近代的赛金花就不够'绝代佳人'的条件，她是不该后来又以老旦的扮相儿再登台。'好花不常开，好景不常在'，美与缺陷原是一个东西。本此种种理由，于是我更得叫我们的'粉鳞小蛟龙'死了。""因为这样的女人决不可叫她去与人'花好月圆'，度那庸俗的日子；尤其不能叫她跟十三妹一样去二妻一夫的给男子开心。"

10月31日，《纤纤剑》在南京《京报》载毕，共10回。

是年，《青岛新民报》与《大青岛报》合并，更名《青岛大新民报》。

1943年（民国三十二年，癸未） 35岁

是年王度庐曾任《治平月刊》编辑员一个多月。1月23日，南京《京报》开始连载《舞剑飞花录》，署"王度庐"。配图：刘镜海。

10月5日，《青岛大新民报》刊出《寒梅曲》广告，其中说："名小说家王霄羽先生自为本报撰《落絮飘香》《古城新月》《海上虹霞》《虞美人》等数篇之后，篇篇脍炙人口，远近交誉，百万读者每日争先竞读，投来赞誉之函件无数。盖王君文学湛深，复精研心理学，对于社会人情，观察最深；国内足迹又广，生活经验极为丰富；并以其妙笔，参合新旧写法，清俊流畅，细腻转宛；描写之人物，皆跃跃如生，令人留下深深印象。其所选之故事，又皆可悲可喜，新颖而近情合理，章法结构，亦极严谨，无懈可击。即以现刊之《虞美人》言，连刊二年余，若换他人之著作，恐早已令人生倦，然王君之文，日日有新的描写，故事有新的发展变幻，令人如食橄榄，越嚼其味越长；如观大海，久望而其波澜无尽。是以每日每人争相阅读，并常有向本社函电相询者；此均系事实，凡读者皆能信而不疑者也。故虽饱学之士，极富人生阅历之人，对王君之著作亦莫不称誉，谓之为当代第一流之小说家。今《虞美人》即将终篇，新作已由王君开始动笔，名曰《寒梅曲》。系由民国初年北京极繁华之时写起，先述女伶之生活，但与一般的俗流写法迥异；次叙一好学上进的女子，于艰苦环境之中不泯其志气，不失其天真。渐展为一段恋爱，男主角为一音乐家，于是《寒梅曲》遂写入本题矣。其后则此女主角遭境改变，如寒梅之遇风雪，花片纷落，然不失其皓洁。中间穿插许多新奇而合理之故事，出现许多面貌不同、心情各异之人物，但人物虽多而不杂乱，每个人又都是在前几篇中未见过的，可也就许是读者眼前常见的。写至中段，则情节极为紧张，能不下泪、不感动者恐少；斯时又写一洁身自爱、有为之少年人，排万难立其身，颇富伦理知识，且有教育意味。至篇末结束之时，写得尤为高超，读者到时自然赞佩。并且此书与前几篇不同，王君之作风稍加改变，简洁流丽，不作繁冗之藻饰，不用生涩的字句，更以悲哀与滑稽相衬而写，非但令人回肠荡气，有时亦令人喷饭。总之，王君之作品早已成熟，已至炉火纯青之候，已有挥洒自如之才力，此《寒梅曲》尤最，不待多加介绍也。" 6日，《虞美人》在《青岛大新民报》载毕。7日，《青

岛大新民报》开始连载《寒梅曲》，署"霄羽"。配图：许清。

按：因存报缺失，《寒梅曲》连载结束时间未详。

1944年（民国三十三年，甲申） 36岁

是年《铁骑银瓶传》在《青岛大新民报》载毕（具体月、日未详）。1月18日，《舞剑飞花录》在南京《京报》载毕，共19章。19日，南京《京报》开始连载《大漠双鸳谱》，标"侠情小说"，署"王度庐"。配图：镜海。7月3日《大漠双鸳谱》载毕，共6章。4日，南京《京报》开始连载《春明小侠》，标"侠情小说"，署"王度庐"。

按：《舞剑飞花录》后由上海励力出版社印行单行本，改题《洛阳豪客》，被压缩为16章。连载本之章题与单行本完全不同，文字出入也较大。

又，本年上海《戏世界》报曾刊出武侠小说《铁剑红绡记》，署"王度庐"，现仅存4030、4031、4032、4033、4034、4035、4036、4038、4039、4040十期（即十段连载文本，分别属于第一、二章，时间为3月20日至30日）。待辨真伪。

1945年（民国三十四年，乙酉） 37岁

2月18日，王度庐之女生于青岛。25日，《春明小侠》载至第20章。5月1日，南京《京报》连载《琼楼双剑记》第二章，署"王度庐"。同日，青岛《民民民》月刊连载《锦绣豪雄传》，署"王度庐"。是年夏秋之际，《青岛大新民报》停刊。8月15日，日本正式宣布投降。10月25日，青岛举行日军受降典礼。《青岛时报》等老报复刊，《民治报》《民众日报》等新报创刊。

按：《春明小侠》于本年2月25日载至第二十章，改标"武侠小说"，以下报纸缺失，连载结束时间当在4月末。《琼楼双剑记》亦因报纸缺失而不知始载时间；至5月27日，所载内容仍为第二章，以后始未续载。《锦绣豪雄传》亦未载完。

1946年（民国三十五年，丙戌） 38岁

是年王度庐为维持生计，曾任赛马场办事员，于周日售马票。12月2日，

《青岛时报》开始连载王度庐所著武侠小说《紫凤镖》，署名"鲁云"。

1947年（民国三十六年，丁亥）　39岁

　　5月1日，青岛《民治报》开始连载王度庐所撰武侠小说《太平天国情侠传》，署"鲁云"。19日，青岛《大中报》开始连载王度庐所撰武侠小说《清末侠客传》，署"鲁云"。6月11日，《青岛时报》开始连载王度庐所撰社会言情小说《晚香玉》，署"绿芜"。7月18日，《紫凤镖》在《青岛时报》载毕。19日，《青岛时报》开始连载王度庐所撰武侠小说《雍正与年羹尧》，署"鲁云"。是年王度庐收到弟弟来信，得知中共即将获得全面胜利。

　　按：《太平天国情侠传》仅见一节，未知是否载毕。《雍正与年羹尧》《清末侠客传》当于次年载毕。

　　李丹荃在回忆文中说："1947年，我们忽然收到分离多年的弟弟的信，那信是经过几个人辗转捎来的。信中大意是：我在外卖卖很好，我们不久即可团聚，望你们放心。信虽很短，但却是莫大喜讯。信中真实的含义，我们是明白的，知道多年的战争是将结束了。只是这时他们在北平的母亲已故去，没有来得及知道，是终身遗憾。"

1948年（民国三十七年，戊子）　40岁

　　是年王度庐曾任青岛摊商工会文牍。1月31日，《晚香玉》在《青岛时报》载毕。2月1日，《青岛时报》开始连载《粉墨婵娟》，署"绿芜"。4月29日，《青岛时报》开始连载武侠小说《宝刀飞》，署"鲁云"。6月，上海育才书局出版增订本《风雨双龙剑》。7月10日，《粉墨婵娟》在《青岛时报》载毕。15日，《青岛时报》开始连载侠情小说《燕市侠伶》，署"绿芜"。9月17日，《宝刀飞》在《青岛时报》载毕。9月20日，《青岛公报》开始连载武侠小说《金刚玉宝剑》，署"王度庐"。

　　按：《金刚玉宝剑》之"玉"字当系"王"字之误，参见丁福保主编之《佛学大辞典》：【金刚王宝剑】（譬喻）临济四喝之一，谓临济有时一喝，为切断一切情解葛藤之利剑也。《临济录》曰："师问僧：有时一喝如金刚王宝剑，有时一喝如踞地金毛狮子，有时一喝如探竿影草，有时一喝不

作一喝用，汝作么生会？僧拟议，师便喝。"《人天眼目》曰："金刚王宝剑者，一刀挥断一切情解。"又：【金刚】（术语）梵语曰缚罗。……译言金刚，金中之精者，世所言之金刚石是也。……又（天名）持金刚杵之力士，谓之金刚。……【金刚王】（杂语）金刚中之最胜者，犹言牛中之最胜者为牛王也。……

9月24日，青岛《军民晚报》开始连载武侠小说《龙虎铁连环》，署"王度庐"。10月，上海励力出版社将《清末侠客传》分为两册印行，分别改题《绣带银镖》《冷剑凄芳》。11月，上海励力出版社出版《宝刀飞》。同年，上海励力出版社还出版或再版了王度庐的以下作品：《鹤惊昆仑》（即《舞鹤鸣鸾记》），《宝剑金钗》（即《宝剑金钗记》），《剑气珠光》（即《剑气珠光录》），《卧虎藏龙》（即《卧虎藏龙传》），《铁骑银瓶》（即《铁骑银瓶传》），《紫电青霜》，《新血滴子》（即《雍正与年羹尧》），《燕市侠伶》，《落絮飘香》《琼楼春情》《朝露相思》《翠陌归人》（此为《落絮飘香》连载本的四个分册），《暴雨惊鸳》（此为《寒梅曲》连载本的第一分册，以下分册未见），《绮市芳菀》《寒波玉蕊》（此为《晚香玉》连载本的两个分册），《粉墨婵娟》《霞梦离魂》（此为《粉墨婵娟》连载本的两个分册）。

按：《燕市侠伶》之后集为《梅花香手帕》。后集未见连载，励力版《燕市侠伶》亦未见，该版当不包括后集。

1949年（己丑）　41岁

是年，王度庐之弟谭立（即王探骊）出任中共大连市委副书记。1月1日，青岛《民治报》开始连载《玉佩金刀记》，署"王度庐"。未完。2月，《金刚玉宝剑》改由《联青晚报》连载。4月，上海励力出版社出版《金刚玉宝剑》，共三册。6月29日，王度庐幼子生于青岛。

是年秋，王度庐夫妇携长子、女儿同由青岛迁往大连（幼子暂留青岛）。王度庐任旅大行政公署教育厅编审委员。李丹荃先在市教育局初教科任科员，后任教于英华坊小学和大同坊小学。

本年，重庆千秋书局出版《紫凤镖》。上海励力出版社还出版了王度庐的下列作品：《朱门绮梦》《小巷娇梅》《碧海狂涛》《古城新月》（此为《古城新月》连载本的三个分册），《海上虹霞》《灵魂之锁》（此为《海上虹霞》连载本的两个分册），《琴岛佳人》《少女飘零》《歌舞芳邻》（此为《虞美人》连载本的前四个分册，以下分册未见），《洛阳豪客》（即《舞剑飞花录》），《风尘四杰》，《香山侠女》，《春秋戟》，《龙虎铁连环》等。

1950年（庚寅）　42岁

王度庐在旅大行政公署教育厅任编审委员。

1951年（辛卯）　43岁

王度庐调入旅大师范专科学校任教员。

1953年（癸巳）　45岁

是年夏，王度庐调入沈阳东北实验学校（现辽宁省实验中学）任语文教员，李丹荃任该校舍务处职员。

1955年（乙未）　47岁

5月，《人民日报》公布《关于胡风反革命集团的材料》。在清查"胡风分子"时，王度庐曾经受到无端怀疑。

1956年（丙申）　48岁

1月13日，文化部发出《关于续发处理反动、淫秽、荒诞图书参考目录的通知（56）（文陈出密字第9号）》，其第二条称："有一些人专门编写反动、淫秽、荒诞的图书，如徐訏、无名氏、仇章专门编写政治上反动的、描写特务间谍的小说，张竞生、王小逸（捉刀人）、蓝白黑、笑生、待燕楼主、冷如雁、田舍郎、桑旦华专门编写含有反动政治内容或淫秽、色情成分的'言情小说'，朱贞木、郑证因、李寿民（还珠楼主）、王度庐、宫白羽、徐春羽专门编写含有反动政治内容或淫秽、色情成分的神怪、荒诞的'武侠小说'。为了肃清反动、淫秽、荒诞的图书，请各省市文化局在审读图书时，对于徐訏……徐春羽等二十一人编写的图书特别加以注意。但决定是否处理和如何处理，仍应按书籍内容而定。"（见中国出版科学研究所、中央档案馆编：《中华人民共和国出版史料》第8辑，中国书籍出版社，2002。）

同年，王度庐加入中国民主促进会，并任该会沈阳市第五届市委委员；又曾被选为皇姑区政协委员和沈阳市第六届人民代表大会代表。

按：以上政治身份据辽宁省实验中学所存退休人员登记表及李丹荃回忆文。加入民进当在本年，其他事项或在其后，因无法查实年份，姑均暂系于本年。

1957年（丁酉） 49岁

实验中学也掀起"反右"运动，王度庐没有受到大冲击。

1966年（丙午） 58岁

"文化大革命"爆发。王度庐受到冲击，被贬入"有问题的人学习班"，接受"清队"审查。

1968年（戊申） 60岁

王度庐仍处于"逍遥"状态。

1969年（己酉） 61岁

王度庐当在是年被结束"审查"，获得"解放"，即被宣布没有查出问题，恢复原来的政治身份。

按：依照"文革"程序，"有问题的人"被"解放"之前，仍需召开一次表示"结案"的批判会。李丹荃在回忆文中写道："……开了一个小型批判会。也不知从什么地方找来一本《小巷娇梅》，批判者念一段，批判一番……当批判者念到生动有趣处，听者笑了，王度庐也忍不住笑了，当然要招来申斥：'你还笑？你要端正态度！'批判者们又从我们家拿走了我们的一本相册，里面有两张全家照片。一张中有我抱着1949年初生的幼子；另一张是我穿着在旅大行政公署发的女干部服装，王度庐穿着他兄弟给他的呢子干部服装。批判者举着照片说：'你们穿得这么好，可见你们过去生活多么优越！你爱人还穿着裙子！'……对他的批判只是一种虚张声势的形式。那些老师并未认真对待。"

1970年（庚戌）　62岁

是年春，王度庐以退休人员身份，随李丹荃下放到辽宁省昌图县泉头公社大苇子大队，不久转到泉头大队。

按：王度庐幼子在一封信里这样回忆父母被"下放"的情景："……我在农村'接受再教育'，得知后立即赶回家。前往农村时，年迈的父母坐在卡车顶上，一路颠簸。爸爸当时身体就很不好，加上这一折腾，半路解手时，站了半天也解不出来。妈妈晕车，走一路吐一路。那情景我现在回忆起来都止不住要流泪。"

其女则曾在一封信里回忆到昌图看望父母的情景："听说他们下乡了，我很急，不久就请假找去了。他们一辈子住在城里，父亲更是年老体弱，手无缚鸡之力，忽然到了农村，借住在人家的半间小屋里，怎么生活？""我还没走到家，就远远地看见父亲坐在一棵繁茂的大树下（很像一幅中国山水画），我的心顿时平静下来了。他永远是那么心平气和，不知是怎么修炼的。""我女儿小时候跟我父母在农村住过。有一次闹觉（困了，不睡，哭闹），我很烦，可我父亲说：'世界多美好啊，她是舍不得去睡觉啊。'""有时，父亲用手比成一个取景框，东照一下，西照一下，对我的小孩说：'快来看，这边是一个景，那边也是一个景。'（父亲原本喜欢摄影，在小说《海上虹霞》中曾写到购买'莱卡'照相机，就颇内行。）他还常让母亲下地干活回来时带些野花野草。那时父亲走路已不太方便了。"

1972年（壬子）　64岁

王度庐在昌图。其幼子考入迁至铁岭的沈阳农学院农学系。

1974年（甲寅）　66岁

1月14日，长子突然亡故，王度庐夫妇不胜哀痛。

同年,幼子毕业于迁至铁岭的沈阳农学院农学系,留校任教。李丹荃于下放人员"落实政策"时也被安排退休。

1975年(乙卯) 67岁

王度庐夫妇迁往铁岭与幼子同住。

1977年(丁巳) 69岁

2月12日,王度庐因病卒于铁岭。

按: 李丹荃在回忆手稿中这样记述丈夫逝世的情景:"儿子工作的学校已放了寒假,这天正是旧历年末。晚上儿子去办公室值夜,女儿远在几千里外工作。我们住在一间很小的宿舍里,暖气不热,电灯不亮,风吹得屋外树枝簌簌地响,偶然能听得到远处一声声犬吠。他病已重危,该说的话早已说完,他静静地合上双眼去了。我不愿惊动他,也不想叫别人,坐在床前陪伴着他,送他安静地走完了人生最后的旅程,时年六十八(周)岁……我遵从他的遗嘱,没有通知很多人,没有举行一切世俗的仪式,没有哀乐,没有纸花,悄然地由他的儿子和几位热情的青年同事用担架(把他)抬到离我家很近的火葬场。"

(承张元卿博士协助查阅南京《京报》并发现、提供有关陕西教育月刊、旬刊资料,特此致谢!)

2016年1月修订

《王度庐作品大系》书目一览表

武侠卷第一辑（2015年7月已出版）
1.鹤惊昆仑（上、下）2.宝剑金钗（上、下）3.剑气珠光（上、下）4.卧虎藏龙（上、下）5.铁骑银瓶（上、中、下）

武侠卷第二辑（2016年3月-7月已出版）
1.风雨双龙剑 2.彩凤银蛇传 3.纤纤剑 4.洛阳豪客 5.大漠双鸳谱 6.紫电青霜 7.紫凤镖 8.绣带银镖 9.雍正与年羹尧 10.宝刀飞 11.金刚玉宝剑

社会言情卷
1.落絮飘香 2.古城新月 3.海上虹霞 4.虞美人 5.晚香玉 6.粉墨婵娟 7.风尘四杰 8.香山侠女

早期小说与杂文卷（待出版）
1.杂文 2.早期小说：红绫枕 鳌汉海盗 黄河游侠传 3.散佚作品精选集：燕市侠伶 虞美人 春明小侠 春秋戟 寒梅曲